KB170052

퇴근 후에 만나요

로즈빈 장편소설

퇴근 후에 만나요

1

해피북스
투유

차례

전 여친이 온다

교통사고로 죽은 남자의 신부가 되는 조건으로 2억을 준다고 하면, 넌 어떡할래?

신부가 되는 건 아주 간단해. 새하얀 웨딩드레스를 입고, 부적이 빼곡하게 들어 있는 부케를 들고, 사고 현장에 서 있기만 하면 되는 거야.

쉽지? 신상에 문제가 될 건 아무것도 없어. 구천을 떠도는 사내의 혼을 위해 천도제를 지내는 천 일 동안 그 어떤 연애도 하면 안된다는 전제가 붙지만 자그마치 2억이야, 2억.

생각해봐. 2억이면 부도로 무너진 아빠 회사의 직원들 밀린 월급을 정산해줄 수 있고, 얼마간의 사채를 갚을 수도 있어. 또 충격에 쓰러진 아빠의 병원비에도 보탤 수 있지.

천 일 동안 연애를 하지 않는 거? 그게 대수겠어. 부유했던 삶이 하루아침에 무너졌고 이 모든 상황을 끌어안을 사람은 장녀인 나밖에 없는데, 연애는 무슨 연애?

미친 듯이 돈을 벌어야 해. 살아 있는 이유가 그것밖에 없는 것처럼 악착같이 벌어야 해. 나 정채원, 듣도 보도 못한 영혼결혼식의 신부가 되려는 건, 바로 이 때문이야.

"신부님, 너무 예뻐요. 드레스 정말 잘 고르신 것 같아요."

"아…… 네, 감사합니다."

때는 봄의 어느 날. 서울 시내 대형 숍에서 신부 화장을 마친 채원은 헤어와 메이크업을 도와준 스태프들의 칭찬에 멋쩍은 웃음을 지었다. 눈부시게 화려한 드레스와 봄과 잘 어울리는 메이크업은 완벽했지만, 채원의 표정엔 조금의 설렘도 없다.

대형 숍은 결혼식을 준비하는 신부 신랑으로 빼곡했고, 이곳의 모든 사람들은 그녀가 오늘 누구와 결혼을 하는지 정확하게 알지 못했다. 그저, 어여쁜 신부님께선 다정한 신랑을 만나 행복한 웨딩마치를 올리겠거니.

"정채원 신부님, 여기서 조금만 기다려주세요. 면사포 가지고 올게요."

"네. 알겠습니다."

행복하긴 개뿔이나! 이거 진짜 실화냐!

채원은 드레스를 입은 자신의 모습을 힐끔 바라보고는 휴, 긴 한

숨을 내쉬었다.

"이게 무슨 일이야 대체……. 신랑도 없이 무슨 결혼을 한다고……."

때는 2주 전. 주말 알바로 벌이가 쏠쏠했던 웨딩드레스 피팅 모델 계약 기간이 끝난 것이 화근이었다. 조금 더 연장할 수 없겠느냐고 관계자를 만나 사정사정하고 있는데, 곁을 스쳐 가던 웬 아주머니가 채원을 유심히 바라보더니 잠시 후 말을 걸어오더라. 아주머니는 그녀의 마지막 연애, 그리고 사주에 대해 물어왔고 채원은 뭔가에 홀린 듯 3년 전 연애가 끝이라고 솔직하게 답을 하며 사주까지 말해주었다.

뭔가 한참 생각하는 듯하던 아주머니는 잠시 이야기를 나누자며 채원을 조용한 곳으로 데려갔고, 그곳에서 채원은 충격적인 일을 제안받았다. 아가씨가 적임자라며 죽은 사람과 결혼을 해줄 수 있겠느냐는, 그런 이야기였다.

"2억. 그래, 2억만 생각하자. 채원아, 2억이야, 2억."

요지는 이러했다. 한 젊은 사내가 교통사고로 죽었는데 자신이 죽었다는 사실을 인지하지 못해 구천을 떠돌아다니고 있고, 그 사내를 평안하게 저세상으로 보내려면 영혼결혼식을 올려야 하는데 그가 자신의 죽음을 인지하지 못하기에 무형의 것과는 결혼을 시킬 수가 없단다.

채원은 단칼에 거절하며 벌떡 일어섰다. 버젓이 살아 있는데 죽은 사내와 영혼결혼식을 하라니. 너무 꺼림칙한 기분에 처음엔 거절했지만 보수가 2억이었다. 금액을 듣고 난 채원은 다시 자리에 앉아 앞뒤 잴 것 없이 바로 계약서에 사인을 했다. 계약금 5,000만 원은 그 자리에서 즉시 입금되었다.

"정채원, 오늘 시집간다. 그래, 가자. 가즈아."

채원은 거울 속 자신을 바라보다가 중얼거렸다. 가자! 난 돈을 벌어야 하니까! 돈만 생각하는 거야!

무한 긍정으로 채원은 두 주먹을 불끈 쥐며 전의를 불살랐다. 전투력을 끌어올리는 순백의 신부라니 아이러니했지만. 그때였다.

"정채원 신부님."

"네!"

누군가 그녀를 찾았고 채원은 고개를 돌렸다. 풍성한 면사포를 들고 돌아온 스태프는 그녀를 향해 활짝 웃었다.

"이제 나가실게요!"

채원도 따라 웃었다. 오늘 채원은 결혼한다! 아니,

"네!"

채원이는 오늘도 돈 벌러 간드아!

볕이 좋은 봄의 주말. 흐르는 계절에도 아랑곳없이 주야장천 바쁜 성준은 오늘도 아침 일찍 운전대를 잡았다. 생각이 밀려오는 까닭에 말없이 운전만 하다가 걸려온 한 통의 전화를 받았다.

— 여보세요. 대표님, 김 실장입니다.

비서실장이었다.

"그래. 증권가 동향은 좀 어때?"

— 지라시가 아직 도는 모양이에요. 주가가 하락하긴 했는데 낙폭은 크지 않은 상황이고요.

블루투스를 만지작거리던 성준은 정지신호에 따라 멈춰 섰다. 회사 내 임원 간 불화설이 담긴 지라시가 증권가에 돌며 문제가 좀 생겼다. 지라시란 사실과는 관계없이 빠른 속도로 퍼져 나가기 때문에 초기 진압이 상당히 어려웠다. 요즘 들어 회사 관련 지라시가 부쩍 많았고, 증권가에서 사람들 입에 자주 오르내렸다. 주가는 그때마다 출렁였지만 어쩔 수 없는 일이었다. 주식이란 시대의 흐름을 타고 민감하게 움직였으니까.

— 대체 이런 지라시는 어디서 퍼지는 건지 모르겠어요. 거의 유언비어 급인데.

이번에도 누군가의 의도가 분명하지만 아직은 형체도 잡을 수가 없다.

— 일단 내부적으로 조사를 지시했으니까 좀 기다려봐야 될 것 같아요. 정황이 포착되면 다시 연락드릴게요.

"······."

성준은 잠시 침묵했다.

— 대표님, 혹시 운전 중이세요?

"아아, 어, 지금 운전 중."

— 주말인데 어디 가시는 거예요?

"일이 좀 있어서."

성준은 대답을 모호하게 하며 선을 그었다. 그의 목소리에서 유쾌하지 않은 기분을 금세 파악한 비서실장은 더 이상 묻지 않으며 전화를 끊으려 했다.

— 그럼 이만 끊을게요. 대표님 운전 방해될 것 같은데.

"알았어. 내일 회사에서 보자고."

— 네, 대표님. 안전 운전 하시고요! 끊겠습니다!

귀에서 블루투스를 뺀 성준은 다시 운전에 몰두했다. 자꾸만 미간이 일그러지는 것이 비서실장의 예상대로 썩 기분 좋은 행선지는 아닌 모양이다. 때마침 전화가 한 통 더 걸려온다. 힐끔, 발신자를 확인한 성준은 다시 블루투스를 귀에 끼웠다.

"여보세요."

기분을 대변하는 목소리는 건조했다.

— 선배 지금 어디쯤 왔어? 나 머리 다 해가는데.

성준은 내비게이션을 바라보고는 입술을 열었다.

"거의 다 도착했어."

— 알았어. 그럼 숍 앞에 있어. 정리하고 바로 나갈게.

목소리의 주인공은 성준과 대학 선후배 사이이자 홍진그룹 회장의 둘째, 윤태리였다. 홍진그룹은 성준의 회사에 지분을 가지고 있었고, 오늘은 홍진그룹의 수장인 윤필목 회장이 성준에게 점심 식사를 제안한 날이다. 윤 회장은 자신의 딸과 함께 식사하길 원했다. 상대방의 속내가 훤히 들여다보이는 상황에 성준은 썩 유쾌하지 않았으나 거절할 명분도 마땅치 않았다. 스타트업을 운영하고 있는 성준이 감정대로 상대하기에 홍진그룹은 덩치가 너무 컸고, 파워가 막강했다.

"회장님은?"

— 부모님도 근처 다 오신 것 같아. 도착 시간 비슷할 듯?

"알았어."

목적이 분명한 질문과 대답 외에 다른 대화는 일절 없던 통화가 끝난다. 둘은 오랜 친구였지만 살가움으로 무장한 사이는 아니었다.

어느덧 부근에 도착한 성준은 코너를 돌아 숍 앞에 멈춰 섰다. 가만히 앉아 몇 분을 흘려보내지만 태리는 코빼기도 보이질 않는다.

"금방 나온다더니."

태리의 '금방'과 성준의 '금방'은 전혀 다른 개념인 게 분명하다. 조금 더 기다려보아도 태리가 나올 생각을 않자 성준은 헤드레스트에 머리를 기댔다. 잠시 고개를 들어보니, 그제야 볕이 좋다는 것을 느낄 수 있었다. 성준은 차창을 내려 밖으로 손을 뻗었다.

……봄이다. 언제 또 이렇게 봄이 왔지. 맞이한 기억은 전혀 없는데.

성준은 따사로운 햇살을 손바닥에 쥐듯 하다가 천천히 차에서 내렸다. 차 문을 닫고 허리를 반듯하게 펴자 평소 관리가 잘된 그의 상체로 확실한 온기가 닿았다.

봄. 봄이라는 단어가 왜 이렇게 낯설고 어색한 건지.

성준은 숍 1층에 진열된 웨딩드레스를 가만히 바라보았다. 검은 마네킹의 보디 위로 하얀 드레스가 유난히도 빛이 난다. 그 모습을 보고 있자니 아주 오랫동안 잊고 지냈던, 단편적인 감정들이 스쳐 지나가는 것만 같았다.

그래, 맞다. 봄이 이토록 낯선 건 3년 전 한국에 들어오던 그날부터 계절을 떠올리며 살아본 적이 없기 때문이겠지.

3년 전 봄엔 참, 많은 일이 있었는데.

"잘 지내나……?"

자연스럽게 안부를 묻는 혼잣말이 저도 모르게 튀어나온다. 본인이 뱉고 본인이 당황한 듯 성준은 눈썹을 추켜올렸다.

하지 않으려고 해도 아주 가끔, 아주 가끔 이렇게 볕이 좋은 날, 버릇처럼 어느 봄에 헤어진 연인이 떠올랐다. 꿈처럼 스치고 지나가버린. 아니, 연기처럼 증발해버리고 만.

"뭐, 잘 지내겠지. 내 알 바는 아니니까."

헤어진 옛 연인을 떠올린다는 건 좋을 것이 없다는 걸 잘 알고 있다.

쓸데없는 생각을 하고 만 스스로가 마음에 들지 않는다는 듯, 성준은 굳은 얼굴을 하고는 웨딩드레스에서 시선을 뗐다. 한참이나 지난 연인을 떠올린다는 건 그다지 좋은 일이 아니었으므로 성준은 서둘러 다시 일에 관련된 생각을 나열했다.

햇살은 여전히 따뜻했고, 생각을 돌려도 어느 시절엔 행복했던 봄이 있었던 것, 같기도 한 지금.

회사 생각은 자꾸만 밀려나고 은연중 떠올랐던 옛 연인의 대한 기억이 점점 더 커져갔다. 휴, 성준은 다시 웨딩드레스로 시선을 옮겼다. 누군가에게 웨딩드레스를 입혀주고 싶었던 어느 날의 내가 있었지. 보란 듯이 성공해서 함께 기쁨을 나누고 싶었던 여자가, 내게도 있었다.

생각 끝에 피식 웃음이 난다. 따뜻한 햇살과 쇼윈도에 보이는 웨딩드레스가 그때와 닮아, 잠시 잠깐 그 시절의 내가 되었다.

얼마 만에 입꼬리를 올려본 걸까. 밝은 거라곤 어느 것 하나 낯설지 않은 게 없다. 성준은 그런 때도 있었지, 하며 생각을 평범하게 갈무리하려 했다. 흐르던 웃음은 자연스럽게 지워졌다.

"……아."

인기척을 느낀 성준이 고개를 돌렸고, 동시에 탄식을 터트렸다.

……아? 아? 낮았던 탄식은 이어 높게 변했다.

저쯤, 희고 반짝이는 웨딩드레스를 입고 숍에서 나오는 한 여성을 발견하고 터트린 탄식이었다. 나오라는 윤태리는 나오질 않고, 태리가 머물고 있을 숍에서 나온 여성은 다름이 아닌.

"아…… 이런…….."

행복한 봄을 함께 지냈던 기억의 주인공. 연기처럼 증발해버렸다 믿고 살았던 바로 그 주인공.

"……아? 어어어?"

맞다.

성준은 자신을 발견한 상대의 반응을 보며 마른 주먹을 쥐었다 폈다 반복했다. 드레스를 입고 버거운 걸음을 옮기던 상대는 자신과 같은 표정을 짓고 우뚝 서 있었다.

아주 짧은 시간이었지만 물리적으로 설명하기 힘들 만큼 길게 느껴진 몇 초. 헤어진 지 3년이나 되었는데, 서로는 무엇 하나 변한 것이 없어 곱절이 된 충격.

"어…… 안녕……하세요…….."

인사를 건네 온 건 그쪽이 먼저였다. 모른 척 고개를 돌렸으면 좋았을걸. 그도 얼떨결에 손을 들어 알은척을 하고 말았다.

"아아, 그래."

그 여자. 지난 연인.

"오랜만이다."

정채원이었다.

"조심조심 걸으세요, 신부님. 넘어지면 큰일 나요 천천히."

"네. 알겠습니다. 천천히 걸을게요."

채원은 숍의 엘리베이터를 타고 아래층으로 내려왔다. 1층 카운터에 태리가 있었지만 서로 아는 사이는 아니었으므로 유유히 지나쳤다.

"날씨가 너무 좋아요, 신부님."

"네. 그러게요."

그러게요……. 날씨가 좋네요……. 귀신하고 결혼하기 딱 좋은 날이죠…….

채원은 보기 드물게 좋은 봄의 햇살을 받으며 조심조심 걸음을 옮겼다. 몸을 움직일 때마다 웅장하게 박힌 비즈들이 각각 빛을 내며 존재감을 과시하기 바빴다. 뭐 이렇게까지 비싸고 예쁜 드레스를 입어야만 하나 싶을 정도로, 드레스는 고가의 명품 브랜드 제품이었다.

"조심조심. 신부님, 조심조심."

"네네. 조심조심."

채원은 발에 온 신경을 쏟아붓다가 차가 오는지 보려고 고개를 들었다. 들지 말 걸 그랬나. 채원은 자신을 바라보고 있는 한 사내의 시선을 발견하고 금세 우뚝 멈추고 말았다.

"……아? 어어어?"

채원은 요상한 소리를 내며 드레스 자락을 꽉 움켜쥐었다. 서로 시선이 부딪친 마당에 피할 재주까진 없어, 채원은 입술을 열었다.

"어…… 안녕……하세요……."

아, 안녕하시냐니. 이것이 정녕 최선이었더냐!

채원은 자신이 건넨 인사가 마음에 들지 않는다는 듯 두 눈을 질끈 감았다가 떴다.

인사를 받고 잠시 머뭇거리던 그가 손을 들어 보인다. 이어 들려온 목소리는 소름이 끼칠 정도로 익숙한 감이 있어, 채원은 더욱 드레스 자락을 움켜쥐었다.

"그래, 오랜만이다."

"아…… 어…… 어…… 네……."

퍼지는 채원의 긴 드레스 자락을 감고 뒤를 따르던 스태프는, 신부님이 길에서 우연히 아는 사람을 만났는가 싶어 잠시 기다려주기로 한다.

두 다리는 땅에 붙은 듯 움직일 생각을 하지 않고, 서로 바라보고는 있는데 도무지 무슨 말을 어떻게 해야 할지도 모르겠고.

으으. 전 남친을 만나다니. 외국에서 헤어진 전 남친을 한국에서 만나다니!

"오늘 결혼……하나 봐……?"

"……네?"

채원은 눈을 깜빡깜빡거렸다. 아…….

"아, 아, 그게요."

아아악! 웨딩드레스!

"네…… 네. 네? 네네! 맞아요, 맞아요! 저, 저 오늘 결혼해요!"

지저스……. 채원은 자신이 채택한 답변에 망연자실했다. 그게 아니라요. 들어봐요. 사실 진짜 결혼을 하는 건 아니고요.

"결혼을 하지 뭐예요! 하하하, 결혼! 결혼해요, 저!"

"아…… 결혼……."

2억짜리 알바를 뛰러 가는 길입니다만……? 저세상 분과 잠시 볼일이 있어 작업복을 입고 출동하는 길입니다만……?

"네네! 맞아요! 결혼! 결혼요! 하하하!"

으아아. 졸지에 진짜 결혼하는 여자가 되었다. 하지만 이미 뱉은 말은 무를 수도 없고 돌릴 수도 없다.

"아…… 결혼을……."

적잖이 놀랐는지 연거푸 중얼거리며 성준이 말아 쥔 주먹으로 입가를 가린다. 다리가 후들거려 곧 쓰러질 것 같았지만 그녀는 높은 하이힐의 굽 때문이라고, 믿어보기로 한다.

침착해! 크게 보자면 '결혼'을 한다는 말 자체는 거짓말이 아니잖아! 뭐, 뭐 이제 어쩔 수 없으니까 침착하게 대응하라고, 정채원!

"하하하, 결혼을, 제가, 하하하."

채원은 있는 힘을 다해 크게 웃으며 어색한 상황을 모면해보려고 했다. 이럴 때 필요한 것은 다름 아닌 정신 승리다.

"결혼을…… 네네, 결혼해요. 살다 보니 결혼을 다 하……."

"그러게. 잘 지냈나 보네."

"……."

"결혼을 다 하고."

아……. 채원은 금세 웃음기를 지워냈다.

잘 지냈나 보네. 결혼을 다 하고.

그의 말은 자꾸만 귓가에 맴돌았다. 약간은 먼 거리의 그가 중얼거린 말이 가슴에 콕 박히고 만 것이다. 졸지에 옛 애인에게 현실 유부녀가 되고 말았지만, 최선이라 믿고 싶었다. 무엇도 들키고 싶지 않다. 적어도 그에겐 지금의 현실을 알리고 싶지 않다. 차라리 결혼했다고 그가 믿는 편이, 지금 할 수 있는 가장 아름다운 결말일 거라고.

잠시 말이 끊기자 그가 하늘을 올려다본다. 무엇을 확인하고 싶었던 걸까. 채원은 그를 따라 힐끗, 하늘을 올려다보고는 이어 들려오는 그의 목소리에 시선을 내렸다.

"좋네. 결혼하기엔 날씨도 좋고."

시선이 부딪친다. 그는 어느덧 차분해진 모습이다. 할 수 있는 게 많지 않은 지금, 그도 그가 할 수 있는 최선의 카드를 꺼냈다.

"너도 좋아 보인다."

"아…… 네……."

"잘 어울리네, 드레스."

날씨가 너무 밝아서 표정을 숨길 곳도 하나 없는 지금.

⋯⋯세상엔 쉬운 알바가 없다.

"축하해, 결혼."

그녀는 그런 생각만 거듭했다.

차라리 땅이 갈라져 나를 삼켰으면 좋겠다는 엉뚱한 상상만 들던 그때.

잘 어울리네, 드레스.

차라리 하늘에 구멍이라도 나길 간절하게 기도했던 그때.

축하해, 결혼.

그 낮은 음성과, 축하의 말과는 달리 차가웠던 눈빛과, 기도 안 차는지 중간중간 헛웃음을 터트리던 입술. 그런 모든 것들이 조화를 이루어 그의 마음을 보여주는 것만 같았다. 한순간에 집이 망해 급히 귀국해야 했던 3년 전 스페인, 그곳에서.

그에게 아버지의 사업이 처절하게 망했다는 말은 차마 떨어지지 않았다. 창창한 그의 미래를 어쩐지 헝클어트릴 것 같아, 함께 수렁으로 빠질 것만 같아, 헤어 나올 수 없을지도 모를 고통 속을 그와 함께 걷고 싶지 않았다.

그래서 헤어지자는 말만 남겨두고 도망치듯 귀국해버리고 말았다.

"불쾌했겠지. 갑자기 마주쳐서⋯⋯. 나라도 그랬겠다⋯⋯."

채원은 힘없이 중얼거렸다. 그래, 그랬겠지. 갑자기 헤어지자고 선언하고 떠난 나를 마주쳐서 얼마나 불쾌했을까. 심지어 결혼을 한다니, 그건 또 얼마나 달갑지 않은 일이었을까.

나라도 그랬겠다. 나라도, 그랬을 거야.

"에효. 기분 완전 별로다. 너무 우울해지는데."

휴. 짧게 한숨을 내쉰 채원은 턱에 힘을 주며 고개를 들었다. 괴로운 마음을 깊게 담아봐야 사는 일엔 조금도 도움이 되지 않는다는 걸, 그녀는 잘 알고 있다.

어쩔 수 없는 일들은 과감히 털어버려야 해. 말 그대로 어쩔 수 없는 거니까.

"신부는 이제 눈을 감고 마음을 다해 기도하세요."

그때였다. 곁에 서 있던 중년의 여성이 의식이 끝났다는 듯 그녀를 향해 입을 열었다.

"아아, 네. 기도요."

잠깐 누군가와 함께 있다는 사실을 잊었던 채원은 고개를 끄덕이며 눈을 감았다. 이곳에서 사고로 목숨을 잃은 사내를 향해 정성껏 기도를 하란다.

자신을 '곽씨'라고 소개했던 중년 여성은 듣기에 별로 기분이 좋지 않은 목소리로 말을 이었다.

"정성을 다해야 합니다, 정성을."

"아…… 네, 정성."

정성. 정성을 어떻게 다하란 말이지? 얼굴도 모르는데.

채원은 일단 눈을 감고 온 정신을 집중했다. 얼굴도 한 번 본

적 없는 저세상 분에게 좋은 곳으로 가라 마음을 다해 빌어보기로 한다.

곽씨는 그녀의 표정을 훑다가 부적을 태운 가루를 그녀에게 뿌렸다. 검은 재가 흰 드레스에 달라붙었다.

"천 일 동안 신부는 항상 신랑을 위해 기도해야 합니다. 정성을 다하여. 그것에 인생을 던져야 할 겁니다."

"네……. 정성…… 기도……. 네, 알겠습니다."

미약하게 남은 성준의 생각을 애써 지웠다. 채원은 눈을 감고 정신을 집중했다.

그래, 잊자, 잊어. 그 사람을 다시 만날 일은 없을 거야. 유부녀라고 믿으면 어때, 다시 만날 일도 없을 텐데.

차라리 잘된 거야. 잊자, 잊어.

"신부는 깊게 새겨들으세요. 천 일 동안 그 누구의 것도 될 수 없습니다. 명심하세요."

"네……. 알겠습니다……."

검은 재를 뒤집어쓴 채원은 정성을 다해 기도하는 일에 집중해보기로 한다. 이 말도 안 되는 상황에서도 웃음 한번 터트리지 않은 건, 이미 더 괴팍하고 신랄한 현실 속에 살고 있기 때문이다. 집으로 데려다줄 호박 마차도, 놓고 갈 유리 구두도, 자신을 찾으러 와줄 왕자님도 없는 재투성이 아가씨였으니까.

어느덧 인생은 잔혹 동화였다.

"선배, 그런데 누구야?"

"뭐가."

"아까 그 여자."

"……아."

채원과 성준이 마주치고 얼마 지나지 않아 숍에서 태리가 나왔다. 태리는 성준에게 다가서며 신부의 얼굴을 보았다. 차에 올라탄 태리는 운전대를 잡은 채 내내 침묵을 유지하고 있는 성준에게 물었다.

"선배 아는 사람 아니었어? 아는 사람 같던데?"

"그냥. 그냥 예전에 잠깐 알던 사람."

"아아, 잠깐 알던 사람."

태리는 성준의 말을 곱씹으며 고개를 끄덕였다. 뭐, 아는 사람을 만날 수도 있지. 결혼하는 것 같던데. 예전 지인을 우연하게 본 모양이다. 그럴 수도 있지. 그런데 자꾸만 이상한 기분이 드는 건 지금 성준의 표정 때문이다.

"별로 반가운 사이는 아니었나 보네. 선배 되게 저기압인데, 지금."

"넘겨짚지 마, 그런 거 아니니까."

"표정 좀 거울로 보고 얘기할래? 지금 엄청 저기압인데?"

"앞으로 이렇게 회장님과 너를 함께 보는 일은 없게 해줘. 저기압의 이유는 거기에 있으니까."

성준은 태리의 말을 평소보다 짧게 받아치며 운전에 몰두했다. 태리는 무안함에 머리를 쓸어 넘겼다.

"본인도 못 하는 일을 내가 어떻게 해? 나도 우리 아빠 무섭거든?"

"……."

"알았어, 알았다구. 나는 뭐 할 일 없어서 나온 줄 알아? 한성준 씨 오늘따라 되게 치사하게 구는 거 본인은 아는지 모르겠네."

태리는 여전히 저기압을 유지하는 성준을 향해 입술을 삐죽거렸다. 쳇. 농담 반 진담 반을 건네보아도 그는 여전히 운전만 할 뿐 아무 말이 없다. 이건 평소 그가 기본적으로 유지하는 저기압과는 결이 다르다는 걸, 그녀는 확실히 알 수 있었다.

"선배 지인 예쁘더라."

그는 쓸데없이 속도를 내었다. 운전대를 잡은 손등에 핏줄이 섰다.

"드레스 입은 사람 보니까 갑자기 드레스 입고 싶네, 나도 결혼할 때가 됐나."

"도착 3분 전. 회장님께 다 왔다고 전화드려."

"알았어."

누구라도 알 수밖에 없었다. 그는 화를 내고 있었다.

두 달 후.

'채원 씨, 이런 말을 해서 미안한데 사정은 다 알지만 매번 빚쟁이들이 찾아오는 건 우리 입장에서 좀…….'

채원은 터벅터벅 길을 걸었다. 다니던 번역 전문 회사에서 잘리고 나오는 해고자의 길.

회사에서 잘리고 직장을 옮기면 석 달 뒤, 거짓말처럼 빚쟁이들이 몰려왔다. 아버지가 마지막에 끌어다 쓴 사채가 문제였다.

"내가 일을 해야 빚도 갚는 거지, 내가 잘리면 빚도 못 갚는데 왜 자꾸 찾아오는 거냐고……. 나 도망 안 간다고……."

법도 상식도 통하지 않는 사람들. 자리를 잡을 만하면 해고를 당하고, 다시 빚에 내몰리고, 상황은 나아질 기미가 보이지 않았다. 그들은 부지런히 눈도장을 찍어야 다른 채무보다 먼저 갚을 거라는, 심리적 압박감을 이용하고 싶었던 모양이다. 채원은 우뚝 멈춰 섰다.

"그나저나 잘렸네 또……."

잘렸다! 잘렸다고! 이번엔 정말 잘해보려고 했는데! 우이씨!

머리끝이 핑핑 돌 정도로 심장이 두근두근하지만 어디 설레는 일이 있어서 그러겠나, 급상승하는 혈압 때문이겠지.

"하, 진짜. 뭐 이러냐 진짜."

눈이 부실 정도로 반짝반짝한 점심 무렵의 봄. 신경질이 날 정도로 봄바람은 따뜻하기만 하다. 채원은 가만히 손바닥을 내밀어 불어오는 바람에 잠시 집중했다.

"날이 너무 좋네. 이런 거지발싸……."

개 같은 날씨! 드럽게 좋네, 진짜!

"이젠 눈물도 안 나온다. 처음에 잘렸을 땐 엄청 울었는데."

나란 인간, 쓸데없이 적응을 잘한다. 장점인가? 그것도 모르겠어.

눈물이 나오지 않는 걸 떠나 그저 웃음만 비실비실 흘러나온다.

에효, 그저 팔자이거니.

채원은 체념하듯 휴대폰을 꺼내 구직 앱을 다시 깔았다. 석 달만의 일이다. 저세상 분과 연을 맺은 대가로 받은 2억은 이미, 월급을 받지 못했던 아빠의 예전 회사 직원분들에게 털어주고, 통장 잔고는 진작 0원이 되었다.

"그래⋯⋯. 산은 산이요, 물은 물이로다. 빚은 빚이요, 해고는 해고로다⋯⋯."

해고에 익숙해진 모습이 정상적으로 느껴지진 않는다. 자리를 정리하고 나오자마자 구직 앱부터 깔고 있는 모습도 정상인 것 같지 않다. 하지만 어쩌겠나. 주저앉아 울어본들 달라질 일은 아무것도 없는데.

"번역 일 엄청 마음에 들었는데. 오랜만에 일다운 일 좀 해보려고 했더니만 이제 무슨 일을 구하냐⋯⋯."

머리는 멍하고 덤덤한 척 마음을 달래봐도 밀려 나오는 한숨까지는 어찌지 못하고 있던 그때, 한 통의 전화가 걸려왔다. 채원은 빠르게 전화를 받았다.

"여보세요, 무직자 정채원입니다."

— 여보세요? 무직자? 잘렸어, 또?

친구 해경이다. 채원은 이마를 짚으며 웃음을 터트렸다. 약간 실성한 웃음이랄까.

"그렇게 됐어. 석 달 채웠다 했지 뭐."

— 아니 그 미친놈들은 석 달만 되면 어떻게 알고 직장엘 찾아오는 거야? 이번에도? 이번에도?

오래된 친구는 그녀보다 더 불같은 화를 내었다. 그 열이 잔뜩 오른 목소리에, 오히려 채원은 조금씩 더 차분해졌다.

"그냥 이젠 그러려니 하는데 그 회사는 좀 아까워. 계속 다니고 싶었는데."

— 그러게. 일 잘 맞는다고 좋아했잖아. 너 원래 번역이니 통역이니, 그런 거 하고 싶어 했고.

"또 구해봐야지 뭐. 구해지겠지. 구직 앱 깔고 있었어."

— 멘탈은 알아줘야 해, 정채원.

채원은 친구의 한탄 같은 말에 웃음을 흘렸다. 그저 웃을 수밖에. 그것 말곤 할 수 있는 게 없으니까.

그러다가 무의식중에 고개를 들어 길 건너 대형 전광판에 시선을 고정했다. 우연찮게 화면에 잡힌 동시통역사를 보며, 그녀는 입술을 작게 벌렸다.

나의 꿈이, 저기 있다.

— 아, 맞다. 나 순간 너한테 왜 전화했는지도 까먹었네. 이것도 운명인가 봐.

"……응? 그게 무슨 말이야?"

— 혹시나 해서 너한테 물어보겠다고 했는데 이렇게 또 딱 맞네, 운명처럼.

"운명 무섭다. 난 개척하고 싶거든, 해경아."

멋진 통역사가 되고 싶었어. 그런 꿈이 내게도 있었지. 유학을 마치고 하고 싶은 공부를 더 하고 난 뒤, 멋지게 나의 인생을 살고 싶었다고.

— 채원아, 너 혹시 통역 일 안 해볼래? 단기 일이긴 한데.

"……뭐?"

눈이 번쩍하고 떠진다. 생각이 꿰뚫린 것 같아 심장이 뜨끔했다.

— 석 달 정도면 된다고 하고, 스페인어 통역 가능자 찾고 있어서 내가 일단 너 생각나서 물어 왔……

"돼! 돼! 돼! 무조건! 무조건 돼! 할 수 있어!"

길거리에 서 있다는 것도 잊은 채 채원은 바락바락 큰 소리를 냈다. 지나가는 사람이 힐끔거리며 쳐다보지만 알 게 뭐냐.

친구 해경은 죽으라는 법은 없는 것 같다며 말을 이었다.

— 자세한 설명은 나중에 할게. 그럼 일단 면접 보러 가볼래? 거기도 사정이 급한 것 같……

"가! 가! 가! 나 지금! 지금 갈 수 있어!"

— 지금 가능해?

"물론이지! 호랑이 굴이라도 내가 들어간다! 당장 간다고!"

— 오케이. 그럼 연락처 넘겨줄 테니까 전화해보고, 잘됐으면 좋겠다.

오, 맙소사. 채원은 심장이 너무 뛰어 이마를 짚었다.

해경아……. 가끔 보면 너는 친구가 아니라 내게 온 천사 같아……

— 내 얼굴에 똥칠하지 말고 면접 잘 봐라?

"알았어어어어…… 고마워어어……."

친구에게 전화번호를 넘겨받으며 채원은 다시 전광판으로 시선을 옮겼다. 반짝반짝 빛이 나는 것만 같은 동시통역사를 바라보며, 채원은 바로 전화를 걸었다.

그래. 죽으란 법은 없는 거지.

"여보세요? 안녕하세요, 통역사 구하신대서 연락드린 정채원이라고 합니다!"

나라고 꿈을 이루지 말란 법은, 없는 거지. 간다! 호랑이 굴이라도 당장 들어가고 만다!

"공기 정화 시스템을 앞세운 친환경적 숲 카페를 시범적으로 론칭한다. 이렇게 헤드라인 박으면 될까요?"

직원은 기획안을 내려다보고 있는 성준에게 말을 걸었다. 한참이나 들여다보던 성준은 입을 열었다.

"친환경이라는 것도 중요하지만 서울 시내에 거대한 인공 숲 카페가 들어선다는 것을 중점적으로."

"네. 알겠습니다, 대표님."

3년 전, 해외 기업에서 근무하던 성준은 한국으로 돌아와 공기 정화 전문 회사 에어밸런스를 차렸다. 단기간에 세계 각국으로 수출 판로를 열게 된 성준은 주식 상장의 쾌거까지 이루며 한국 스타트업의 좋은 예시가 되었다. 바야흐로 성준은 성공한 사업가였다.

"회의는 내일 다시 하는 걸로 합시다."

"네, 대표님."

직원이 대표실을 나가고 난 뒤 한참이나 일에 몰두하던 성준은 서류를 손에서 놓았다. 휴. 아무리 집중해보려고 해도 두 달 전의 충격에서 쉽게 빠져나오질 못하고 있다. 순간순간 그를 괴롭히고, 문득문득 떠올라 그를 당황하게 만드는 사건 하나.

하필 거기서. 하필 그것도 결혼을 한다는 날에!

"축하한다니. 축하를 왜 해, 거기서."

딴에는 쿨하게 보이고 싶었는데 무리수였던 것만 같아 성준은 미간을 좁혔다.

내가 축하한다는 말이 어울리는 사람이었던가? 그런 말이 오히려 독이 된 건 아니었을까. 울 것 같은 표정을 지었던 것 같은데.

"좋은 날인데, 나 때문에 망쳤겠네."

대차게 차버린 전 남친이 결혼을 축하한다는 말을 했으니 곱게 들렸을 리가 없다. 당황함을 들키지 않으려 애를 썼던 표정이 딱딱하게 보여, 비꼬듯 들렸을지도 모른다. 옛 애인에겐 일생에 한 번뿐인 날인데. 하필 또 그런 날 마주쳐서 그녀의 결혼식을 망친 기분이 든다.

"일이나 하자, 일이나. 일, 일합시다."

헤어지고 어떻게 사나 가끔 궁금했는데, 앞으로는 그런 궁금증은 생기지 않을 것 같다. 뭐, 다행이라고 해야 하나.

성준은 정신을 차리듯 고개를 휘휘 돌리다가 다시 서류로 시선을 돌렸다. 때마침 비서실장이 들어선다.

"연락해봤어?"

성격 급한 성준이 이제 막 들어서는 김 실장에게 묻자 김 실장은 고개를 끄덕였다.

"네. 연락해봤는데 한국 방문하는 것에 긍정적이던데요. 입국 날짜 협의봤습니다. 모레 들어오는 걸로요."

"수고했어. 비행기 티켓 우리 쪽에서 끊고. 숙소 마련하고. 차질 없게."

"네. 걱정 마세요. 이미 다 처리했어요."

성준은 김 실장의 대꾸에 짧게 고개를 끄덕였다.

에어밸런스는 엄청난 부지의 '인공 숲'을 기획했다. 하늘이 뻥 뚫린 대형 부지에 맑은 공기가 순환되는 시스템이었다. 따라서 거대한 친환경 인공 숲에 알맞은 인테리어를 소화해줄 건축가가 필요했다. 국외에서 유명한 건축가를 초빙하려고 하는데 일이 쉽게 풀리게 생겼다.

"그런데 문제가 좀 있어요."

"문제?"

괜한 설레발이었나. 문제가 있단다. 성준은 팔꿈치를 책상에 대며 깍지를 끼고 턱을 받쳤다. 들어 올린 시선으로 김 실장을 바라보았다.

"건축가 성격이 굉장히 까칠한데. 괜찮을까요?"

"까칠해?"

"엄청요."

"나만큼?"

"……그 정도?"

찌릿. 성준의 눈에 불이 켜지자 김 실장은 아차 싶은 표정을 지으며 입술을 오므렸다. 잠시 비서 녀석에게 불꽃 레이저를 쏜 성준은 시선을 갈무리하며 서류로 옮겼다.

"까칠한 사람 다루는 일엔 도가 튼 김 실장이니까 어련히 알아서 잘할 거라 믿어."

"아…… 자신 없는데……."

김 실장이 중얼거린다. 서류를 다 읽은 성준은 만년필을 들었고 상단에 부드럽게 사인을 마친 뒤 김 실장에게 파일을 건넸다.

"어찌 되었든 외부로 정보 새어 나가지 않게 잘 관리하고. 결렬되면 또 지라시 돌 게 뻔하니까."

"예. 알겠습니다."

"건축가 이름이 뭐라고 했지?"

"다미안 씨인데 스페인 출신이고요."

스페인. 아아, 스페인. 스페인은 좋지 않은데. 왜냐.

"그래서 말인데요. 스페인 통역이 가능한 사람을 섭외했어요. 사람은 작은 것에 감동받아 큰 결정을 하기도 하니까요."

그곳은 바로 내가 차인 곳이거든!

"통역? 어디서?"

"대외비로 진행하라 하셔서 외부에서 알아봤는데, 건너건너 아는 사람의 지인이 스페인 유학파라 통역 가능하고 시간도 충분하다고……."

"일 처리하는 속도가 왜 이렇게 빨라. 가끔은 트집 좀 잡혀라. 재미가 없어, 사람이."

"대표님 비서로 일하며 재미까지 더해야 한다는 건 오늘 처음 알았네요."

추진력이 빠르기로는 김 실장을 따라갈 수가 없다.

"석 달 단기 계약 건으로 통화했고 상대 쪽에서 기밀 유지 가능하다 해서 협의봤거든요. 잠깐 면담해보실래요?"

"면접자는 지금 밖에 있어?"

"네. 도장은 아직 안 찍었어요. 대표님이 한번 보세요."

김 실장은 말끝에 문 쪽으로 다가갔다. 서류만 들여다보며 김 실장의 말을 듣던 성준은 입을 열었다.

"그런데 김 실장, 딱히 통역은 필요 없어. 나도 할……."

"들어오세요."

김 실장의 말에 성준은 고개를 들었다. 문 쪽을 바라보니,

"아……."

이러면 안 되는 거 아닌가? 이렇게 자꾸 엮이면 어쩌자는 건데.

"……어?"

들어서자마자 놀라 동그랗게 변하는 채원의 눈을 보며 성준은 급하게 표정을 풀었다. 그녀보다 먼저 반응하고, 또 먼저 태연함을 찾은 것이다. 알고 있었다는 듯, 몰랐어도 상관없는 일이라는 듯 그는 손을 작게 들어 보였다. 채원의 표정을 훑어보니 뭐랄까, 이건 마치 호랑이 굴에 들어온 사람처럼 충격에 휩싸여 있다.

그의 심기가 묘하게 뒤틀린다.

"여어."

매번 놀라기만 할 수야 있겠나. 이젠 아무 상관 없는 사람인데.

"또 보네, 우리."

"아…… 네……."

그의 눈매는 빠르게 침착해졌다. 순간 폭발한 가슴의 열을 차가운 머리가 식혔다.

"반가울 지경이야, 이제."

그 정도의 여유는 갖출 수 있다. 이제.

김 실장은 문 앞에 선 채원을 한 번, 책상 앞에 앉은 성준을 한 번, 곁눈질로 보았다. 가뭄에 논 갈라지듯 쩍쩍 갈라지기 시작한 채원의 표정과 성준의 인사는 물과 기름처럼 섞이질 않는다.

어…… 지금 이 분위기는…… 무엇……?

눈치 빠르기로는 타의 추종을 불허하는 김 실장의 머릿속이 빠르게 회전한다.

"들어오세요, 정채원 씨."

김 실장은 우선 채원을 대표실 안으로 들어오게 했다. 그러곤 다른 비서들이 내부 상황을 볼 수 없도록 빠르게 문을 닫았다.

만년필을 들고 딱, 딱, 책상을 두드리던 성준은 삐걱거리며 들어서는 채원을 바라보았다. 다행이랄까, 두 달 전 한 번 마주쳤다고 지금은 그다지 놀랍지 않았다. 성준은 머리에게 제압당한 심장이 대견하다는 듯 설핏 미소를 지었다. 인간 승리 수준의 정신 승리다.

"이쪽으로, 이쪽으로 앉으세요."

"아, 네네."

채원은 김 실장의 안내에 따라 소파에 앉았다.

"아이코."

어우, 소파가 얼마나 푹신한지 엉덩이가 깊게 내려가 다리가 들려 채원은 당황했다. 차라리 누구라도 웃어주면 좋을 텐데, 약간의 슬랩스틱이 민망할 지경으로 사무실 안은 냉기가 흘렀다. 채원은 가까스로 자세를 곧게 하며 깊은숨을 내쉬었다. 손발이 꽁꽁 묶인 것처럼 꼼짝도 못 하겠다. 으아아아. 그가 의자를 뒤로 밀며 일어선다. 채원은 저도 모르게 무릎에 올려놓은 주먹을 말아 쥐었다. 누가 가둔 것도 아닌데 격렬하게 탈출하고 싶다.

"여긴 어쩐 일?"

아…… 그게요…….

"알고 온 것 같지는 않은데. 내가 여기 있는 거."

"무, 물론……."

여기 계신 것도 몰랐지만…….

"보다시피 내가 여기 대표라서."

대표이신 건 더더욱 몰랐죠…….

성준은 성큼성큼 소파로 다가가 앉았다. 한두 번 앉아본 것이 아니라 그런지 저 긴 다리가 들리는 일은 벌어지지 않았다.

좋겠다, 다리가 길어서. 소파에 앉아도 다리가 움직이지 않아서. 그녀에겐 이런 엉뚱한 생각들만 가득 찼다. 사고가 멈춘 것처럼.

"차 준비해드리겠습니다. 정채원 씨는 어떤 차……."

"아, 아뇨! 차는 됐고요! 차, 차는 됐습니다! 정말로요!"

김 실장이 나가려는 것 같아 채원의 목소리가 높아졌다. 안 돼! 나가지 마세요! 제발! 제발 저를 여기에 두고 나가지 마세요!

채원은 전혀, 조금도, 눈곱만큼도 뭘 마시고 싶지 않다는 강렬한 의지를 눈빛에 실었다.

김 실장은 발이 묶였다는 듯 채원을 바라보았다. 성준은 김 실장이 나가는 것을 원치 않는, 둘이 남길 절대로 희망하지 않는 그녀의 음성을 바로 알아챘다. 예전에도 불편한 상황이 오면 그녀는 항상 저도 모르게 마른 주먹을 쥐었으니까.

더듬거리지 않아도 기억은 흘렀다. 그것이 당황스러운 때였다.

"김 실장."

"네, 대표님."

성준은 그녀의 말아 쥔 주먹을 내려다보다가 고개를 들었다.

"차 두 잔만 준비해줘."

"네. 알겠습니다."

"난 늘 마시던 걸로 주고, 이분은 탄산수로."

채원은 탄산수를 달라는 성준의 말에 눈을 크게 떴다. 기억을 하고 있었나, 지금까지?

"아아, 그리고 탄산수에 얼음 가득 채워줘."

"네. 알겠습니다, 대표님."

채원은 성준의 목소리를 들으며 고개를 약간 숙였다. 심장이 입밖으로 튀어나올 것 같아, 마른침을 꿀꺽꿀꺽 삼켰다. 자신의 취향을 그대로 기억하고 있는 그의 말엔 어딘가 모르게 뼈가 있었다.

"차만 따로 들여보내주고 김 실장은 일 봐. 둘이 얘기할 테니까."

"네, 대표님. 알겠습니다."

김 실장이 빠르게 나간다. 쿵, 문이 닫히며 작은 소음이 인다.

성준은 꼬고 앉은 한쪽 다리를 느리게 흔들었다. 시선을 거둔 채 좀처럼 자신을 바라보지 않는 그녀의 모습에 기가 차 피식, 웃음이 흘렀다.

가볍지 않은 웃음이 발아래 깔리듯 내려간다. 낮게 퍼지는 그의 짧은 웃음소리에 채원은 문득 생각했다.

……맞아. 예전부터 그는 가시 같았다.

"이제 뭐부터 얘기를 좀 해볼까."

언제나 심장에 박혔으니까.

"우리."

"곽 선생, 그 여자는 잘 관리하고 있는 거예요? 맞아요?"

"잘 관리하고 있습니다. 여사님께서 걱정하시지 않으셔도 됩니다."

채원에게 영혼결혼식을 제안했던 곽씨는 죽은 사내의 모친 주옥선 여사를 만났다. 주옥선 여사는 교통사고 뺑소니로 하나뿐인 아들을 잃었다.

"꿈에라도 나와주면 좋을 텐데, 우리 형재가 요즘은 통 꿈에도 보이질 않고……."

"아드님이 꿈에 보이지 않는다는 건 좋은 현상입니다."

말끝에 곽씨는 조용히 차를 삼켰다. 주옥선 여사의 고아한 눈매에 맺힌 두려움과 상실감을 깊이 느낀 곽씨는 느리게 찻잔을 내렸다. 할 말이 많지만 선뜻 뱉지 못하고 자신을 바라보는 주 여사에게, 곽씨는 작은 미소를 보였다.

"여사님, 제가 아드님을 위한 천도제를 시작했으니 다 잘될 겁니다. 천도제가 무사히 끝나면 아드님께서 더 이상 구천을 떠도는 일은 없을 거고."

"그럼 아직…… 우리 형제가 제대로 눈을 감지 못했다는…….."

"아직은 그렇습니다. 갑작스럽게 한을 쌓은 영혼들의 원을 풀어낸다는 것은 쉬운 일이 아니니까요."

"하…….."

주 여사는 고개를 숙였다. 곽씨는 죽은 아들의 혼을 볼 수 있는 사람이고, 그동안 벌어졌던 몇 가지의 일로 그것을 확신한 주 여사는 곽씨에게 매달렸다. 무엇이건 곽씨의 말을 따랐고, 점점 더 강렬하게 의지했다. 이유는 하나였다. 곽씨는 아들을 볼 수 있으니까. 오직 곽씨를 통해 아들을 만날 수 있다고 맹신했으니까.

"오늘 제가 여사님을 찾아뵌 건 다름이 아니라, 아드님을 위해 천도제를 지내는 장소가 다소 협소하여 의논을 드리려고 온 겁니다."

"장소가 협소하다니, 그게 무슨 말인가요?"

"말 그대로입니다. 장소가 협소해서, 아드님의 원을 담기엔 부족하다는…….."

"안 돼. 뭐든 부족하면 안 돼요. 제가 어떻게 하면 되죠?"

곽씨는 다시 찻잔을 들었다.

"혼을 기리는 곳을 함부로 옮기는 일은 위험한 것이라 저도 어떻게 하는 것이 더 좋을지 고민 중입니다."

주 여사는 곽씨의 말을 들으며 핸드백을 열었다. 곽씨의 찢어진 눈매가 빠르게 주 여사의 손끝을 훑는다.

"일단 이 돈으로 해결해보세요. 돈은 얼마가 들어도 상관없으니 무엇이든 부족함이 없게. 뭐든지 부족하지 않게."

주 여사가 테이블로 봉투를 밀자 곽씨는 찻잔을 내리며 봉투를 집었다. 봉투의 두둑함만으로 금액을 예상한 곽씨는 노력해보겠다는 뜻으로 고개를 끄덕였다.

"문제가 있다면 다시 연락드리겠습니다."

"곽 선생만 믿소. 우리 형제, 좋은 곳으로 갈 수 있도록 꼭 좀……꼭……."

절실함이 실린 주 여사의 호소를 뒤로하며 곽씨는 자리에서 일어섰다.

"믿으세요. 제가 아드님을 좋은 곳으로 보내드리겠습니다."

아들을 잃은 어머니의 절실함. 곽씨는 주 여사의 그런 간절함이 필요했다.

탄산수와 커피가 나란히 놓인다. 채원은 그토록 좋아하는 탄산수를 바라보면서도 마셔야겠다는 생각을 하지 못했다.

"이력서는 가져왔나?"

"아…… 네. 가져왔어요."

내내 가득 찬 탄산수만 내려다보던 채원은 가방을 열어 가져온 이력서를 꺼냈다. 흰 봉투에 정갈하게 담아 온 이력서를 테이블에 내려놓자 그의 시선이 따라왔다. 봉투를 열어볼까 말까 잠시 고민하던 그는 관두기로 한다. 저 안엔 굳이 알고 싶지 않은 정채원의 3년간 기록이 있을 테니. 성준은 생각 끝에 이력서에서 시선을 뗐다.

"어디까지 설명을 들었는지는 모르겠지만 스페인어를 능숙하게 구사할 수 있는 사람을 필요로 하는 중이라."

"네, 통역을…… 구하신다고……."

"맞아, 통역."

"실장님이라는 분께 통화로 얼추 설명 들었어요."

"그 얼추가 전부일 것 같긴 하다. 그럼 다시 내가 설명하지 않아도 되겠지."

"네……."

다시 말이 끊긴다. 성준은 가만히 그녀의 얼굴을 들여다보았다. 시간이 지날수록 조금 전엔 없었던 궁금증이 산더미처럼 쌓이기 시작하지만 할 수 있는 질문이 있긴 한 건가, 내적 검열이 심해지고 있었다.

"할 수 있겠어?"

거두절미하는 일이 많아졌다.

"할 수 있겠냐고."

채원은 시선을 옮겨 그를 바라보았다.

'할 수 있겠느냐'는 그의 질문은 어쩐지 '견딜 수 있겠느냐'로 들려왔다.

"석 달이야. 뭐, 짧으면 짧을 수도 있고 길다면 길기도 해. 할 수 있을지 궁금해서."

"일이니까……. 일이니까요 뭐……."

아뇨. 사실은 하고 싶지 않아요. 지금이라도 일어나 도망치고 싶어요.

채원은 마음이 하는 말을 외면했다. 어쩐지 지금 그의 앞에서 이런 말을 던지기가, 마음의 소리를 내뱉기가 쉽지 않았다. 당장이라도 일어서 저 문을 박차고 나가고 싶지만 아무것도 할 수 없었다. 호랑이 굴도 들어갈 자신이 있었지만, 전 남친 사무실로 들어갈 자신은 없었으니까.

"그래. 일은 일이지. 나도 그렇게 생각해."

나오는 대로 지껄인, 그렇게 아무렇게나 뱉은 말에 그는 동의했다.

"그 정도 공과 사 구분할 수 있는 사람이라면 난 정채원 씨를 석 달 고용하는 것에 문제없어."

"어…… 네……."

어이, 대표님. 나 아직 한다고 말 안 했는데?

자꾸만 마음이 갈팡질팡한다. 과거의 사람을 대면하는 일. 대면을 넘어서, 함께 일을 해야 하는 상황. 너무나 아무것도 아닌 일처럼 여겨지기도 하고, 또 그러면 안 되는 엄청난 일처럼 여겨지기도 한다.

헤어졌으면 좋겠어요.

일방적으로 헤어지자고 말했던 그날, 그 점심 무렵의 순간을 그는 어떻게 이해하고 받아들였을지. 이렇게 다시 만나 엮이면 안 되는 거 아닌가. 아니, 그것도 아닌가. 많은 시간이 지는 지금, 그에겐 한 줌의 추억거리도 되지 않는 그저 지나간 일일 뿐인가. 마음은 한순간도 잡히질 않고 상념에 뒤덮였다.

"난 또, 일 못 한다고 금세 일어설 줄 알았는데 할 수 있다고 하는 거 보니 나쁘지 않네."

그런 채원을 보며 그는 의미심장한 말을 했다.

"그렇잖아. 보편적으로는 못 한다고 할 텐데. 역시 보통 아니야, 정채원 씨."

헤어졌으면 좋겠어요.

왜일까. 별로 기억하고 싶지 않은 그날의 일이 그에게도 떠올랐다. 그때도 너와 나는 이렇게 마주 앉아, 그때도 너는 나의 얼굴을 바로 보지 못한 채. 너무나 특별한 관계로 믿었던 우리를 한순간에 너무나 아무것도 아닌 관계로 만들어버리고.

"아니면 전혀 그런 생각이 들지 않을 정도로 우리가 아무것도 아니었다고 알려주는 것 같아서 고마워. 진심으로."

떠났다.

"면접은 이걸로 끝냅시다. 회의가 있어서."

들을 이야기는 없겠다는 것처럼 그가 손을 들어 보이며 말을 끊는다. 할 말이 눈덩이처럼 불어났지만 채원은 울대에 맺힌 말들을 꾹꾹 눌러 내리며 마른 주먹을 쥐었다.

그의 눈길이 또다시 그녀 손등에 닿는다.

"통역, 원래 하고 싶었던 일이에요."

헤어지고, 3년.

누군가는 함께 추락할 수 없음에 떠난 뒤 미안함만. 누군가는 이유도 알지 못한 채 홀로 남겨져, 원망만.

"좋은 기회고, 또 석 달만 하면 되는 일이라 기간도 마음에 들었어요."

그런 시간은 무엇으로도 메꿀 수 없다. 이제 와 미안하다는 말도, 이제 와 그땐 그럴 수밖에 없었다는 말도, 아무 소용 없는 거다.

"저 그럼, 그것만 생각해도 될까요?"

면죄를 청하는 쪽보단 뻔뻔한 쪽이 그의 마음을 더 편안하게 하리라. 그녀는 조금 전보다 더 두꺼운 가면을 쓰기로 결심했다.

"질문에 대답하기 전에, 내가 먼저 뭐 하나 물어봐도 돼?"

이번엔 그가 입을 열었다.

"정채원 씨는 석 달 동안 탄력적인 근무 활동을 해야 할 겁니다. 예를 들어 지방 출장도 있을 거고, 늦은 시간까지 미팅도 있을 거고."

무엇을 물어보고 싶은 걸까. 생각보다 일이 힘들 거라는 걸 알려 주고 싶은 건가. 채원은 그의 말을 경청했다.

"내가 당신을 필요로 할 땐, 당신이 옆에 있어야 한다는 말이지. 언제든지. 항시."

"……."

"해서 말인데. 괜찮을까 해서."

응? 괜찮냐고? 뭐가? 어차피 통역 일이라는 게 다 그렇고 그런 거 아냐?

채원은 성준의 염려가 무엇인지 알겠다는 것처럼 짧은 숨을 내쉬었다. 긴장으로 잔뜩 올라갔던 어깨는 추욱, 늘어졌다.

"아, 또 뭐라고. 괜찮아요. 통역 일은 단기로 해본 경험도 있고, 그 정도는 잘 알고 있어요."

"아아. 잘 알고 있다."

"법정 근무시간 지켜달라, 그런 요구는 하지 않아요. 이 일에 대해서는 충분히 인지하고 있으니까요."

"인지. 그래, 인지 좋네."

채원의 확고한 의지가 마음에 들었을까. 그가 고개를 끄덕이며 중얼거린다.

"보수는 우리 쪽에서도 모든 것을 감안해서 넉넉하고 확실하게, 이상적인 액수로 챙겨줄 겁니다. 고용에 대한 이해는 우리도 충분히 하고 있으니까."

채원은 마른침을 꿀꺽 삼켰다. 통역 일이 하고 싶어 전 남친 옆에서 일을 하겠다는 뻔뻔한 여자는 되고 싶지 않지만, 넉넉한 보수라는 말은 서글플 정도로 귀에 꽂혔다.

하, 이토록 속세에 찌든 나라니.

"정채원 씨를 업계 최고 수준으로 대우해드리죠. 무엇도 섭섭하지 않게."

최고 대우……. 눈이 번쩍 뜨인다. 잠시 애틋했던 감정이 씻은 듯 날아가며 그녀는 다시금 현실에 놓였다.

그래. 못 할 게 뭐 있어? 벌써 3년이나 지난 일인데 뭐. 전 남친 옆에서 일하는 게 뭐 어때서? 돈만 벌면 되지. 하고 싶은 일만 하면 되지! 뭐! 이제 남인데 뭐! 물불 가릴 때가 아닌데! 뭐! 뭐! 나는 쪽 팔림도 뻔뻔하게 다 이겨낼 수 있어! 드루와! 드루와!

"그런데 내가 물은 건 정채원 씨의 의사가 아닌데."

"……네?"

"정채원 씨 남편은 괜찮을까 해서."

할 수 있는 게 많지 않다 보니 정신 승리만 이어가던 채원이 입술을 멍하니 벌렸다. 살갗에 붙듯 자연스럽게 각인되지 않는 사실 하나. 조금 전까진 기억하고 있었는데, 금세 잊어버린 치명적인 사실 하나.

"괜찮겠나? 난 확실하게 짚고 넘어가고 싶거든."

"아…… 그게…….."

그에겐 유부녀였다.

유부녀로 살아본 적이 없으니 어떤 답을 선택해야 유려하게 들릴지 모르겠다. 채원은 무슨 말이 어울릴지 잠시 고민했다. 자신이 결혼했다고 완벽하게 믿고 있는 지난 연인의 앞에서. 아니, 이제 곧 3개월 단기 상사가 될 그의 앞에서!

"좋아. 그건 정채원 씨 개인적으로 해결할 부분이니 굳이 답은 하지 않아도 좋습니다."

채원이 머뭇거린다고 판단한 성준은 손을 가볍게 들어 보였다.

그녀의 입장에서 오지랖으로 느껴졌을지도 모르니까. 일을 구하러 온 사람에게 남편의 의사를 묻다니, 실수다. 인정.

"어쨌든 과거에 잠시나마 연이 닿았던 사이라 잠깐 내가 오지랖을 부렸네. 미안."

"어…… 아뇨. 괜찮아요."

"내가 관여할 부분은 아니라는 거 잘 아는데, 그래도 혹시나 정채원 씨의 배우자께서 나와 정채원 씨를 순간이라도 엮어 의심하는 일은 없게끔."

꺼진 불도 몇 번이고 다시 보며 지나가야 할 만큼, 조심해야 하는 관계라는 건 부정할 수 없다.

"내 말, 무슨 말인지 알겠습니까?"

"그럼요. 잘 알고 있습니다. 그리고 그럴…… 일은 없을 거예요."

이미 끝나고도 끝난, 가루가 된 사이라고 해도 그녀 남편의 입장에서 유쾌하지 않을 일일 테니까 조심하고 싶은 것뿐이라고, 성준은 자신을 거듭 이해시켰다.

"무난하게 석 달이 지나갔으면 합니다. 정채원 씨의 배우자가 조금이라도 날 오해하거나 하는 쓸데없는 일은 벌어지지 않게 주의해줬으면 하거든."

"네. 알겠습니다."

"오케이. 그럼 됐고."

성준은 그녀를 채용하기로 마음먹었다. 그녀가 문을 열고 들어서는 순간부터 이미.

그래, 석 달 동안 나는 너를 고용해야겠다. 그런 결심이 섰다.

"문의 사항이 있으면 밖에 있는 김 실장 통해 해결하시고, 정식으로 계약서 쓰고 가세요."

"네. 알겠습니다. 어…… 대표님."

너에게 '대표님'이라는 호칭을 듣게 되는 날이 오다니, 그저 웃음만 날 뿐이다.

"정채원 씨, 그럼 잘 부탁합니다. 석 달 동안."

성준은 소파 팔걸이를 손가락으로 가볍게 두드리며 말했다. 채원은 가만히 그 모습을 바라보다가 고개가 저린 듯 옆으로 비스듬히 꺾었다. 고개를 하도 빳빳하게 들고 있었더니 쥐가 날 것만 같다. 앉아 있는 것 하나만으로도 충분히 자리는 버거웠다.

"저도 잘 부탁드립니다. 어…… 열심히 해보겠습니다, 대표님."

"그래요. 열심히 해야 할 거야. 열심히 할 수밖에 없을 거고. 계약서 조항은 철저하게 지켜야 하고."

"네. 기밀 유지 조항이 있다고 하던데, 염려 마세요. 잘 지킬게요."

"아아, 유일하게 그거 하나 지키지 않아도 되니 그 부분엔 굳이 전투력 끌어올리지 않아도 됩니다."

"지킨다니까요? 지킬 수 있을 거라고 믿으니 채용하시는 거 아닌가요?"

"믿다니? 누가? 내가? 당신을?"

허, 성준의 입술 사이로 실소가 새어 나온다.

"이봐요, 정채원 씨. 지금 무슨 말을 하고 있는 거야. 내가 당신을 어떻게 믿어."

"……"

"당신이 나에게 믿음을 주는 사람이었나? 스스로 생각해봐도 그건 아니지 않나?"

"그럼 제게 왜 일할 자격을 주시겠다는 거죠? 믿지도 못하는 사람을?"

채원의 눈가에도 어느덧 힘이 실린다. 잔뜩 기어들어 가던 목소리도 높아진 걸 보니 열이 오른 것 같아 보인다.

성준은 조금도 눌리지 않는 음성으로 입을 열었다.

"누굴 데려와도 똑같아. 기본적으로 믿기 때문에 하는 일은 아니니까. 생면부지의 사람을 데려다가 일을 시키려고 했을 땐 죽어도 지켜야 할 기밀 같은 건 나눠 주지 않는다는 뜻입니다."

"……."

"기밀을 지켜주면 좋겠지만 지키지 못한대도 어쩔 수 없다고. 그정도의 무게감만 실어줄 테니 염려 말라는 뜻입니다."

"더 지키고 싶어지는데요. 대표님이 그렇게 말씀하시니까."

"그러든가. 지켜달라고 매달리진 않을 테니 편안하게 근무해주시죠."

성준이 멋대로 해보라는 것처럼 손짓하자 채원은 입술을 꾹 깨물었다. 자리를 지키며 대화를 나누다 보니 그의 행동이 이상하게 보일 지경이다.

"대표님이야말로 굳이 저를 채용하시는 이유가 궁금해집니다. 저는 하고 싶었던 일이라고 쳐요. 대표님은 왜 절 고용하시는 거죠?"

아. 이제 완벽한 남으로 대화가 가능해지는 걸까. 대표님이라는 호칭도 제법 입에 붙는다.

“다른 사람 구해도 될 것 같은데요. 꼭 제가 아니어도 될 것 같은데 굳이, 왜요?”

“말했듯이 누굴 구해도 똑같다고. 내가 정채원 씨를 피해 가야 하는 이유는 뭡니까?”

“그건…….”

일순 말문이 막힌다. 채원은 입술을 꽉 닫았다. 조개껍데기 닫히듯 입술이 꽉 닫힌 채원을 바라보다가 성준은 자신의 손목시계를 들여다보았다.

“못 하겠으면 나가면서 김 실장한테 말하고 가면 돼. 너야말로 사심 섞을 거면 지금이라도 관두고.”

“아, 안 섞어요! 제가 왜 사심을……!”

“그러니까. 서로 피해야 할 이유가 하나도 없잖아, 지금 우리한테.”

성준은 아주 좋은 기회를 만났다고 생각했다. 내 인생에 너는 아무것도 아니었다는 거, 예전에도 지금도, 앞으로도 넌 내게 아무런 존재가 아니라는 걸,

“나가봐요. 회의 준비를 해야 해서.”

증명할 수 있는 아주 좋은 기회였으니까.

“가급적 또 봅시다, 정채원 씨.”

채원이 사무실 밖으로 나선 뒤, 조금 더 열을 올리며 회의 준비

를 하던 성준은 손끝에서 현란하게 돌리던 만년필을 멈췄다. 만남 뒤 폭풍처럼 시간이 휘몰아쳤던 것 같은데, 상황을 바르게 정리한 건지 모르겠다. 그러지 않으려고 해도 사람인지라 때때로 감정에 치우쳐 판단이 흐려지곤 했다. 지금의 일 역시 감정에 치우쳐 흐려진 판단을 믿는 것은 아닌가, 약간의 초조함이 올라섰다. 굳이 그녀에게 일자리를 제공했어야 했나. 조금 전까지 믿었던 최선이 정말 최선인가. 분위기에 잠시 휩쓸렸나. 긁어 부스럼을 만든 것은 아닌가. 여러모로 생각은 복잡해졌다. 그때였다.

"회의 들어가셔야 합니다, 대표님."

김 실장이 문을 열며 들어왔다.

"알았어. 3분만."

벌써 회의 시간이라니. 정신을 번쩍 차린 성준이 서류로 시선을 내리자 김 실장이 가까이 다가왔다.

"정채원 씨는 내일부터 출근하기로 했어요."

"내일부터?"

성준은 고개를 홱 들며 물었다. 뭐야, 진짜 한다고? 하겠다고?

"네? 네. 내일부터. 모레 입국이니까요. 준비를 해야 해서."

허. 출근을 한다고? 진짜로? 성준은 쥐고 있던 만년필을 다시금 현란하게 돌렸다. 심란할 때 나오는 특유의 버릇이다.

출근을 해? 석 달 동안 나와 일을 할 수 있다, 이건가? 그래, 너는 아무렇지 않다? 나를 봐도 아무렇지 않……

"대표님, 무를까요? 계약서를 작성하고 가기는 했는데."

아, 맞다. 정채원은 결혼했지.

"됐어. 계약을 했으면 출근하는 거지."

굉장한 사실을 잊을 뻔했다.

성준은 한순간도 잊으면 안 된다는 듯 유부녀, 유부녀를 중얼거렸다. 김 실장은 가늘어진 눈매를 하고 있는 성준을 바라보다가 비스듬히 고개를 꺾었다. 손끝에서 만년필을 얼마나 빠르게 돌리고 있는지 멀미가 날 지경이다.

"이력서 봤는데 흠잡을 건 없었거든요. 그런데 저도 건너건너 소개받은지라 정채원 씨의 실력은 확실하게 장담을……."

"실력은 의심할 필요 없어."

"……."

"실력은 내가 장담해."

"아…… 네. 대표님이 장담하실 정도면 뭐, 의심의 여지가 없겠네요."

김 실장이 떨떠름하게 대꾸하지만 그런 게 들릴 리가 없다. 성준은 내일부터 채원이 출근하기로 협의했다는 충격적인 사실에 다시한번 집중했다.

그래. 그런 거다. 우리는 굉장하게 아무 일도 아니었던 거지. 아주 좁쌀만 한 인연도 아니었던 거다.

팩트는 이미 우리는 지금 저기 먼 과거의 흠집이나 다름없다는 거. 그리고 정채원은 이미 결혼을 했다는 거.

"그런데 대표님하고 아는 분이신가 봐요, 정채원 씨."

"대충. 너처럼 건너건너. 아주 얄팍하고 하찮게 아는 사이."

"아, 네. 건너건너. 얄팍하고 하찮게."

그래 좋다. 괜찮아. 네가 할 수 있으면 나도 할 수 있는 거지. 나 혼자 과거에 멈춰 사는 사람처럼 보일 수는 없으니까. 절대로. 저얼대로.

"대표님, 회의 시간 다 됐습니다."

"알았어. 일어나, 일어난다고."

성준은 자리에서 일어섰다. 벌써부터 내일을 생각하니 심장이 쿵덕쿵덕하고, 어쩐지 요즘 통 없던 오기도 생기고, 아주 좋다.

한쪽 입꼬리가 자연스럽게 올라갔다. 생각해보니 아주 좋은 기회이지 뭔가. 구직을 희망하는 옛 애인마저 쿨하게 받아주는 대표의 이미지. 모든 이에게 공평한 기회를 주려는, 과거사 인맥에 휘둘리지 않는, 이런 엄청난 경영 정신이 또 있겠나.

아아. 쿨하다. 나는 이렇게까지 쿨해.

"김 실장. 정채원 씨 자리는 임시로 비서실에 만들어주고."

"네. 이미 만들었습니다."

그래, 와라. 나의 넓은 배려심과 이해심으로 쿨하게 받아주마.

"가자고, 회의하러."

"네, 대표님."

난, 쿨내 나는 남자니까.

"출근한다고 해버렸어. 으아, 이제 어떡해."

채원은 터벅터벅 걷다가 뒤를 돌아 빌딩을 올려다보았다. 끝도 없이 높은 빌딩. 그 안에, 가장 높은 곳에 그가 있다.

"성공했네. 그때 막 사업 시작한다고 하더니."

기억 속 그는 사업을 준비하고 있었고, 유능했다. 이렇게 빠른 시간 내에 자리를 잡을 줄은 몰랐지만 그라면 반드시 성공할 거라고 그녀 또한 확신했다. 그 시절 그녀는 유복한 집안의 유학생이었고, 그는 평범한 회사원이었다.

"잘될 줄 알았어. 진짜로. 성공할 것 같더니 정말 했네."

3년 사이. 그녀는 바닥을 쳤고, 그는 하늘을 날았다. 만감이 교차하는 까닭에 잠시 웃음이 났다. 인생사 아무도 모를 일이다, 그런 생각이 들며 어쩐지 다리에 힘이 풀렸다. 채원은 가만히 빌딩을 올려다보다가 천천히 무릎을 굽혀 주저앉았다. 지하철을 타러 가야 하는데. 집으로 돌아가 출근 준비를 해야 할 것 같은데.

"그래. 나도 열심히 살다 보면 좋은 날 올 거야. 나라고 이렇게 멈춰 있으라는 법은 없으니까."

주저앉아 땅만 내려다보던 채원은 고개를 들어 다시 빌딩을 바라보았다.

……바닥이라 생각하면 한도 끝도 없는 거다. 발버둥마저 사치라고 여긴다면 내일의 희망이란 진짜 사치로 끝날 뿐이다.

"아이코, 일어나자, 일어나. 정채원, 집에 가자."

채원은 무릎을 세우며 일어섰다. 아무 일 없었다는 듯 씩씩하게 지하철역을 향해 걸음을 옮겼다.

"출근하자, 출근. 일해야지. 열심히 살아야 해. 그것만 생각하자."

상식적으로, 이성적으로, 그런 말은 그녀에게 어울리지 않았다.

가만히 눈을 감고 현실을 생각해보면 아무것도 보이지 않았으니까. 주변 풍경이 빠르게 지나가는 건 기차가 빠르게 달려가기 때문이다. 벗어나고 싶다면 그저 앞으로 달려가는 수밖에, 도리가 없었다.

쿨해지지 않는다. 아무리 세뇌를 해도 쿨해지지 않아.

"하……."

이튿날. 출근 준비를 마친 성준은 긴 한숨을 내쉬었다. 잠을 자는 둥 마는 둥 설치고, 새벽 댓바람부터 한강을 끼고 평소보다 조깅을 심하게 했더니 기운이 하나도 없다. 생각이 멈추지 않아 무작정 달리다 보니 평소보다 두 배가량 더 멀리 뛰었더라. 집으로 돌아가는 도중에 지쳐 쓰러질 뻔했다.

"진짜 나오는 건가? 설마, 진짜로?"

성준은 여전히 반신반의했다. 뭐 어떠냐, 우리 사이가 뭐라고. 나와라.

분명 그렇게 말한 사람은 본인인데 그녀가 진짜로 출근을 할까 봐 막막한 것 또한 본인의 몫이다. 차라리 못 하겠다고 돌아가지. 아닌가, 그건 그거대로 텁텁했으려나.

"휴……."

끊임없는 한숨만 반복된다. 사람 셋으로 시작해 지금에 이른 성준은 제법 큰 회사의 대표가 되었지만 직접 운전대를 잡고 출근했다. 초심을 잃지 말자, 늘 시작점을 기억하자는 신조가 그의 가슴엔 항상 새겨져 있었으니까.

"그래. 쿨하게. 쿨, 하게."

성준 다시금 중얼거렸다. 쿨하게. 할 수 있잖아, 한성준.

"하…… 될까 모르겠다, 될까 모르겠어."

하지만 아무리 스스로를 달래보아도 잘 안 될 것 같다는 말만 흘러나왔다. 이유도 말해주지 않고 일방적인 헤어짐을 안겨준 여자가 다른 남자의 아내가 되어 나타났으니, 상당한 정신적 부담이 따르는 것이다.

"과거는 과거다. 과거는 과거일 뿐. 그리고 나는 쿨하다. 쿨하다."

잘해주기도 뭐하고. 그렇다고 삐딱하게 굴자니 그것도 이상하고. 어디까지 선을 그어야 하는 건지 당최 감이 오질 않는다. 뭐, 첫날이니까.

"그래. 난 회사 대표니까. 보통 직원들 대하듯이. 똑같이. 공평하게."

생각해보면 그쪽 입장도 상쾌하진 않을 거다. 공과 사는 확실히 구분한다고 했으니 이쪽에서도 확실하게 구분을 해줘야 하겠지.

구분하자. 구분하자. 나는 쿨하니까.

"음, 커피를 한 잔. 그럼 내 거 사는 김에 오늘은 비서실 싹 돌려볼까."

……조금도 쿨하지 못한 성준은 회사 바로 옆 자주 가는 카페 앞에 멈춰 섰다. 비서들보다 일찍 출근하는 버릇이 있는 성준은 카페에 들러 커피를 버릇처럼 주문했다. 그래. 커피를 먼저 건네며 출근한 정채원을 향해 인사를 건네줘야겠다.

여어, 정채원 씨, 좋은 아침. 출근했네? 잘했어. 앞으로 잘해보자고.

"아메리카노 뜨겁게, 다섯 잔만 부탁드립니다."

"네. 알겠습니다."

"한 잔은 아이스 아메리카노로 부탁합니다."

"네."

더할 나위 없이 쿨한 인사를 상상하며 성준은 신용카드를 내밀었다.

그래. 결심했다. 굉장히 부담스러울 지경으로 잘해줘야겠다. 너따위 결혼하고 나타나도 내겐 아무것도 아니라는 것을 기필코 알려주고 말리라. 니가 얼음 가득 담긴 아메리카노를 즐겨 마시던 것따위, 아무렇지 않게 여겨주리라.

"······뭐야."

차가운 도시 남자의 모습, 일과 삶을 분리하는 매력적인 오너의 모습을 떠올리며 전투력을 끌어올리던 성준은 무심코 창밖으로 고개를 돌렸다가 그대로 정지했다. 커피를 내리는 향이 진하게 퍼져 흐르지만 코끝에 맡아지지도 않는다. 그도 그럴 것이, 저기 햇살이 넘실대는 유리창 너머.

"남편······인가······."

정채원이 있었다. 웬 사내와 다정한 모습으로.

타이밍은 한순간

"첫 출근이라고 너무 긴장하지 말고 잘하고 와."

"알았어. 걱정하지 마. 나 긴장 안 했어."

두 시간 전만 해도 텅 비어 있던 빌딩 사이사이는 출근을 서두르는 직장인들로 북적였다. 대부분 사람들은 목적이 뚜렷한 발길을 옮기고 있지만 얼굴에선 '출근, 실화인가' 하는 표정이 떠나지 않는다.

"아닌데? 누나 지금 긴장했는데? 잠도 설치는 것 같더니."

사람들이 발길을 재촉하는 길가. 채원은 남동생과 나란히 섰다. 남매는 작은 집에 함께 살았고, 녀석은 행정고시 시험 준비에 한창이었다.

"넌 나 잠 설친 거 어떻게 알았어? 설마, 너 새벽까지 공부한 거야? 일찍 잔다더니?"

"그냥. 조금만 더 하고 잔다는 게 그렇게 됐지 뭐."

동생은 도서관으로, 누나는 직장으로. 채원의 직장과 가까운 곳에 위치한 도서관에 다니는 이든은 누나가 출근하게 될 건물을 올려다보았다. 고개를 한없이 꺾어도 좀처럼 끝을 보기가 힘든, 높은 빌딩.

"저기 몇 층으로 올라가?"

"응. 거의 꼭대기로 올라가. 엘리베이터 엄청 빨라."

"누나도 하던 공부 다 마쳤으면 이런 회사에 정직원으로 입사했을 텐데."

석 달 단기로 일할 직장을 구했다는 누나의 말을 상기하며 이든은 중얼거렸다. 묻지 않았지만 누나는 다니던 직장에서 잘린 것 같았다. 찾아온 빚쟁이들 때문이란 것도 알았지만 누나도 동생도, 함구했다. 짐은 나눌수록 덜어지는 것이 아니라 점점 커져갔으므로.

"야아, 좋은 날 올 거야. 넌 누나 걱정하지 말고 네 생각만 해."

"나도 그냥 적당한 일자리 알아볼까? 지금 우리 처지에 누나 혼자 생계를 책임지게 하는 게……."

"야, 정이든."

채원은 짐짓 힘을 준 목소리로 동생을 불렀다. 동생의 시선은 미끄러지듯 빌딩을 가르며 내려왔고, 누나에게 닿았다.

"허튼 생각 하지 말고 공부 열심히 해. 지금 니가 나와서 돈 벌어봐야 그거 아무 도움도 안 돼. 당장만 생각하지 말고 더 먼 미래를 생각하고 버텨, 너도."

"알겠어. 알았습니다, 누님."

누나에게 혹독한 현실을 미뤄두고 당장 아무런 소득도 없는 공부에 매달린다는 것이 영 미안한 동생은 씩 웃었다. 채원은 그런 동생의 어깨를 툭툭 치며 격려했다.

"어서 가. 굶지 말고 점심 꼭 챙겨 먹고. 알았지?"

"알았어. 누나도 일 열심히 해. 집에서 봐."

"응. 가, 어서."

한쪽으로 메고 있던 백팩을 양쪽으로 가지런히 메고, 이든은 누나를 향해 다정하게 웃었다.

"내가 꼭 시험에 합격해서 호강시켜줄게. 조금만 기다려."

"예예. 기다리겠습니다. 아우님, 어서 가시지요."

"간다! 출근 잘해!"

동생은 채원의 헝클어진 머리를 정돈해주고는 빠르게 멀어졌다. 멀어지는 동생의 뒷모습을 보던 채원은 조금 전, 녀석이 올려다보았던 빌딩을 올려다보았다. 세련되게 잘빠진 건물을 바라보는 것만으로 자신이 우주 속 먼지 같은 느낌이 들었다.

"휴…… 열심히. 오늘도 열심히 살아봅시다, 정채원."

채원은 굳은 결의를 다지며 걸음을 옮겼다. 마음이 복잡한 이야기를 하는 것 같았지만 외면하기로 한다. 지독한 현실을 버텨오며 몸소 깨달은 몇 가지가 있는데, 그녀는 그것을 인생의 교훈으로 삼았다.

"그래 그래. 살다 보면 이런 일도 있고 저런 일도 있는 거야. 깊게 생각할 필요는 없어."

모든 것이 휩쓸릴 것만 같은 대단한 폭풍이 몰아쳐도, 견뎌내는 것들은 살아남기 마련이다.

"침착해. 일하는 거야, 일. 일만 하자. 그리고 이제는 전 남친이 아니라 회사 대표님이야, 대표님."

무겁게 사는 것은 쉽게 흔들리지 않는다. 절대로.

뜨거운 아메리카노와 아이스 아메리카노가 들어 있는 다섯 개의 테이크아웃 잔을 캐리어에 담고, 성준은 엘리베이터를 탔다. 아침부터 충격적인 광경을 목격한 것처럼 표정은 경직되어 있다. 카페 유리창 너머 채원을 보고 난 이후 줄곧 이런 상태다.

"내가 대체 뭘 본 거야······."

조금 전, 카페 유리창 너머, 싱그러운 햇살이 무색하게 느껴질 만큼 주변을 환히 비추는 그녀가 서 있었다. 마주 선 채로 그녀와 웃음을 주고받던 사내의 얼굴이 좀처럼 잊히질 않아 성준은 눈을 느리게 감았다가 떴다. 사내는 남편이겠지. 달리 설명할 길이 없다.

"뭐, 출근길이 비슷한 모양이네."

남편은 다소 막막하게 다가오는 아내의 첫 출근길을 응원하고 싶었으리라. 긴장하지 말라고, 떨지 말고 잘하고 오라고, 내가 있다고. 남편은 아내의 출근하는 걸음에 힘을 실어주고 싶었을 것이다. 성준은 잔상을 지우려는 듯 두 눈을 꽉 감았다가 떴다.

"남이야 같이 출근을 하건 말건 나하고 무슨 상관이 있다고."

뱉는 말과 마음이 여전히 따로 논다. 전 여친을 만났고, 그녀는 결혼을 했고, 심지어 남편을 보게 되었으니 완벽한 충격의 스리 콤보다.

하나도 받아들이기 힘든데 한꺼번에 세 개를 해치웠어. 차라리 다행인가…….

"대표님, 오셨습니까?"

엘리베이터 문이 열리자 비서들이 모습을 드러냈다. 저기압으로 변한 컨디션을 수습하며 성준은 표정을 되찾았다. 성준이 카페에서 시간을 흘려보내는 동안 출근을 마친 비서들이 조르르 서서 인사를 건넨다. 그의 시선은 힐끔, 저쯤 공손하게 서 있는 채원에게 닿았다. 그녀의 시선 또한 자신에게 닿아 있긴 한데, 얼굴이 아니라 들고 있는 커피에 꽂혀 있다. 공손하게 시선을 내리깔고 있는 채원이 성준의 눈엔 커피 사냥꾼으로 보인다.

……나보다 커피를 더 반겨? 부글부글 끓는다.

"여어, 대표님. 어떻게 아셨어요? 우리 지금 아메리카노 사 오려고 했는데."

가까이 다가온 김 실장이 자신의 손에 들린 커피를 반기자 성준은 정색했다.

"눈독 들이지 마. 내 거야."

"예? 아…… 전부 다요? 다 대표님 거예요?"

김 실장은 뜨악한 표정을 지었다. 평소에 비서실 커피까지 자주 챙기는 성준의 출근길을 익히 알아 먼저 반겼더니, 벤티 사이즈 다섯 개, 전부 지 거란다.

"벤티 사이즈 다섯 개를 다…… 드시게요?"

"내가 지금 카페인이 상당히 부족해서. 내가 다 마실 거야. 문제
있나?"

"아이스 아메리카노는 일절 안 드시잖아요."

"오늘부터 마실 거야. 시원하고 싶으니까."

문제 있어? 뭐. 왜. 뭐가 문젠데. 커피 사냥꾼에게 나눠 주느니
위장이 뚫려도 내가 마셔버리고 말겠다는데. 뭐. 왜.

"문제없으면 나 좀 들어가봐도 될까? 빨리 커피를 마시고 싶은
데."

"아…… 네. 네네, 알겠습니다."

김 실장은 한발 물러나며 문제없다는 듯 두 손을 들어 보였다.
성준은 찬바람을 일으키며 성큼성큼 걸어 대표실로 들어갔다.

아침 내내 준비한 정채원을 향한 인사 멘트는 과감하고 쿨하게
생략하기로 한다.

여어, 좋은 아침. 정채원 씨, 출근했네?

"잘해보긴 개뿔이나. 뭘 개뿔이나 잘해."

하! 채원에게 건넬 인사말을 준비했던 그는 코웃음을 쳤다. 내동
댕이치듯 내려놓은 벤티 사이즈 커피 다섯 잔을 바라보며 성준은
재킷을 벗었다. 아침 출근길치고는 새벽부터 일이 너무 많았다.

쾅, 대표실 문이 닫히자 비서실 직원들은 서로 멀뚱멀뚱 바라보
았다. 채원은 엉거주춤 선 채로 찬바람을 일으키며 닫힌 대표실 문

을 바라보았다. 공손하게 인사를 건네려고 대기하고 있었는데, 본 척 만 척 그냥 들어가버리더라. 생각했던 것보다 대표의 직함을 달고 있는 성준은 까칠해 보였다. 본인 때문에 그런 분위기라는 건 전혀 모르는 거지.

"자자, 시간 남았는데 우리도 커피 한잔할까요? 내가 살게."

김 실장은 어딘가 모르게 삐뚤어진 성준의 심기를 알아채고 손뼉을 한 번 쳤다. 재빠른 분위기 환기가 필요하다.

"좋아요, 김 실장님! 저는 라테로 마셔도 돼요?"

"마음껏 취향대로 골라요. 정채원 씨는 뭐 드실래요?"

"아…… 저는 그럼 아메리카노 한 잔……."

"네네. 알겠습니다. 혹시 채원 씨, 아이스로?"

"네. 아이스면 더 좋고요. 감사합니다."

"오케이. 그리고 탄산수는 탕비실 냉장고에 있어요. 언제든지 드세요."

"아, 정말요? 감사합니다. 실은 제가 탄산수와 얼음 마니아거든요."

"그런 것 같아서요. 채원 씨 얼굴에 적혀 있거든요."

김 실장은 활짝 웃는 채원을 보며 씩 웃었다. 그러다가 웃음이 터졌다. 성준이 사 왔던 다섯 잔의 벤티 사이즈 아메리카노. 그중 끼어 있던 아이스 아메리카노 한 잔.

"자, 그럼 카페 다녀올게요!"

"네!"

채원의 것이었음이 분명했다.

제길…… 속 쓰려…….

분노를 장전한 채 아침부터 벤티 사이즈 아메리카노 두 잔을 박살 냈더니 속이 쓰리다. 제일 먼저 아이스 아메리카노부터 해치워 버렸다. 왜냐하면 꼴도 보기 싫으니까.

"오전 회의는 러프하게 잡았어요. 우선 내일 대표님 미팅에 필요한 자료들을 간략하게 정리하는 수준으로."

"알았어."

성준은 김 실장의 이야기에 고개를 끄덕였다.

"정채원 씨는 뭐 해?"

커피 사냥꾼은 지금 뭘 하고 있는 거지?

"일하죠. 미리 봐야 할 게 많아서 어제 조금 나눠 줬는데 다 외워 왔더라고요. 그래서 심화 버전 줬어요."

성준은 대강 고개를 끄덕이며 대답을 대신했다. 기본적인 회사 사업의 이해가 없으면 통역이 원활하지 않을 것이다. 기초 정보 습득은 필수였다. 본디 영리하고 현명한 사람이니 일에 지장은 없으리라, 성준은 생각했다. 그러다가 뭔가 시선에 거슬린다는 듯 성준은 고개를 조금 들었다.

그러니까 말이야, 사실 아까부터 궁금했는데.

"저건 뭐야?"

"네? 저거요?"

김 실장은 성준의 시선을 따라 고개를 뒤로 돌렸다.

"아아, 저거요."

접객용 소파 테이블에 놓아둔 꽃다발이 궁금한 모양이다. 김 실장은 깜빡 잊었다는 듯 고개를 빠르게 성준에게로 돌리며 입술을 열었다.

"아아, 말씀드린다는 게. 오늘 태리 생일이에요, 대표님."

"생일? 그런데?"

뭔가 예감했다는 듯 질문을 하는 성준의 눈가가 일그러진다.

"아무래도 모르실 것 같아서 준비해뒀어요. 이따가 점심에 태리 회사로 들어올 거예요. 선물로 좋을 것 같습니다."

"그래서 나더러 건네줘라? 저 꽃다발을? 마치 내가 미리 알고 준비한 것처럼?"

"네. 바로 그겁니다."

"허."

허. 성준의 시선이 파스텔 톤의 꽃다발에 묶인다. 김 실장과 성준은 대학 선후배이고, 김 실장과 태리는 동기였다.

"내가 생각하기엔 오지랖이 너무 넓은데, 김 실장."

성준은 기분을 눌러 내리는 듯한 음성으로 입을 열며 김 실장을 올려보았다. 깍지 낀 두 손이 턱에 닿는다.

"나도 모르는 점심 약속을 잡아놓고, 꽃다발까지 쥐가며 밥까지 먹여라, 이 말인가?"

"좋은 게 좋은 거, 아니겠습니까?"

"그러니까. 대체 뭐가 좋은 건데."

"뭐, 두루두루? 대표님만 빼고 모두가?"

"하……. 꼭 이렇게까지 해야 해?"

성준이 눈에 쌍심지를 켜자 김 실장은 빙그레 웃었다. 이렇게 하기 싫다, 하기 싫다 말해도 결국 지고 말 성준이라는 것도, 김 실장은 잘 알고 있다.

"대표님. 홍진그룹을 잘 잡으셔야 합니다. 그러자니 태리만 한 접점이 없고요. 잘 아시잖아요."

녀석이 훅, 치며 뼈를 때리니 성준은 숨을 짧게 불어 내쉬었다.

"김 실장. 예전부터 그랬지만 넌 너무 마음에 안 들어. 오늘은 특히 더."

"네네. 감사합니다. 칭찬인 것도 잘 알고요."

아오……. 성준은 불쾌하다는 듯 탄식했고 김 실장은 나가보려는 듯 허리를 굽혔다. 욕을 사발로 해도 칭찬으로 받아들이는 김 실장의 멘탈을 어떻게 하면 한 번이라도 박살 낼 수 있는 건지, 매일매일 연구해도 답이 나오질 않는다. 뭐, 그런 김 실장이니 많은 일을 앞서 처리하는 능력을 보여주는 거겠지만.

"회의 준비 마치면 다시 오겠습니다, 대표님. 그럼 이만."

"정채원 씨 좀 들어오라고 해."

"네."

뼈를 때려놓고는 사과 한마디 없이 김 실장이 사라진다. 휴, 성준은 머리가 아프다는 듯 커피를 들어 벌컥벌컥 마셨고, 이내 내려놓았다.

"아…… 속 쓰려……."

마시면 속이 쓰리고, 안 마시고 보고 있자니 울화가 터져 죽겠다.

똑똑똑. 그때였다. 채원이 문을 두드렸고 성준은 넥타이를 바르게 매며 입술을 열었다.

"들어와요."

속 쓰림의 원흉, 커피 사냥꾼 그녀가 등장했다.

으레 하는 일이라며 성준에게 호출을 당한 채원은 첫 출근 면담을 마치고 대표실을 나왔다. 섞을 말이라는 게 많지 않았다. 첫 출근 소감이 어떠냐, 일은 잘 따라가고 모르는 게 있다면 김 실장에게 도움받아라, 등의 간단한 내용만 오갔다. 그러다가.

석 달 동안은 탄력적인 근무가 예상되는 터라, 다시 한번 양해를 구합니다.

그는 염려의 말을 건넸다. 채원은 입술을 잘근잘근 씹었다.

"미치겠다. 이거 이렇게 그냥 있어도 되는 건가?"

자신이 유부녀라고 굳게 믿는 그는 다소 마음이 불편한 듯했다. 신혼이고 한창 좋을 때니, 앞으로 있을 출장과 늦은 퇴근이 많이 걸리는 모양이다. 몇 번이고 염두에 두라는 성준의 배려는 오히려 채원의 마음을 더 불편하게 했다. 복잡해진다.

"그냥 말할까…… 사실대로……."

화장실에서 하염없이 손을 씻으며 생각을 거듭하던 채원은 고개를 들어 거울을 바라보았다. 거짓말을 이어 가자니 언젠간 들킬 것만 같고, 그때 수습하면 오히려 모양새가 더 이상할 것 같은데. 차

라리 정정할 수 있을 때, 하루라도 더 먼저 사실대로 이야기하고
솔직하게 대하는 게 낫지 않나?

"그러자니 설명해야 할 게 너무 많은데……."

그럼 어디서부터 어떻게 설명을 해야 하지? 아버지 사업 실패부
터 털어놓아야 하나? 집이 망했다고?

……막막함은 눈덩이처럼 불어나고, 갈피를 잡을 수가 없다.

"그래도 속이는 것보단 사실대로 말하는 게……. 어차피 석 달은
봐야 하는데……."

거짓말에 재주가 없는 채원은 도망칠 수 없다면 사실을 털어놓
아야 한다는 결론에 도달했다. 사실은 어젯밤부터 내내 그런 생각
이 들었다.

"그래. 속이는 것보단 백번, 백번 나은 일이지. 다 내려놓고 사실
대로 말하자."

결심이 섰을까. 채원은 거울 속 자신을 바라보며 고개를 두어 번
끄덕였다. 화장실을 나선 그녀의 걸음에 다소 힘이 실렸다.

"거짓말보단. 그래, 거짓말보단."

과거 스페인, 그곳에서 그에게 헤어지자는 마음에도 없는 거짓
말을 고할 수 있었던 건 도망쳐야 했기 때문이다. 그에게서 사력을
다해. 아주 멀리.

용기를 충전한 그녀는 사무실로 들어섰다. 기분이 식기 전에 빠

르게 해치워야 한다.

"채원 씨, 우리 15분 뒤에 점심 먹어요."

점심시간이 다가온 사무실은 다소 들썩거렸고, 옆자리 비서는 그녀에게 점심시간을 알려주었다. 채원은 대표실의 닫힌 문을 바라보았다.

"네. 저, 그런데 대표님은요? 지금 안에 계실까요?"

"대표님? 조금 전에 나가셨는데? 바로 직전에."

"아…… 잠시만요."

채원은 다시 사무실을 나섰다. 엘리베이터로 빠르게 걸음을 옮기니 성준이 서 있다. 용기란 함부로 찾아오지 않으니, 생겼을 때 일을 처리하는 게 낫다. 바로 지금이다.

"저기, 대……."

성준을 부르려던 채원은 말을 황급히 멈추며 우뚝 섰다. 엘리베이터 문이 열리니 성준이 올라타는 게 아니라, 누군가 내리는 게 아닌가?

"어머. 선배, 이거 뭐야? 웬 꽃?"

그가 들고 있던 은은한 색감의 풍성한 꽃다발. 엘리베이터에서 내린 여성은 자동적으로 그가 들고 있는 꽃다발을 내려다보았다.

"선배, 설마 이 꽃, 내 거야? 리얼?"

태리가 놀란 눈동자를 하며 물어오자 성준은 덤덤하게 그녀를 바라보다가 꽃다발을 내밀었다. 은은한 꽃향기가 세상을 아우르는 것만 같다.

"윤태리, 생일 축하한다."

아차. 그 모습을 바라본 채원은 빠르게 뒤로 돌아섰다.

다소 놀란 표정으로 태리는 성준이 내민 꽃다발을 바라보았다.
그러다가 이내 피식, 웃음을 흘렸다.

"뭐야. 웬 꽃? 선배 갑자기 왜 이래?"

받으라고 내밀어도 받질 않고 태리가 왜 이러는 거냐며 경계를
해온다. 성준은 팔 떨어지겠다는 듯 꽃을 약하게 흔들었다.

"받으라니까 글쎄."

"회사에 무슨 일 생겼어? 우리 아빠 도움 필요해?"

"받아라, 좀. 그냥 주면 받으면 될 일이지 넌 웬 의심이 그렇게
많냐?"

"댁이 이런 걸 아무 여자한테나 덥석덥석 안겨주는 위인이세요?
내가 그냥 받게 생겼냐고."

"본인이 아무 여자 카테고리에 있는 건 아는 모양이지?"

성준은 받으라 종용하다가 태리의 손에 억지로 꽃다발을 쥐여
주었다. 여전히 못 믿겠다는 눈빛을 하며 태리가 꽃다발 한 번, 자
신의 얼굴 한 번 번갈아 들여다보자 성준은 성가시다는 표정을 지
었다.

"김 실장이 주는 거야. 내가 아니고."

"아…… 김 실장……."

태리는 사건의 전말을 알았다는 듯 말꼬리를 흐렸다.

그래. 그랬을 것이다. 날짜 개념도 없이 사는 대표님의 이것저것을 챙기다 보니 자신의 생일이 있었을 것이고.

"뭐, 그래도 일단 네 거는 확실하니까. 그것만 확실하게 해두자고."

어떻게든 성준과 자신을 엮어주고 싶은 김 실장이 꽃다발을 마련했을 것이다.

태리는 연보라색이 무척이나 어여쁜 꽃다발을 내려다보았다. 그녀가 가장 좋아하는, 꽃이다.

"김 실장이 나 가져다주래? 선배가 산 것처럼 해서?"

"왜 아니겠냐. 나가자, 밥이나 먹게."

하지만 고분고분 녀석의 말을 들어줄 성준이 아니지. 죽어도 본인이 샀다는 낯간지러운 거짓말은 할 수 없으니 이실직고하는 수밖에.

성준은 엘리베이터 버튼을 꾹 눌렀고 태리는 그 곁에 바투 섰다.

"선배. 온 김에 김 실장하고 셋이 같이 밥 먹을까? 오랜만에?"

"김 실장 바빠. 오늘 새로 충원한 직원이 있어서 아마 식사 같이 갈 거야."

"아아, 그래."

태리는 서둘러 고개를 끄덕이며 다시금 꽃다발로 시선을 내렸다. 성준은 이미 채원이 사라진 자리를 힐끔, 바라보다가 고개를 돌렸다.

"이제 보니 그 꽃 내가 샀네. 그냥 내가 산 걸로 해라."

"무슨 소리야. 김 실장이 샀다며. 이제 와서 선배가 숟가락 얹으려고?"

"법카로 샀을 거야, 분명히. 김 실장이 사비로 샀을 리 없어."

"에에? 법카? 설마, 사비로 샀겠지. 내 생일 꽃인데."

엘리베이터 문이 열린다. 성준이 먼저 올라탔고, 태리가 그 뒤를 따랐다. 그는 확신하는 눈빛으로 태리를 바라보았다.

"그럼 내기할까? 김 실장이 이 꽃을 무슨 카드로 샀는지? 점심 내기?"

이상한 오기가 태리의 눈에도 박혔다.

"좋아, 콜."

"아아, 네, 대표님. 지금 막 식당에 왔습니다."

민권은 걸려온 성준의 전화를 받았다. 생각이 많은 얼굴을 한 채 맞은편엔 채원이 앉았다.

"네? 꽃? 당연히 법카요. 그건 왜요?"

성준과 통화를 하는 민권의 목소리가 귀에 걸리질 않는다. 채원은 몇 번이고 조금 전의 상황을 곱씹으며 떠올렸다.

윤태리, 생일 축하한다.

아니, 떠올리려 하지 않아도 반복 재생 버튼을 눌러놓은 영상처럼 무한 반복이 되었다. 다정했던 그 표정과, 언젠가 사랑했던 낮게 울리는 목소리가 좀처럼 지워지질 않는다. 저 먼 과거 언젠가 내게 보여주었던 웃음과 꼭 닮아, 그때와 한 치의 다름도 없어, 바라보자마자 소름이 돋고 심장이 뛰었다.

"아아, 아뇨. 정채원 씨하고 둘이 나왔어요. 네네. 네네, 대표님."

다른 이에게 보여준 다정하고 따뜻한 그의 눈빛을 보고 나니 지금까지 했던 많은 생각이 하찮게 여겨진다. 채원은 눈을 감았다가 떴다. 그래. 결혼을 했건 안 했건 그에게 중요한 사실은 아닐 거다. 기회를 봐가며 눈치를 살펴가며 힘들게 자리를 마련하고 설명해야 할, 그런 문제도 역시 아닐 거다. 하지만 거짓말을 굳이 할 필요는 없지 않나? 사소한 일인 만큼 더욱 짚고 넘어가줘야 하는 일은, 아닐까?

……모르겠다.

"네, 대표님. 알겠습니다. 식사 맛있게 하세요. 네네."

이래저래 생각이 많은 채원을 두고 민권은 성준의 전화를 끊었다. 꽃을 무슨 카드로 샀느냐는 난데없는 전화에 고개를 갸우뚱거리던 민권은 시선을 내리깐 채원을 바라보았다. 면담이나 할 겸 데리고 나왔는데 채원의 표정이 영 좋질 않다.

"채원 씨, 혹시 김치찌개 별로 안 좋아하세요?"

"……."

그나저나 대표님, 연애 중이었구나. 직원들이 미혼이라고 했으니 연애 중. 그리고 오늘은 여자친구의 생일.

"채원 씨?"

"……네? 아, 네!"

채원은 화들짝 놀라 고개를 들었다. 그제야 세상의 모든 소음이 한꺼번에 덮쳐 오듯 소란이 귀에 걸리기 시작한다. 점심시간이 한

창인 식당 안은 어느덧 빈자리가 없을 지경으로 빼곡히 찼다. 민권은 소박한 메뉴판을 가리켰다.

"채원 씨 메뉴 봤어요? 먹을 만한 메뉴 없으면 지금이라도 나가요, 우리."

"아…… 아아! 아뇨! 저 다 좋아해요! 아무거나 잘 먹어요!"

채원이 빠르게 메뉴판을 훑으며 목소리를 높이자 민권은 웃었다. 한국인 어느 누굴 데려와도 평타 이상은 치는 메뉴.

"그럼 김치찌개에 달걀말이로 합의 볼까요? 이 집 꽤 잘하거든요. 시그니처라."

"뭐든 좋아요. 저, 실장님 잠시만요. 전화가 와서."

이 집의 시그니처라는 김치찌개와 달걀말이로 합의를 볼 때쯤 채원에게 전화 한 통이 걸려온다. 받아보니 퀵서비스 업체이다. 지금 배달을 해줄 것이 있다나 뭐라나. 기사님께 알려드릴 주소 확인차 전화를 걸었단다. 예전 회사 주소인 걸 보니 자신이 알려준 건 맞는 것 같다. 받을 물건이 기억나질 않을 뿐.

"지금요? 배달 물품이 뭔데요?"

— 글쎄요, 저희는 업체라서 잘은 모르겠는데 그레이스에서 보내는 물품이라고.

"그래요? 어…… 잠시만요. 주소 변경 가능하죠? 제가 회사를 옮겨서요."

채원이 회사 주소를 몰라 민권을 바라보자 앞뒤 정황을 유추한 그가 손을 내밀어 전화를 대신 받았다.

"네네. 변경 주소 알려드리겠습니다. 메모 가능하신가요?"

그사이 보글보글 끓어오르는 김치찌개와 폭신하고 노오란 빛깔의 달걀말이는 채원의 시선을 강탈했다.

그래. 인생사 뭐 있겠나. 고민도 즐거움도 일단은 먹고 보는 거지.

"회사 분위기 좋은 것 같아요. 반나절밖에 안 되긴 했지만 직원들 분위기도 좋고요."

"원래 분위기란 새로운 사람들이 만들어가는 거니까. 우리 회사로 채원 씨가 잘 와준 거죠."

점심시간, 그 치열한 식당에서 벗어난 채원과 민권은 근처 카페로 향했다. 카페인을 원하는 직장인들로 북적북적하긴 마찬가지였지만 두 사람은 간신히 볕 좋은 테라스 자리를 획득했다. 그녀는 이번에도 아이스 아메리카노다.

"실장님은 말씀을 참 근사하게 하시는 것 같아요."

"저요? 이게 다 훈련의 산물입니다. 대표님 밑에서 일하다가 구렁이가 다 됐어요. 속지 마세요."

민권이 시원하게 웃으며 말하자 채원은 따라 웃었다. 이렇듯 볕 좋은 창가에 앉아 커피 한잔 시원하게 들이켜고 있자니, 돈 한 푼 생기지 않을 근심 따위 짊어지고 있어봐야 무슨 소용인가 싶다. 행복은 아주 사소한 것에서 시작하고, 또 붙잡지 않으면 금세 사라지고 마는데.

"얼마 만에 이렇게 여유 부려보는 건지 모르겠어요."

아, 좋다. 채원은 커피를 쭉 들이켜며 주변의 풍경으로 시선을 돌렸다. 살랑살랑 불어드는 봄바람은 흔히 있었던 것 같긴 한데, 또 올해 들어 처음 느껴보는 것도 같다.

그때였다. 채원은 한 통의 전화를 받았다. 조금 전 통화를 했던 퀵서비스 업체 기사님의 전화다.

"여보세요?"

— 여보세요. 에어밸런스 대표실 씨? ○○퀵입니다!

"네. 기사님, 어디까지 오셨어요?"

— 회사 앞인데요! 로비!

로비? 채원은 뒤돌아 회사의 위치를 바라보았다. 뛰어가면 3, 4분 안에 도착할 수 있을 거리.

"지금 오셨다고요? 제가 가까이에 있긴 있는데 밖이라서요. 몇 분만 기다려주실 수 있을까요?

— 그럼 로비에 맡기고 가겠습니다! 제가 바빠서요! 다시 전화 드릴게요!

"네네, 그래주세요. 감사합니다."

채원은 통화를 종료했다. 그런데 중요한 건 퀵으로 받을 물건이 뭔지 모르겠다는 거다.

그레이스? 그레이스가 어딘데 나한테 퀵을 보냈다는 거지? 뭐, 들어가서 보면 알겠지.

"저, 채원 씨."

"네, 실장님."

채원은 민권이 부르자 생각을 접으며 급히 고개를 들었다. 민권은 두 손을 비비다가 입을 열었다.

"뭐, 언젠간 물어봐야지 하긴 했었는데, 대표님과는 어떻게 아는 사이인지 물어봐도 될까요?"

"아아, 대표님이요."

채원은 당황함에 머리를 쓸어 넘겼다. 그러곤 뜻이 많은, 알 것도 같고 모를 것도 같은 미소를 지었다.

"대표님은…… 제가 은혜를 갚아야 하는 분이에요."

"은혜……요?"

은혜? 무슨? 민권은 종잡을 수 없다는 표정을 지었다.

채원은 조금 전보다 더 깊게 웃었다. 꺼내놓을 수 있는 말들은 많이 없어서, 당장 설명할 수 있는 거라곤 그저 이런 것들뿐.

"예전에, 그러니까 아주 예전이요. 대표님 회사 차리시기 전에, 제가 신세를 좀 진 일이 있어요."

"아…… 신세."

민권은 그럭저럭 이해했다며 고개를 끄덕였다. 문득 일전에 성준과 나눴던 말이 떠올랐다.

'그런데 대표님하고 아는 분이신가 봐요, 정채원 씨.'

'대충. 너처럼 건너건너. 아주 얄팍하고 하찮게 아는 사이.'

한쪽은 얄팍하고 하찮게 아는 사이라 칭하고, 또 한쪽은 신세 진 일이 있다며 은혜 갚을 사이라 칭한다. 음. 민권은 고개를 비스듬히 꺾었다. 얄팍하고 하찮은 관계의 사람에게 갚을 신세란 무엇이란 말인가.

"그래요. 뭐, 갚을 일이 있다면 갚으면 되죠."

민권은 더 말하고자 하는 의지가 없는 채원의 얼굴을 보다가 대화를 종료하기로 한다. 어차피 길게 엮을 주제는 아니었다.

"그럼 저희 대표님께 은혜 갚는다는 마음으로 열심히 도와주세요. 잘 부탁드리겠습니다."

"그럼요. 저 진짜 열심히 하려고요. 이것도 제게는 기회니까요."

채원은 주먹을 불끈 쥐며 웃었다. 이제 보니 그녀는 곧잘 웃고 서글서글하니, 모난 캐릭터는 아닌 것 같았다.

"채원 씨 파이팅 넘치는 걸 보니 걱정하지 않아도 되겠네요. 잔소리 몇 개 준비했는데 싹 다 집어넣겠습니다."

민권이 장난스럽게 웃으며 농담처럼 말하자 채원도 큰 웃음을 터트렸다. 머리칼을 스치는 이 살가운 봄바람, 쉽게 그치지 않았으면.

그레이스. 그레이스.

……얼마간 행복하다는 감상에 젖어 있던 채원은 문득 몇 달 전에 치른 영혼결혼식을 떠올렸다.

아? 그 숍 이름이 그레이스 숍 아니었던가? 맞다, 맞네. 그레이스 숍. 그런데 거기서 나한테 보낼 게 뭐가 있지?

'신부님, 웨딩 사진은 액자로 만드는 데 두 달 정도 걸리고 저희가 배달해드려요. 연락 갈 겁니다.'

"헐."

채원은 눈을 번쩍 떴다. 아! 아! 웨딩 사진! 웨딩 사진이다!

때마침 전화가 한 통 더 걸려온다. 급히 보니 퀵 배달 전화이다.

"여보세요?"

— 예예! 퀵인데요! 한성준 씨한테 인수하고 갑니다! 찾아가세요!

"예에?"

채원은 자리에서 벌떡 일어섰다. 영문 모르는 민권은 느릿하게 커피를 삼키며 그녀를 올려보았다.

"실장님. 저, 저 먼저 들어가겠습니다! 죄송해요!"

"예? 아, 예. 채원 씨."

채원은 뒤를 돌아 미친 듯이 달리기 시작했다.

"으아아아, 안 돼, 안 돼, 안 된다고오오오오!"

오 망할. 그날의 웨딩 사진이 성준의 손에 인수되었다.

채원은 미친 듯이 달려 회사에 도착했다. 이미 꽉 찬 엘리베이터에 눈치 전멸된 사람처럼 밀고 들어섰다.

"뭐야, 왜 이 엘리베이터는 8층까지밖에 안 가는데. 왜. 왜!"

아무거나 잡아탔는데 8층까지밖에 버튼이 없다. 하염없이 위로 올라가야 하는 채원은 8층에서 내려 옆을 두리번거렸다. 점심시간 막바지의 엘리베이터 앞은 직원들로 가득 찼다. 입사 첫날부터 한 번 더 새치기했다간 인생도 새치기당할 것 같은 예감이 든다.

"아, 미치겠다. 미치겠다."

채원은 비상구를 열고 계단을 뛰어올랐다. 두두두, 두두두두, 급한 발길로 계단을 밟고 지옥으로 올라가는 것처럼 전진했다. 한 층 한 층 가까워질수록 숨은 가빠지고 허벅지는 터질 것처럼 뜨거워졌다.

"안 돼, 안 돼……."

헉, 헉, 숨은 점점 거칠어지고 목구멍은 따가운 지경에 이르고, 뒷덜미는 땀으로 흥건해지는데.

"헉, 헉……."

채원은 비상구 끝까지 올라와 문을 힘껏 열었다. 저 멀리 보이는 비서실 입구로 그녀는 무작정 달려 골인했다. 아직 점심시간이 끝나지 않아 텅 빈 비서실 안. 헉, 헉, 숨을 고를 시간도 없이 채원은 반쯤 열린 대표실로 곧장 직행했다.

"아……."

채원은 이마에 달라붙은 머리칼을 떼어낼 생각도 하지 못한 채, 대표실 안을 바라보았다. 포장도 되어 있지 않은 액자 속엔 세상 눈부시게 빛나는.

"여어, 정채원 씨."

"아…… 그게요, 대표님. 헉, 헉……."

2억짜리 아르바이트 중인.

"이건 뭐지? 내게 주는 입사 선물인가? 기프트?"

"아, 그게 아니라……."

한 치 앞의 미래도 알지 못한 채 웨딩드레스를 입고 우아한 미소를 짓는 내가 있다.

채원은 사진 속 자신을 바라보다가 성준에게 시선을 옮겼다.

……아니야. 일부러 그런 거 절대로 아니야. 빅 엿을 먹었다는 그런 눈빛 넣어둬, 넣어둬. 내가 진짜 일부러 그런 건 아니라니까?

이건 오해라니까?

"난 대표실로 뭐가 왔다기에 오며 받았을 뿐인데, 돌려보니 이런 경사스러운 사진이 시선을 강탈하네?"

식사를 마치고 돌아오는 길. 그는 로비에서 퀵을 받은 모양이다. 에어밸런스 대표실로 배달이 되었으니 그가 챙겼을 것이고, 돌려보니 그녀의 결혼 액자라 황당해하는 중인 거다.

채원은 눈을 질끈 감았다. 그냥…… 곁으로 갈까…….

"예쁘네. 잘 나왔어. 아주. 몹시."

주님 곁으로…….

곧 온몸이 터질 것처럼 심장이 뛰었지만 계단을 뛰어 올라와서인지, 그와 대치해서인지 알 길이 없다.

성준은 턱을 괸 자세로 그녀의 액자를 감상하듯 바라보았다. 아주 훌륭한 그림을 바라보듯 심도 있는 표정을 지었다. 채원은 입술을 꾹 깨물었다.

"은혜를 갚으려는 의도는 알겠는데 굉장히 잘못된 방향으로 갚네."

"아……."

어, 어떻게 알았지? 아까 그 카페에 있었나?

채원은 조금 전에 자신이 김 실장에게 했던 이야기를 고대로 읊는 성준을 바라보다가 결심했다. 일련의 상념을 시원하게 날려버리는 계기를 이렇게 만나게 될 줄이야.

그래. 결심했어. 이젠 빼도 박도 못해.

"뭐, 이게 정채원 씨의 방식이라면 나도 쿨하게 받아들여야겠지.

이 사진 대표실에 걸어줄까? 위치는 어디가 좋겠어?"

나는 그냥 석 달 동안 유부녀가 되어야겠다.

"아예 내 책상 옆에 걸어줄까?"

응. 나는 유부녀 코스프레, 확정.

조금 전. 로비.

태리와 식사를 끝내고 회사로 돌아온 성준은 착잡한 눈빛을 하며 로비에 들어섰다. 회사 앞 카페를 홀로 지나치는데, 볕이 머무는 자리에 채원이 앉아 있더라. 마주 앉은 김 실장과 도란도란 대화를 나누는 얼굴이 밝고 환해 저도 모르게 걸음을 멈추었다. 잊어본 적 없었음이 분명한, 너무나도 선명하게 일치하는 그녀의 표정에 발끝부터 저릿한 기운이 올라왔다. 그 웃음, 반갑다고 하기엔 속이 쓰렸다.

대표님은…… 제가 은혜를 갚아야 하는 분이에요.

넋을 놓고 보았음을 인지하고 황급히 걸음을 돌리려던 그때, 그녀는 자신에 대한 이야기를 내어놓았다. 채원을 등 뒤에 두고, 다시 한번 걸음은 멈추었다.

대표님 회사 차리시기 전에, 제가 신세를 좀 진 일이 있어요.

차고 차인 관계라고 김 실장에게 털어놓기엔 무리가 있다고 생각했겠지. 딴에는 자신을 위한 아름다운 포장이라 여겼으리라. 신세. 은혜. 네가, 나를 그런 상대로 여기고 있음에 공연한 발걸음만 착잡해지던 때. 로비에서 대표실로 도착했다는 소포를 받게 되었다. 받는 곳이 대표실이니 아무 생각 없이 소포를 받아 든 성준은 엘리베이터를 탔고, 뒤로 돌아 있는 액자를 반듯하게 돌려 정면을 보았다.

호우. 채원의 결혼사진이었다.

잠시 가졌던 애틋함과 착잡함은 찬물을 끼얹은 듯 순식간에 사그라들고 말았다. 미친 듯이 달려왔는지 가쁜 숨을 몰아쉬는 눈앞의 채원을 바라보며 성준은 액자를 들었다.

"이 사진 대표실에 걸어줄까? 위치는 어디가 좋겠어?"

그녀가 밭은 숨을 내쉴수록 비아냥 전문 눈꼬리는 씰룩씰룩 올라갔다.

어떻게 이걸 나한테 보낼 수가 있지? 어떤 사상과 뇌 구조를 가져야 이걸 대표실로 떡하니 보낼 수가 있는 거지? 응? 응? 나 좀 묻고 싶은데 물어봐도 될까?

"아예 내 책상 옆에 걸어줄까?"

"퀵이라 받을, 받을 곳이 마땅하지가 않아서요. 죄송합니다."

"아아. 그래. 난 또 전 여친 입사 선물인 줄 알고."

"그럴 리가 없잖아요. 제가 왜 이걸 대표님한테."

"그러니까. 그건 내가 해야 할 질문이잖아."

채원은 말문이 막혔다는 듯 입술을 꽉 깨물었다. 그렇지. 결혼한 여자가 자신의 웨딩 액자가 배달될 거라는 걸 몰랐다는 것 자체가, 말이 안 되는 거지. 말이 안 되면 어떡하라고! 나한테 벌어지고 있는 일인데!

하……. 일이 꼬이려니 두서도 없다. 채원은 자포자기한 것처럼 허리를 폈다. 구구절절 늘어놓을 말 중 그에게 현실적으로 들릴 수 있을 만한 게 없어, 그녀는 그냥 뻔뻔해지기로 했다.

집이 망했다는 사실을 언급하기 전엔 무엇도 말이 안 되는 거다. 그 말만큼은 정말 하기 싫다고! 이제 와서 집이 망했다는 말로 지난 시간을 설명하기 싫단 말이다!

"남편 회사로 보내려고 했는데 오늘 그이가 출장이라."

"……아아, 출장."

남편. 그이. 씰룩거리던 성준의 눈꼬리는 점점 더 치달렸다.

"제가 직접 받았어야 하는데 시간 차로 대표님이 받으셔서. 우선 죄송합니다."

"아, 뭐, 죄송할 것까지야."

"그럼 이만 넘겨주시면 안 될까요? 대표님이 가지고 계신 상황이 영, 보기 아름답지 않은데요."

채원이 넘겨달라며 팔을 뻗자 성준은 다시 한번 그녀의 사진으로 시선을 옮겼다. 예쁘게 나오기는 참, 오장육부가 뒤집힐 정도로 예쁘게 나왔다. 멘탈이 흔들리기 전에 요즘 사진 기술은 보통이 아니야, 정도로 합의를 보아야겠다.

"가져가. 내 선물 아니라면 내가 가지고 있을 필요 없지."

"네. 실례 많았습니다."

"너무 많았지, 실례는."

성준은 액자에서 눈을 떼며 그녀를 바라보았다. 엇, 사진에서 툭 튀어나온 것 같은 싱크로율 100퍼센트의 그녀 실물이 시선을 강탈

한다. 잠시 동공이 흔들린 성준은 빠르게 눈을 감았다가 뜨며 현실 부정을 시작했다. 뭐, 사진 기술만 보통이 아니겠나. 의학 기술도 보통은 아니지. 몇 년이 지나도 똑같은 얼굴은 의학의 기술을 빌리지 않고는 가능하지 않을 테니까, 정채원은 의학 기술을 몹시 많이 빌린 걸로.

성준이 액자를 넘겨주려고 팔을 뻗자 홱, 낚아채 간다. 텅 빈 손이 무안해진 성준은 손깍지를 끼며 팔을 무릎에 떨궜다.

"밥은, 잘 먹었나?"

"네네. 김 실장님이랑 잘 먹었어요."

"그래. 다행이네."

"……."

요것 봐라. 말이 없다. 가는 말이 이렇게 쿨하고 고운데 어째서 오는 말이 없어!

"사람이 밥 걱정을 했으면 응당 안부가 되돌아오기 마련인데. 정채원 씨는 사회생활의 기본기도 없네."

"기본기도 없다는 건 다른 것도 없다는 말로 들리는데요. 뭐가 더 없을까요?"

"아아, 그렇게 들렸어? 그런 의도는 아니었는데."

성준이 뭘 그렇게 예민하게 받아들이느냐는 쿨한 표정을 짓자 채원은 액자를 품으로 꽉 끌어안았다. 보물단지를 대하듯 결혼사진을 끌어안자 성준은 뜨거운 콧김을 내쉬었다. 아무리 쿨하게 말하고 싶어도 꼬인 오장육부는 바르게 돌아올 기미가 보이질 않는다.

"식사 어련히 잘 하셨을까 싶어서 안 물어봤는데요. 대표님은 식사 잘 하셨죠?"

"공짜 밥 얻어먹을 때까지만 해도 잘 먹었다고 생각했는데 돌아오자마자 체기가 있네."

"지금 저 들으라고 하는 말씀이세요?"

"뭐, 그렇게 들렸다면 할 수 없고."

파바박! 이상한 타이밍에 불꽃이 튄다.

채원은 애먼 꼬투리를 잡고 시비를 걸어오는 전 남친 대표를 가늘게 뜬 눈으로 바라보았다. 계단을 미친 듯이 뛰어 올라올 때까지만 해도 미안함이 솟구쳐 심장이 쪼개질 것 같았는데.

"하실 말씀 끝나셨으면 나가보겠습니다."

"그래. 막상 나가도 할 일은 없겠지만 나가봐."

"할 일 없는 밖이 할 말 많은 이곳보다 나은 것 같아서요."

"월급 루팡은 곤란해. 새겨듣고."

"루팡은 대도거든요. 이 정도 하찮은 월급은 탐내지 않아요. 걱정 마세요."

뭐, 뭐야? 월급이 적어? 적다고?

채원은 입이 쩍 벌어진 성준을 두고 돌아섰다. 액자를 더욱 품으로 끌어안고 나서는 길에 홱, 돌아 성준을 한번 흘겨보았다.

쿵. 문이 닫히자 성준은 목덜미를 잡았다.

"아…… 혈압……."

급상승하는 혈압에 눈을 질끈 감았다가 뜬 성준은 굳게 닫힌 문을 바라보았다.

"쟤가 원래부터 저렇게 만렙이었던가……."

목덜미를 문지르며 중얼거렸다.

그는 알 리가 없다. 기억 속 그녀는 세상 밖으로 내던져진 적 없는 온실 속 화초 같았으니까. 자신을 떠나 몇 년 동안 그녀가 어떻게 살아왔는지 상상도 하지 못하리라. 그런 의미로 그녀는 만렙이었다. 어지간한 일엔 눈 한번 깜짝하지 않는 만렙이, 되어버린 것이다.

"김 실장."

"네, 대표님."

"우리 회사 월급이 적어?"

"네?"

오후 내내 시름시름 앓는 눈빛으로 체기가 있네 마네를 운운하더니 대표놈이 또 이상한 질문을 해댄다. 민권은 마른침을 삼켰다. 짧은 순간, 마음의 소리를 시원하게 내뱉고 석 달 열흘의 갈굼을 받느냐, 아니면 대표놈에게 내 귀의 캔디를 선물하고 자리를 보전하느냐, 갈등이 일었다.

"뭐, 사람마다 다르겠죠. 그건 갑자기 왜요?"

"김 실장. 난 직원 복지에 최선을 다하고 있다고 생각해."

"아, 네네. 알죠."

시름시름 앓는 목소리로 직원 복지를 중얼거리는 성준의 얼굴을 민권은 찬찬히 살폈다. 요즘따라 만년필을 풀 파워로 돌리더니 오늘은 비실비실, 손가락 사이에서 돌아가는 만년필에 힘이 없다.

"소화제 좀 가져다드릴까요? 속이 많이 불편하세요? 아니면 조금 쉬셔도……."

"됐어. 직원 월급 올려주려면 대표가 쉴 시간이 어디 있어. 일해야지. 돈 벌어야지……. 돈 벌어서 직원들 월급 올려줘야지……."

성준이 뜻 모를 소리만 자꾸 중얼거리자 민권은 고개만 갸우뚱했다.

"아, 그리고 대표님. 정채원 씨요."

"뭐! 왜! 뭐!"

……예? 민권은 갑자기 성질내는 대표를 바라보았다. 얼씨구. 갑자기 만년필이 풀 파워로 돌아간다.

"어…… 다른 게 아니라 성격이 좋은 것 같아요. 일하는 자세도 좋고, 마음에 들어요."

"마음에 들어? 마음에 든다고? 그럴 리가? 그럴 리가 없는데?"

걔가 아까 나한테 쏘아대는 거 들어봤어? 들었으면 그런 말 안 나올 텐데?

성준은 만년필을 현란하게 돌리며 허, 허! 허!를 연발했다. 아무리 곱씹어보아도 조금 전 채원은 성준에게 만렙이었다.

"음, 내일 일정은 2박 3일짜리라 우선 숙소 잡았고요. 편의상 정채원 씨 숙소도 다미안 씨와 같은 곳으로 잡았어요."

"내 숙소는?"

"물론 같은 곳이죠. 불편하시면 옮길까요?"

"……됐어."

성준은 더 이상 대꾸할 기력도 없다는 듯이 손을 팔랑팔랑 흔들었다. 나가려는지 파일 정리를 하던 민권이 생각났다는 듯 고개를 들었다.

"아, 대표님. 태리랑 식사는 잘 하셨어요?"

"일찍도 물어본다. 김 실장이 법카로 꽃 산 덕에 공짜로 먹었지."

"대표님이 안 사셨어요, 점심? 태리 생일인데?"

"신경 쓰이면 니가 가서 저녁 사든가."

"법카 너무 남발하라고 하시는 것 아닙니까?"

"그런 남발은 내가 두 팔 벌려 환영하지."

성준이 턱을 괴고 모니터를 바라보며 건성으로 말하자 민권은 에효, 짧은 한숨을 내쉬었다.

"김 실장. 말 나온 김에 법카 한도 늘려줄까?"

"아뇨? 지금도 충분한데요."

"팍팍 써. 점심도 법카 썼을 거 아냐. 오늘처럼 작게는 직원 관리도 해야 할 거고, 크게는 대외적으로 나도 챙겨야 할 거고."

성준의 말에 민권은 픽, 웃었다.

"정채원 씨하고 오늘 점심 먹고 차 마시고 한 건 사비예요. 신경 쓰지 마세요."

모니터만 바라보던 성준은 시선을 떼며 김 실장을 바라보았다.

"왜? 어째서 법카 안 쓰고?"

파일 정리가 끝났는지 민권은 허리를 폈다. 나가보겠다는 듯 문을 가리키며 입술을 열었다.

"그냥요. 그러고 싶더라고요."

"그냥 그러고 싶은 건 무슨 의미지? 왜 그래?"

"그러니까요. 왜 그랬을까요, 제가?"

허. 질문에 질문으로 답하는 김 실장의 태도에 말문이 턱 막힌 성준의 손끝에서 만년필이 멈추었다.

"이만 나가보겠습니다. 한 시간 뒤에 회의 있어요. 다시 올게요, 대표님."

"이만 퇴근하겠습니다. 내일 봬요."

대부분의 직원들이 퇴근을 서두르는 시간. 채원은 자리에서 일어섰다. 재킷을 입고 가방을 드는데 책상 옆에 둔 액자로 시선이 머문다. 점심시간 끝 무렵, 채원은 곧장 커다란 포장지를 구해 와 액자에 둘러 포장을 했다. 직원들에게 보여주기가 껄끄러웠으니까.

에효, 저걸 들고 어찌 험난한 퇴근길 러시아워를 견뎌내나 싶어 마른 한숨이 절로 튀어나왔다. 그렇다고 두고 갈 수도 없잖아.

"에효, 들고 가자. 어차피 가져가야 하는 물건인데."

준비가 되었다는 듯 채원은 포장한 액자를 번쩍 들었다. 크기만 컸지 그리 무겁지는 않다.

"갑니다! 수고 많으셨습니다!"

채원은 가볍게 비서실을 나섰다. 엘리베이터를 타고 내려가려는데 다시 문이 열린다. 엇, 대표님이다.

"⋯⋯뭐야."

엘리베이터를 잡은 성준은 안에 채원이 있음을 발견하고는 우뚝 멈췄다. 채원은 열림 버튼을 눌러준다는 것이 실수로 닫힘 버튼을 눌렀다. 어, 문이 빛의 속도로 닫힌다.

닫았어, 지금? 문을? 성준은 황급히 버튼을 눌렀고 다시 문이 열렸다.

"아, 아, 죄송, 죄송해요. 열림 버튼을 누른다는 게 그만."

"손끝은 마음을 따라가기 마련이지. 됐다고."

성준은 허둥지둥하며 옆으로 비켜서는 채원의 곁에 섰고 지하 3층을 눌렀다. 1층은 그녀가 가려는 곳, 지하 3층은 그가 가려는 곳. 힐끔, 성준은 곁에 선 채원을 바라보았다. 여전히 웨딩 사진을 꿀단지처럼 껴안고 있다. 그래도 다행이지, 사진 안 보이게 둘둘 묶어놓은 것을 보니 양심은 있는 모양이야.

……양심은 무슨 양심! 나는 이미 다 봤는데!

"어…… 저 퇴근해요."

"알아. 신줏단지 얼싸안고 내려가는데 내가 모르겠어?"

"대표님하고 같은 시간에 퇴근하는 게 조금 마음에 걸려서요."

"루팡도 안 찾아올 하찮은 월급 주고 고용하는데 마음에 걸리면 안 되지. 신경 끄고 퇴근해."

쳇. 마음에 담아둔 모양이다. 채원은 민망함에 더욱 액자를 끌어안았다.

그녀가 액자를 끌어안으면 안을수록 성준의 혈압은 급상승했다. 그러다가 다시 한번 힐끔, 채원을 바라보았다.

"……지하철?"

"네? 아, 네. 지하철요."

사람이 미어터지는 퇴근길. 저 큰 액자를 껴안고 지하철을 타려 하다니.

"택시 타지 웬만하면?"

"어후, 지금 얼마나 막히는 시간인데요. 택시비가 엄청 나올 텐데 어떻……."

채원은 말꼬리를 흐렸다. 성준의 귀에 대수롭지 않게 들리는 말이었지만 채원은 '돈이 없다'는 것을 강조한 것만 같아 아차 싶은 것이다. 언제나 이렇게, 감춘 것이 있는 자는 마음이 초조한 법이다.

"저, 저는 원래 택시 이용 잘 안 해서요. 생각을 못 했어요. 오늘은 한번 이용해봐야겠어요."

"그래. 신줏단지 훼손당하기 전에 택시 타고 가."

아차. 이건 내가 할 말이 아니잖아.

"아니, 택시 타고 가든지 말든지."

성준은 급히 말을 끊었다. 이렇게 잠시만 긴장의 끈을 내려놓아도 오지랖이 발동하니 미치겠다.

"네. 뭐, 달려가든지 굴러가든지 제가 알아서 할게요."

"그래. 그러든지 말든지."

흐어, 엘리베이터 안의 분위기는 급속도로 냉각되었다. 서로는 어쩔 바를 몰라 입술만 꾹꾹 깨물었다. '전 애인 현 유부녀'라는 수식어가 통 머릿속에서 떠나질 않아, 평범하게 주고받아도 괜찮을 말들까지 어색해지는 것이다.

잠시 바닥이 붕 뜨는 느낌이 들다가 멈춘다. 1층에 도착했다.

"가세요. 내일 뵙겠습니다."

"그래. 그러든지 말든지."

"어? 채원 씨, 퇴근요?"

한마디 한마디가 어색한 얼음장 같던 그때, 내리려는 채원의 곁으로 민권이 밀고 들어왔다.

"채원 씨한테 전화했는데 엘베라 끊겼구나."

"네. 저 지금 퇴근해요, 실장님."

"그러지 말고 나랑 같이 가요. 그렇게 큰 물건 들고 어떻게 가려고."

"걱정 마, 택시 타고 간대."

"우와, 정말요?"

동시에 답하는 두 사람의 반응이 첨예하게 엇갈리고, 민권은 두 사람을 번갈아 바라보았다.

"1층인데 정채원 씨 안 내리고 뭐 해. 나 바쁜 사람이야. 빨리 내려."

성준은 어서 내리라며 손가락 끝으로 채원의 등을 밀었다.

"아아, 잠깐! 잠깐만요!"

동동동 걸어 졸지에 엘베 밖으로 쫓겨난 채원은 뒤를 돌았다. 민권이 채원에게 어서 다시 들어오라 손짓하던 때,

어딜 다시 들어와! 택시 타고 가!

"그럼 목적지까지 수고."

성준은 가차 없이 엘리베이터 문을 닫았다. 입영 열차 문 닫히듯 민권과 채원은 서로 안타깝게 시선을 마주했다. 빨간 모자의 조교

처럼 성준이 단호하게 문을 닫자 엘리베이터는 지하 3층으로 빠르게 내려가고, 민권은 휴대폰을 들었다.

"채원 씨 태우고 가야 하는데. 지금 받은 일정도 얘기해줘야 하고. 알고 보니 채원 씨 동네가 저랑 가깝더라고……."

"이봐, 김 실장."

"네, 대표님."

"정신 차려. 이거 왜 이래."

"네? 뭐가요?"

김 실장이 영문을 모르겠다는 표정을 짓자 성준은 고개를 돌렸다. 그의 눈빛은 조금 전보다 더욱 사나워졌다.

"왜 안 하던 짓을 하고 그래, 그것도 버젓이 결혼해서 남편까지 있는 사람한테."

"……예?"

선 긋기. 지금은 매일매일 선 긋기를 해야 할 때였다.

너도.

"김 실장, 몰랐어? 정채원 씨 유부녀라고."

그리고 나도.

그래도 버티다 보면

"정채원이 이직을 했다고? 또?"

늦은 저녁. 채원의 신상에 대해 보고를 받은 무속인 곽씨는 고개를 들었다.

"네, 그렇습니다. 빚쟁이들이 자꾸 찾아와서 회사를 옮기는 것 같습니다."

"인생이 밑바닥이네, 밑바닥."

쯧쯧. 혀를 차던 곽씨는 이내 거울 속 자신의 얼굴로 시선을 돌렸다.

"어떻게 할까요. 주 여사님이 정채원의 근황을 계속 궁금해하시는 것 같은데."

깔끔하게 묶은 머리를 하고 있는 직원 홍연의 물음에 곽씨는 흥미 있는 사건은 아니라는 눈빛을 했다.

화려한 헤어스타일, 원색 계열의 의상, 손바닥만 한 다이아 귀걸이와 목걸이. 보통의 인상이 아닌 곽씨는 여타의 무속인과는 다른 분위기를 풍겼다.

"궁금하겠지. 지 아들하고 맺어준 인연이라는데 궁금하지 않을 리가. 적당히 보고해. 궁금증은 계속 남겨두고."

"네, 알겠습니다."

"그 나이에 연애고 삶이고 포기한 계집애가 뭐 그리 궁금하다고 매일 사람을 들들 볶아대는 건지."

곽씨는 자신이 벌인 일이지만 전혀 무관하다는 듯 무심한 눈길로 거울만 들여다보았다.

아들을 잃은 주옥선 여사에게 영혼결혼식을 이유 삼아 받은 돈은 총 10억. 그중 2억은 정채원에게, 8억은 이미 본인이 챙긴 후다. 인생에 남은 건 돈밖에 없는 주옥선 여사는 곽씨에게 좋은 물주였고 호구였다.

"조금 더 있다가 공사 한번 다시 하자고. 할 때 됐잖아? 그럼 한번 짜봐."

"알겠습니다, 선생님."

"탈탈 털어먹고 버려야 미련이 남지 않는 거야. 주 여사 재산이 얼만지 알지? 쉴 새 없이 털어내자고. 정신 차리기 전에."

"네, 선생님."

곽씨는 자신의 얼굴에 진 주름이 마음에 들지 않는 듯 잠시 미간을 좁히다가 거울을 돌렸다.

"조만간 정채원하고 자리 한번 마련하고. 나도 일은 해야지."

"네, 선생님."

모든 것은 곽씨가 짠 판에 의하여 움직였고, 놀아났다. 채원은 곽씨가 설계한 공사에 필요한 인원 중 한 명일 뿐이었다.

헤어졌으면 좋겠어요.

그날은 이른 감이 있지만 결혼을 하자고 말할까, 고민이 되던 날이었다. 아직 아무것도 이룬 게 없는 나지만 이런 나라도 괜찮다면 우리 함께하자고, 말하려던 참이었다. 스페인. 그 낯선 나라에서, 너를 생각하며 몇 날 며칠 골랐던 반지를 주머니에 넣고, 가게 앞을 지날 때면 네가 유독 눈길을 주던 웨딩드레스를 준비해두고.

그냥…… 그랬으면 좋겠어요.

결혼하자고.

헤어지고 싶어요. 이제는요.

나와, 결혼해주지 않겠느냐고.

헤어지자는 너의 말에 칼에 베인 것만 같은 통증이 가슴에 일어, 주머니 속에서 한참이나 매만지던 반지 케이스를 놓았다. 농담이 지나치다고 웃어보려 해도, 마주 앉은 네가 진심을 다해 말하고 있음을 모를 수가 없었다. 말할 땐 상대의 눈을 깊게 들여다보던 네가 고개를 숙였기에 더욱. ……대응할 바를 잃고 목소리를 빼앗긴 사람처럼 말이 나오질 않았다. 볕이 따가워 눈이 시린 건지, 눈앞의 네가 그저 시린 건지 구분도 되질 않았다. 한 줌의 후기도 남길 수 없는, 이별이었다.

"쓸데없는 생각이 왜 자꾸."

휴. 성준은 짧게 한숨을 내쉬며 고개를 들었다. 뜨거운 물을 받아놓은 욕조에 들어가 고단함을 씻어보려고 해도, 심중에 매달리는 건 가슴을 짓누르는 기억들뿐이다.

"휴, 미치겠네."

이별 직후. 예고 없이 뒤통수를 가격당한 것처럼 얼떨떨한 채 아프고 황당했다. 생각할수록 납득이 되지 않고 이해가 되는 구석 또한 없어 찾아도 가봤다. 너 없으면 안 될 것 같다고, 나 좀 한 번만 봐주면 안 되겠느냐고 잡아보려 했는데, 네가 사라지고 없더라. 그 흔한 소식 하나 남기질 않고, 마치 넌 한순간도 내 곁에 존재한 적 없었던 것처럼 증발해버리고 말았다. 그렇게 지난, 3년이었다.

"맥주를 한 캔 해볼까, 하⋯⋯."

다짐처럼 마음이 잡히질 않고 예상에 없던 착잡함이 자꾸만 찾아오니 멀리하는 술 생각까지 간절해진다.

잠시 뒤, 성준은 뜨거운 물 속에 얼굴까지 집어넣고 한참이나 숨을 참았다. 카페에서 김 실장과 마주 앉아 환히 웃던 그 얼굴에 너무나도 많은 기억이 쏟아져 내렸다.

잊은 줄 알았는데, 가라앉아 있었다.

"후, 후⋯⋯."

얼마나 물속에 있었던 걸까. 성준은 급히 물 밖으로 얼굴을 내밀며 굵은 숨을 몰아 내쉬었다. 연거푸 얼굴에 묻은 물기를 털어내던 그는 천천히 고개를 뒤로 꺾었다. 높다란 천장만 올려다보고 있자니 이대로 버틸 수 있을까, 아주 괜찮은 결말이라는 게 정말 찾아오긴 할까 조바심이 일었다.

"이제 와서 뭘 어쩌자고, 한성준. 정신 차려."

바라보는 것 자체로 고문 같은 시간이 될 수 있겠지만 그럼에도 불구하고 채원을 곁에 두는 건, 지금이 아니라면 그녀에게서 영영 벗어나지 못할 것만 같은 예감이 들었기 때문이다.

"그러네. 정신 차려야 할 사람은 김 실장이 아니라 나였네."

어떻게 해서든 홀로 쥐고 있던 질긴 과거로부터 벗어나야 했다.

"이겨내라, 이겨내라 한성준. 할 수 있잖아, 있어."

벗어나기 위해, 발버둥을 쳐야 했다.

"채원 씨!"

"실장님!"

이튿날. 채원은 회사 앞에서 자신을 기다리고 있는 민권을 만났다. 오늘은 스페인에서 건축가가 입국을 하는 날. 그가 머물 숙소로 이동을 하기 위해 성준과 민권, 채원은 이른 아침 출근을 서둘렀다.

채원은 저 멀리서 반갑게 손을 흔들어주는 민권을 발견하고는 활짝 웃었다. 미리 차에 타 있던 성준은 채원의 그 얼굴에 눈꼬리를 올렸다.

"얼씨구? 아침부터 아주 힘이 넘쳐나네, 힘이 넘쳐나."

마음에 들지 않는다는 듯 미간을 일그러뜨렸다. 두 번 본 민권에게 저토록 살갑게 인사를 건네는 채원을 보자니 다시 격하게 오장 육부가 꼬인다. 성준은 쾅, 문을 닫고 차에서 내렸다.

좋아. 내게도 인사를 건네봐. 약간 그런 마음으로 존재감을 과시하며 보닛에 기대는 과감한 포즈까지 시도해줬건만.

"아, 대표님도 계신 줄 몰랐네요."

어쭈. 이것 봐라. 두 번 만난 김 실장한텐 팔이 떨어지도록 손을 흔들면서 오더니. 뭐? 대표님도 계신 줄 몰라?

……정색은 왜 하냐?

"계신 줄 왜 몰라. 이 자리의 주체가 나라는 걸 좀 알아줬으면 좋겠는데."

"알죠. 잘 알죠. 대표님, 일찍 나오셨어요?"

"물론. 거슬려서 잠이 와야 말이지, 누구 때문에."

"그 누구가 저는 아니겠죠?"

"슬픈 예감은 틀린 적이 없지. 그저 그 정도로 합의 보자고."

허세가 잔뜩 묻은 자세를 하고 보닛에 기대 있던 성준은 몸을 일으켜 뒷좌석에 올라탔다.

여어, 이틀째 출근이네? 오늘도 잘해보자고.

제길, 인사를 준비하면 뭘 하나. 한번 해보질 못하는데.

성준은 채원에게 준비한 쿨한 인사를 또 한번 가슴에 묻으며 눈썹을 추켜올렸다. 쾅, 하고 문을 닫으며 성준이 차에 올라타자 채원과 민권은 서로 바라보았다.

"채원 씨, 좋은 아침입니다."

"네, 실장님. 좋은 아침이에요."

민권은 성준의 아침 저기압을 신경 쓰지 말라는 것처럼 눈을 찡긋했다. 채원은 알아들었다는 듯 고개를 끄덕이며 따라 웃었다.

……저것들은 나만 없으면 화기애애하다. 듣고 있지 않은 척 다 듣고 있던 성준은 껄끄럽다는 듯 혀를 찼다.

"자, 그럼 출발할까요?"

"네, 실장님."

숙소까지 안전 운전을 도맡은 김 실장은 보조석 문을 열었다. 채원에게 타시죠, 말하며 문을 열어주자 뒷좌석에 앉아 있던 성준이 상체를 일으키며 열린 보조석을 바라보았다.

"뭐 해? 정채원 씨 지금 어디에 타는 거야?"

"네? 그럼 제가 운전해요?"

"정채원 씨. 이 차에 운전석하고 보조석만 있는 건 아닙니다."

나는 지금…… 트렁크에 타고 있냐?

"정채원 씨는 뒤로 옵니다. 뒤로."

"아…… 뒤요? 뒤엔 대표님이 타고 계시잖아요."

성준이 느닷없이 뒷좌석에 타라고 말하자 채원은 민권을 바라보았다. 민권은 고개를 내려 보조석 사이로 성준을 바라보았다.

"채원 씨 보조석에 태울게요, 대표님."

"안 돼. 너 운전 방해돼. 뒤로 보내."

"무슨 방해가 된다고 그러세요. 대표님 편하게 가셔야 하니까 당연히 보조……."

"태워. 뒤에."

성준은 눈꼬리를 잔뜩 올렸다. 김 실장, 저것이 어제 알아듣게 설명을 해도 알아듣질 못하고 자꾸 채원에게 추파를 던지는 게 아닌가? 채원과 김 실장이 많은 말을 주고받지 않아도 알 수 있다. 김 실장은 분명 평소의 친절함과는 격이 다른 자상함을 정채원에게 내보이고 있다. 귀신은 속여도 난 못 속인다, 김 실장. 왜냐하면 난 소심하기 때문에 관찰력이 뛰어나거든.

"설명할 것도 있고, 같이 볼 자료도 있으니까 정채원 씨는 뒤에 탑시다."

"아…… 네, 대표님."

정신 나간 김 실장 옆자리보단 차라리 내 옆이 안전하지. 나는 지금 진돗개 1호가 발령된 경계 태세 수준을 겸비하고 있으니까. 유부녀한테 추파 던지는 정신 나간 놈의 옆자리보다 경계 태세 완비한 전 남친 옆자리가 더 낫지 않겠어? 지금 이 순간 세상에서 정채원에게 제일 안전한 남자는 나다. 나.

"뭐 하고 서 있어? 타라니까?"

"네? 아, 네."

성준이 뒤에 타라며 고개를 까딱 움직이자 채원은 마지못해 허리를 세웠다. 민권은 보조석 문을 닫으며 뒷좌석 문을 열어주었다.

별일이다. 대표님이 옆 좌석에 누굴 태우는 사람이었던가? 왜 저러고 아침부터 눈에 쌍심지를 켜고 타라 마라 하는지 모를 일이다.

"우선 타세요, 채원 씨. 대표님 불편하지 않다고 하시니까."

"네. 알겠습니다."

도대체 무슨 꿍꿍이인지 모르겠는 대표의 심보에 민권은 혼자 조용히 웃었다.

"그럼 출발합니다. 두 분 다 안전벨트 하세요."

채원은 민권의 말에 안전벨트를 찾아 두리번거렸다. 그녀가 헤매자 서류를 들여다보던 성준은 손만 뻗어 안전벨트를 툭툭 쳤다.

"이거 당겨. 당길 힘은 있지? 신줏단지 모시고 갈 정도의 힘이면 당길 수 있어."

"네, 감사합니다. 당길 수 있어요."

채원은 성준이 툭툭 치며 알려준 안전벨트를 쭉 당겨 제 허리를 감쌌다. 성준은 최대한 채원과 멀어지겠다는 의지의 표현으로 창문에 달라붙듯 앉았다.

"어…… 대표님 불편해 보이시는데…… 여기 자리 넓은……."

"됐어. 난 원래 이렇게 창문에 붙어 가니까 신경 꺼."

"네. 그럼 신경 끄겠습니다."

뭐가 뭔지 하나도 모르겠는, 전 남친 현 대표 옆자리에 앉아 떠나는, 이상한 출장길은 그렇게 시작되었다.

스페인에서 내한했다는 건축가는 도심을 다소 벗어난 한적한 외곽의 숙소를 희망했다. 갑이 그렇다니 별수 있나. 원하는 곳에 숙소를 마련해준 세 사람은 어느덧 서울을 벗어났고, 잠시 휴게소에 들렀다. 화장실을 다녀오며 커피를 사 오겠다는 김 실장이 사라지고 차 안엔 채원과 성준이 남았다. 제길, 실장님 따라갈걸. 채원은 성준과 둘만 남은 어색함에 줄곧 서류만 들여다보았다.

여전히 창문과 물아일체가 된 포즈로, 성준은 힐끔 고개를 돌려 그녀를 바라보았다.

"난독증 있나?"

"네? 그게 무슨 말이에요?"

"도대체 종이 한 장을 언제까지 들여다볼 생각인지?"

……아. 채원은 당황한 듯 다음 장을 넘겼다. 활자가 눈에 들어올 리가 있겠나. 멍하니 들여다보고 있다가 들키고 말았다.

채원은 가만히 있다가 홱, 성준에게로 시선을 돌렸다.

"지금까지 계속 절 훔쳐보고 있었던 모양이죠?"

성준은 입을 쩍 벌렸다.

"훔, 훔쳐봐? 내가 왜? 그냥 보면 보는 거지 훔쳐볼 이유는 또 뭐고?"

세상 훔칠 게 없어서 널 보는 걸 훔치겠냐! 성준이 눈꼬리를 올리자 지지 않겠다는 것처럼 채원도 따라 눈꼬리를 올렸다.

"그렇잖아요. 제가 이 페이지만 보고 있었던 걸 어떻게 아신 거죠?"

"종이 넘기는 소리가 안 들리잖아. 정신 차려, 왜 이래?"

"……아."

아. 채원은 그렇구나, 하는 표정을 지으며 다시 고개를 서류로 돌렸다. 억울함이 하늘을 찌르는지 성준은 눈썹을 더욱 씰룩거리며 채원을 바라보았다.

"와, 생사람 잡네. 내가 어? 훔쳐보기를 바랐던 것처럼? 이렇게 누명을 씌우나?"

"죄송해요. 보고 계신 줄 알았어요."

"세상 모든 걸 다 곁눈질로 봐도 정채원 씨는 곁눈질로 안 볼 테니 걱정 말라고. 나 원."

"그러게요. 제가 쓸데없는 염려증이 좀 있어서요."

"정말 쓸데없네."

성준은 다리를 심하게 떨었다. 곁눈질로 몇 번 본 걸 지가 알고 하는 말이겠어? 설마.

격하게 양심에 찔리니 내려앉는 침묵이 버겁기 시작한다. 성준은 다리를 떨다가 입술을 열었다.

"어때, 첫 출근 마치고 잠은 잘 잤나?"

자, 별 관심은 없지만 말해봐.

"네. 뭐, 원래 잠은 잘 자요."

"그래. 나도 잘 잤어. 평소보다 훨씬 더."

"아…… 네."

그녀의 떨떠름한 대꾸에 성준은 미간을 다소 찌푸렸다. 니가 잘 잤건 말건 전혀 관심 없다는 건 정채원의 말투만 들어도 알겠다.

"저 질문이 하나 있어요."

"답할 준비가 안 됐어. 다음에 해."

"제가 무슨 질문을 할 줄 알고요?"

"모르니까 다음에 하라고. 예측이 안 되니까."

이상한 논리를 펼치며 질문도 하지 말란다. 단호하게 손바닥까지 들어 보이며 더욱 창문에 달라붙는다. 허, 채원은 기도 안 찬다는 듯 성준을 바라보았다.

"……뭔데?"

얼씨구. 하지 말라더니 얼마 지나지 않아 지가 물어온다. 이건 뭐 하자는 건가 싶어 채원은 가만히 성준을 보다가 입을 열었다.

"왜 절 고용하신 거예요?"

"또 그 질문인가? 뭔가 석연찮은 구석이 있나? 왜 같은 질문을 반복하지?"

"아뇨. 제 말은 그게 아니라요."

"……."

"대표님 스페인어 할 줄 아시잖아요."

아니 근데 김 실장 이 자식은 커피콩을 따러 갔나 왜 안 오는 거야.

"굳이 통역도 필요 없으신 줄로 아는데 왜……?"

빨리 안 오냐! 어디서 뭐 하는 거야, 김 실장! 이 거지 같은 분위기 속에서 날 구하라고!

성준은 마른침만 꿀꺽 삼켰다. 그렇지, 스페인에서 만나 함께한 시간이 얼마인데, 채원이 그걸 모를 리가 있겠나. 어찌 보면 생각보다 늦은 질문일 수도 있겠다.

"잊어버렸어."

"……네?"

"다 잊어버렸다고."

성준은 다소 답답하다는 듯 창문을 내렸다. 창틈으로 들어온 시원한 바람이 차 안을 가득 휘감았다.

"스페인에서 있었던 것들은 하나도 빠짐없이 다 잊었어. 기억하는 게 하나도 없을 정도로."

"······."

"전부. 싹 다. 내 인생에서 스페인은 통째로 파버렸다고."

"아······ 네."

채원은 어쩐지 뼈가 있는 성준의 대답에 황급히 고개를 끄덕였다. 예상하지 못한 그의 답변에 민망해진 얼굴은 삽시간에 뜨거워졌다. 저도 모르게 서류를 꽉 쥐고 고개를 떨궜다. 아, 괜히 물어봤다. 이런 대답이 돌아올 거라고는 상상도 하지 못했는데.

"대답이 됐을까, 정채원 씨?"

"······네. 충분히요."

이 순간 자신을 바라보지 않은 채 반대편으로 고개를 돌린 그가, 감사했다.

때마침 커피를 사 온 김 실장이 차로 돌아온다. 숨 막히는 공기를 이길 재간이 없어 채원은 차 문을 열었다.

"저기 김 실장님 오시네요. 커피 받아 올게요."

채원은 김 실장을 향해 내달렸다. 그냥 차에 있지 왜 나왔느냐고 김 실장이 웃으며 묻자, 사실은 커피가 반가워 달려 나왔다며 그녀가 대꾸했다. 실없는 웃음소리가 들려 성준은 고개를 돌려 힐끔 두 사람을 바라보았다. 빛은 그녀 주변에만 고이는 걸까. 방금 전까지 환했던 주변의 모든 것을 무시한 채 그녀 홀로 빛이 나는 것처럼 여겨진다. 성준은 그늘 없는 그녀의 웃음을 길게 바라보다가 마른 침을 삼켰다. 가라앉아 있던 추억이 다시금 일렁인다.

"······휴."

대책 없이 해맑은 그녀의 웃음을 마주하고 바라보고 있자니 그는 불현듯 두려워지기 시작했다.

가라앉아 있어 모르고 지냈던 기억들은.

"정신 차려라, 한성준. 정신 차려."

대체 얼마나 있는 걸까 하고.

숙소에 도착한 세 사람은 체크인을 마치고 객실로 향했다. 성준은 누구보다 큰 객실을, 김 실장과 채원은 적당한 크기의 룸을 배정받았다. 자신의 객실로 들어선 성준은 꽤나 널찍한 방 크기에 걸음을 멈췄다.

"여기서 셋이 같이 지내는 건가?"

물론 나는 괜찮지만 다들 괜찮은가 싶어서 말이야.

"아뇨, 무슨 그런 말씀을. 여기는 그냥 대표님 숙소인데요."

"뭐 이렇게 넓은 방을 잡았어. 혼자 잠만 자고 나갈 것을. 낭비야, 낭비."

넓은 방을 잡았다고 성준이 타박하자 김 실장은 웃었다.

"대표님, 이제 그런 마인드는 버리셔야죠. 이 정도 크기를 버겁다 말씀하시면 안 됩니다, 이제."

"별소리를 다 하네. 너하고 나, 모텔에서 숙식 해결하고 출장 다니던 게 엊그제야. 잊었어?"

"저는 그 엊그제를 뼈에 새겼습니다만 대표님은 이제 잊으셔야죠. 잊으셔도 됩니다."

본디 많은 것을 쥐고 사업을 시작한 게 아니었던 성준은 여전히 자신의 자리와 위치를 낯설어했다. 컵라면으로 끼니를 해결하며 부지런히 발품을 팔던 일은 그리 먼 과거가 아니었으므로.

"아무튼 수고했어, 김 실장."

"네, 대표님."

녹록하지 않았던 스타트업 초기 시절부터 자신의 곁을 꿋꿋하게 지켜온 녀석이 바로 김 실장이다. 더 좋은 자리를 내어주겠다고 해도, 임원으로 올라가는 것이 어떻겠느냐 권유해도, 그저 대표님을 보필하는 것이 천직인 것 같다며 한사코 거부한 녀석이기도 했다.

"정채원 씨 숙소는?"

"아래층이에요. 짐 풀고 있을 거예요, 아마."

"넌 어딘데."

"저는 옆방이죠."

"내 옆방?"

"아뇨, 정채원 씨 옆방이요."

휙, 성준은 김 실장을 돌아보았다. 하루에도 수백 번씩 눈꼬리를 올렸다가 말았다가 하니 이젠 노려보아도 꿈쩍도 하질 않는다.

"너 왜 이래 진짜, 김 실장."

"뭐가요, 또."

"정채원 씨 유부녀라니까? 왜 이렇게 질척거려?"

"아니, 프런트에서 임의로 배정해준 걸 왜 저한테 그러세요. 제가 정채원 씨 옆방을 달라고 한 것도 아니고."

수상하다. 뭔가 석연치가 않아.

"행동 조심해. 내가 볼 때 이상하면 남이 봐도 이상한 거야. 알겠어?"

"네네, 알겠습니다. 네네."

민권은 건성으로 답했다. 대체 뭘 어쩐다고 자꾸 날을 세우는지 모르겠지만, 현재 대표님은 정채원을 향해 예민하게 날이 서 있음을 모를 수가 없었다.

"유부녀한테 함부로 살갑게 굴고 그러다 큰일 난다. 어? 큰일 나, 김 실장."

대체 언제부터 지가 직원들 결혼 여부에 집착했다고 저러는 건지. 내 눈엔 본인이 더 이상해 보이는데, 본인은 전혀 모르고 있는 거지.

김 실장은 눈빛으로 많은 욕을 뱉어낸 성준을 바라보다가 다시금 피식, 헛웃음을 흘렸다. 마치 성준은 단 한순간이라도 채원이 유부녀라는 사실을 잊으면 안 된다는 것처럼 경직되어 있었다. 성준은 필요 이상으로 조심하려다 보니 행동 하나하나가 자연스럽지 못했다. 통역가 정채원이 아니라, 유부녀 정채원이라는 인식이 더욱 강렬한 것만 같았다.

"그럼 쉬세요. 다시 올게요, 대표님."

"어디 가?"

"저도 제 방 가서 짐 풀어야죠."

"내려가서 정채원 씨 만나지 마라. 나 분명히 말했다."

"사관학교 선생님 같으신데요. 나가보겠습니다."

민권은 기어이 터진 웃음을 수습하며 성준의 방을 나섰다. 두어 걸음을 옮기던 민권은 다시 돌아 닫힌 성준의 방을 바라보다가 고개를 절레절레 흔들었다.

"혼자 보기 아까워 죽겠네, 진짜로."

지 혼자 눈물겨운 사투 중인 성준이 웃기고 슬퍼 민권은 다시 웃음을 터트렸다. 민권은 아래층으로 내려갔다.

"호텔 와서 짐 풀고 있으니까 여행 온 것 같다."

채원은 간단하게 꾸려온 짐을 정리하며 중얼거렸다.

부족한 줄 모르고 살았던 시절, 그녀는 자유로운 여행을 즐겼다. 시간도 자금도 충분했으니 마음먹는 대로 무엇이건 할 수 있었다. 그때가 새삼스러워, 존재했던 나날이었나 싶어 힘없는 웃음이 피식 흘렀다.

똑똑. 그때였다. 노크 소리가 들려 채원은 무릎을 세우며 일어섰다.

"누구세요?"

"채원 씨, 김 실장입니다."

문밖에서 민권의 음성이 들려오자 채원은 후다닥 달려 객실 문을 열었다. 민권은 빠르게 시선을 옮기며 채원이 머물 룸 컨디션을 살폈다.

"채원 씨, 숙소는 어때요? 마음에 들어요?"

"너무 좋아요. 바깥 풍경도 너무 마음에 들고요."

"다행이네요."

민권은 실례하겠다며 조심스럽게 안으로 들어섰다. 채원은 정리하다가 멈춘 캐리어를 대충 닫으며 민권의 뒤를 따랐다. 창 옆에 위치한 작은 테이블에 민권이 앉았고, 채원은 그를 마주 보며 앉았다. 할 말이 있어 찾아온 줄 알았는데 민권은 바깥 풍경만 응시하더니 씩 웃는다. 침묵이 흐르는 공기가 다소 어색해 채원 또한 따라 웃었다.

"채원 씨."

"네, 실장님."

"동생이랑 같이 사신다고 이력서에서 본 것 같은데, 출장이라고 얘기하고 오셨어요?"

"그럼요. 잘 이야기하고 왔죠. 조금 이따가 잘 도착했다고 연락해보려고요."

"아직 미혼이시죠?"

"네. 미혼입니다."

별생각 없이 민권의 질문에 답한 채원은 잠시 후 고개를 들었다. 아…… 미혼…….

번쩍하고 스쳐 지나는 생각에 민권을 바라보니 그는 그녀가 뱉을 다음 말을 예상한 것처럼 웃었다. 채원은 아찔했다.

"그러게요. 저도 분명히 채원 씨가 면접 당시 미혼이라고 했던 게 기억나는데."

면접 당일. 대표실에 성준이 앉아 있을 거라곤 상상도 하지 못한 그때, 1차 면접을 시행한 민권에게 미혼이라고 밝힌 역사적인 순간이 존재했다.

"그런데 대표님은 채원 씨를 기혼으로 알고 있더라고요?"

"아…… 그게요……."

채원은 당황한 표정을 지었다. 민권은 추궁하는 것처럼 여겨질까 싶어 급히 손사래를 쳤다.

"아뇨, 아뇨, 채원 씨. 따져 묻는 게 아니라. 아뇨, 왜 울려고 해요."

"제가요…… 대표님께 거짓말을 하려고 한 게 아닌데……."

"네네. 네네네. 이해합니다. 아뇨, 아이고, 진짜 울겠네 이러다가."

"죄송합니다……."

채원이 울먹울먹하며 말하자 민권은 당황한 표정으로 티슈를 건넸다. 성준은 끝끝내 채원의 이력서를 보지 않았다. '미혼'이라고 적힌 그녀의 신상을 보았을 리도 없었다.

"대표님도…… 이제 아세요……? 저 미혼인 거……?"

다 들통났구나. 그냥 빨리 말할걸.

"아, 아뇨. 채원 씨, 그건 아닌데."

훌쩍거리던 채원은 대표님은 아직 모른다는 민권의 말에 고개를 들었다. 민권은 티슈를 조금 더 뜯어 채원에게 건네며 입을 열었다.

"뭔가 사정이 있는 것 같아서 대표님께는 별말 안 했어요. 우선 채원 씨 이야기를 먼저 좀 듣고 싶어서."

"아…… 네……."

"어제까진 두 분의 관계를 꼭 알아야 하는 건 아니라서 깊게 관여하지 않으려고 했었는데, 아시다시피 제가 대표님을 가까이서 모시는 사람이라.”

“네…….”

“이야기 가능한 선에서 말씀 주시면 알아서 참고하겠습니다.”

채원은 자신의 손끝만 내려다보았다.

잠시 마음이 흔들렸다. 사실대로 말해도 되는 건가. 이 사람은 어떤 사람인가. 전부 다 털어놓아도 괜찮을, 믿을 만한 사람인가?

“사실은요……. 말하자면 긴데…….”

“네네. 괜찮아요. 하실 수 있는 만큼만. 천천히.”

하지만 들려오는 김 실장의 음성과, 채근하지 않는 눈빛은 전부 다 괜찮다고 말하는 것만 같았다. 그가 어떤 사람인지 알아가기 전에 먼저 다가온 믿음이 다소 혼란스러웠지만, 입술은 자연스럽게 열렸다. 채원은 민권의 청대로 할 수 있는 만큼 천천히 설명을 이어나갔다. 빼거나 더하는 것 없이 최대한 담백하고 덤덤하게 말하려 애를 썼다.

“집 사정이 급격하게 어려워져서 웨딩드레스가 필요한 아르바이트를 했는데, 그날 대표님을 우연하게 만났어요.”

“아…… 그랬구나……. 그래서 그렇게.”

“네. 오늘 결혼하느냐고 물어오시는데 제가 너무 당황해서 아니라는 말이 차마 안 나오더라고요. 그래서 그렇다고, 맞다고…….”

성준을 다시 만나게 될 줄은 몰랐다고 덧붙였다. 차라리 따스한 어느 봄날, 결혼을 해서 행복하게 살았답니다, 정도로 끝나는 이야기였으면 좋겠다 생각했다고.

“이렇게 대표님과 다시 엮일 줄은 정말 꿈에도 몰랐어요.”

"네네. 그랬네요. 그랬겠어요."

그녀의 이야기가 끝날 때까지 조용히 경청하던 민권은 흠, 하며 낮은 숨을 내쉬었다. 그래, 그랬던 것이다. 둘 사이엔 피치 못할 사정의 오해가 쌓였고, 채원의 입장에서 다시 설명하자니 막막했으리라, 공감이 되었다.

"이제 모든 정황이 다 이해가 갑니다."

"그렇게 된 거였어요. 그냥, 그렇게 여기까지 오게 됐어요. 통역 일은 너무 하고 싶고, 제가 일을 가릴 수 있는 처지도 아니고, 그냥 유부녀인 척 석 달만 버텨보려고 했는데……."

"……."

"사실대로 이야기를 해야 하나 싶어 기회도 엿봤는데 그것도 쉽지 않았고……. 그러다 보니 그냥 이렇게 계속……."

"네. 잘 알겠습니다, 채원 씨."

채원은 낮고 조용한 민권의 음성에 느린 속도로 눈을 감았다가 떴다. 모든 것을 털어놓았음에도 마치 처분을 기다리는 죄인처럼 마음은 한없이 무거워져갔다.

"채원 씨. 대표님과 다시 잘해보고 싶은, 그런 마음이 있으신가요?"

"아, 아뇨! 없습니다, 없어요!"

그녀는 열을 내듯 큰 소리로 부정했다. 여자친구도 있으신 분인데 제가 어떻게 그런 마음을 품겠습니까?

채원은 남은 말을 눈으로 뱉어내듯 희번덕거렸다. 심장은 쿵덕쿵덕 널을 뛴다.

"오케이. 잘 알겠습니다."

그녀의 강한 부정이 마음에 잠시 걸렸지만 김 실장은 번쩍하고 불이 일던 그녀의 눈빛을 믿어보기로 한다.

"채원 씨. 그럼 우리, 우선 이렇게 할까요?"

"어떻게요?"

"지금 제게 말씀 주신 것들은 저만 알고 있는 걸로. 끝까지."

채원은 다시금 눈을 감았다가 떴다. 민권은 흔연한 미소를 그렸다.

"대표님께 지금 이런 정황에 대해 설명을 드린다는 것이 두 분 사이에 이로울 것 같지 않아서요."

"네……."

"차라리 지금처럼 대표님이 채원 씨를 기혼자로 알고 계신 것이 앞으로 일을 하는 데에도 더 용이할 것 같은데. 어떠세요?"

그는 웃고 있었지만, 음성은 따스했지만, 철저하게 기업의 입장에 서 있었다.

"제 생각엔 그냥 지금처럼 두 분 지내시는 것이 좋을 것 같습니다. 채원 씨 뜻도 그런 것 같고요. 맞죠?"

"네, 실장님."

"대표님께도 그게 좋을 것 같다는 생각이 들어요."

"……네, 실장님."

채원은 천천히 고개를 끄덕였다. '자신을 위한 일이다'라는 전제가 붙었을 때는 어쩐지 텁텁한 감이 있었는데, '대표님을 위한 길이다'라는 말을 들으니 마음은 무섭도록 내려앉았다.

그녀의 표정이 편안해지자 민권은 되었다는 듯 고개를 끄덕였다.

"그럼 채원 씨는 대외적으로 기혼자인 것으로 그렇게 매듭지어요."

채원이 기혼자가 아닌 사실을 알고 나면 흔들릴 대표의 마음을 민권은 훤히 들여다보았다. 대표는 회사의 안위를 위해 홍진그룹 회장의 딸, 태리와 좋은 인연을 맺어야 하는 시점이었고, 그것에 총력을 기울이는 민권이었고. 따라서 대표의 인생에서 벌어지는 크고 작은 일들의 대부분은 민권이 앞서 걸어가 처리해야 했다. 앞만 보고 달려도 먼 길인 대표는 아직 주변을 돌아볼 때가 아니었다.

"괜찮죠, 채원 씨?"

"저는 상관없는데요……. 정말 그래도 될지……."

"어차피 석 달인데요. 석 달만 조심하면 되는 거니까."

어쩐지 채원이 미혼인 사실을 알고 난 이후의 성준은 위험할 것 같았다. 민권의 감은 그러했다.

"어려웠을 텐데 사실대로 말해줘서 고마워요, 채원 씨."

"아녜요. 제게 먼저 물어봐주셔서 제가 더 감사합니다. 그리고 저기."

"네?"

채원은 어려운 말이 남았다는 듯 머뭇거렸다.

"다른 것보다도 그…… 집이 어려워졌다는 말은 꼭 함구해주셨으면 해서……."

"아아, 네. 그럴게요. 걱정 마세요."

"감사합니다."

"그럼 이만 나가보겠습니다."

민권은 이야기를 종료하자며 자리에서 일어섰다. 예상했던 대로 채원과 성준은 지난 연인이었다. 그녀의 마음은 어떤지 모르겠으나, 성준의 마음은 0점이 아니었다. 모를 수가 없었다.

"이따가 시간 되면 나오세요."

"네, 실장님."

그를 오래도록 곁에서 보아온 비서였으니까.

"응. 이든아, 누나는 잘 도착했어."

김 실장이 자신의 객실로 돌아간 뒤 한참이나 멍하게 앉아 있던 채원은 미팅 시간이 다 되었다는 연락을 받고 움직였다.

준비를 끝낸 뒤 동생에게 전화를 걸었다. 잘 도착했다고. 여기 경치가 너무 좋다고.

— 누나 어때? 분위기는 좋아?

"응. 엄청 좋아. 일하러 온 게 아니라 놀러 온 것 같아."

— 다행이네. 시간 날 때 틈틈이 쉬기도 하고 그래. 모처럼 집 떠나 일하는데.

"괜히 미안해진다, 누나가 너한테."

채원은 오늘도 시험공부에 파묻힌 동생을 떠올리며 미안한 표정을 지었다. 그게 무슨 소리냐며 수화기 너머 동생은 버럭 한다.

— 별소리를 다 듣겠네. 아무튼 잘하고 와. 중간중간 연락하고.

흐린 시선으로 창밖을 바라보던 채원은 약속 시간이 다 되었음을 확인한 뒤 현관으로 걸어가 문고리를 돌렸다.

"알겠어. 찌개 끓여놓고 나왔으니까 들어가서 챙겨 먹어."

— 알았어, 누나.

문을 열었다.

"귀찮다고 굶지 말고 꼭 챙겨 먹어. 문단속 잘하고. 알겠지?"

— 내가 무슨 애인가. 알았어. 잔소리는.

"너랑 오랜만에 떨어져 있으니까 이상해서 그래. 어색하고."

통화를 하며 고개를 숙인 채 한 발 밖으로 내디딘 채원은 그대로 무언가에 부딪혀 다시 뒤로 밀리고 말았다. 놀란 소리를 내면 동생이 더 놀랄까 억, 소리도 내지 못한 채 채원은 고개를 들었다.

— 일이나 잘하고 와. 연락하고, 누나.

"어…… 알았어……. 이따가 또 연락할게……."

채원은 말꼬리를 흐리며 동생과 통화를 종료했고 천천히 휴대폰을 내렸다. 부딪힌 이마보다, 일순 맡아버린 향기에 온몸이 더욱 빠르게 반응했다.

……이 향, 이 냄새. 소름이 끼치도록 익숙했다.

"통화 계속하지 그랬어. 나 때문에 끊은 모양이야, 그럴 필요 없는데."

"아……."

느닷없이 벌컥 열린 문이 그도 당황스러운 모양이었다. 채원의 눈앞엔 성준이 있었다. 향기의 근원지였다.

그때나 지금이나 변한 것 하나 없는 얼굴이야 질끈 눈 감고 안 보면 그만이라지만.

"대표님께서 왜 제 객실 앞에 계세요?"

코를 틀어막고 숨을 쉬지 않을 수가 없으니 한번 맡은 향은 계속해서 코끝에 맴돌았다. 숨을 들이마시고 내쉴 때마다 콕 집어낼 수 없는 지난 기억들이 밀려오고 불어나, 채원은 마른 주먹만 꾹 쥐었다.

"정채원 씨 객실 앞이 군사분계선이라도 되나? 아니면 전세 냈어?"

와, 이거 진짜, 고문이다, 고문.

채원은 난생처음 경험해보는 후각의 공격에 정신을 차리기가 힘들다. 아무리 침착해보려고 해도 여간 힘든 일이 아닐 수 없었다.

"김 실장 객실하고 착각했어. 정채원 씨 숙소인 줄 모르고."

"아, 네. 실장님은 옆 객실이에요."

조금 전 아무 생각 없이 객실의 문을 두드리려고 했던 그때. 수고를 덜어주겠다는 것처럼 문이 열리며 그녀의 음성이 들려왔다.

너랑 오랜만에 떨어져 있으니까 이상해서 그래. 어색하고.

정부의 기밀 사항이라도 엿들은 것처럼 그의 가슴은 쿵, 하고 내려앉았다. 다정한 그녀 음성이 닿은 그곳은 남편의 자리일 것이다. ······하, 성준은 정신을 차려야겠다는 듯 도리질을 쳤다. 그녀의 결혼 생활을 실시간 라이브로 확인하는 건 정말이지 달갑지 않다.

"안 되겠어."

"네?"

"아니, 아무것도."

안 되겠다. 그동안 경계 태세만 발발했는데, 오늘부터는 전투태세로 강화해야겠다. 확정.

성준이 전투태세로 공격력을 상승시킨 줄도 모르고 채원은 끙, 하며 앓는 소리를 내었다. 인식하고 나니 번져 흐르는 성준의 향기에 도통 정신을 차리기가 힘들다. 자신 안의 것들과 치열하게 싸우다 보니 표정까지 챙길 여유가 없다. 채원의 미간은 점점 좁아졌고, 성준은 그녀의 얼굴을 바라보다가 눈썹을 씰룩거렸다.

내, 내 앞에서 인상을 썼어……?

어쭈. 이것 봐라. 슬금슬금 뒷걸음질까지 친다. 성준은 약간 멀어진 간격을 바라보다가 성큼 한 번에 다가갔다.

"모르나 본데 난 지금 진돗개 1호야, 정채원 씨."

"그게 무슨 말이에요?"

니가 그렇게 날 피하지 않아도 알아서 내가 경계한다는 말이지. 이상한 사람 만들지 말라는 말이다!

친절한 설명 따위 능력 밖의 일이니 성준은 마른침을 삼켰다.

"여, 여기가 김 실장님 객실이거든요."

그에게서 풍기는 향을 피해 슬금슬금 뒷걸음을 걷던 채원은 민권의 방 앞에 멈춰 섰다. 이 순간, 어떻게든 성준에게서 멀어지고 싶었다. ……미치겠다. 도무지 한번 맡은 향은 사라질 기미가 없고, 숨을 쉴 때마다 그와 함께한 스페인 곳곳의 기억들이 떠올라 채원은 말 못 할 고통에 고개를 푹 숙였다.

성준은 고개를 숙이고 선 채원을 바라보다가 보폭이 넓은 걸음으로 성큼 그녀 앞에 다가섰다. 고개만 숙이고 있던 채원의 시선에 어느새 그의 구두가 들어왔고, 성준은 거침없이 그녀 어깨 위로 팔을 뻗었다.

빠른 움직임이었지만, 마치 누군가 느린 화면으로 지금을 보여주듯 그녀의 세상에선 그의 움직임이 더디게 흘렀다. 그가 뻗은 손끝이 채원의 얼굴 가까이로 다가왔고, 그 순간 어지러웠던 그녀의 세상은 그대로 정지했다.

……스쳐 지난다.

똑똑, 성준은 채원의 어깨 위로 팔을 뻗어 객실의 문을 두드렸다. 일순 그녀는 긴장의 끈을 놓쳐 저도 모르게 깊게 숨을 들이마시고 말았다. 폐부에, 그가 박힌다.

"누구세요?"

"나야. 열어, 김 실장."

객실 안에서 문 쪽으로 다가오는 인기척이 들렸지만 채원의 세상은 그곳에서 멈췄다.

"어라, 대표님. 내려오셨어요? 전화 주시지 않고."

"두 번이나 전화한 내 앞에서 그 전화 안 받은 사람이 할 말은 아닌 것 같은데."

"아아, 통화 중에 전화하셨구나. 죄송해요. 회사에서 급한 일을 보고받느라."

두 사내가 나직하게 대화를 나누는 시간, 채원은 이야기를 듣다가 두 눈을 질끈 감고 말았다. 모른 척 외면했던, 끝끝내 알고 싶지 않았던, 숨겨두었던 그와의 기억이 물색없이 터져버리고 말았다.

　그렇고 그런 그의 향기에. 고작 그렇고 그런, 들이마신 숨 한 번에.

　성준과 채원은 미팅 장소로 예약이 되어 있던 식당으로 향했다. 김 실장이 사전에 만들어준 자료를 쥐고 걷던 성준은 곁에서 조용히 따라오던 채원을 힐끔 바라보았다.

　자신의 향에 치여 말을 잃은 줄도 모르고.

　"긴장하지 마. 능력껏 해. 그 이상 발휘하려고 무리할 것 없어."

　"……."

　세상이 물속에 통째로 잠겨버린 것처럼 숨 쉬는 것이 버거운 그녀가 아무 반응을 하지 않자, 성준은 잠시 멈춰 섰다. 자신이 멈춘 줄도 모르고 채원은 비실비실 앞으로 걸어가고 있다. 잠시 후, 어쩐지 축 처진 어깨를 하고 앞으로 나아가던 그녀가 멈춘다. 좌우를 두리번거리더니 그제야 돌아보더라.

　"아, 제가 너무 빨리 걸었나 봐요."

　넋을 놓고 걸었다는 사실이 무안한지 채원이 웃는다.

　어이, 그렇게 예고 없이 웃는 거 반칙이야. 잠시 그 웃음에 움찔하던 성준은 다시 앞으로 걸어가 그녀 곁에 섰다.

　"긴장하지 마. 잘하라고 한 적 없어. 그냥 할 수 있을 만큼만 하면 돼."

"네. 하지만 제가 어디까지 할 수 있는지는 잘 모르겠어요. 이왕이면 정말 잘하고 싶은데."

잘해서, 대표님이 하는 일에 조금이나마 도움이 되었으면 좋겠어요.

채원은 못 한 말을 속으로 삼키며 다시금 웃었다. 웃지 않으면 표정이 엉망진창이 될 것 같아서 그녀는 평소보다 더욱 밝게 웃었다.

자신을 앞에 두고 웃는 그녀 얼굴이란 재회 후 처음이라, 성준은 가만히 채원을 바라보다가 입술을 열었다.

"놀러 나온 거 아니니까 긴장 좀 해. 놀이공원 입장하듯 머리 위로 음표 띄우지 말고."

"아…… 네."

긴장하지 말라며……. 조금 전에 니가 그렇게 말하지…… 않았냐……?

쳇. 채원은 성준의 타박에 웃음기를 지우며 표정을 굳혔다. 그제야 되었다는 듯 성준은 들어가자며 고개를 까딱, 움직였다. 그러곤 채원보다 조금 더 빨리 걸으며 마른 한숨을 내쉬었다. 휴, 그녀와 말을 하다 보면 필요 이상으로 굳어진다. 표정을 굳히지 않으면, 따라 웃을 것만 같아서.

그는 채원을 따라 웃으면 지는 게임을 시작했다. 따지고 보면 아무도 모를 자신과의 혈투였다.

[시차로 인해 오늘은 피곤하니 인사 정도로만 시간을 끝내겠습니다.]

불친절하다고 정평이 난 스페인 출신의 건축가 다미안은 소문 그대로였다. 인사하고 앉은 지 3분이나 되었을까, 피곤하니 객실로 들어가시겠단다.

"어, 지금 무척 피곤하시다고, 오늘은 인사만 하고 싶다 하세요."

"……."

굳이 채원이 설명해주지 않아도 알아들은 성준은 밖으로 터트릴 수 없는 깊은 한숨을 속으로 내쉬었다. 앉아 있는 자세만 봐도 다미안이 얼마나 오만하고 거만한 캐릭터인지 알 수 있었다. 게다가 저 검은 선글라스는 뭔가.

"어떻게 할까요?"

"알겠다고 해. 오늘의 일정은 이것으로 끝내고 내일 다시 보자고."

"네. 알겠습니다."

채원은 성준의 목소리가 유쾌하지 않다는 것을 알고는 다미안을 바라보며 씩 웃었다. 아직 계약서에 도장을 찍은 것이 아니니, 부디 분위기 환기를 잘해달라는 김 실장의 부탁이 귓가에 선연하다.

[그러십시오. 오늘의 일정은 종료하겠습니다. 내일 다시 뵙기를 희망합니다.]

[연락은 내 쪽에서 하죠.]

아니 저놈이 근데…….

다미안의 말을 알아들은 성준은 울컥하는 마음에 눈썹을 씰룩거렸다. 마주 앉은 저놈이 슈퍼 갑인 건 알겠는데 사정없이 찌푸린 표정하며, 싫으면 말든가를 고수하는 음성하며.

"연락을 주시겠다고 합니다, 대표님."

"연락할 때까지 기다리라는 건가? 나더러?"

"어…… 뭐…… 그렇……겠죠?"

생각보다 젊은 나이의 다미안은 비즈니스의 예의를 모르는 사람이었다. 예술가적인 측면을 이해한다고 쳐도 성준의 시선에 곱게 보일 리가 없다. 사업 시작하며 별의별 놈을 다 만나봤다고 생각했는데 이런 놈은 또 처음이다.

"알았다고 해. 연락 기다리겠다고. 사업 계획서 건네주고."

"네, 대표님."

채원은 성준이 가져온 사업 계획서를 테이블에 올렸다. 손끝을 후, 불며 딴짓만 하던 다미안은 힐끔 시선을 돌려 계획서를 바라보았다.

[우리의 사업 계획서입니다. 다미안 씨를 위해 석 달 동안 준비한 계획서이니 부디 꼼꼼하게 읽어주시면 감사하겠습니다.]

[그러죠. 두고 가세요.]

"두고 가라는데요, 대표님."

성준은 오만한 다미안의 자세를 바라보다가 자리에서 일어섰다.

몇 년 사이 급부상하며 세계적으로 이름을 날린 건축가는 한국의 스타트업 기업을 긍정적으로 보지 않았다. 콘셉트가 흥미롭다는 것을 뺀다면 여러모로 자신의 커리어에 큰 도움이 되지 않을 거라고 판단한 것이 분명했다. 다미안은 계속 이런 자세를 유지할 것이다. 어딘가 모르게 불편하고 석연치 않은 태도로 일관하며 계약에 집중하지 않겠지. 애가 타는 쪽이 매달리기 마련이다. 다미안은 자신이 원하는 바를 모두 이루기 위해 성준과 밀당을 시작한 것이다. 성준은 차분하게 웃는 얼굴을 했다.

"연락 기다리겠습니다. 그럼 이만."

성준은 짧은 인사를 끝으로 돌아섰고, 다미안은 듣는 둥 마는 둥 자신의 손끝만 내려다보았다.

[연락 기다리겠습니다. 편히 쉬십시오.]

채원은 그를 따라 일어서며 다미안에게 인사를 건넸다. 급한 듯 빠르게 발길을 돌리는 성준을 따라 잰걸음을 걷는 채원의 뒷모습으로, 다미안은 고개를 들었다. 선글라스를 슬쩍 내리며 멀어지는 채원의 뒷모습을 자세히 바라보았다.

[날 기억을 못 하네. 섭섭한데.]

분명 채원, 그녀가 맞다.

[선글라스 때문인가?]

다미안은 다시금 선글라스를 바로 쓰며 중얼거렸다. 그녀가 두고 간 사업 계획서를 무심히 넘기던 다미안은 이내 서류를 내리며 힘없는 웃음을 터트렸다.

[말도 안 돼. 어떻게 여기서 당신을 만나.]

나눠 가진 기억은 공평하지 않았다. 채원에겐 이미 사라지고 만 어느 과거의 기억 한 조각이, 다미안에게는 여전히 살아 있는 현재였다.

우연인가 운명인가. 조금은 헷갈리고 싶은 마음이었다.

"대표님, 대표님!"

앞서 걷던 성준은 채원의 목소리에 멈춰 섰다. 순탄하리라 생각은 하지 않았지만 무례한 다미안의 태도에 홀로 화를 삭이던 성준은 애써 표정을 감췄다. 기분은 복잡 미묘했다. 예상하지 못한 일도 아닌데 무엇에 이토록 화가 나는 건가, 성준은 자신을 되돌아보게 되었다.

"대표님, 괜찮으세요?"

채원은 곁에 다가서며 물었다. 표정으로는 무엇도 읽을 수 없는 성준이 그녀를 내려다보았다.

"뭐, 괜찮은 것도 같고."

"건축가께서 장시간 비행을 해서 많이 피곤한 모양이에요. 그럴 수도 있거든요."

"그런 이유라면 뭐가 문제인가 싶지만."

"네?"

"아냐. 수고 많았어, 정채원 씨."

채원은 어깨를 으쓱 올려 보였다.

"제가 뭐 한 게 있나요. 저도 사실 조금, 김이 샜어요. 잔뜩 준비하고 나갔는데 한 입도 못 떼보고 퇴짜 맞은 것 같아서요."

한 입도 못 떼고 퇴짜 맞은 사람의 심정을…… 안다고……?

성준은 다시금 눈썹을 씰룩거렸다. 하! 웃기시네! 니가 그걸 어떻게 알아! 나만 안다고, 나만!

"그럼 이제 뭐 해요, 대표님?"

"퇴근입니다."

니가 퇴짜 맞은 자의 심정에 대해 뭘 아느냐며 본격적으로 이죽거리고 싶지만 간신히 참은 성준은 이른 퇴근을 알렸다.

어? 벌써요?라는 표정을 지으며 채원이 시계를 내려다본다. 끌어올린 집중력이 한순간에 쓸모없게 되자 다소 맥이 풀리는 듯 채원은 흠, 하며 낮게 숨을 내쉬었다. 이렇게 미팅이 일찍 끝날 줄도 모르고 김 실장은 사라졌으니.

"일하려고 여기까지 왔는데 벌써 퇴근이라니 왜인지 조금 아쉬……."

"좀, 걸을까?"

무례한 건축가의 태도에 심정이 복잡할 대표님을 위해 부러 목소리를 씩씩하게 만들어내던 채원은 천천히 고개를 들었다.

성준은 깊게 생각하지 말라는 것처럼 짧게 손을 들어 보였고 채원은 마른 주먹을 쥐었다.

"여기 바깥의 경치가 알아주는 곳인데, 방향치에 길치인 사람이 혼자 나가기엔 꽤 복잡하니까."

……길치. 방향치. 아는 길도 헤매 다니던 스페인의, 나.

"추천만 하고 돌아서자니 나도 시간이 남아돌고."

그런 나의 길잡이가 되어주었던 당신. 그 시절의 모든 기억을 다 잊었다더니.

"입사 이후 못 한 면담의 시간 정도로 합의하면 될 것 같은데."

문득.

"기억하고 계셨네요. 제가 길치인 거."

"자네 길치 수준은 가히 충격적이라 갑자기 떠올랐어."

이렇듯 문득. 우리는 떠오르고, 가라앉는다.

"아아, 물론 강요는 아니고 제안. 피곤하면 들어가서 쉬어도 됩……."

"걸어요. 걸을래요."

채원은 느리게 고개를 끄덕이며 그를 바라보았다.

여전히 그의 품에선 익숙한 향이 흘렀지만, 그의 향에 파묻혀 버린 스스로를 견디며 마음을 다잡을 수 있을까, 조금은 걱정되었 지만.

"경치 구경 좀 시켜주세요. 대표님과의 면담 환영해요."

지금은 걷고 싶었다. 걸으며, 숨을 쉬고 싶었다.

"대표님 기분 별로시죠. 내내 표정이 안 좋아 보이시는데요."

저벅저벅, 발을 내디딜 때마다 흙이 밟히는 소리가 공간에 서걱 거린다. 말없이 땅만 보며 걷던 성준의 마음이 신경 쓰이는지 채원 은 조심스럽게 입을 열었다. 성준은 덤덤히 말했다.

"갑과 을이 흔히 하는 기싸움이라, 사실은 그다지."

"아…… 기싸움."

"신경 쓰지 마. 흔한 일이니까."

"네……. 표정이 좀, 안 좋아 보였어요. 신경 끌게요."

"그것 때문에 그랬던 건 아니야."

성준은 고개를 조금 들고 시선을 멀리 주었다. 어딜 둘러보아도 온통 초록의 세상. 평소보다 조금 더 숨을 깊게 들이마셔도, 좋을 시간.

"오너 입장으로 아직 갈 길이 멀구나 싶어서, 그 생각 하고 있었어."

"갈 길이요? 대표님 지금도 충분히 잘하고 계신데요."

채원이 건네는 위로의 말에 성준은 작게 웃었다. 흔한 일이다 마음을 다잡아보아도 마음이 바람에 내몰리듯 좀처럼 잡히지 않는 건.

"정채원 씨한테는 성공한 자의 모습만 보여주고 싶었거든."

……봐라, 나 이렇게 성공했다. 네가 없는 시간 동안 악착같이 이뤄낸 나의 결과물을 봐라.

그런 마음이 없지 않아 있었다. 보여주고 싶었고, 인정받고 싶었다. 적어도 너에게만큼은.

"뭐, 스페인에선 아무것도 가진 게 없었으니까. 지금은 좀 자랑할 만큼은 되지 않나 싶었는데."

"자랑해도 돼요, 대표님."

그런 너의 앞에서 구겨진 자존심은 회복이 되질 않더라. 당당하게 어깨를 펴보려고 해도, 가슴은 착잡해졌다.

성준은 멀리 주던 시선을 거뒀다.

"저 솔직하게 말할게요. 면접 보러 왔던 날, 채용되고 대표님 회사 밖으로 나가서 빌딩을 올려다보는데 다리가 후들거렸어요."

"……."

"와, 진짜, 전부 다 해내셨더라고요. 꿈꿨던 것들을 다 이루셨구나, 말도 못 하게 놀랐어요."

"이루긴 개뿔이나. 건축가 하나 제대로 섭외도 안 되는 회사인데 무슨."

"흔한 일이라면서요. 그럼 대표님께만 벌어지는 일은 아닐 테니까요."

어쩐지 서울의 저녁보다 더욱 빠른 어둠이 찾아오는 것만 같은 공간. 약속한 시간이 되자 가지런히 꽂혀 있는 정원 등에 환한 불이 켜진다. 성준은 느리게 눈을 감았다.

"마음 내키는 대로, 자존심 지켜가며 사업하는 사람 없어요. 잘하고 계시잖아요."

발밑이 푹 파이며 아래로 끌려 들어가는 기분이 밀려온다. 그 아찔함에 성준은 두 주먹을 힘껏 쥐었다.

"그런 의미로 오늘 대표님도 정말 대단하다고 생각했어요. 저는 아마 못 참았을 것 같거든요."

대체 뭘 어쩌자고 너는 이렇게 변한 게 하나도 없나. 대체 뭘 어쩌자고. 뭘 어쩌라고.

"그래요, 뭐, 그렇게 봐줬다니 고맙네."

간신히 말을 이었다. 마음이 울려, 더 이상의 대화는 삼가고 싶었다.

"걷자고."

"네, 대표님."

상기해야 한다. 과거는 과거일 뿐이요, 난 지금 과거로부터 도망치기 위해 선택한 전면전에 놓여 있는 것뿐이라고. 그녀는 일방적으로 나를 떠난 사람이고.

"되게 오랜만에 행복한 기분이 들어요."

"오랜만? 정채원 씨는 요즘 가장 행복할 때 아닌가?"

"아, 아아! 그, 그 말이 아니라요! 혼자! 혼자만의 행복 말한 거예요."

그녀는 결혼을, 했다.

"혼자 행복한 것보단 둘이 행복한 게 낫지. 뭐든 두 배가 될 테니까."

"……맞아요. 두 배가 되더라고요."

채원은 고개를 숙인 채 조용히 웃었다. 그래서일까. 당신과 나란히 걷는 지금, 혼자 느끼기엔 꽤나 커다란 행복감이 다가오는 게.

"어후."

어후, 위험한 생각. 의식의 흐름대로 생각을 이어가던 채원은 저도 모르게 탄식을 내뱉었다. 조용히 따라오던 성준은 왜 그러느냐는 표정으로 그녀를 바라보았다.

"대표님은 행복하세요?"

"질문 자체가 양심이 너무 없네. 본인이 할 질문은 아니지 않나?"

"뭐, 되게 양심 없는 질문이긴 하네요."

채원은 쿨하게 웃었다. 행복하냐고, 당신은 얼마나 행복해졌냐고, 질문의 자격도 없는 내가 감히 묻는다.

"그런 거 느낄 시간 없었어. 사업하느라 바빠서, 다른 건 볼 겨를도 없었고."

"하지만 연애 중이시잖아요."

"연애? 누가, 내가?"

"아닌가요?"

채원은 뚱한 표정을 지으며 성준을 올려다보았다. 누명 쓰고 옥살이 중인 대감댁 머슴처럼 눈을 희번덕거리며 성준은 입술을 벌렸다.

"누가 그래, 나 연애 중이라고?"

"네? 누가 그러긴요. 제가 봤는데요."

"나도 못 본 내 애인을 정채원 씨는 대체 어디서 봤다는 말인지?"

……응? 채원은 상당히 당황했다는 표정을 짓는 성준을 바라보다가 뚱한 얼굴을 했다.

"그때 대표님 사무실 앞 엘리베이터 앞에서 꽃, 생일, 애인분 아니에요?"

"꽃? 생일? 대체 무슨 소리를 하는 건지 알……."

생일 축하한다.

성준은 천천히 말을 멈췄다. 아…… 태리가 왔었던 날을 기억에 떠올린 성준은 당혹감에 턱을 문질렀다. 태리에게 꽃다발 셔틀을 했던 그 남사스럽고 오그라드는 장면을 채원이 목격한 모양이다.

"무슨 소리를 하는 거야. 그런 게 있을 리가 없잖아."

"네? 아, 아니라고요? 맞는데? 제가 봤다니까요?"

"꽃, 생일, 다 맞는데 애인은 아니고."

이번엔 그녀가 당황한다.

"대학 후배. 어쩌다 약속 날짜가 생일로 잡혀서."

"어……. 그, 그랬구나. 아…… 대표님 여자친구분인 줄……."

"여자친구라니. 내 안목을 뭐로 보고. 내가 보기보다 눈이 높은
사……."

"……."

"사람인 줄 알았는데 아니었지. 그래서 지금은 바닥이었던 눈높
이를 열심히 끌어올리는 중이고."

"네……."

성준은 나오는 대로 뱉다가 급히 말을 돌렸다. 어후. 하마터면
분위기를 거지같이 만들 뻔했다.

"오해가 있었던 모양이네. 뭐, 어차피 상관없는 얘기겠지만 오해
는 풀고 가자고."

내게 애인이 있건 말건, 우리에게 무슨 소용이겠나 싶은 성준은
별생각 없이 답했다.

"정채원 씨는 결혼까지 성공했지만 난 유감스럽게도 없어."

불빛은 은은하게 퍼지고 그의 주변을 감쌌다.

"없다고, 애인 같은 거."

그녀 심정엔 기억하고 싶은, 그대가 서 있는 풍경이었다.

그걸 어떻게 잊어

"정채원 씨는 결혼까지 성공했지만 난 유감스럽게도 없어."

언제나 마주 보고 있는 순간은 행복이었다. 무의미한 하루가 지나가고 건조한 내일이 기다리고 있다 하여, 조금도 불안하거나 서글프지 않았다.

"없다고, 애인 같은 거."

서로에게 눈이 멀었음을 기뻐했다. 닿을 곳에 서로가 있어, 잠시의 외로움도 알지 못했다. 이런 미래가 기다리고 있다며 유능하다 못해 영험한 점쟁이가 귀뜸해주었다 해도. 아니, 어느 날 신의 계시처럼 미래의 헤어짐을 잠시 들여다보았다고 해도.

"없었고, 없어. 앞으로도 없을 거고."

아마 그때의 우리는 믿지 않았을 것이다. 그런, 사랑이었다.

"……."

채원은 아무 말도 하지 못한 채 입술만 사리물었다.

없었고,

그는 내내 혼자.

없어.

아무도 담지 않고 곁에 남기지 않으며.

앞으로도 없을 거고.

내가 그랬듯이, 당신 역시 홀로.

"아아, 말이 조금 이상하게 들릴 수도 있어서 정정할게. 내가 연애를 하지 않은 것에 정채원 씨 지분은 1할도 없습니다."

그녀의 어두운 표정을 알아챈 성준은 주머니에 찔러 넣었던 손을 빼며 내저었다.

"단지 바빴을 뿐이야. 감정 노동을 하고 싶지 않을 뿐이고. 지금은 일만 하며 살기도 벅차니까."

"네……."

"원하는 목표에 도달할 때까지 연애를 하지 않겠다는 생각은 바뀌지 않을 작정이야. 그저 내가 세운 신념이니 오해하지 마."

"네, 알겠습니다."

"알아들었으면 그렇게 시름시름 앓는 표정 같은 건 안 했으면 좋겠네."

마치 너 때문이라고 생각하는 것만 같은 그 아련하고 측은한 표정 좀 어떻게, 고쳐주면 안 될까? 응? 거짓말이 들통난 것 같아서 내 마음이 불편해지는데. 믿는 척이라도 해주면 안 될까? 응?

"어이, 표정 풀라니까?"

"풀어요. 다 풀었다니까요."

채원은 가슴 안을 휘젓고 다니는 생각들을 애써 잠재우며 눈가에 힘을 주었다. 충분한 설명이 되었다는 것처럼 활짝 웃었다.

"대표님 이야기 다 이해했어요. 단지 그냥 좀."

그러나 다만.

"다른 틈도 없이 바쁘셨다니까, 그냥 좀, 그게, 좀."

"……."

"얼마나 치열하게 살았을까 싶어서 마음이 순간 좀, 그랬어요. 바쁘게 달렸으니 짧은 시간 동안 여기까지 왔겠지만요."

나도 그래요. 사실은 나도 그랬답니다. 그런 모습마저 닮아 보여서, 당신도 나처럼 숨 한번 제대로 길게 쉬지 못하고 여기까지 왔나 싶어서.

"앞으로도 힘내세요, 대표님."

마음이 복잡해져 채원은 더 많이 웃었다. 성준은 한 꺼풀의 어색함을 벗겨낸 듯 곧잘 웃는 그녀 얼굴을 바라보다가 짧은 숨을 내쉬었다.

따라 웃으면 지는 게임은, 언제쯤이면 끝나려나.

"이제 그만 돌아갑시다. 저 길로 빠지면 한참 더 걸어야 하니까."

"네. 덕분에 산책 잘했습니다. 감사해요, 대표님."

성준은 먼저 돌아섰다. 서너 걸음 뒤를 따라오는 걸음으로 채원이 따랐다. 동행자라고 여겨지지 않는, 그저 각자의 길을 향하는 사람들처럼 뚝뚝하게 걸었다.

……감당하기 힘든 커다란 해일이 턱 끝까지 밀려왔음을 알면서

도, 언덕 아래 작은 나무집만 믿었다. 문을 닫고 숨어 있으면 안전할 것이라 믿으며. 언제나 그러했듯 이 또한 지나가리라, 주문처럼 외며.

"예? 미팅이 아까 끝났다고요?"

대표님께서 어련히 알아서 잘하고 계시겠거니, 비서가 끼어들 일은 아니라 객실에 홀로 남아 자료를 정리하고 있던 민권은 입술을 멍하니 벌렸다.

성준은 터덜터덜 민권의 객실로 들어서서 침대에 걸터앉았다.

"보통이 아니야. 다미안 그 어린 새⋯⋯, 젊고 유능한 친구가 보통이 아니더라고."

"밀렸어요, 미팅?"

"피곤하다나 뭐라나. 내일 다시 연락 주겠단다. 힐링하러 온 모양이야."

"뭐, 까칠하다고 워낙 소문이 자자해서 쉽게 될까 싶긴 했는데요."

"몰라. 지만 피곤해? 나도 피곤해."

"아무래도 다미안 씨는 시차 때문에 더 피곤할 겁니다."

"시차보다 나이 차가 더 크다, 김 실장. 내가 더 피곤해."

"아아, 뭐, 스스로 팩트 폭력을 하시겠다면 인정하겠습니다."

끙. 성준은 침대에 벌렁 드러누웠다.

"정채원 씨는요?"

"방으로 갔겠지. 퇴근했으니까 자유 시간."

"아아, 퇴근. 좋네요."

민권은 열어놓았던 노트북을 닫으며 웃었다. 침대에 누워 천장만 올려보던 성준은 가만히 숨만 내쉬다가 입술을 열었다.

"술 한잔, 할래?"

"대표님 지금 그 말 저한테 하신 거 맞아요?"

"아니면 나 지금 누구랑 얘기하나?"

허. 민권은 짧은 탄식을 터트렸다. 침대에 누워 천장만 응시하고 있는 대표가 난데없이 술을 찾는다. 민권은 팔짱을 낀 채 성준을 응시했다. 1년에 두어 번이나 마실까 하는 술을 갑자기 찾는다. 다미안의 무례함이 대표님께 그 정도로 충격적이었을까.

"술이요, 술. 음."

……그럴 리가.

회사를 이만큼 키워오면서 별일 다 겪어본 그다. 원대로 미팅이 풀리지 않은, 이 정도의 일로 심경의 불편함을 표출하는 위인 또한 아니다. 그렇다면, 무엇 때문에?

"한잔할 거야, 말 거야. 뭐 이렇게 뜸을 들여, 내가 라면 먹고 가라고 한 것도 아닌데."

"라면이 술보다 더 익숙하긴 한데요. 대표님이 꺼낸 메뉴 중에."

민권은 자리에서 일어섰다. 녀석이 일어나니 천장만 올려보던 성준은 고개만 슬쩍 들고 바라보았다.

"가시죠. 지하에 갈 만한 곳이 있긴 할 거예요."

"진작 그럴 것이지."

성준은 기다렸다는 듯 일어섰다. 주변에 아무것도 없는 숙소 지하엔 온천과 작은 바가 있었다. 두 사람은 바로 향했고, 이른 퇴근으로 시간이 붕 떠버린 채원은 온천으로 향했다.

어른이 되었다고 스스로가 인지할 수 있는 순간이 많지는 않은데, 간혹 이런 순간에 느껴졌다. 사소했다. 에스프레소의 깊은 맛에 진정 취할 때. 몸이 데일 것처럼 뜨거운 물에 들어가며 느껴지는 시원함에 장탄이 흘러나올 때. 넘어지고 부딪쳐도 외마디 비명 없이 덤덤하게 넘어갈 때. 그리고,

"천천히 드세요, 대표님. 오늘따라 속도가 빠르신데."

혀가 마비될 정도로 쓰고 독한 술이 설탕물처럼 밀려 들어갈 때.

"나 좀 빠르냐? 잘 들어가네."

성준은 금세 비워버린 잔을 내리며 빈 술병을 바라보았다.

언제 저렇게 다 마셨지. 설마 내가 다 마신 건가. 술병은 이미 반쯤 비었다.

"대표님 기분 별로세요? 말씀도 없으시고."

홀짝 술을 삼키며 민권이 묻자 성준은 말없이 자신의 술잔을 내려다보았다. 글쎄, 오늘 나에게 무슨 일이 있었던 걸까. 기분을 지배당할 만큼, 커다란 사건이 있긴 했던 걸까.

"그냥, 좀, 그러네. 피곤해서 그러나."

"······그럴 수도 있죠. 언제나 컨디션이 맑음일 수는 없는 거니까요."

"그러게나 말이다. 흐리네. 흐려 아주."

흐리다 못해 비가 올 것 같다. 성준은 중얼거리며 다시금 채운 술잔을 비웠다. 가슴속에 머무는 생각이 있는 것 같긴 한데 끄집어내고 싶지 않고, 깊게 생각하고 싶지 않다. 다만 자꾸 맴도는 것이, 그녀의 웃는 얼굴만. 모두 다 잘될 거라고 말하던, 그녀의 선한 음성만.

"아, 맞다. 대표님 미팅 가셨을 때 태리 전화 왔었어요."

거칠게 날아온 돌이 유리창을 깨듯 생각이 박살 난다. 성준은 멈칫하며 입술 가까이에 대던 술잔을 내렸다.

"여기 근처에 자기네 호텔 있는 거 알면서 왜 다른 숙소를 잡았느냐고 엄청 뭐라 하더라고요."

"······."

"태리 미술관 확장 이전하는 게 다음 주 수요일이라고 해서, 그쯤 대표님 이름으로 화환 하나 보낼게요. 축사는 제 선에서 진행할까요, 아니면 대표님이 짧게라도 정리해서 주······."

"민권아."

"네? 아, 네. 형님."

"태리하고 나, 자꾸 엮으려고 들지 마."

녀석의 이름을 오랜만에 불러본다. 형이라는 호칭도 무척 오랜만이고. 성준은 유리잔을 매만지다가 빙그르르 돌렸다. 얼음이 달그락거린다.

"우리 쉽게 가는 길 말고 제대로 된 길로 가자. 나 그렇게 성공하고 싶지 않다, 민권아."

"그런데 굳이…… 어렵게 갈 필요가 있을까요?"

"지금까지 그렇게 왔잖아."

"홍진그룹이 없었다면 여기까지 못 왔어요, 우리. 아시잖아요."

"……"

"윤필목 회장님이 아무것도 없는 스타트업 회사에 막대한 자금을 투자했을 땐 이유가 있었을 텐데요. 그 시작엔 태리의 입김도 있었을 테고, 분명히."

부정할 수가 없다.

"윤 회장님이 형님을 보는 시각이 어떤지는 형님께서 더 잘 알고 계시잖아요."

"나도 마음 없고, 태리도 마음 없는 일이야."

"태리는 움직일 수 있어요, 형님께서 충분히."

"그건 네가 할 소리는 아닌 것 같고."

잠시 침묵이 흐른다. 기습을 당했다는 것처럼 민권은 성준의 말 끝에 말을 잇지 못했다.

"가만히 보면 니 속은 하나도 모르겠어. 잔인한 구석도 있는 것 같고."

"……잔인하죠. 왜 아니겠습니까."

"태리가 그렇게 너 좋아 죽는 걸 알면서도 어쩜 그럴 수가 있어. 사람이 그럼 쓰겠나."

"안 되죠. 쓰레기도 이런 쓰레기가 없는 거 저도 알아요."

자조 섞인 말과는 달리 민권은 편하게 웃었다. 뜻대로 행해도 어굿나지 않는, 종심從心의 나이에 접어든 것만 같은 빈털터리 웃음이다. 애도 아니고 늙은이도 아닌 녀석이 애늙은이처럼 웃기는. 성준은 혀를 찼다.

"엮지 마. 아무튼 난 분명히 말했어."

"전 잘 모르겠고, 아무튼 윤 회장님 눈 밖에 나지 마세요. 지금은 시기가 위험해요."

"니 눈 밖에 나지 말라고 협박하는 걸로 들린다. 기분 탓인가?"

"뭐든 좋아요. 마음만 굳혀주신다면."

확실한 건 태리의 부친인 윤 회장은 대주주였고, 이로 말미암아 윤 회장의 입김은 절대적이었다.

"조만간 주옥선 여사님하고 한번 자리 마련할게요. 어쨌든 윤 회장님하고의 줄다리기는 필요한 거니까요."

"주 여사님 끈을 잡고 윤 회장님하고 팽팽하게 줄다리기를 하라?"

"앞일은 장담할 수 없으니까요. 우리도 살길은 마련해야죠. 나머지는 회사에서 얘기해요. 오늘은 여기까지."

성준은 일을 처리하는 것엔 지나치도록 거침없는 녀석을 가만히 바라보다가 잔을 내밀었다.

"김 실장, 나는 가끔 너랑 적이 아닌 현실에 감사하고 있어."

"저도 감사합니다."

"형이라는 사실도 감사해하고 있어. 참고해줘."

"그건 좀 아쉬워요. 대표님이 동생이면 좀 더 주무르기 쉬울 텐데."

성준은 민권의 말에 실없는 웃음을 터트리며 건배했다. 유리잔 부딪치는 소리가 청명하게 울려 퍼진다.

이쯤 궁금해지는 사실 하나.

"정채원 씨한테는 저녁 식사 따로 마련해줬나?"

"네? 아뇨? 아까 미팅 자리에서 식사까지 하는 걸로 제가 예약을 다 해……."

아. 민권은 아차 싶은 표정을 지었다. 성준은 황급히 시계를 들여다보았다.

"그럼 식사 못 하고 일어나신 거예요? 다미안 씨가 그냥 들어가겠다고 해서?"

"못 했지. 밥은커녕 차도 못 마시고 일어났는데."

두 사내는 동시다발적으로 휴대폰을 꺼냈다. 민권이 조금 더 빨랐고, 성준은 녀석을 바라보다 슬그머니 휴대폰을 내렸다.

"아, 생각을 못 했어요. 채원 씨에게 전화해봐야겠네요."

이미 늦은 시간. 숙소의 식당은 진즉 문을 닫았고, 열린 곳이라곤 술과 안주만 즐비한 이 바가 전부.

"전화 안 받네요. 자나."

"그냥 둬. 잘 수도 있으니까."

전화를 받지 않는단다. 성준은 전화를 끊으라 말했고, 마음이 불편한 민권은 그래도 혹시 모르니 한 번 더 해보겠다며 통화를 시도했다.

설마, 뭐라도 먹었겠지. 이 시간까지 굶었을 리가 있겠어?

"아."

민권은 그녀에게 전화를 걸고 있고, 고개만 주억거리던 성준은 복도 쪽 창문 밖에서 터덜터덜 지나가는 채원을 발견했다. 성준은 다급하게 일어나 뛰어나갔다. 얼마나 급하게 일어났는지 의자가 뒤로 넘어갔지만 그것도 모른 채.

김 실장은 휴대폰을 내리며 뒤로 넘어간 의자를, 그리고 다급하게 뛰어나가는 성준의 뒷모습을 교차하며 바라보았다.

성준은 종종종종 걸음을 옮기는 채원의 뒤를 곧장 따라가 그녀를 불렀다.

"어이, 거기."

용케 알아들은 채원이 맥없이 뒤돌아섰다.

"어?"

채원은 눈을 동그랗게 떴다. 온천을 끝마치고 나온 그녀는 채 말리지 못한 머리를 한 채 더운 기운을 풍겼다.

"대표님 여기 계셨어요?"

온천 다녀오는 길이야? 밥은 먹었어? 배고프진 않고? 챙겨줬어야 하는데 미안해. 누굴 챙겨본 적이 오래되어 내가 깜빡 잊어버렸다.

"여기서 뭐 하세요? 김 실장님하고 같이 계⋯⋯."

"밥."

"네?"

이런 사소한 말도, 짧은 시간 그의 마음속에서 얼마나 많은 검열을 거치고 있는 건지. 얼마나 많은 단어를 곱씹고, 걸러내야 할 수 있는 말인 건지는.

"밥, 먹었냐고."

아무도 모를 일이었다.

"식당 문을 닫았더라고요. 어떻게 해야 하나 했는데 조금 걸어
나가면 편의점이 있다고 해서 컵라면이나 하나 사 올까 했는데."

채원은 바로 들어섰다. 민권은 빠르게 메뉴판을 펼쳤다.

"채원 씨가 식사를 못 했을 거라는 걸 깜빡 잊었어요. 미안해요."

"괜찮아요, 실장님. 애도 아니고 알아서 챙겨 먹으면 되죠."

민권이 사뭇 미안하다는 음성으로 말하자 채원은 괜찮다며 활짝
웃었다. 메뉴가 모두 안주다 보니 식사가 될 만한 것이 마땅하지
않다.

민권은 직원을 호출했고, 그중 식사가 될 만한 것을 물었다.

"음, 아무래도 양이 좀 적은 음식들이라서요. 손님들께서 식사로
대체하기엔……."

"메뉴, 있는 대로 다 줘요."

메뉴판을 보지도 않은 성준이 말하자 채원은 손사래를 쳤다.

"대표님, 메뉴가 몇 개나 될 줄 알고요. 저 그렇게 많이 못 먹어
요."

"빠르게 부탁합니다. 나오는 대로 가져다주세요."

"네. 알겠습니다, 손님."

직원이 사라지자 채원은 부담된다는 눈빛을 했다.

"다 못 먹을 것 같은데, 너무 많이 시키셨어요."

"나도 배고파. 나도 식전이야. 김 실장도 식전이고."

"아…… 네. 그렇다면 뭐."

채원이 민권을 바라보자 괜찮다며 그는 웃었다. 여태 한입이나 제대로 먹을까 싶은 치즈 하나 놓고 먹고 있었는데.

"대표님이랑 눈치 싸움 하면서 치즈 먹고 있었는데 채원 씨 덕분에 배 좀 채우겠네요."

메뉴는 빠르게 테이블 위에 놓았다. 채원의 눈에 생기가 돈다.

"여기 온천 진짜 끝내줘요. 시간 되면 내일 아침이라도 두 분 다 가보세요."

"그렇게 좋아요?"

"네. 노천탕도 있는데 진짜 최고. 정말 좋았어요."

채원은 온천을 강력 추천하며 짧은 기도 끝에 포크를 들었다. 배가 고프다더니 성준은 홀짝홀짝 술만 삼켰다. 몇 개의 접시가 놓이고, 사라질 때까지.

"어! 이건!"

끝으로 나온 메뉴는 파에야였다. 민권은 통화 좀 하고 오겠다며 잠시 사라졌고, 채원은 파에야를 내려다보며 눈을 동그랗게 떴다. 얼음이 달그락거리는 잔을 매만지며, 성준 또한 접시에 시선을 주었다. 그녀는 웃었고.

"와, 이거 진짜 오랜만이네요. 여기서 파에야를 먹게 되다니."

그는 절망했다.

"대표님, 기억나세요? 우리 자주 가던 파에야 단골집."

"……."

"거기 주인 할머니 엄청 무서웠잖아요. 파에야는 정말 맛있는데 항상 인상을 쓰고 빨리 먹으라고 소리를 지르셔서 눈칫밥 먹듯이 먹었……."

아. 채원은 말꼬리를 흐렸다.

느닷없이 날아온 기억에 정신없이 반가워, 하지 않아도 될 이야기를 하고 말았다. 표정 없는 그의 얼굴을 바라보자니 내가 괜한 소리를 했구나, 스페인의 기억을 모두 파버렸다는 사람에게, 쓸데없는 추억팔이를 해버렸구나 싶었다.

"죄송해요. 제가 괜한 말을 꺼내서요. 잠깐 정신이 어떻게 됐……."

"무서웠지, 그 할머니."

덤덤한 음성이 그녀의 사과를 지운다. 채원은 고개를 숙였다.

"항상 화가 나 계셨지만 음식 솜씨는 정말 좋았어. 그 할머니만큼 파에야를 잘 만드는 식당은 못 찾았으니까."

"손녀가 많이 아팠어요. 할머니는 손녀의 병간호에 늘 지쳐 계셨거든요."

얼마나 식당을 자주 드나들었던지 나중엔 그 집 손녀딸과 친구가 되었다. 채원은 허공으로 시선을 올렸다. 많이 아팠던 이사벨은, 지금쯤 어떻게 되었을까? 건강하겠지? 건강해져서, 할머니와 오래 오래 파에야 식당을 이어가고 있다면 좋겠다. 두 손에 턱을 괴고 시선을 올리며 스페인의 기억을 떠올리다 보니 피식, 웃음이 난다.

"얼마나 욕을 많이 먹었던지 아직도 생생해요."

마치 할머니의 음성이 귓가에 울리는 것 같다. 뜻 없이 나온 파에야 한 접시에, 이곳은 스페인이 되고 말았다.

"할머니가 저만 보면 하던 욕, 기억 안 나시죠?"

그는 기억이 나질 않는다며 고개를 끄덕였다. 등 뒤에서 들려올 것만 같은, 할머니의 음성을 모른 척했다. 채원은 짐짓 인상을 구기고는 눈썹을 씰룩거리며 과장된 손짓을 하며 입술을 열었다. 성준은 속으로 생각했다.

Que tonto eres.

"Que tonto eres!"

멍청하다고, 대단한 멍청이라던 할머니의 욕을 채원이 따라 하자 성준은 저도 모르게 피식 웃고 말았다.

"어? 웃었다! 웃었어! 대박 웃기죠! 할머니가 저한테 맨날 똥멍청이라고 눈썹 막 올리면서!"

표정과 말투를 제법 똑같이 따라 하니, 웃지 않고 견딜 자신이 없었다.

"돈 내고 먹는 손님인데 나만 미워하고! 대표님한테는 뭐라고 안 하면서 맨날 나만 미워했어, 그 할머니!"

그가 소리 없이 웃자, 채원은 포기했다는 듯 따라서 함께 웃었다. 모든 걸 다 잊어버렸다는 거짓말을 들킨 것 같았지만 그는 개의치 않았다.

그저 지금은 웃고 싶었다. 이곳이 어디이건 간에.

"할머니 파에야 먹고 싶다. 그렇지 않아요, 대표님?"

"그래, 먹고 싶다. 언젠가 한 번쯤은."

네가, 누구이건 간에.

쓰레기다.

"휴, 미쳤구만 드디어."

쓰레기다, 쓰레기. 분리수거도 할 수 없는 쓰레기.

……이른 아침. 퀭한 눈을 한 채 성준은 침대에 걸터앉아 마른 한숨만 연거푸 내쉬었다. 괴로움이 그득 담긴 얼굴을 하고 머리를 벅벅 헝클어트리다가,

"미쳤다. 미친 게 아니면 설명이 안 된다. 하……."

침대 헤드에 머리를 기대고 중얼거리다가 느닷없이 허공에 발차기를 했다. 이 작자는 대체 아침부터 무엇이 이토록 괴로워 몸서리를 치는고, 했더니.

"왜 웃었어, 한성준. 왜 웃어, 왜. 왜 웃고 난리야, 미쳤어?"

어제 그녀 앞에서 물색없이 웃음을 내보였던 자신의 모습에 뒤늦은 이불 킥을 하고 있는 중이다.

웃었다. 정채원의 앞에서. 내가! 결국!

"하…… 어쩌려고 이러냐……. 한성준…… 대체……."

답답한 속이 터질 것만 같아 성준은 마른세수를 하며 고개를 숙

였다. 나란히 마주 앉아 추억이나 곱씹을, 그땐 그랬지, 하며 뽀얀
웃음이나 주고받을,

"미쳤다……. 그냥…… 미쳤어……."

우리가 그런 사이인가!

"웃어도 너무 웃었잖아, 말도 안 되게."

그토록 오래 웃어본 건 근자에 드문 일이었다. 웃음이 멈추지 않
는다는 기분을 느껴본 것도 상당히 오랜만이었다. 가까스로 멈춰보
아도, 애써 입술을 닫아보아도 허파에 바람 든 사람처럼 다시금 웃
음이 새어 나왔다. 멈춰보려 해도 터지는 걸 어떻게 하겠나. 인력으
로 막기엔 무리가 있었다고, 몇 번이고 스스로를 다독였다. 하지만.

"안 돼. 스스로 납득하면 안 돼."

설령 그렇다 해도 안 되는 일이다. 다른 남자의 아내가 되어버린
옛 애인을 그렇게 편안하게 대하면 안 되는 거다. 순간의 충동과
마음을 어쩌지 못하고 될 대로 되라는 식의 행동.

"위험하다, 너, 한성준. 진짜 쓰레기 되고 싶어?"

최악이다.

성준은 느리게 눈을 감았다가 뜨며 잠시 시간을 죽이다가 침대
에서 일어섰다. 슬리퍼를 신고 샤워실로 들어가 곧장 물을 틀었다.
온도 조절이 되지 않아 아직은 찬물이 쏟아지는 샤워기에 얼굴을
대고 눈을 감았다. 전신은 차가운 물에 놀라 긴장하기 시작했다.

"정신 차려, 정신. 긴장하라고."

성준은 몇 번이고 자신에게 주문을 걸며 중얼거렸다. 놀란 심장
이 풀떡거리는 것을 상기하며, 긴장하자고.

"아무것도 아니다, 아무것도. 아무것도."

긴장하라고.

"대표님, 안녕하세요!"

조식 시간이 되어 식당으로 내려온 채원은 걸어오는 성준을 바라보며 손을 흔들었다. 어제 파에야를 사이에 두고 기억을 나눈 까닭 때문일까, 그를 바라보며 웃는 것이 조금은 편안해졌다.

"대표님, 좋은 아침이에……."

"……."

성준은 그녀를 쌩하니 지나쳤다. 인사를 받아주는 것도 아니요, 아예 모르는 사람처럼. 손을 작게 흔들며 인사하던 채원은 무안함에 팔을 내렸다. 어제의 대표와 오늘의 대표는 다른 사람 같았다. 표정도 날카롭고, 굉장히 저기압인 것도 같고.

"잠을 설쳤나, 아니면 숙취가 심하신가?"

채원은 테이블에 앉는 성준을 바라보다가 고개를 갸우뚱했다. 때마침 등장한 민권은 채원의 어깨를 가볍게 툭, 쳤다.

"채원 씨, 밥 많이 담았어요? 많이 먹어요, 많이."

"실장님 오셨어요? 풀이 많은 실장님 접시를 내려다보니까 고기 위주로 담은 제 접시가 술안주처럼 보이네요."

"주지육림의 삶은 행복의 지름길이죠. 갑시다."

민권은 채원의 접시를 내려다보다가 어서 가자며 고개를 까딱 흔들었다. 자연스럽게 성준이 앉아 있는 곳으로 향한다. 쿵, 채원은 마지못해 민권의 뒤를 따라 걸었다.

"어? 밥을 벌써 다 드셨어요?"

놀란 민권의 음성에 채원은 성준의 접시를 내려다보았다. 조금 전에 앉은 사람의 접시가 맞나? 이미 초토화 상태이다. 이 와중에도 성준은 빠르게 젓가락을 움직이며 밥을 먹었다. 볼 안에 도토리 저장하는 다람쥐처럼 양 볼이 빵빵해진 채로 우적우적.

"왜 이렇게 빨리 드세요. 천천히 드세요, 대표님."

민권이 테이블에 접시를 내리며 말을 걸어도 들은 척도 없다. 비트를 지배하는 DJ의 손짓인 듯 반찬으로 뻗는 젓가락이 더욱 빨라진다. 어라, 앉은 지 3분 만에 식사가 끝난다.

"대표님 급한 일 있으세요?"

"……."

입안에 가득 밀어 넣은 밥을 삼키느라 대꾸도 못 한다. 눈치만 보던 채원은 슬쩍 민권의 옆자리에 앉았다. 성준의 눈썹이 꿈틀거린다. 씹고 삼키는 밸런스가 순간 붕괴돼 제대로 씹지 못한 밥알이 블랙홀처럼 목구멍으로 빨려 들어갔다. 가슴을 쿵쿵 치며 괴로워하니, 혼자 보기 아까운 대표의 원맨쇼는 실로 눈물겨웠다.

"일단 물이라도 좀 드세요. 제가 다 체하겠어요."

민권은 급히 물을 따라 성준에게 건넸다. 꿀꺽꿀꺽, 성준은 급하게 물을 마셨다.

"……휴."

휴. 겨우 삼켰네. 하마터면 죽을 뻔했어.

성준은 가까스로 진정된 가슴을 쓸어내렸다.

"물 좀 더 가져올게요."

염려가 많은 민권이 서둘러 일어나고, 채원은 멀뚱멀뚱 그를 바라보았다. 자신의 시선이 닿아 있음을 알고도 대표는 모르는 척만하고 있다. 하룻밤 사이에 이토록 사람의 온도가 다를 수 있나. 채원은 무언가 달라도 너무 다른 성준의 얼굴을 응시하다가 어렵게입을 열었다.

"저, 대표님. 속은 괜찮으세요? 컨디션이 별로 안 좋아 보이셔서요."

그제야 시선이 제게 박힌다.

"정채원 씨하고 나, 일과 관련 없는 신상에 대한 정보 공유는 안했으면 하는데."

성가시다는 눈빛.

"업무적 스킨십만 하죠. 이외의 대화는 삼가쳤으면 합니다."

"아…… 네. 네, 대표님. 잘 알겠습니다."

잘 벼린 칼처럼 날이 선 그의 음성에 채원은 급하게 고개를 끄덕였다. 가슴에 쿵, 하며 무거운 돌이 내려앉지만 돌아볼 겨를이 없었다. 은연중 받은 상처가 자신의 눈빛에 드러날까 봐, 채원은 버릇처럼 웃었다.

"앞으론 주의하겠습니다. 무례했다면 죄송합니다."

"그리고 정채원 씨."

"네, 대표님."

그녀가 밝게 웃을수록, 그의 눈빛은 단단해졌다.

"일부러 웃지 않아도 돼."

"……네?"

"웃지 않아도 된다고. 그러라고 고용한 거 아니니까."

상냥하던 웃음은 금세 지워진다.

"서로 간에 불필요한 감정 노동은 하지 맙시다, 돈으로 환산도 안 되는 거."

"아……."

많은 것이 고이는 눈빛을 하며, 그녀가 무언가 해명하고 싶다는 신호를 보내왔지만 성준은 일어섰다. 물을 잔뜩 담아 온 민권이 자리로 온다. 성준은 텅 빈 접시를 들었다.

"식사들 하고 오세요."

"대표님, 물 한 잔 더……."

"됐어."

괜찮아. 성준은 가볍게 손을 들어 보이며 민권이 내미는 물 잔을 받지 않았다. 어떤 표정, 어떤 눈빛을 해야 할지 감이 오질 않아 채원은 고개를 숙였다.

그는 빠르게 멀어져 갔다.

"대표님 오늘따라 이상하네. 왜 저러시지?"

……대표님이 왜 저러시는지, 이제 잘 알겠다.

"채원 씨, 일단 우리도 식사하죠. 지금 일정 바쁜 거 아니니까 오해 말고 천천히 먹어요."

나 때문이다.

빠른 걸음으로 식당을 빠져나왔다. 성준은 목적지가 분명한 것만 같은 걸음을 옮기다가, 우뚝 멈춰 섰다. 급히 먹은 밥이 체한 듯 답답함이 일어 미간을 일그러뜨렸다.

"휴, 돌겠다."

······급히 삼킨 고구마가 얹힌 것처럼 울대마저 꽉 막혀, 성준은 천천히 가슴에 손을 올렸다. 그러곤 느리게 돌아서 벽에 기대섰다.

"말이 너무 심했나······."

그녀의 웃는 얼굴을 마주하는 순간 몸 안의 모든 세포가 긴장했다. 기다렸다는 듯 심장은 박차를 가해 뛰려 했다.

"아니 왜 그렇게까지 말을 했어, 적당히 했어야지."

위험을 감지한 머리가 시키지도 않은 말을 늘어놓았다. 몸 안에서 벌어지려 하는 모든 일을 막으려고, 입술이 바쁘게 움직였다. 성준은 지그시 눈을 감았다가 떴다. 일은 벌어졌고, 후회해봐야 이미 늦었고, 차라리 어색하게 벌어지는 사이가 훨씬 더 좋을 것만 같은 지금.

"소화제를 먹을까······."

그래서, 나는 괜찮은 건가?

성준은 연거푸 무거운 눈꺼풀만 오르내리다가 벽에 기대고 섰던 상체를 바르게 일으켰다. 괜찮은 건가, 스스로에게 물었으나 딱히 드는 생각이 없다. 이럴 땐 몸을 움직여야 한다. 다른 어떤 잡생각도 들지 않도록.

"나도 모르겠다, 이젠."

그는 터질 듯한 생각을 잘라내듯 다시금 걸음을 옮기기 시작했다. 무엇도 마음에 들지 않는, 조금도 나 같지 않은, 모든 게 내 마음처럼 흘러가지 않는 시간 앞에서 그는 생각했다.

괜찮아라. 깊은 생각 같은 건 하지 마라. 나 하나 지키자고 아무렇게나 뱉어낸 모든 말 앞에.

"안 되겠다, 온천이나 좀 다녀와야겠어."

상처받지 마라. 별일이 다 있다며 웃고 말아라.

두고 온 너, 부디 그렇게 있어라.

"어렵다······."

휴······. 채원은 땅이 꺼져라 한숨을 내쉬었다.

밥이 들어갈 리 없었다. 먹는 둥 마는 둥 식사를 종료한 채원은 시무룩한 발걸음으로 지하 온천을 찾았다. 아직은 시간이 이른 탓인지 사람이 적다. 뜨거운 물에 들어가 숨을 깊게 내쉬다 보니, 이것은 단순한 호흡인지 한숨인지 구분할 길이 없다. 그녀는 연거푸 단전에서부터 끌어올리는 것만 같은 긴 숨을 내쉬었다. 대표와 엮인 모든 시간은 어렵고 복잡해서 마땅한 답을 내릴 수가 없었다.

"시작부터 만만히 볼 일이 아니었어, 이건······."

자책하는 중얼거림을 끝으로 채원은 꼬르륵, 하며 잠수했다. 단순하게 생각하며 일을 맡았던 지난날의 자신을 책망해본들 무엇이 달라지겠는가.

웃지 않아도 된다고. 그러라고 고용한 거 아니니까.

웃지 말걸. 스스로가 지닌 어색함을 웃음으로 메꾸려 들지 말걸. 아니, 아니다.

서로 간에 불필요한 감정 노동은 하지 맙시다.

돈으로 환산도 안 되는 거.

순간에 취해 스페인 이야기를 꺼내지 말걸. 잠시 나긋해진 그의 눈빛에 흔들리지 말걸.

"어후, 숨차. 어후, 어후⋯⋯."

물속에서 얼마간 숨을 참던 채원은 급히 수면 위로 고개를 내밀었다. 가득 참았던 숨을 가쁘게 내뱉으며 세수를 했다.

어제, 대표의 웃는 얼굴을 너무나도 오랜만에 마주했다. 아스라이 감기는 눈꺼풀이며, 입꼬리가 올라간 채 길게 벌어진 입매며, 드문드문 말아 쥔 주먹으로 입술을 가리는 버릇하며. 변함이 없는, 꽁꽁 묶어두었던 기억의 조각과 꼭 맞아떨어져, 일순 소름이 돋았다. 그 웃음이 멈출까 봐 느닷없는 조급증이 밀려왔다.

그의 웃음을 기쁨으로 덜컥 믿어버렸고, 그도 지금의 나처럼 추억을 달게 삼키고 있는 중이라 여기며, 아주 잠시 그와 내가 우리로 돌아간 것만 같은 착각이 일어서.

현실도 긴장도 잊어버린 채, 웃었다.

"나도 진상이다. 그런 얘기는 뭐 하러 꺼내서. 그게 뭐 대단히 좋은 이야기라고."

⋯⋯그러지 말았어야 했다. 달라붙은 생각을 씻어내려는 것처럼

미친 듯이 얼굴을 문지르던 채원은 손을 내리며 눈을 떴다.

웃지 않아도 된다고. 그러라고 고용한 거 아니니까.

식당 안. 그는 어른이 되어버린 눈빛을 했다.

"뭐, 하나도 틀린 말이 없으니까."

몇 번이고 곱씹으며 생각하다 보니, 더 이상 나를 아이처럼 봐줄
리 없는 눈빛에 지고 싶지 않아졌다.

"해달라는 대로 하면 되는 거지 뭐. 고용주인데. 고용주잖아. 고
용주일 뿐이고. 그렇지?"

서로 간에 불필요한 감정 노동은 하지 맙시다.

돈으로 환산도 안 되는 거.

"이제 그만 나가야겠다. 오래 앉아 있었더니 어질어질하네."

어른 같은 눈빛을 상대하고 싶어졌다. 나도, 어른이었다.

아뿔싸. 온천을 마치고 나오는 길에 성준을 마주친 채원은 우뚝
멈췄다. 대표도 목욕을 막 끝내고 나오는 참인지 젖은 머리, 탕 안
에서 받은 전용 가운을 입고 있었다.

그녀를 발견한 성준도 멈칫했다.

"모, 목욕하셨나 봐요."

으으. 어색함을 잠시도 참지 못하고 또 말을 걸고 말았다. 채원
은 고개를 옆으로 돌리며 입술만 벙긋거렸다. 제발 그냥 가! 쓸데
없이 대표한테 말 붙이지 말고! 제발 좀!

"안 가나?"

"네? 어딜요?"

다짐은 어쩜 이렇게도 무색하게 박살 나는 걸까. 그가 말을 걸어오자 기다렸다는 듯 채원은 물었다. 성준은 이상한 질문을 해온다는 것처럼 고개를 까딱, 흔들었다.

"엘리베이터를 타야 객실로 갈 것 아닌가? 거기 서서 뭐 해?"

"엘리베이터를 같이 타도 돼요?"

"……."

"아, 아뇨. 제 말은 싫어하실까 봐……."

"내가 전세 낸 엘리베이터 아니니까 공용화합시다. 웃지 말라고 했지 내외하라고는 안 했으니까."

"네! 알겠습니다!"

……그의 말 한마디 한마디 앞에 기분이 미친 듯 흔들린다. 먹구름이 끼었다가, 햇살이 내려왔다가.

"곁에 바짝 붙으라고는 안 했는데."

비도 내렸다가.

"죄송해요. 바닥이 미끄러워서 목표치보다 더 가까이 붙었네요."

"사물이 보이는 것보다 가까이 있음을 항시 상기해주길 바랍니다."

"네. 명심하겠습니다."

천둥도 쳤다.

채원은 자신도 모르게 올라간 목소리를 경계하며 표정을 딱딱하게 굳혔다. 그러나 제멋대로 휘둘리는 감정까지 컨트롤 될 리가 없다.

……미치겠다. 왜 이러는 거야.

그가 단지 자신에게 말을 걸어주었다는 것에 기분이 뒤바뀐 채원은 두어 번 도리질을 쳤다.

"바닥 엄청 미끄럽네요. 조심하세요, 대표님."

"남 걱정하지 말고 본인 걱정이나."

물이 묻은 슬리퍼는 미끄러웠고, 한 발 한 발 온 신경을 집중한 채 걸어야 했다. 투박한 대꾸라도 그의 말이 반가울 지경이니 채원은 제 안에 쏟아지는 오만 가지 감정과 싸워야 했다. 서로가 서로를 어떻게 대해야 할지, 갈팡질팡하기만 할 때.

"여보세요."

그때였다. 성준은 민권에게 걸려온 전화를 받았고, 채원은 느려지는 그의 발걸음에 자신의 속도를 맞췄다.

"연락 왔어? 그래?"

다미안에게 연락이 온 것 같았다.

"두 시간 뒤? 알았어. 준비 다 하면 방으로 와. 나 지금 올라가니까."

아, 이제 제대로 된 업무의 시작인가.

채원은 '두 시간 뒤, 두 시간 뒤'를 중얼거리며 걸음을 옮겼다. 성준은 휴대폰을 내리며 입술을 열었다.

"건축가 연락 왔다고 하네. 두 시간 뒤에 미팅 시작하자고."

"네. 저도 그럼 준비 완료하고 기다리고 있겠습니다."

"그럽시다."

"진짜 최선을 다해서 열심히 통역할게요. 아주 열심히 최선을! 다해서!"

채원은 작은 주먹을 불끈 말아 쥐며 전의를 불태웠다. 오만했던 건축가의 코를 납작하게 만들어버릴 만큼, 오늘은 완벽한 미팅이 되었으면 좋겠다고.

"갑자기 막 파이팅이 넘쳐요."

"넣어둬. 쓸데없어."

"쓸데가 없긴요. 최고로 끌어올린 집중력으로 완벽한 통역을 하겠어요."

"허, 그러거나 말거나."

"네네. 그러거나 말거나겠지만요."

나를 고용한 것에 후회 없게 만들어주리라.

채원은 힘이 들어간 자세로 성준을 향해 몸을 비틀었다. 예상보다 이른 시간에 도착한 건축가의 연락에 성준도 한시름 놓은 것이 사실이었다. 성준에게 다미안은 절실하게 필요한 존재였다. 절대 '을'을 자처할 만큼, 그것에 사활을 걸었으니까.

"오늘은 꼭 좋은 결과를 만들어봐요, 대표……."

으아아아아!

채원은 발바닥과 딱 붙지 않은 슬리퍼가 제멋대로 빙글, 돌아가는 것을 느끼며 휘청였다. 아주 느린 영상처럼 채원의 몸이 이리로 갔다가, 저리로 갔다가, 마구잡이로 움직인다.

성준은 균형을 잃고 흔들리는 채원을 바라보며, 찰나에 너무나도 많은 생각을 쏟아냈다.

넘어지지 않게 붙잡아? 붙잡으려면 팔, 허리를 받쳐야 한다. 끌어당기는 힘에 의하여 그녀가 딸려올 게 뻔한데, 그럼 그녀가 나에게 안길 것이다. 안아? 가능한가? 안아도 되나? 그 뒤의 어색함은? 심장은 안녕할 것인가? 끌어안고 나면 이건 몇 박 며칠짜리의 충격이 될 것인지? 어떤 상황이건 유부녀의 몸에 손을 대면 안 되는 거 아닌가?

휘청휘청하며 주유소 앞 공기 주입 인형처럼 그녀가 흔들린다. 0.5초 사이, 그의 생각은 다른 곳으로 이동한다.

넘어지게 그냥 둬? 지금의 움직임으로 보아 뒤로 넘어갈 것이다. 정채원의 뒤통수는 안녕할 것인가? 깨지려나? 그럴 확률은 얼마나 되려나? 타박상의 경도는 어느 정도에서 멈출 것인가? 넘어지려는 사람을 붙잡지 않은 죄책감은 얼마나 갈 것인지? 붙잡아? 말아? 끌어안아? 말아?

……예상대로 그녀가 뒤로 넘어간다. 아직 자신의 행동을 결정하지 못한 성준은 느린 화면처럼 뒤로 기우는 그녀를 바라보았다.

"으아아아아아!"

어느덧 현실이 된 상황. 느리게 진행되던 순간은 끝이 나고 그녀는 빠르게 뒤로 넘어갔다. 결국 그녀를 붙잡지 않는 상황에서 사고가 멈춘 성준은 다소 느리게 반응을 했다. 이미 그녀는 저 바닥 아래로 내려가는 중이었다.

"으아아아!"

성준은 그녀의 비명을 끝으로 미래를 보았다는 것처럼 질끈 눈을 감았다. 들려와야 하는 소음이 이어서 들리질 않아, 성준은 천천히 눈을 떴다.

……아.

"어후, 놀래라. 어후, 어후."

팔과 허리. 그녀의 중심을 잡아주며 정확하게 끌어당긴 자세. 끌어당긴 힘에 의하여 가슴팍에 안긴 그녀. 성준은 입술을 작게 벌렸고, 채원은 낯선 가슴에 안겨 놀란 눈만 깜빡거렸다. 넘어지는 채원을 끌어당겨 안으며 괜찮냐고 묻는 낯선 음성.

[괜찮습니까?]

익숙한 스페인어. 다미안이었다.

몸의 중심이 무너진 채원은 고개를 들어 자신을 잡아준 사내를 바라보았다.

[괜찮아요?]

헐, 이게 누구신가? 건축가 씨다.

[붙잡아주셔서 고맙습니다! 괜찮아요!]

그녀가 답하며 몸을 움직이자 다미안은 부드럽게 팔을 밀어 일으켜 세워주었다.

온천이 유명하다 하여 경험치 증진을 위해 내려온 길이었다. 사람이 휘청이기에 빠르게 움직여 붙잡았을 뿐이고. 붙잡고 보니 그녀였음은 반가운 일이었고.

다미안은 친절하게 웃으며 인사를 건넸다.

[또 보네요.]

[네. 지금이 아니라도 또 만날 사이긴 했지만요.]

[두 시간 뒤?]

[맞아요. 당신이 연락을 해왔다고 전달받았거든요.]

채원의 대꾸에 다미안이 웃자 성준은 허, 짧은 탄식을 터트렸다. 어제, 시커먼 선글라스를 쓰고 거들먹거리던 그놈이 맞나 싶다.

다미안은 가볍게 발을 들어 바닥을 툭툭 건드렸다.

[바닥이 생각보다 미끄러워요.]

[그러게요. 게다가 슬리퍼 바닥이 젖어서 더 미끄러웠어요.]

……저기, 미안하지만, 너희의 예상보다 뛰어난 리스너인 나는 너희의 이야기를 다 듣고 있다.

성준은 눈썹을 씰룩거리며 조용히 채원과 다미안의 이야기를 경청했다.

휴, 그나저나 다행이야. 난 정채원의 몸에 손을 대지 않았고 정채원은 뒤로 넘어지지 않았어. 일석이조인가. 손 안 대고 코를 풀었나.

[앞으로도 조심해요. 넘어지면 아플 테니까.]

하지만 뭐가…….

[네. 정말 고맙습니다.]

대체 뭐가 일석이조야! 손 안 대고 코를 풀긴 개뿔이나! 죽 쒀서 개를 주지 않았나!

성준은 전혀 상상하지 못한 뜻밖의 대치에 당황한 듯 눈썹을 꿈틀거렸다. 다미안은 볼일이 끝났다는 듯 그녀에게 가볍게 인사를 하며 뒤돌아 멀어졌다.

방실방실 웃으며 다미안에게 감사 인사를 하던 채원은 그가 돌아서 멀어지자 곧장 서늘한 표정을 지었다. 후……. 들끓는 열이 담긴 숨이 절로 새어 나왔다.

성준은 움찔거렸다.

이봐, 안 돼. 그렇게 빨리 가버리면 어쩌자는 거야. 건축가 양반. 어이, 가지 마. 안 돼. 다시 돌아와. 안 된다고.

"와, 진짜, 대박 사건."

지금 이 분위기를 보고도 그냥 가면 어떡하나? 다시 돌아와. 어이, 어이!

"사람이 미끄러지는데…… 도와줄 생각 없이 구경을……."

"아, 아니, 내가 무슨 구경을 했다고……."

"대박이다……. 미끄러지면서 막 버둥거리는데 그냥 구경만……. 삭막하다, 삭막해……."

망했다. 성준은 혼잣말로 중얼거리는 채원을 바라보다가 마른침을 삼켰다. 잡아야 하나 말아야 하나, 솔로몬도 못 풀고 갈 문제에 고민하던 눈빛을 그녀가 오해한 것이 분명하다.

"와…… 와…… 진짜, 와…… 인성, 와……."

"거기서 인성이 왜 나와. 안 다쳤으면 됐지."

"미끄러지면서 다 봤다고요! 대표님 구경했잖아요! 안 도와주고!"

"안 넘어졌잖아. 그럼 된 거 아닌가?"

"와…… 진짜, 네네. 됐어요. 그럼 된 거죠."

여간해선 볼멘소리를 하지 않는 채원의 목소리가 통통 부었다.

성준은 어차피 누군가 나타나 잡아줬을 바엔 붙잡을 시늉이라도 해볼 걸 그랬나, 진한 후회를 시작했다. 정말이지 아까는 생각이 너무 길어 누가 봐도 구경하는 것처럼 보였을 테니까.

"이봐, 나라고 마음이 편했던 건 아니야."

"네네. 그러셨겠죠. 제가 여기서 다치면 병가냐 산재냐, 복잡하셨겠죠."

"오해가 깊어서 어디서부터 풀어야 하는지 모르겠네?"

"상처가 깊어서 어디서부터 제 마음을 달래야 하는지 저도 모르겠네요?"

씩씩거리면서 걷는다. 다시 미끄러지지 않으려고 뒤뚱뒤뚱 한 발 한 발 조심스럽게 떼면서.

그런 그녀의 뒤를 따르며 오히려 쩔쩔매는 쪽은 성준이다.

"망설인 거 인정. 인정하는데 이야길 듣고 개연성을 좀 참작해줬으면 좋겠어."

"됐어요. 안 듣고 싶어요."

아니, 들어줘야 하는데…….

"들어주면 안 될까? 내가 얼마나 배려하는 마음으로 망설였는지."

"사람이 뒤로 넘어가는데 개연성 있는 망설임이란 게 대체 뭐겠어요."

채원은 엘리베이터 앞에 서더니 버튼을 있는 힘껏 누른다. 성준은 네가 유부녀라 그랬다, 몸에 손을 대도 괜찮은 건가 고민하다가 이렇게 됐다고 설명하려다가 입술만 꾹 깨물었다.

하…… 구차해……. 드럽게 구차해…….

"알았어. 그럼 한 번 더 넘어져. 그럼 내가 옷깃이라도 비틀어 쥐고 일으켜 세워줄 테니까."

"그걸 지금 말이라고 해요! 멱살이라도 잡겠다는 거야 뭐야. 유도라도 한판 해보겠다는 거예요!"

그럼 어딜 잡냐……. 내가 대체 어딜 붙잡을 수 있겠냐고…….

하…… 성준은 답답한 마음에 한숨을 내쉬었다. 뱉은 말처럼 멱살이라도 잡아끌어 올려줄 걸 그랬다. 그랬으면 마음이 덜 불편했으려나.

엘리베이터가 도착할 생각을 하지 않자 다시 한번 채원이 힘을 주어 이미 눌린 버튼을 누른다. 힘이 실린 채원의 손끝을 힐끔 본 성준은 입을 열었다.

"설마 그 버튼이 나라고 생각하고 누르는 건 아니지?"

"그럴 리가요."

채원은 상냥한 음색으로 어깨를 으쓱 올려 보이더니 주먹을 말아 쥐고는 쿵, 하며 옆으로 벽을 내리쳤다.

"이렇게 내리쳐서 박살 내진 않았잖아요."

"……."

엘리베이터가 도착했다.

두 시간 뒤. 프로 구경꾼 성준은 정확한 시간에 맞춰 객실을 벗어났다. 심기일전하자는 마음으로 목욕재계를 했는데, 온천에 다녀오기 전보다 후가 마음이 더 복잡한 건 그냥 기분 탓이겠지?

"오늘은 무슨 일이 있어도 매듭을 지어야 하는데."

그 막돼먹은 건축가 놈의 비위를 맞춰야 한다는 생각을 하니 벌써부터 오장육부가 꼬인다. 성준은 미간에 힘을 주며 메탈 손목시계를 들여다보았다. 미팅 3분 전이다. 함께 들어가야 하는데 정채원은 어디 있나.

흠. 조금도 구겨진 곳 없는 슈트를 입고 성준은 로비를 서성였다. 건축가 양반을 구워삶든, 녹여 먹든 어찌 되었건 그의 마음을 움직여야 한다. 오로지 그 생각에만 잡혀 초조한 시간을 보내고 있던 그때.

"대표님, 먼저 내려와 계셨네요."

들려오는 목소리에 방향을 틀었다. 성준의 시선은 그곳에 멈췄다.

"저, 늦은 거 아니죠?"

바라보는 일과 동시에 맥이 풀리고.

유지했던 평온한 숨은 단숨에 엉켜들고.

"왜 그러고 보세요?"

평평했던 바닥은 울퉁불퉁하게 느껴져 균형을 잡기가 힘들었다.

"대표님?"

"……."

그녀에게 시선을 붙잡혔다는 생각에 서둘러 고개를 돌려버린 성준은 헛기침을 뱉었다. 이대로 곧장 TV 속으로 들어간대도 손색이 없을 것만 같은 그녀의 모습에 두 눈은 갈 곳을 잃었다. 바라보기가 어려웠고, 바라보면 안 될 것 같았다. 그 자체가 불손하게 여겨졌다.

"왔으면 됐어. 가자고."

서둘러 발길을 옮겼다. 뇌는 대체 무슨 일을 하는데 말을 듣질 않는 건지. 일을 하긴 하는 건가? 적어도 노력과 의지 정도는 반영해줘야 하지 않나?

"같이 가요, 대표님."

엉뚱한 생각만 늘어놓았다. 그러다가 그녀의 목소리에 다시 멈췄다. 호흡을 가다듬은 뒤 다시 한번 결연한 눈매로 돌아보았다.

"정채원 씨."

"네, 대표님."

"오늘 잘 부탁해."

그의 부탁에 채원은 조용히 웃었다. 그러다가 웃지 말라던 그의 말이 떠올라 금세 웃음을 지워냈다.

"네. 대표님도 힘내세요."

성준은 숨을 짧게 뱉었다. 지금 내가 얼마나 울고 싶은지, 얼마나 힘이 빠지는지, 그게 다 너 때문인 줄은 모르고.

"파이팅 하고 들어가요. 파이팅."

힘을 내란다. 성준은 여린 주먹을 말아 쥐고 파이팅을 작게 외치는 그녀를 바라보다가, 얼떨결에 따라 주먹을 들고 말았다.

그래. 힘내야 한다. 사력을 다해서 왼쪽 가슴이 시키는 일을 모른 척해야 한다.

"삐진 건 좀 풀린 모양이야."

"할 수 없죠. 대표님하고 냉랭한 상태로 들어갈 순 없잖아요. 일 하러 나와서까지 사심 품을 수 있겠어요?"

사심 같은 건, 한 톨도 품지 말아야 한다.

"듣던 중 반가운 소리네. 그럼 들어가자고."

성준은 말아 쥐었던 주먹을 내리며 쓰게 웃었다. 그런 그의 행동 과 표정이 다소 긴장한 것처럼 여겨져, 도저히 그냥 지나치기가 힘 들어.

"대표님 오늘 근사하신데요. 되게 큰 회사 대표님처럼 보여요."

채원은 돈으로 환산도 안 될, 그가 지시한 적 없는 웃음을 지었다.

성준은 자신을 가볍게 훑어보는 듯하더니 장난스럽게 엄지를 치 켜드는 채원을 바라보았다. 그녀의 웃음엔 이상한 힘이 있어, 마음 어느 한구석이 치유되는 기분을 받곤 했다.

……너도 근사해.

"그쪽도 만만치 않아."

너는, 항상 그랬어.

건축가 다미안은 분명 어제와는 다른 자세로 미팅에 참여했다. 성준은 수도 없이 연습하고 익힌 사업 설명을 이어갔고, 채원은 그 가 뱉는 하나의 단어도 놓치지 않으려 촉각을 세웠다. 두 사람이 내어놓는 말의 온도와 강약을 표현하려 안간힘을 썼다. 다미안은 주로 들었고, 간간이 질문을 던졌다. 비로소 수북하게 쌓여 있던 자료의 마지막 장에 도달했다.

[우리가 준비한 자료는 여기까지입니다.]

성준이 마지막 장을 덮는다. 채원은 성준의 마지막 설명을 덧붙였다. 세 시간 정도 흐른 뒤였고, 다미안은 그제야 앞으로 숙였던 상체를 반듯하게 폈다.

흠. 뜻을 알기 어려운 숨소리가 퍼진다. 다미안의 숨소리에 성준과 채원은 순간 긴장했다. 누구도 말을 뗄 수 없는, 침묵의 시간이 흐르고.

[해보죠.]

……됐다.

다미안의 답이 떨어지기가 무섭게 성준은 마른 주먹을 쥐었다. 채원은 기쁜 표정을 숨기지 못하며 성준을 바라보았다.

"해보겠답니다, 대표님."

성준은 별다른 조건 없이 수락을 해버린 다미안에게 손을 뻗었다.

"감사합니다. 우리는 최고의 파트너가 될 겁니다."

그가 악수를 청해오니 다미안은 다시 상체를 앞으로 숙이며 그의 손을 잡았다. 손을 가볍게 흔들고 내린 다미안은 시선을 채원에게 옮겼다.

[내가 이곳과 계약을 하는 것이 당신에게도 이로운 일입니까?]

[네?]

채원은 뜬금없는 다미안의 질문에 눈을 동그랗게 떴다. 성준은 눈을 희번덕거렸다. 저건 또 무슨 개소리인가?

[나의 계약이 당신에게 이로운 일인지 궁금하군요.]

이봐! 아직 도장 안 찍었어! 이건 무슨 개수작질이야!

"뭐라는데?"

짐짓 못 들은 척 성준이 묻자 채원은 머뭇거리다가 입을 열었다.

"계약이 저한테 좋은 일이냐고 물으시는데요."

"그건 왜 궁금하냐고 물어봐."

[나는 그저 당신의 답을 듣고 싶습니다.]

다미안이 끼어든다. 채원은 눈동자를 굴리다가 다시 성준을 바라보았다.

"그냥 순수하게 제 대답을 듣고 싶다고 하시는데요?"

"……알아서 해."

저놈이 내가 못 알아듣는 줄 알고 날 빼고 얘기하겠다? 어디 한번 떠들어봐라. 내가 못 알아듣나. 난 최고의 리스너. 다 들어주마.

[다미안, 회사의 일은 저의 일이기도 합니다. 당연히 좋은 일입니다.]

[그렇군요.]

흥, 들었냐?

성준은 채원의 백 점짜리 답변에 속으로 쾌재를 불렀다. 서둘러 일어나야겠다. 예감이 좋지 않으니까.

[그런데 진짜 나, 몰라요?]

[네?]

성준이 자료를 챙기려 손을 뻗은 그때, 다미안은 채원에게 물었다. 채원은 이게 무슨 소리냐는 듯 그를 바라보았고 성준은 천천히 고개를 들었다. 다미안은 다소 쑥스럽다는 듯, 혹은 난처하다는 듯.

[좀 섭섭한데요. 날 전혀 기억하지 못하다니.]

[죄송합니다만 다미안, 무슨 뜻인지 잘 모르겠습니다.]

[머리를 짧게 잘라서 그런가, 그땐 머리가 길었거든요. 수염도 있었고. 맞다, 안경도 썼었죠.]

그때? 머리? 수염? 안경?

[아…… 글쎄요…….]

채원은 최대한 정중한 표정을 지으며 생각을 쥐어짰다. 댁이 누군데…… 엊그제 스페인에서 날아온 댁을 내가 무슨 재주로 알겠…….

[아…… 혹시…….]

백지상태에 있던 생각에 조금씩 윤곽이 스며든다. 채원은 미간을 조금 좁히며 다미안의 얼굴을 자세히 들여다보았다. 상상 속 윤곽은 조금씩 진해지고, 선명해져간다.

[이사벨…….]

[맞아요. 그녀의 동생.]

채원은 입술을 크게 벌렸다. 아무것도 못 듣는 척 고개만 주억거리던 성준은 느리게 눈을 감았다가 떴다. 천천히 고개를 들었다. 여전히 다미안의 시선은 그녀에게 박혀 있고.

[이제, 기억나요?]

[맙소사.]

채원은 크게 벌어진 입술을 두 손으로 가렸다.

스페인, 그녀와 그가 문지방이 닳도록 드나들던 그곳. 어제, 그

밤 내내 웃음으로 물들게 했던.

[다행이다. 나를 아주 잊어버리진 않았네요.]

[맙소사, 이런 우연이!]

욕쟁이 할머니가 운영하는 파에야 가게의 손주였다.

다미안의 청대로 그녀를 두고 먼저 자리를 빠져나온 성준은 천천히 로비를 걸었다. 생각보다 수월하게 끝난 계약이 얼떨떨하기도 했고, 어쩌면 그녀가 있어 가능한 계약이었을 거란 생각에 멍했다.

"뭔가 좀, 하, 이거, 기분이 이상한데."

어찌 되었건 계약을 이끌어내었다는 것에 집중하며 기뻐해야 하는지, 채원에게 엄청난 빚을 지고 말았다는 생각에 집중하며 씁쓸해야 하는지, 알 수가 없었다. 이런들 저런들 변하지 않는 사실이란.

"뭔가 이래도 괜찮은 건가, 잘 모르겠는데."

다미안은 분명 채원을 진심으로 반겼다는 것. 스페인에 있을 때 그녀에게 그다지 중요한 존재는 아니었던 걸로 기억하는데. 아니, 존재감 자체가 없었을 텐데. 채원은 다미안의 누나와 친구였지 다미안과 친구가 아니었으니까.

전부를 공유할 순 없었지만 적어도 그녀가 누구와 친한지, 누구와 어떤 하루를 보내는지 정도는 알 수 있었던 시절. 채원을 향한 다미안의 지나친 반가움은 외려 이상하게 느껴졌다.

……아주 느린 걸음이 이어졌다. 로비 인테리어 목적으로 걸어 놓은 것이 분명한 흥미 없는 그림에 시선을 주기도 하고, 장식품을 감상하기도 하며.

"대표님!"

마치, 너를 기다렸던 것처럼.

성준은 지체할 틈 없이 뒤를 돌았다. 로비에 울려 퍼지는 그녀 목소리가 이를 데 없이 반갑게 여겨진다.

채원은 좁은 보폭을 옮겨 그에게 다가갔다. 멀지도, 가깝지도 않은 간격을 두고 그녀는 멈췄다.

"그림 보고 계셨어요?"

이곳에 서서 나를 기다렸느냐고는 묻지 않는다.

"그래, 맞아."

그 당연한 질문 앞에, 네가 기다릴 당연한 답을 꺼내놓았다.

"생각보다 일찍 나왔네."

"음, 그런가요? 저는 늦었다고 생각했는데요."

채원은 주변을 둘러보듯 휘휘 고개를 돌리다가, 아무도 이곳에 시선을 주지 않는다는 것을 확인하고는 그를 바라보았다. 그러곤 세상 누구보다 먼저 전하고 싶던 말을 꺼냈다.

"축하드려요, 대표님."

"……아."

"다 잘될 줄 알았어요. 축하해요."

진심으로 축하의 말을 전해오는 채원의 태도에 성준은 뱉을 말을 결단하지 못하고 잠시 머뭇거렸다.

"다미안 씨가 하겠다고 하는데 제가 다 기쁘더라고요. 짜릿했어요."

"덕분에."

"……."

"덕분에 결과가 좋았어."

그의 말에 채원은 웃으며 손을 내저었다. 그럴 리가 있겠나.

"뭐, 그럼 오늘 일은 대표님하고 나의 합작품 정도로 합의 봐요."

채원이 진심을 다해 웃는 표정을 지으며 악수하자고 팔을 뻗자, 그는 그녀의 손을 내려다보았다. 마법의 성을 지나 늪을 함께 건너왔다는 것처럼. 서로가 서로의 노력을 축하하자는 것처럼.

……환히 웃으니 얼굴은 바라보기가 힘이 들고.

"좋은 일인데 나 웃는다고 또 뭐라고 할 거예요?"

손끝은 지나치게 희고 고와 내려다보기가 힘이 들었다.

성준은 숨소리를 죽인 채 긴 호흡을 했다. 손을 뻗어 그녀의 손을 잡았다.

"웃어. 마음껏."

"어? 진짜로요?"

세상엔 노력하고 또 노력하면 안 되는 일이 없다고 생각했는데, 그런 일도 있을 수 있다는 걸 깨달았다.

"정채원 씨 오늘 멋있던데. 꽤 괜찮았어."

"그쪽도 만만치 않았어요."

지금. 여기서.

다음 날. 성준과 채원, 김 실장은 비공개 미팅을 끝내고 일정을 위해 서울로 올라왔다. 독립적으로 움직이기를 희망하는 다미안에게 직원 딸린 차량을 제공했고, 회사에서 그리 멀지 않은 곳에 숙소를 잡아주었다. 일은 바로 착수되는 것이 아니었고, 다미안은 다시 출국했다가 올 예정이었다. 하여 서울에 있을 말미란 며칠 되지 않았다.

회사에 도착한 성준은 일정이 일단락된 채원에게 바로 퇴근을 지시했다. 2박 3일 동안 고생했으니 가급적 빠르게 집에 돌려보내야지. 모르긴 몰라도 그녀의 남편이 기다릴 거다. 언제쯤 돌아오려나, 무슨 일은 없나, 걱정도 될 테고.

혹자들은 일은 일이다, 그렇게까지 신경 쓰지 않아도 괜찮다 말할지 몰라도 성준에겐 그런 문제가 되질 못했다. 자신이라도 그럴 테니까.

"공사가 빨리 끝나야 할 텐데. 직원들 불편할 텐데 일이 늦어지나?"

들러볼 곳이 급히 생각나 성준은 로비로 내려왔다. 주차장 및 자전거 보관소 보수공사로 차 키를 직원에게 맡긴 성준은 자신의 차량을 기다렸다. 예상보다 보수공사 일정이 늘어난 관계로 직원들이 불편해질까 염려가 인다. 그렇게 가만히 서서 차량을 기다리고 있자니 저쯤, 자신처럼 가만히 서 있는 웬 사내가 시선에 들어온다.

"……아."

아. 그녀의 남편이다.

성준은 은연중 바라보았던 낯선 사내에게 시선을 고정했다. 주위를 배회하며 두리번거리던 낯선 사내는 무언가의 기다림이 무료한지 조금씩 회사 앞으로 걸음을 옮기기 시작했다. 여차하면 자신과 시선이 마주칠 수도 있겠단 생각에 성준은 홱, 돌아섰다. 만나면 안 될 사람을 만난 것 같고, 지금은 피해주어야 맞는 일이라는 생각에 심장은 난데없이 요동치기 시작했다.

물론 저 옛날 그녀에게 차인 쪽은 본인이라지만 남편의 입장에서 얼마나 기분 나쁜 상대이겠나. 머리로만 그릴 때는 그다지 큰일이 아니었는데 막상 상대방의 얼굴을 보고 나니 현실은 더욱 심각하게 여겨졌다.

어떻게든 자리를 피해야겠다, 그 생각만 하고 있던 때.

"저, 잠시만요."

사내를 등지고 멀어지려던 성준은 우뚝 멈춰 섰다. 자신을 부르는 것이 분명한 목소리에, 정직한 발끝이 멈추고 말았다.

"저기, 잠시만, 잠시만요."

그녀 남편의 부름이었다.

"너무 수고 많았어요, 채원 씨. 들어가서 오늘은 푹 쉬어요."

민권의 도움을 받아 출장 관련 품의서 작성을 끝낸 채원은 일어서며 가방을 들었다. 그러곤 자신의 곁에 서 있는 민권을 바라보며 벙글대는 얼굴로 입술을 열었다.

"푹 쉬어야 할 만큼 일을 하긴 했나 싶어서요. 조금 민망하지만 모른 척하면서 퇴근해보겠습니다."

"무슨 소리예요, 일등 공신인데. 집에 가서 일찍 자요."

"네, 실장님. 그럼 먼저 들어가겠습니다."

그대로 발길을 돌리려던 채원은 힐끔 대표실 쪽으로 눈길을 주었다. 귀신같이 낌새를 알아챈 민권은 입을 열었다.

"대표님 먼저 가셨어요. 들를 곳이 있다고 하시더라고요."

"아, 네. 인사드리고 갈까 했는데 안 계시나 봐요."

어후. 귀신같은 사람.

채원은 속내를 들킨 것만 같아 화들짝 놀란 기운을 꿀꺽 삼키며 걸음을 뗐다. 성준의 옆에서 먼 듯 가까운 듯 그의 모든 일정을 관리하는 민권은 눈치가 빨랐다.

'비서 일도 아무나 못 하는 거지. 나처럼 눈치 없는 애들은 3일도 못 버티고 잘리겠다.'

이런저런 생각을 하며 채원은 이른 퇴근을 서둘렀다. 이든이 데리러 온다고 했으니 아마도 밖에 있으리라. 로비를 벗어나기 전부터 이미 그녀의 시선은 저 먼 밖을 살피고 있다.

"왔을 텐데, 어디 있나 전화를 해……."

볼…… 필요는…….

"헐."

채원은 두 눈을 크게 떴다. 저게 뭐야? 왜 둘이 같이 있어?

"뭐야, 뭐, 뭔데."

로비 밖. 일이 있어 먼저 나갔다던 대표님과 자신을 데리러 온 이든이 함께 서 있다. 심지어 대화를 나눈다.

채원은 검은 눈동자가 뒤로 넘어갈 듯 희번덕거리는 눈빛을 하며 달렸다.

"으아, 내가 미친다 미쳐."

두다다다다다, 정신없이 뛰어나갔다. 동생과 대표가 행여나 허튼소리를 주고받을까 봐. 허튼소리를 주고받다가, 뭐라도 알게 될까 봐.

도대체 둘이 왜 같이 있는 걸까, 짧은 시간 아무리 생각해봐도 이해가 되질 않았다. 미친 듯이 전력 질주를 했다.

저기, 잠시만요.

성준은 뒤에서 들려오는 음성에 우뚝 멈춰 섰다. 그다지 마주하고 싶지 않다고, 심장은 쿵쿵대며 발악했다. 못 들은 척 발길을 떼는 것은 어떨까 싶었지만 그러기엔 이미 많은 시간을 지체하고 말았다. 천천히 뒤를 돌았다. 사내는 웃는 얼굴을 했다.

"죄송한데 말씀 좀 여쭐게요. 조금 전에 이 건물에서 나오셨죠?"

음성은 정중했다.

"네, 그렇습니다만."

자신을 알아보는 말투와 눈빛은 아니었는지라, 성준은 공연히 붙잡고 있던 긴장의 끈을 툭 하고 놓았다. 그는 사사로운 질문이 있어 보였다.

"혹시 여기 근처에 자전거 보관소가 있나요? 있다고 들었는데 못 찾아서요."

"……아."

성준은 팔을 뻗었다. 사내의 시선이 손끝을 따라온다.

"원래 저쪽에 마련이 되어 있는데 지금은 임시 철거되었습니다. 부지 보수공사가 끝나면 다시 신설될 예정입니다."

"아, 그렇군요. 없어졌구나."

"어제 철거가 되어서."

자전거 보관소를 알려준 사람은 아마도 채원일 것이다. 그녀는 어제 출장 중이었으니 철거가 된 것을 몰랐을 것이고.

사내는 궁금증이 해결되었다는 듯 고개를 끄덕였다. 그녀가 자전거 보관소 앞에서 기다리면 된다고 알려준 모양이다.

"알겠습니다. 감사합니다. 아마 알려준 사람이 철거된 줄 몰랐나 봐요. 여기서 기다리면 되겠네요."

크고 훤칠한 키, 듣기에 편안한 목소리. 침착해 보이고 다정한 기운이 감도는 눈빛. 가까이서 바라본 사내는 호감의 기운을 풍겼다. 백팩과 어울리는 편안한 옷차림. 예상하기엔 의상에 구애받지 않는 직업을 가지고 있는 듯했다.

"말씀 감사합니다. 안녕히 가……."

"혹시."

사람 속을 사람이 어찌 알겠나 싶었지만 정직해 보였고, 총명해 보였다.

"혹시 정채원 씨……."

"어라? 아세요?"

너의 남편은 이런 사람이었구나. 안도가 되는 한편 그런 마음마저 씁쓸하게 다가오는 다각의 심정이 가슴속에 자리했다.

"정채원 씨 첫 출근하던 날 아침에 잠깐 봤습니다. 두 분 함께 있는 모습."

"아, 아…… 네, 맞아요. 그날 제가 데려다줬어요."

남편 확정.

"정채원 씨하고 집에 같이 가시려고 기다리시는 모양입니다."

"네. 같이 가려고요. 시간이 얼추 맞아떨어져서."

자신의 누나를 알고 있음에 반가워 웃는 줄도 모르고, 함께 따라 웃지 못하는 성준은 말을 이었다.

"정채원 씨는 이제 곧 나올 겁니다."

"네, 알려주셔서 감사합니다."

"그리고 정채원 씨가 이틀 출장길에 큰 힘이 되었습니다."

성준은 짤막하게 고개를 숙이며 감사의 인사를 건넸다. 당신의 곁에서 이틀이나 떨어트려놓은 미안함이 있다고, 차마 말은 나오지 않고.

"어유, 저도 감사합니다."

자신이 묵례를 하자 사내도 허리를 굽혀온다. 성준은 더더욱 고개를 숙였고, 그러자 사내도 더더욱 허리를 굽혔다.

"잠깐! 잠깐, 잠깐!"

그때였다. 기절초풍하는 목소리에 두 사내는 허리를 펴고 소리가 나는 방향으로 고개를 돌렸다.

"가자! 어, 어서 가자, 가자!"

채원은 누가 봐도 자리가 껄끄럽다는 것처럼 이든을 잡아끌었다. 성준은 호들갑을 떠는 채원을 바라보았다. 인사라도 시켜주면 좋으련만 그럴 생각은 없어 보인다.

"가, 가자고! 어서 따라와! 대표님 안녕히 가세요!"

"어, 잠깐만, 잠깐, 잠깐……."

이든은 누나가 잡아끄니 맥없이 끌려가며 성준을 바라보았다. 그저 같은 부서 사람이겠거니, 했는데 대표님이란다.

채원은 막무가내로 동생을 끌었다. 당장 동생을 데리고 대표님의 곁에서 멀어져야겠다는 생각밖에는 들지 않았다.

성준은 멀어져 가는 두 사람을 바라보았다. 전 남친 앞에 남편이 있는 모습 같은 거, 그녀 입장에서 달가운 일은 아닐 테니 도망치듯 자리를 떠나는 상황은 잘 이해되었다. 투닥거리며 멀어지는 두 사람의 모습마저 한없이 다정해 보여, 실성한 사람처럼 헛웃음이 흘렀다.

"같이 살면 닮는다더니 닮은 것도 같고."

같이 살아서 닮았겠나, 남매니까 닮았지.

어딘가 모르게 닮은 듯 보였던 두 사람의 모습에 성준은 푸우우, 마른 한숨을 내쉬었다.

"안 본 눈 사고 싶다, 진심으로."

휴, 괜히 봤다. 잔상이 오래 남을 것 같은데. 성준은 기억하고 싶지 않은 일을 추가하고 말았다는 생각에 오만상을 찌푸렸다. 뭐 이

렇게 매일매일 지우고 싶은 일들만 가득 쌓이는 건지. 아, 인생사
정말 피곤하다!

"뭐야, 이 시간에 니가 여길 왜 들어와?"

다음 상담자를 기다리며 가볍게 목을 돌리던 준호는 문을 열고
등장한 성준을 바라보며 눈을 크게 떴다.

정신건강의학 전문의 원장 박준호.

책상 앞에 놓인 명패는 먼지 한 톨 없이 반질반질하다. 성준은
휘휘 주변을 둘러보다가 상담자 전용 의자에 털썩 앉았다.

"나가서 기다려. 나 아직 진료 안 끝났어."

운도 떼지 않았는데 썩 꺼지란다. 성준은 그런 박대가 익숙하다
는 듯 코웃음을 쳤다.

"왜 이래. 나 오늘 형한테 상담 받으러 온 거야."

"뭐? 뭘 하러 와?"

준호는 손가락으로 안경테를 밀어 올리며 물었다. 연락도 없이
병원으로 쳐들어오더니, 다짜고짜 상담을 받겠단다.

"차트에 나 안 떠? 내 차례 돼서 들어온 건데?"

"허."

준호는 얼떨떨한 표정을 지으며 PC 모니터로 시선을 옮겼다. 얼
씨구, 대기자 명단에 녀석의 이름이 적혀 있다. 모니터에서 시선을
뗀 준호는 의자에 앉아 있는 성준에게 시선을 옮겼다.

"자, 편안하게 심호흡을 하시고."

"어렵쇼."

뭐, 진료 예약을 했으니 지금부터는 상담 신청자이자 고객이다.

"천천히, 천천히 이야기를 시작해보세요."

"어이구."

갑자기 고객 응대 자세로 전환하는 준호를 바라보다가 성준은 헛웃음을 흘렸다. 민망함을 웃음으로 메꿔보려고 해도, 사뭇 진지한 눈빛의 준호를 보고 있자니 서서히 웃음이 지워졌다.

준호는 손짓했다.

"말해봐. 괜찮으니까, 천천히."

"……휴. 그게, 그러니까."

성준은 차마 떼기 힘든 말을 시작하려는 듯 턱을 문질렀다. 잠시 적막이 흘렀다.

한참의 시간이 흘렀다. 성준은 그다지 정리되지 않은, 의식의 흐름에 내맡긴 현재 자신의 상황을 덤덤하게 말했다.

이야기를 시작할 땐 누구에게도 보이고 싶지 않은 자신의 민낯을 드러내는 것 같아 막막하더라. 하지만 지나치게 조용한 곳에서 혼자 떠들다 보니, 주변의 모든 것은 사라지고 홀로 남아 혼잣말을 하는 것처럼 느껴졌다. 처음으로 내뱉는 말들. 한 번도 입 밖으로 꺼내본 적 없던 말들을 꺼내다 보니 스스로 얼마나 많은 것을 담고 있었는지도 깨닫게 되었다. 시작부터 끝, 채원의 이야기였다.

"그런데 형, 대체 뭘 그렇게 적고 있냐?"

대강의 이야기를 끝마친 성준은 노트에 무언가를 끄적이고 있는 준호를 바라보았다. 처음엔 집중해서 듣는 듯하더니 어느 시점부턴 열심히 메모를 하더라. 자신의 증상에 관련된 건가 싶어 성준은 고개를 빼고 노트를 들여다보았다.

뭐 먹지. 저녁 메뉴. 탕, 볶음, 구이, 스시. 그리고 지루하다.

"아, 진짜."

지, 지루하다니…….

"야아, 섭섭하다 섭섭해. 내담자의 이야기를 이렇게 성의 없이 듣나? 심중의 병을 구완할 생각을 해야지 말이야, 어? 전문의 맞아?"

"뭐 인마. 듣다 보니까 이미 니가 답을 가지고 왔던데 뭘."

"……답?"

준호는 턱을 괴며 녀석을 바라보았다.

"그러니까 정리를 해보자면, 스페인에서 연애를 했고, 결혼을 하고 싶었는데 차였고, 차인 이유도 모르고 살다가 다시 재회를 했는데 여자가 결혼을 했더라."

했더라.

"그 여자가 너네 회사로 단기 입사를 했고, 출장을 다녀왔고. 그 여자 때문에 마음은 심란해졌다. 과거에서 벗어나고 싶은 생각에 입사를 시켰는데 오히려 더 괴로워졌다."

괴로워졌다.

"그러므로 정리를 해야겠다. 이거잖아."

"아니, 뭐, 그게, 그렇지 뭐."

성준은 명쾌하게 내용을 압축하는 준호를 바라보다가 말꼬리를 흐렸다. 흠, 준호는 쥐고 있던 볼펜을 딱딱, 움직이며 생각에 잠긴 눈빛을 했다. 녀석이 찾아와 자리에 앉았을 때만 해도 회사 일이 벅찬가, 잠시 번아웃이 온 건가 했는데.

"인연이 엉키려니 이렇게도 엉키네. 하긴, 상담하다 보면 말도 안 되는 일들 참 많이 벌어지긴 하더라."

"이런 일들도 벌어져?"

"이것보다 더한 일도 벌어지지."

"위로가 되는 말이긴 하네."

성준은 피식 웃었다. 그녀에게 일을 맡기던 시작점에만 해도, 어렴풋한 자신감이 있었다. 너의 결혼은 오히려 내게 다행인 일이라고, 스스로 위안도 되었다. 벗어날 수 있는 길이 있다면 바로 지금일 거라고. 이건 내게 주어진 기회일 거라고.

"부딪치다 보면 방법이 있겠지 싶었는데, 안 될 것 같아."

……착각이었던 것이다.

성준은 깍지 낀 손을 무릎 위로 떨구며 중얼거렸다. 준호는 노트를 덮으며 고개를 들었고, 입술을 열었다.

"너 혹시 칼리굴라 현상이라는 말, 들어봤어?"

"아니."

성준은 천장만 바라보았다.

"사람은 원래 하지 말라고 하면 더 하고 싶어져. 정의는 충분히 알고 있지만 따르고 싶지 않은 심리적 저항이지."

"……."

"머리가 자꾸 하지 말라고 강하게 뜯어말리니까 마음이 더 복잡해지는 거야. 누구나 그런 저항을 겪어."

"그런가."

"지나고 보면 우연에 불과한 일인데 운명처럼 느껴질 때가 있어. 마치 누군가 이 상황을 내 앞에 끌어다 놓아준 것처럼."

성준은 준호의 이야기를 듣다가 지그시 눈을 감았다.

운명은 아니야. 잡지 않으면 지나갈, 소란스러운 우연일 뿐.

"그러니까 네가 내린 답대로 움직여. 넌 누구보다 정확한 답을 알고 있어, 내가 보기엔."

그래. 그래야겠지. 벗어날 수 있는 길이 없다면 도망이라도 쳐야겠지. 그게 맞는 거지. 그것밖에는 방법이 없는 거지.

"그래야겠다. 답대로 움직여야겠어."

계약 정리를, 해야겠다.

성준은 천천히 눈을 떴다. 다미안과의 일정은 이제 시작이었지만 서둘러 그녀의 일을 정리시켜야겠다. 혹시 그녀가 사라져 다미안이 계약서에 도장을 찍지 않겠다고 해도, 그건 어쩔 수 없는 거다.

정리하자. 정리를 할 수 있을 때 하는 게 옳다.

"그래서 말인데, 나 부탁이 있어."

"상담은 미끼였고 부탁하러 왔구만? 덥석 물었네, 내가."

준호는 성준에게 말해보라는 듯 턱을 약간 들었다. 성준은 서류 가방을 열었다.

"형수님 주변에 통역사 구하는 일 많지?"

"뭐, 거기까지만 들어도 부탁이 뭔지 잘 알겠다."

한번 열어보지도 못한 채원의 이력서를 꺼냈다.

"약속한 기간을 맞추지 못하고 해고하면 그건 그거대로 내가 마음이 불편할 것 같아서. 통역 일에 관심이 많다고 하니까 연결 좀 해달라고."

성준은 채원의 이력서를 책상 위에 올렸고, 준호의 앞으로 밀었다.

"저번에 슬쩍 다른 통역 일이 생기면 할 생각이 있냐고 지나가는 말로 물었는데, 언제든 하고 싶다고 있으면 소개해달라고 하더라고."

"그 여자 프로필이야?"

"어. 실력은 좋아. 출중해. 너무 힘들거나 일이 많은 쪽 말고 적당한 선에서 알아봐줘."

일방적인 해고보단 다른 쪽으로 일을 옮겨주는 것이 더 나은 결말일 거다. 녀석의 생각에 동의한 준호는 곱게 접힌 이력서를 들었다. 봉투를 열고 종이를 꺼낸 준호는 곧장 그녀의 이력서를 살폈다.

"그래. 좋은 생각이다. 뭐든 어떤 감정이든 남겨두지 않는 게 훨씬 좋……."

응? 준호는 잠시 시선을 멈춘 채 그녀의 이력서를 바라보았다. 이력서를 작성한 날짜를 확인하고.

"성준아."

"왜."

"이분 결혼한 지 석 달 이상 지났다고 하지 않았어?"

"맞아. 문제 있어?"

"정채원 씨…… 미혼인데?"

깔끔한 명패가 꼴 보기 싫다는 듯 실컷 지문을 찍어대던 성준은 고개를 들었다.

"미혼이잖아. 어딜 봐서 기혼인데."

"뭐야, 형. 이젠 사주도 보냐? 부업이야?"

"너 이분 이력서 안 봤어?"

……기분이 이상해진다. 성준은 마른침을 삼키며 준호를 바라보았고, 준호는 그녀의 이력서를 돌려 보여주었다.

"미혼이라고 적혀 있잖아. 봐라. 현재 동생이랑 산다고. 이력서 작성 일자가 일주일도 안 됐는데?"

"아…….."

"기혼 맞아? 네가 잘못 알고 있는 거 아니야?"

"……."

"이분, 미혼인데?"

성준은 입술을 멍하게 벌렸다.

"누나."

"응?"

"아까 그분이 회사 대표님이야? 이번에 출장 같이 다녀온?"

"아, 아? 어. 어어."

아버지가 입원 중인 병원 앞 편의점에서 동생과 도시락을 먹던 채원은 급히 고개를 들었다. 이든은 궁금한 게 많은 얼굴을 했다.

"근데 아까는 왜 그렇게 도망치듯이 갔어?"

"내, 내가 언제 도망을 쳤어."

"아까 그랬잖아. 나 막 잡아끌면서 빨리 가자고."

"아니야, 그런 건 아니고."

"……."

"회사 대표님인데 어렵잖아. 가족 소개하고 통성명하고 막, 그럴 관계도 아니고."

"아…… 그렇구나. 거기까지는 생각을 못 했네."

휴, 괜찮은 설명이 되었을까. 채원은 억지로 웃었다.

"몰랐어, 그분이 누나 회사 대표님인 줄. 자전거 보관소가 어디 있냐고 물어보려고 말 걸었던 건데 나 뭐 실수한 거 아냐?"

"아아, 괜찮아. 그런 건 아니야. 물어볼 수도 있지 뭘 그래. 다만 혹시……."

"응? 혹시?"

"내가 누나라고…… 얘기했어……?"

"아?"

이든은 기억을 되돌려보는 듯 눈을 감았다 뜨고는 고개를 가로 저었다.

"안 한 것 같은데? 그 대표님이 정채원 씨, 정채원 씨 부르는데 괜히 누나라는 호칭이 안 나와서 아예 호칭을 뺐어."

"잘했어. 잘했어, 이든아. 어서 밥 먹어."

어후. 꽉 막혔던 가슴이 뚫리는 것만 같다.

혹여 누나의 직장 생활에 폐를 끼친 건 아닌가, 근심이 내려앉은 눈길로 바라보던 이든은 뚜껑을 딴 생수 병을 누나에게 주었다.

"물 좀 마셔. 천천히 마저 다 먹고."

자상하기가 이루 말할 수 없는 따뜻한 동생이다. 어릴 때부터 우애가 남다르기는 했지만, 그녀가 스페인 유학길에 오를 때만 해도 이렇게까지 가까운 사이는 사실 아니었다.

"그런 회사의 대표님이면 엄청 부자겠다. 얼굴도 잘생기고, 다 가진 분이네."

"그분도 처음부터 그랬던 건 아니고 노력해서 그 자리까지 간 거야. 처음부터 다 가진 분은 아니었어. 바닥부터 시작해서 거기까지 갔지."

"그래? 그런 이야기도 본인이 직접 해?"

아니.

"아냐."

내가 직접 보고 알게 된 거야.

"입사하면서 이것저것 찾아봤어. 예전에 대표님이 인터뷰하신 거 보고 알았지 뭐."

"아, 그렇구나. 자수성가라니, 대단하시네."

채원은 작은 미소를 지었다.

"맞아. 대단해."

이윽고 분위기를 환기하려는 듯 남은 반찬을 동생의 도시락에 덜어주었다.

"너도 어서 다 먹어. 남기지 말고. 누나가 뭐 더 사줄까?"

"됐어. 나 충분히 배불러. 누나나 더 먹어."

지금의 남매는 처절할 정도로 서로에게 의지했다. 마치 지구상에 너와 나, 둘뿐이라는 것처럼.

살뜰하게 자신을 챙기는 동생을 바라보던 채원은 걸려온 한 통의 전화를 받았다.

"여보세요?"

— 나예요, 정채원 씨.

한동안 연락이 뜸했던 무속인 곽씨다.

"아, 네. 안녕하세요."

동생의 눈치를 보던 채원은 슬그머니 플라스틱 의자에서 일어섰다. 그러곤 조금 떨어진 곳으로 걸어갔다.

— 어때요. 정채원 씨는 잘 지내고 있나?

"네. 잘 지내고 있습니다."

예의상이라도 덕분이라는 말은 나오질 않는다.

— 별일은 없었고?

"그럭저럭요."

처음부터 느꼈던 건데 곽씨라는 무속인은 보통의 기운을 가진 사람은 아니었다. 마주 선 것도 아닌데 단지 들리는 목소리만으로 사람을 위축시키는 힘이 있다. 친절하고 상냥한데 자꾸만 피하고 싶게 만들었다. 무속인이라는 직업 때문인가, 대체 왜 이렇게까지 마음이 불편한 건지. 채원은 불편함이 가득한 표정으로 곽씨와 통화를 이어갔다.

— 그래요. 그렇다면 다행이고.

"무슨 일 있으세요?"

— 일이라기보다, 음, 그냥 중간 점검 정도로 하죠. 정채원 씨의 현재 삶은 나와 긴밀하게 엮여 있으니까.

"아…… 네."

— 그런 의미로 우리 좀 만났으면 하는데.

"저랑요?"

어쩐지 내키지 않아 채원은 고개를 들어 하늘을 올려다보았다. 희끄무레한 달무리가 진하게 퍼진 밤하늘.

"알겠습니다. 그럼 언제 뵐까요?"

비밀이 많은 어둠 같았다.

정채원 씨 미혼인데?

전면이 통유리로 되어 있는 거실, 노란빛이 감도는 조명 아래서 성준은 몇 번이고 그녀의 이력서를 훑었다.

정채원. 현재 미혼. 동거인 정이든, 동생.

기혼 맞아? 네가 잘못 알고 있는 거 아니야?

상기 이력에 거짓이 없음을 알립니다.

이분, 미혼인데?

성준은 이력서에 고정했던 시선을 내렸다. 간단한 자기소개와 그간의 이력 등이 적힌 그녀의 이력서를 쥐고, 생각이 많은 눈빛을 했다.

"대체 뭐가 미혼이라는 거야. 결혼했다며."

단지 결혼했다는 구두상의 이야기만 전해 들은 것도 아니요, 심지어 그녀의 결혼식 당일에 마주치지 않았던가. 회사로 배달되었던 액자는 또 뭐고. 그런 그녀가 어떻게 미혼이라는 거지?

"물어봐야겠다."

아. 그러다가 그는 무엇이 떠올랐다는 것처럼 휴대폰을 찾았다. 가장 좋은 방법은 당사자에게 물어보는 거겠지만 그럴 생각은 조금도 없었다. 난데없이 이 밤에 전화를 걸어 기혼이냐 아니냐, 묻는다는 것은 모양새가 이상했으니까. 차선으로 김 실장에게 전화를 걸어보려던 성준은 멈칫하며 손에 쥔 휴대폰을 내렸다. 김 실장은 이미 정채원의 이력서를 봤을 텐데? 그리고 보니 엘리베이터에서 그녀의 기혼을 알렸을 때, 왜 김 실장은 아무 말도 하지 않았지?

성준은 다시 이력서로 시선을 내렸다. 몇 번이나 눈을 씻고 보아도 선명하게 적힌 '미혼'이라는 글자는 변함이 없다.

"뭔가 이상한데."

성준은 휴대폰을 테이블에 내려놓았다. 김 실장에게 묻기를 포기한 것이다. 어쩐지 김 실장의 답변을 듣고 싶지가 않았다. 아무것도 맞지 않는 퍼즐을 들여다보듯 답답했지만 그럴수록 궁금증은 커져갔다.

"그냥 단순한 해프닝은 아닐까. 이렇게 오래 생각할 필요가 없는."

음, 편안하게 생각해보자. 그녀는 결혼한 지 얼마 안 됐으니까

순간순간 자신이 결혼했다는 사실을 잊고 버릇처럼 미혼이라 기재했을지도 모른다. 혹은 오래전에 미리 작성해둔 이력서를 들고 왔을지도 모른다. 그래, 이쪽이 더 신빙성 있는 추측이다.

성준은 다시 한번 그녀의 이력서로 시선을 내렸다. 하지만.

"동거인 정이든, 동생……."

기혼임은 잠시 잊었다 해도 현재 함께 사는 사람까지 헷갈릴 수 있나? 게다가 이력서 작성 일자는 그녀 면접 당일로 기재되어 있다.

휴. 성준은 마른 한숨을 내쉬었다. 궁금증은 풀려가는 듯하다가 다시 멈추고, 풀리는 듯하다가 다시 제자리로 돌아왔다. 물컵을 들고 찬물을 벌컥벌컥 삼키던 성준은 천천히 손을 내렸다. 오늘, 회사 앞에서 마주친 사람이 동생이라면?

……반쯤 감겼던 눈이 번쩍 떠진다. 생각해보면 결혼식 당일, 웨딩드레스를 입고 있던 정채원의 곁엔 배우자가 없었다.

"드레스. 드레스를 입을 일이 뭐가 있어, 결혼식이 아니……고는……."

성준은 말꼬리를 흐리며 눈을 지그시 감았다가 떴다. 그러곤 황급히 채원의 이력서를 다시금 들었다. 빼곡한 그녀 이력에 한 줄 들어가 있는 '피팅 모델 경험'이 시선을 사로잡는다.

"아……."

추리력…… 환상이다…….

소름. 소오름. 지가 추측하고도 지가 놀라 소름이 끼친다는 듯 팔을 비볐다. 어떻게든 자신의 추리가 진실이길 간절하게 바라는 마음으로 성준은 다시금 머릿속을 정리했다.

맞아. 그때, 회사로 도착한 웨딩 액자에도 역시 배우자는 없었다. 보통 그렇게 커다란 액자에는 둘이 함께 있는 사진을 고르지 않나?

"그런데 이게 사실이라면 나한테 왜 기혼이라고 거짓말을 했을까."

……아니. 생각 안 할래.

성준은 드는 생각을 날려버리려는 듯 고개를 휘휘 저었다. 이유까진 추측하고 싶지 않다. 왠지 알고 나면 수치스러울 것 같으니까.

가까스로 생각을 멈춘 성준은 미간을 눌렀다. 사실 뭐, 별일 아니라고 넘기고 싶지만. 그러거나 말거나 무슨 상관이냐며 잊어버리고 싶지만.

"하. 궁금해 죽겠네, 진짜."

도저히 별일이 아니라고 여길 수가 없다. 네가 진짜, 미혼이라면?

"아, 돌겠다. 궁금해 돌아버리겠다."

결국 둘 중 하나인 거다. 그녀가 허위 기재한 이력서를 제출했거나, 아니면 실제로 기혼이 아니거나.

"대체 정체가 뭐냐 너……."

밤은 길 것만 같았다.

"좋은 아침입니다!"

왔다.

성준은 밖에서 들리는 채원의 목소리에 반응했다. 밖에서 대표실 안이 보이는 것도 아닌데, 그는 지금껏 한 번도 보지 않았던 서류로 시선을 돌렸다. 만년필을 현란하게 돌리며 갑자기 바쁜 척을 시작했다. 네가 보기에 일밖에 모르는 시니컬하고 열정적인 대표이길 희망하며.

"어, 아무도 없네. 내가 너무 일찍 왔나?"

이봐, 아무도 없긴 왜 아무도 없어. 내가 여기 있는데.

성준은 어서 채원이 대표실 문을 열어주길 기다리며 서류를 넘겼다. 어서 와. 어서 오라고. 할 말이 3억 9천 개쯤은 되니까 어서 문을 열고 들어오라고, 당장.

제길, 보던 서류가 끝이 난다. 성준은 황급히 서류의 맨 첫 번째 페이지로 돌아갔다. 다시 펼치고, 다시 만년필을 돌렸다.

……한참이나 눈에 들어오지도 않는 서류를 들여다보던 성준은 고개를 들었다. 들어오라는 정채원은 들어오질 않고 밖은 고요하기만 하다. 하도 서류를 내려다봤더니 목덜미가 뻐근해 성준은 고개를 느리게 돌렸다.

"뭐야, 안 들어올 생각인가?"

내친김에 팔을 쭉 뻗고 의자에 기대며 기지개를 켰다. 똑똑, 문이 열린다.

"어? 대표님 계셨어요? 환기 좀 시켜놓으려고 들어왔는데."

기지개를 반도 다 펴지 못하고 황급히 팔을 접었다. 등받이에서 허리를 떼며 바라보던 서류를 집어 올렸다. 아, 제길. 아깐 괜찮았는데 다시 잡으려니 자세가 엉망이다. 영 멋있질 않아.

"있었어. 아까부터."

"아아, 네. 대표님 일찍 출근하셨네요."

"뭐, 보다시피 일이 많아서."

당연히 일찍 출근했지. 잠을 자는 둥 마는 둥, 그 좋아하는 운동까지 내팽개치고 출근했는데. 어떻게든 너보다 일찍 오려고.

"그러게요. 회사 대표도 아무나 하는 게 아니네요."

그녀가 창문을 열며 종알거린다. 성준은 팔짱을 끼고 그녀를 바라보았다. 채원이 창문을 열자 바람이 밀려들어 온다. 감겼고, 사라졌다.

"대체 일이 그렇게 많아서 대표님은 언제 쉬어요? 쉬긴 쉬어요?"

"지금 쉬자."

"네?"

창문을 열던 그녀가 돌아본다. 성준은 자리에서 일어섰다.

"말 나온 김에 지금 쉬어야겠다고."

"아…… 네, 뭐."

채원이 그가 뱉은 말의 의미를 해석하지 못해 머뭇거리자 성준은 턱 끝을 들었다. 이윽고 문을 가리켰다.

"차나 한잔합시다."

"……."

"오전 면담 정도로 협의 보죠."

온종일 이 시간을 기다려왔거든.

휴게실에 들어선 두 사람은 마주 보고 앉았다. 티백을 우린 찻잔 사이로 어색한 공기가 흘렀다. 채원은 연거푸 차를 삼키며 헛기침을 뱉었다. 괜한 물티슈를 뽑아 깨끗한 테이블 위를 닦기도 하고, 급기야 의자도 닦기 시작했다. 성준은 그런 채원을 보다가 입술을 열었다.

"어제 그분은, 남편?"

"네에?"

저것 좀 보게. 남편이냐고 물어봤을 뿐인데 아주 경기를 일으킨다. 성준은 의심 많은 눈초리를 애써 지우며 못 본 척했다.

"집에 가는 길에 데리러 왔다던데. 같이 사는 사람이면 남편 아냐? 남편분 맞지?"

"아, 어, 네. 뭐…… 그냥 뭐…….”

채원은 긍정도 부정도 하지 않는 말투로 말꼬리를 흐렸다. 남편이라는 말은 잘 떨어지질 않고, 동생이라고 말할 타이밍은 놓친 것이다. 거짓말을 못하는 성격은 이럴 때 불편했다. 채원은 다른 쪽으로 시선을 돌리며 홀짝홀짝 차를 삼켰다.

"오늘은 다른 분들이 좀 늦네요?"

이럴 땐 빠른 화제 전환만이 살길이다. 채원이 은근슬쩍 다른 쪽으로 화제를 돌리자 성준은 코웃음을 쳤다.

"오늘, 내일 비서진 오전 실무 교육이 있어서."

"아……."

"이틀 동안 아무도 없을 겁니다."

"아, 아무도요?"

"아무도 없어. 싹 다."

채원의 표정에 깊은 근심이 생긴다. 흥, 성준은 여유 있게 차를 삼켰다.

사실 교육으로 한꺼번에 모든 비서가 빠지는 경우는 없었지만 이번엔 한꺼번에 보내버렸다. 출장 뒤 상황이 어떻게 급변할지 몰라 시간이 있을 때 차라리 해치우는 게 낫다는 김 실장의 의견을 적극 따른 것뿐이다. 그랬던 일이 이렇게 신의 한 수가 될 줄이야.

"김 실장님도 교육을 가셨어요?"

"걔 때문에 교육하는 건데 걔가 빠지면 어쩌자는 거야."

"김 실장님 정도면 훌륭한 비서 아닌가요?"

"너무 훌륭해서 문제지. 너무 훌륭해서."

……대표가 뭐라고 하는 건지 하나도 알아들을 수가 없다. 너무 완벽해서 교육을 떠났다는 김 실장, 민권을 떠올리며 채원은 남은 차를 탈탈 털어 삼켰다. 어쨌든 지금은 김 실장님이 부러울 뿐이다. 왜냐.

"저는 다 마셨습니다, 대표님."

잠시라도 대표와 떨어져 있을 수 있잖아!

"그래? 나는 아직 남았어. 많이."

많이 남았다더니 심지어 얼마나 남았는지 보여준다. 다 마셨으니 먼저 일어나겠다는 뜻이었는데, 지도 다 마실 때까지 기다리라는 모양이다. 하, 불편하다.

"어쨌든 정채원 씨를 관리해줄 김 실장이 부재니까 업무 지시는 나한테 직접 받으세요."

"아…… 네. 알겠습니다."

"김 실장 없다고 놀지 말고."

"안 놀아요."

"이틀 동안 사내 연애 금지입니다."

아니…… 사무실에 너랑 나랑 둘밖에 없다며……. 그렇게 말하면 어떻게 답하라는 거야…….

"네네. 알겠습니다. 그 말씀이야말로 뼈에 새길게요."

"아아, 맞다. 정채원 씨 기혼이지. 잠깐 잊었네."

아악! 채원은 눈을 번쩍 떴다. 멍 때리고 있다가 뒤통수 맞은 느낌이다. 아무 생각 없이 그의 말에 네네, 답하다가 정신이 번쩍 들었다.

"아! 아, 그럼요! 저는 결혼, 결혼을 했으니까요! 당연히 연애 금지! 금지가 맞죠!"

기혼자 코스프레는 생각처럼 쉽지 않았다. 이렇듯 조금만 긴장을 풀면 평소의 나로 돌아오곤 했으니까.

성준은 가만히 그녀의 표정 변화를 주시하다가 실수였다며 가볍게 손을 들어 보였다.

"호호호, 대표님도 호호호호, 실수, 호호호호."

일단 굉장히 어색하고 뜨끔하니 목청껏 웃어젖히고 보기로 한다.

채원은 열과 성을 다해 웃었다. 같이 좀 웃어줬으면 좋겠는데 그는 이런 웃음소리를 태어나 처음 들어본 사람처럼 보고만 있다.

"호호, 아, 웃긴다. 연애 금지. 맞는 말이긴 한데 호호, 왜 이렇게 웃긴지 모르겠네."

아아, 이 웃음의 끝은 어찌 갈무리를 지어야 하는가.

"호호호…… 호호…… 호……."

기계음처럼 웃음소리를 내던 채원은 어느 순간 뚝 웃음을 그치고 헛기침을 했다. 쿵. 회사에 다니려면 연기 연습도 병행해야 한다는 걸 깨달은 순간.

"어쨌든 정채원 씨한테 실례되는 말을 했네, 내가. 사과할게."

"아, 아뇨. 괜찮습니다. 괜찮아요."

"내가 요즘 건망증이 심해. 잠깐씩 뭘 잊어버리더라고."

그냥…… 잠깐 잊지 말고 영원히 잊어주면 더 고마울 것 같아…….

채원은 마른침을 꿀꺽 삼켰다. 성준은 시선을 내리깔고 잠시 뜸을 들이다가, 입술을 열었다. 그녀는 마음이 불편해지기 시작했다.

"남편분 인상 좋더라."

니가 이런 소리를 해댈까 봐 불편한 거라고!

"연하?"

"아? 아, 뭐, 하하."

"아까부터 대답이 왜 그 모양이야? 시원하게 말을 못 하고?"

"어우, 제가 뭘 어쨌다고 그러세요. 언제 시원하게 말을 못 했다고."

"그렇잖아. 뭐 켕기는 게 있는 사람처럼."

채원은 뜨끔하는 마음에 눈을 껌뻑, 거리며 숨을 끊어 내쉬었다. 뭘 알고 저러겠느냐 싶지만 찔리는 게 많은 당사자는 쉽게 넘길 수가 없었다.

이든아…… 미안해…….

"네. 연하죠. 연하랍니다."

누나를…… 용서하지 말렴…….

"아하. 연하."

"네네. 제가 알고 봤더니 연하랑 잘 맞더라고요."

그럼 나는 모르고 만난 연상이라…… 찼냐……?

성준이 눈썹을 씰룩거리자 자신의 말을 복기하던 채원은 두 손으로 입을 가리며 놀란 표정을 지었다.

"아, 저 지금 말실수……한 거 맞죠, 대표님…….""

"깜빡이 좀 켜고 들어와. 뭘 이렇게까지 갑자기 때려, 사람 뼈 시리게."

"죄송합니다. 무슨 의도를 가지고 말한 건 아니었어요."

"변명이라도 고마울 지경이네."

휴. 채원은 짧은 한숨을 내쉬었다. 긴장하면 아무 말이나 뱉고 보는 자신의 멘탈을 어떻게 좀 하고 싶다.

"앞으론 남편이 회사 앞에 찾아오고 이런 일 없을 거예요."

이렇게 매듭을 짓나 싶었는데.

"아니 왜? 종종 찾아오시라 해. 보기 좋던데, 남매 같고."

"쿨럭."

쿨럭, 쿨럭. 채원은 난데없는 대표의 남매 드립에 굵은 기침을 쏟았다. 너무 깜짝 놀라 눈이 커다랗게 떠졌다.

뭐야, 진짜 뭐 알고 말하는 거 아냐? 채원은 찔린다는 눈빛으로 그를 바라보았다.

"아니, 내 말은 그 정도로 둘이 닮았다고. 남매라고 해도 믿을 만큼."

"아…… 네. 닮았다는 말 많이 들어요. 살다 보니 닮아가나?"

호호호. 호호호호호. 부자연스럽고 거지 같은 그녀의 웃음소리가 또다시 울려 퍼졌다. 성준은 테이블 위로 손가락만 딱딱, 움직이다가 고개를 가볍게 끄덕였다.

"그래. 그랬겠다. 살다 보니 닮았나 보다."

아니 대표님……. 뭘 또 그렇게까지 긍정해……. 아무 생각 없이 던진 말인데 곱씹는 표정 같은 것 좀 하지 말라고요…….

채원은 영 불편한 상황에 다리만 떨었다. 설마 진짜 뭘 알고 저럴까 싶긴 하지만 오늘따라 그의 말투와 눈빛이 예사롭지 않게 느껴진다.

……거짓말은 자꾸만 늘어간다. 한번 시작한 거짓말을 지키려 또 다른 거짓말이. 그렇게 불어난 거짓말을 지키려고 또 다른 거짓말을.

"그건 그렇고, 정채원 씨."

양치기 채원은 또 무슨 말이 남았을까, 불안한 눈길로 성준을 바라보았다. 이젠 저 입술이 움직일 때마다 무서울 지경이다. 아무 생각 없이 뱉어내는 그의 말에 저 혼자 놀라고 저 혼자 당황할까 봐.

"말씀, 말씀하세요. 대표님."

무슨 질문을 받아도 놀라지 말자, 놀라지 말자. 자연스럽게 대응하자. 자연스럽게 대응하자. 침착해, 나는 유부녀다. 나는 유부녀다.

"뭐, 별건 아니고."

긴장한 태가 역력한, 자신도 모르게 꽉 말아 쥔 손을 하고는 채원이 마른침을 꿀꺽 삼킨다. 성준은 그런 그녀의 얼굴을 바라보다가 자신의 찻잔을 보여주었다.

"나도 다 마셨다고."

"아……."

"이제 그만 일어납시다."

그는 먼저 자리에서 일어섰다. 찻잔을 정리하고 나가려는데 그녀가 앉아서 멀뚱멀뚱 바라보고 있다. 지금 나는 대표 너 때문에 정신이 하나도 없다고 말하는 것만 같았다. 성준은 피식 웃었다. 의심의 눈초리를 장착하고 바라보니, 그녀의 이상한 점은 한두 개가 아니었다. 그는 채원의 예상보다도 훨씬 그녀를 잘 알았다.

"이따가 점심 같이해. 사무실에 아무도 없으니까."

"네, 대표님."

너와 관련된 건 아무것도 잊은 게 없다.

내 기분을 묘하게 해

　이상하다.

　채원은 기획 자료를 스페인어로 번역하는 업무를 오전 내내 붙잡고 있었다. 아무도 없어 작은 소음조차 사라진 사무실에서, 모처럼 일다운 일 좀 해보나 싶었는데. 살펴야 하는 분량이 꽤나 많아 미친 듯이 파고들어도 오늘 안에 전부 다 할 수 있을지, 그것도 모르겠는데.

　"……뭔가 진짜 이상한데."

　누군가 자꾸 쳐다보는 느낌이 들어 채원은 다시 고개를 들었다. 그러자 그다지 멀지 않은 곳에 성준이 서 있다. 벌써 몇 번째인지 모르겠다.

　"대표님 뭐 필요하세요?"

　"아니? 내가 뭐 필요한 사람처럼 보이나?"

"아뇨, 아까부터 자꾸 서성거리시길래."

"서성? 서성이라니? 난 복사를 하는 중인데 왜. 복사 몰라?"

복사라니……. 니 앞에 그거 파쇄기잖아…….

"아아, 네. 복사요. 알겠습니다."

대체 무슨 복사를 어떻게 하려고 멀쩡한 종이를 오징어채처럼 찢어…….

대표가 헛소리를 하니 도대체 받아칠 말이 떠오르질 않아 채원은 고개를 내렸다. 탕비실을 나서며 업무가 시작된 순간부터 줄곧 그랬다. 누군가 보고 있다는 느낌이 들어 고개를 들면 대표가 저기 어딘가에. 다시금 누군가 보고 있다는 느낌에 고개를 홱 들면 대표가 또다시 나타나 어딘가에.

바라보면 훔쳐보다가 들킨 사람처럼 허둥거리며 움직이는 모습도 여간 수상한 게 아니었다. 눈이 마주치는 것은 아니니 딱히 트집을 잡을 수는 없지만, 자신을 빤히 쳐다보고 있었다는 기운을 지우기 힘들었다.

일 안 하고 놀까 봐 감시하는 건가? 나중엔 그런 생각마저 들더라. 평소엔 대표실 안에서 꼼짝도 하지 않는 사람이 수시로 발견되니 그럴 만도 했지.

"아우, 깜짝이야!"

흐트러진 집중력을 끌어올리며 다시 일 좀 해보겠다고 서류 더미와 싸우던 채원은 소리를 빽 질렀다. 이번엔 책상 위로 그림자가 다가와 고개를 드니 그가 코앞까지 다가와 있는 게 아닌가.

"어우 씨! 뭐예요! 놀랐잖아요!"

사다코야? 아니면 철 지난 여고 괴담이야? 인기척 좀 내면서 오라고 이 양반아!

"왜 이렇게 놀라? 도둑이 제 발 저리는 것처럼? 아니면 나한테 지은 죄가 있나?"

허! 말하는 것 좀 보소!

"인기척 좀 내고 다니세요, 좀! 갑자기 보이니까 놀라잖아요!"

"사무실에 꽹과리가 없어. 구비하는 대로 치고 다니지 뭐. 목에 방울이라도 달든지."

……끙. 채원은 놀란 가슴을 쓸어내리며 앓는 소리를 내었다. 대표가 오늘따라 왜 이렇게 이상한 소리만 해대는지 모르겠다.

채원은 서류를 툭툭 쳐서 바르게 정리했다. 그러곤 힐끗, 시선을 다시 들었다.

"대표님 심심해요?"

"시, 심심이라니. 그게 나하고 어울리는 단어라고 생각해?"

"지금은요. 정황상 심증이 그래서."

"허, 나 바쁜 사람이야. 아침부터 바쁘게 움직이는 거 못 봤어?"

봤어……. 할 일 없이 쏘다니는 거…….

"비서가 없어도 알아서 잡무 처리를 불평불만 없이 너끈히 해내는 사람이라고 나는."

"네네. 네네. 알겠습니다."

채원은 가만히 성준을 바라보다가 체념했다는 듯 어깨를 으쓱 올려 보였다. 심증은 있으나 물증이 없으니 할 말은 없는 거지. 바쁘다니 바쁜가 보다.

"하신다던 복사는 다 하셨어요?"

"물론."

오징어채처럼 갈아버린 종이를 복사한다니, 그런가 보다.

"그럼 제 앞엔 왜 계시는 건데요? 여긴 복사기도 없고 파쇄기도 없는데요?"

"생각보다 배꼽시계가 둔하네."

"……네?"

채원은 눈을 동그랗게 떴다. 그가 서 있는 풍경의 뒤로, 디지털 시계가 보인다.

성준은 자신의 손목시계를 툭툭 치며 말했다.

"밥 먹자고, 밥."

아.

"나와. 바로 출발하게."

점심시간이었다.

"회사에서 먹는 점심치고 좀…… 뭔가 대단한 성찬인데요."

밑도 끝도 없이 깔린 밑반찬을 바라보다 중얼거렸다. 그의 차를 타고, 그리 멀지 않은 곳으로 이동을 해 올라와보니 한정식 집이었다. 예약이 되어 있었는지 메뉴를 고르고 말 것도 없이 찬이 깔리기 시작했다. 채원은 슬그머니 상다리를 만져보았다.

"뭐 해."

"상다리 휘어졌나 보는 거예요. 찬이 하도 많아서."

"무슨 그런 개그를 해, 재미도 없고 감동도 없는. 실망인데?"

"이거 예전에 대표님이 하셨던 개그인데."

"……"

"아아, 물론 오래된 일이라 기억은 못 하시겠지만요. 그때 저는 엄청 웃어드렸는데."

채원은 고개를 약간 돌리며 홀짝 식전 차를 마셨다. 성준은 눈썹을 추켜올리며 찬물을 삼켰다.

아아, 기억난다. 스페인에서. 나는 어쩌자고 그런 재활용도 안 될 아재개그를 하고 살았단 말인가.

"그런 건 뭐 하러 기억하고 있어? 혼자 잘 먹고 잘 살자고 떠난 사람이."

이번엔 채원이 멈칫한다. 성준은 빈틈없이 비워버린 물 잔을 내렸다.

"보기보다 기억력이 좋네. 쓸데없는 것들까지 쥐고 있는 걸 보니까."

"……"

"그런 표정 좀 하지 마. 다 지난 이야기인데 뭘 그렇게까지 표정 관리를 못 해, 사람이."

"아. 네. 죄송합니다."

혼자 잘 먹고 잘 살자고 떠난 사람이.

그의 말을 곱씹다가 그녀는 힘없이 웃었다.

"그냥요. 대표님하고 이렇게 마주 보고 앉아서 밥을 먹을 날이

올 거라고는 상상도 못 해봤어요."

"……."

"그게 좀 기분이 이상해요. 살다 보니 이럴 수도 있구나, 싶어서."

다시 문이 열리고 마지막 찬이 쏟아진다. 메인 찬이 깔리고, 다시 문은 닫혔다. 더운 김이 온통 모여 있을 밥뚜껑을 열며 성준은 어서 들라 그녀를 향해 손짓했다.

"먹어. 남기지 말고."

"잘 먹겠습니다. 너무 과한 점심이라 좀 부담스럽기는 하지만요."

"나는 가끔 상상했어. 너하고 밥 먹는 거."

밥뚜껑을 열려다가, 그 뜨거운 김이 느껴지는 뚜껑에 손을 댄 채, 그녀는 그대로 멈췄다.

"뭐, 별다른 의미는 아니야. 그냥 밥은 한번 사주고 싶었어. 그것뿐."

혼자 잘 먹고 잘 살자고 떠난 사람이.

"스페인에서 있을 땐 비싸고 좋은 밥은 못 사줬으니까."

"……."

"이런 밥 정도는 얼마든지 살 수 있을 만큼 성공했다고, 내가 너한테 유세 떠는 거야. 부담 갖지 말고 먹어. 묵은 찝찝함 해결하는 중이니까."

그는 여전히 모든 행동을 멈춘 채원을 바라보다가 손을 뻗었다. 밥뚜껑을 열어주었고, 이어 본인의 식사에 열중했다.

채원은 잠시 눈을 감고 기도를 한 뒤, 천천히 그를 따라 젓가락을 들었다.

혼자 잘 먹고 잘 살자고 떠난 사람이.

그의 말에 변명의 여지는 없었지만, 그래도 전하지 못할 말을 하나 덧붙이자면.

"간은 맞아?"

"네. 맛있네요. 정갈하고."

잘 먹고 잘 살자고 떠난 나.

당신의 말은 어느 곳 하나 틀린 구석이 없었지만.

"남기지 마. 벌 받는다."

"네. 점심시간 안에 다 먹으려면 부지런히 먹어야겠어요."

"시간 신경 쓰지 말고 먹어. 대표랑 나왔는데 그런 걸 왜 신경 써."

잘 먹고 잘 살길 희망한 건, 내가 아닌 당신이었다.

잘되라고. 부디 잘 살라고. 나는 내가 아닌 당신을 위해 빌었다.

길고 느렸던 점심 식사가 끝나고 회사로 돌아오는 길. 엘리베이터에 올라탄 성준은 힐끗, 채원을 내려다보았다. 어지간히 배부른지 숨이 턱턱 막히는 표정을 짓고 배를 두드린다.

"진짜 너무 배불러요. 바늘로 톡 찌르면 빵, 하고 터질 것처럼요."

그녀의 손을 유심히 바라보았다.

"대표님은 괜찮으세요? 밥을 두 공기 반이나 드시……."

"결혼반지는 왜 안 끼고 다녀?"

"으아아아……."

채원은 참지 못하고 괴성을 냈다. 배불러 숨도 잘 못 쉬겠는데 대표가 예고도 없이 어퍼컷을 날린다. 숨이 엉키고 꼬여 채원은 등 뒤에 고여드는 뜨거움을 느꼈다. 쿨럭, 당황함에 헛기침이 나왔다.

"끼고 다니는 걸 못 봐서."

오늘따라 대표의 말이 의미심장한 건 정말 기분 탓 맞는 걸까? 채원은 침을 꼴깍 삼키며 자신의 왼손을 내려다보았다.

"일, 일할 땐 불편해서요."

"아아, 불편."

"워낙 비싼 반지다 보니까 아까워서. 하하, 하하하하."

하하하하, 엘리베이터 안에 어색한 웃음이 가득 찬다. 채원은 자신의 왼손을 이리저리 돌려보며 괜한 웃음만 터트렸다. 어후, 하루에도 몇 번씩 쿵 하고 내려앉으니 심장이 무사할까 싶다.

"그래도 끼고 다녀야 하지 않나? 다른 것도 아니고 결혼반지인데."

"뭐, 사, 사람의 취향에 따라. 저는 영 불편해서."

"불편할 게 따로 있지. 반지가 없는 것도 아니고."

오우, 채원은 머리가 어질어질하다.

"가령 반지가 없다면 모를까."

이봐요 대표 씨, 너 진짜 뭐 알고 하는 소리 아니지?

오늘따라 정곡을 푹푹 찌르는 성준의 의미심장한 말들에 죽을 맛이다.

"없긴요. 당연히 집에 고이 모셔뒀죠."

땡동, 채원은 엘리베이터 문이 열리자마자 튕겨지듯 내렸다.

"조만간 한번 끼고 와야겠어요. 대표님 말도 맞는 것 같거든요."

"그래. 조만간 끼고 와. 결혼반지인데 방치하지 말고."

따라 내리며 성준이 중얼거리자 채원은 방글방글 웃는 얼굴을 했다. 속은 시커멓게 탔다.

반지, 어디서 무슨 재주로 구해 오나. 그것도 끼기 아까울 만큼 비싸고 예쁜 예물 반지를.

눈은 전혀 웃고 있지 않은데 입만 웃고 있는 흉측한 표정의 채원을 바라보다가, 성준은 피식 웃었다. 그녀가 당황하면 당황할수록 확신만 늘어나는 거다.

"오지랖이었다면 미안하고. 내가 포지션이 좀 애매하다 보니 그런 것들이 신경 쓰이네."

"무슨요. 아녜요, 조만간 끼고 올게요. 네네."

이번 기회에 나도 구경 좀 하자. 너의 결혼반지.

"그럼 남은 시간도 수고해."

그러니까, 있다면.

두 개의 회의, 처리해야 할 서류를 들여다보고 나니 어느덧 해가 뉘엿뉘엿 기운다. 성준은 잠시 채원을 잊고 일에 몰두했다. 시선을 서류에 주었다가, PC에 주었다가, 정신없이 일을 처리하고 있던 때. 똑똑, 노크 소리가 들렸다.

"들어와요."

성준은 보던 서류를 덮고 다른 서류철을 열며 말했다.

채원이다.

"저, 바쁘세요 대표님?"

"이번에도 심심하냐고 묻지 왜."

"아뇨. 저도 보는 눈은 있으니까요."

성준은 힐끔, 시선을 들어 그녀를 바라보았다.

"들어와. 왜 거기 서 있는데."

"어…… 아뇨. 제가 퇴근 시간이 다 돼서…….."

"……뭐?"

성준은 손목시계를 들여다보았다. 아니 벌써 시간이 이렇게 됐다고? 난 아직 할 일이 태산인데?

어쩐지 억울한 마음이 드는 까닭에 손목시계만 내려다보았다. 이게 다 오전 시간을 허송세월하며 보냈기 때문이다. 작은 단서라도 잡아보겠다고 오전 내내 채원을 감시하다가 일할 시간을 놓쳐버린 거지.

휴, 나는 너 때문에 야근을 하게 생겼는데 너는 속 편히 퇴근을 하시겠다?

"그래요. 퇴근 시간이면 퇴근을 해야겠지. 눈치 보지 말고 퇴근해."

좋겠다……. 나도 집에 가고 싶다…….

성준은 손을 팔랑팔랑 저으며 어서 퇴근하라 말했다. 혼자 남기엔 뭔가 되게 쓸쓸하고 억울하지만 어쩔 도리 있나.

"저…… 진짜 먼저 가도 돼요?"

"가라니까?"

"퇴근은 또 무슨 퇴근이냐고 엄청 뭐라 하실 줄 알았거든요."

"허, 날 뭐로 보고. 내가 언제 가겠다는데 붙잡은 적 있어?"

차일 때도 안 붙잡은 나야. 이거 왜 이래?

성준이 전혀 문제없다는 듯 과격하게 눈썹을 썰룩거리자 채원은 짧은 한숨을 내쉬었다. 마음 같아선 조금 더 머물다가 퇴근하고 싶지만 약속이 있다.

"알겠습니다. 대표님은 언제 퇴근하세요?"

"언젠간 퇴근하겠지? 닭의 홰치는 소리가 들려올 때쯤?"

가라는 건지 말라는 건지 사람 마음 영 불편한 소리만 해댄다. 채원은 성준의 표정을 살피다가 고개 인사를 했다. 시간에 맞춰 가려면 이젠 정말 출발해야 한다.

"그럼 가보겠습니다. 차마 발길은 안 떨어지지만요."

"내일 보자고. 들어가."

"네, 대표님."

채원이 다시 문을 닫고 나서려는데.

"바로 집에 가나?"

끙, 질문이 이어진다. 채원은 다시 문을 열고 성준을 바라보았다.

"어, 아뇨. 실은 약속이 좀 있어서요."

"아아. 약속. 좋지 약속. 그래요, 좋은 시간 보내고."

"네. 가볼게요."

다시 문을 닫으려는데.

"일은 다 끝냈나? 내일 오전 보고인 건 알지?"

한꺼번에 좀 물어라, 한꺼번에! 채원은 다시 문을 벌컥 열었다.

"조금 남았어요. 집에 돌아가서 마무리할 거고요."

"아아, 집에서 마무리. 좋네요. 그럼 가봐요."

못 믿겠다는 표정을 지으며 채원이 슬금슬금 문을 닫았다. 끼익, 끼익, 끼익, 조금씩 닫으며 성준을 바라보았다.

그는 일에 열중하는 듯했고, 비로소 문을 거의 다 닫았을 때쯤.

"음, 나 좀 잠깐 볼까."

아오, 진짜! 차라리 퇴근을 하지 말라고 해라, 그냥!

들려오는 말에 채원은 다시 문을 벌컥 열었다.

"그러니까 저도 대표님 혼자 계신데 퇴근하고 싶지 않은데요. 약속이 있……."

흰자 많은 눈을 하며 문을 벌컥 열자 성준은 들고 있던 수화기를 내리며 '뭐?' 이런 표정을 짓고 있다. 잘못 짚은 까닭에 채원은 으으, 하는 표정을 지었다. 성준은 수화기 입구를 손으로 막고 그녀를 바라보았다.

"배웅까지 해줘? 엘리베이터 잡아주랴?"

"……아니요. 가보겠습니다. 연기처럼 사라질게요."

채원은 간신이 임금을 섬기듯 뒷걸음을 걸으며 씰룩씰룩 문을 닫았다.

"가라는데 발길이 안 떨어지는 건 무슨 조화람."

엘리베이터를 타며 그녀는 중얼거렸다. 왜 이렇게 붙잡히고 싶지. 차라리 벌써 무슨 퇴근이냐고 뭐라고 하셨으면 좋겠다. 회사 대표를 두고 나온 게 아니라, 그를 두고 나온 것으로 여겨져 마음은 착잡했다. 그와 같이 있고 싶은 건가. 마음은 오갈 곳을 잃은 채 두서없었다.

전신을 간지럽게 하는 고급스러운 분위기. 우아하고 고상한 음악이 흐르는 호텔 라운지. 채원은 곽씨와 마주 앉았다.

"정채원 씨, 요즘은 어때요?"

"그냥 똑같아요."

"그렇군요."

곽씨는 홀짝 차를 마시며 대꾸했다. 돈에 눈이 멀어 죽은 자와 결혼까지 감행한 용감한 아가씨는, 예쁘장한 얼굴과 어울리지 않는 건조함을 가지고 있었다. 그럼에도 투명하게 빛이 나는 채원의 젊음이 부러워 곽씨는 그녀의 얼굴을 뚫어지게 바라보았다.

"빚을 갚았다지?"

"네? 아, 네. 아버지 빚을 갚았어요. 직원들 월급을 정산해야 했거든요."

"착한 아가씨네. 요즘 부모의 빚까지 떠안는 젊은이들이 흔치 않을 텐데."

"부모님이 저를 흔치 않게 키워주셨으니까요. 책임은 피할 수 없는 거고."

곽씨는 채원의 대답이 우스운지 입가에 가느다란 미소를 지었다.

"남자는 안 만났겠지?"

"어우! 무슨 남자요! 안 만났어요!"

"행여나 천도제 기간 동안 다른 사내의 손을 타면 해로운 일들이 많을 거예요. 무조건 조심해야 할 거야. 새겨듣고."

"네. 알겠습니다."

사람 속을 꿰뚫어 보는 것만 같은 곽씨의 눈빛이 따른다. 지은 죄도 없이 가슴이 벌렁벌렁한 채원은 마른침만 꾹 삼켰다. 곽씨는 찻잔을 내리며 말을 이었다.

"며칠 후가 죽은 강형재 군의 기일이에요."

기일. 그러니까, 영혼결혼식 상대의 기일이 얼마 후면 도래한단다. 채원은 침묵하며 경청했다.

"날짜에 맞춰 위혼제가 있을 거예요. 정채원 씨가 동행해야 합니다."

"아, 제가요?"

"물론. 부인이니까."

부인이라는 소리에 소름이 끼친다. 채원은 입술을 꽉 닫은 채 고개만 천천히 끄덕였다. 영혼결혼식과 관련된 모든 일은 내키지 않았다. 하지만 돈을 받은 마당에 거절은 할 수 없는 일이니, 내키지 않아도 할 수 없다.

"시간과 장소는 다시 연락드리도록 하죠."

"제가 준비해야 할 게 따로 있나요?"

"음, 정성?"

정성? 채원은 감이 오지 않는 추상적인 말에 눈을 동그랗게 떴다. 곽씨는 웃었다. 어차피 형식에 불과한 의례에 무엇을 준비할 수 있겠나.

"필요한 건 우리가 전부 준비할 겁니다. 그러니 편안하게 오도록 해요."

"……네."

"그리고 이거."

곽씨는 채원에게 자그마한 상자를 내밀었다. 바라보다가, 채원은 입술을 멍하니 벌렸다.

"반지예요. 그걸 꼭 끼고 다녀줬으면 하고."

"헐……."

채원은 반지 케이스를 들었고 안을 살폈다. 입술이 쩍 하고 멀어졌다. 점심때 성준과 나눈 이야기가 떠올라 기함한 것이다.

"이, 이걸 끼고 다니라고요?"

척 봐도 값을 가늠할 수 없는 반지다. 곽씨는 '넌 운이 좋은 줄 알아'라고 말하는 듯한 음성으로 입술을 열었다.

"내가 직접 구매해서 얼마간 정성을 담았으니 한시도 빼면 안 될 겁니다."

"아…… 네……."

"강형재 군이 정채원 씨를 알아보는 물건이 될 거예요."

자꾸만 소름이 끼쳐 채원은 눈을 힘껏 감았다가 떴다. 저런 말을 아무렇지 않게 하니 아무렇지 않게 듣고 싶지만, 따지고 보면 귀신이 붙을 거란 이야기가 아닌가?

"끼고 있는 것이 좋을 겁니다. 정채원 씨의 정성이 부족하니 더욱 정성껏 기도하고."

"아, 네. 죄송합니다. 더 정성껏 기도할게요."

"안 보인다고 모르는 게 아니니까. 난 보이지 않는 것들을 상대하는 사람이니 주의해줘요."

"……네."

사기꾼 곽씨가 아무 의미도 없는 반지를 의미 있게 말하지만 채원은 알 리 없다. 그저 밀려온 두려움을 해결하려고, 연신 눈만 감았다가 떴다.

"그럼 위혼제 때 뵙죠."

곽씨는 뱀처럼 훑는 눈을 했다. 채원은 입술을 꾹 닫았다.

"여보세요? 다은아, 다은이 지금 뭐 하고 있었어?"

─ 아빠아, 다은이는 할머니랑 색칠 공부 하고 있었어.

"아아, 색칠 공부 하고 있었구나, 할머니랑. 다은이 밥은 먹었어?"

─ 응, 먹었어. 할머니가 카레 해줘서 먹었어. 아빠는 밥 먹었어?

"와, 아빠도 카레 먹었는데. 다은이랑 통했네?"

김 실장, 민권은 어둑해진 벤치에 앉아 딸아이와 통화를 했다.

비서 실무 교육에 참여한 민권은 1박 2일 동안 연수원에 있게 되었다. 단체 생활이고, 또 비서의 장이다 보니 하루 종일 직원들을 챙기기 바빴다. 저녁 식사로 카레가 나온 건 알고 있지만 때를 놓쳐 식사를 못 한 민권이다.

— 아빠, 많이 바빠?

그가 앉은 벤치 옆엔 삼각김밥이 든 봉투가 놓여 있다.

"조금 바빴어. 미안해, 다은이한테 전화도 못 하고."

— 괜찮아. 할머니가 아빠가 바쁘게 일하는 건 좋은 거라고 했어. 다은이가 좋아하는 솜사탕도 많이 사줄 수 있대.

민권은 검은 봉투를 만지작거리다가 피식 웃었다. 출장이 끝나기가 무섭게 교육 일정이 잡혀 외박의 연속인 요즘.

— 애비냐? 나다.

"예, 어머니."

아이가 전화를 끊으려고 하지 않자 할머니가 정리에 나선다. 민권은 모친 황 여사가 전화를 받자 저도 모르게 목덜미를 긁적였다. 일흔을 바라보는 나이에 손녀 육아를 도맡은 어머니에 대한 죄스러움은 언제나 가슴 한쪽에 자리했다.

아이는 엄마가 없었고, 민권은 아내가 없었으며,

— 다은이 이제 씻고 자야 하니까 너도 일 봐라.

어머니에겐 며느리가 없었다.

"예. 매번 죄송해요. 집에도 못 들어가고."

— 죄송은 무슨, 내 새끼 내가 돌보겠다는데 니가 왜 죄송해. 들어가 쉬어.

"알았어요. 내일 전화드릴게요."

— 아빠 안녀엉! 안녀엉! 아빠아아아! 안녀어엉!

— 끊자.

어머니의 건조한 목소리완 어울리지 않는 아이의 사랑스러운 목소리가 맞물리다가 사라진다. 전화가 끊긴 휴대폰을 내려다보던 민권은 고개를 들었다.

휴. 혼자 있다 보면 버릇처럼 흘러나오는 한숨이 공기 중으로 퍼졌다.

"통화 잘했어?"

뒤에서 들려오는 목소리. 민권은 느리게 눈을 감았다가 떴다.

"다은이는 이제 잔대? 일찍 자네. 귀여워."

통화 내용을 들었음을 굳이 부정하지 않으며, 태리가 다가온다. 삼각김밥이 놓인 봉투를 바깥으로 밀어내며 곁에 다가와 앉는다.

민권은 깍지 낀 손을 무릎 위에 떨구며 입을 열었다.

"대체 남의 회사 비서 교육은 왜 따라오는 건데?"

"남의 회사라니? 에어밸런스가 어떻게 남의 회사야, 우리 아빠가 대주주인데."

"그래서, 회장님이 시키셨어? 너더러 비서들 교육 잘 받고 있는지 보고 오라시던?"

민권의 말에 태리는 웃었다.

"여기 짓고 에어밸런스에서 처음으로 교육 온 거잖아. 연수원 관리 차원에서 들러본 거고."

이곳, 신축 연수원은 홍진그룹의 소유였다. 태리는 완공 후 처음으로 방문한 에어밸런스 직원들을 맞이하기 위해 들렀다며 선을 그었다.

민권은 말없이 하늘만 올려다보았다. 그녀의 말이 사실이건 아니건, 동요하고 싶지 않았다.

"다은이는 많이 컸겠다. 그렇지?"

태리는 상체를 조금 내려 두 손으로 벤치를 짚고 발을 흔들었다. 같은 대학 같은 과, 동기 사이로 만나 지금에 이르기까지.

"얼마나 컸어? 말도 잘하지? 얼마나 예쁠까."

때로는 친구로. 때로는 철천지원수로. 나의 유학도 있었고.

"진짜 안 보여줄 거야? 나 다은이 보고 싶은데."

너의 결혼도 있었고.

"헛소리 좀 그만해. 니가 다은이를 왜 봐, 무슨 이유로."

"어머? 얘 좀 봐. 이유는 무슨 이유, 그냥 좀 보면 안 돼?"

너의 사별도 있었다.

"안 돼. 제발 관심 좀 꺼."

"싸가지 없어. 김민권 너는 어쩜 이렇게 싸가지가 없냐?"

"그거 갖출 여유가 어디 있겠냐 나한테."

"잘났어, 증말."

태리의 앙칼지고 서운한 목소리를 뒤로하며 민권이 자리에서 일어섰다. 그는 주변을 휘휘 둘러보다가 태리 옆에 밀린 검은 봉투를 바라보았다.

허리를 숙이며 팔을 뻗었다. 헙. 태리는 자신에게 가까워 오는 민권의 행동에 두 눈을 크게 떴다. 그러나 예상 목적지는 자신이 아니고, 가까웠지만 자신을 장해물인 양 스치며.

"들어가. 모기가 벌써 있더라. 물리지 말고."

삼각김밥이 든 봉투를 들고 허리를 편다. 태리는 가까웠다가 멀어져 가는 민권의 얼굴을 바라보았다. 기다려주지 않고 돌아서버리는 그를 보며 태리는 정신이 번쩍 든다는 듯 목청을 높였다.

"가, 같이 가! 나 혼자 무섭단 말야!"

그는 원대로 멈춰주는 일이 없다. 태리는 벌떡 일어나 빠르게 걸음을 옮겨 민권에게 다가갔다.

"이 시커먼 밤에 여자 혼자 내버려두고 내빼는 나쁜 놈. 나니까 참는다. 나처럼 착한 사람이 어디 있어?"

민권은 피식 웃음을 흘렸다. 배려 없이 빠른 걸음을 걷는 민권을 향해 태리는 눈꼬리를 올렸다. 그녀의 발걸음도 따라 부지런하다.

"넌 진짜 성준 선배한테 감사해야 해. 너처럼 싸가지 없는 놈을 거둬주고 일 시켜주고, 선배가 부처지 부처."

"그러니까. 너만큼 착한 여자 없고 그런 부처 같은 남자 없다. 알면 잘 좀 해봐."

"야! 이게 진짜!"

밤이 깊었다.

이튿날. 오늘도 평소보다 이른 출근을 마친 성준은 대표실에 앉아 여러 콘셉트의 자세를 연구했다. 대표실의 저 문이 딱, 열렸을 때 강렬하게 시선을 잡아끌 만한, 그런 자세 어디 없나?

"뭔가 지적이면서 섹시하고, 여유롭지만 일에 몰두하는, 도시적인 세련미가 있지만 동네 오빠 같은 편안함도 공존하는."

뭐랄까, 하나의 매력으로 정의 내릴 수 없는 팔색조 같은……?

성준은 중얼거리다가 만년필로 딱, 딱, 책상 위를 두드렸다. 아무리 생각해봐도 모르겠는 거다.

그 모든 것을 한 번에 담을 만한 자세, 표정. 답답한 김에 성준은 김 실장에게 전화를 걸었다. 그림자처럼 붙어 있던 녀석이 보이질 않자 은근히 허전하다.

— 네, 대표님.

"난데. 지적이면서 섹시하고, 여유롭지만 일에 몰두하는, 도시적인 세련미가 있지만 동네 오빠 같은 편안함도 공존하는 자세란 뭘까, 생각해봐."

— ……네?

김 실장의 목소리에 놀란 기색이 역력하다. 녀석이 뱉은 말은 '네?'뿐이지만 이 아침부터 대체 뭔 헛소리를 하는 거냐, 하는 음성이다.

김 실장이 삼킨 뒷말을 모두 들은 것만 같은 성준은 눈썹을 씰룩거렸다.

"아니, 답을 하라고 답을. 못 들었어? 다시 설명해……."

— 지적이면서 섹시, 여유롭지만 일에 몰두, 도시적인 세련미와 동네 오빠 같은 편안함이 공존하는 자세. 맞죠?

짜식, 역시 똑똑하다.

— 그게 한 번에 섞여요? 정서 불안 아닌가?

"……끊어."

김이 샌 성준은 별다른 소득 없이 전화를 끊으려 했다. 마음의 상처만 잔뜩 입고 말았다.

— 네, 그럼 끊을게요.

"밥은 먹고 출근했냐고 안 물어보냐? 너 없이 잘 지내냐고 안 물어봐?"

성준은 고분고분 끊으려는 김 실장을 향해 볼멘소리를 해댔다. 김 실장은 뭐랄까, 설악산의 흔들바위 같다.

— 밥 안 드신 것도 알고 저 없이 잘 못 지내시는 것도 아니까, 금방 가겠습니다.

흔들어보고 싶으니까! 결국엔 안 흔들릴 걸 알면서도 꼭 한번 흔들어보고 싶게 하니까!

"끊어, 자존심 상하니까."

— 네. 연락드릴게요. 힘내고 계세요, 대표님.

김 실장과 전화를 끊은 성준은 휴대폰을 내리며 시간을 확인했다.

"이거 이거, 지금이 몇 신데 출근을 안 해."

그때였다. 또각또각 분명한 여자 하이힐 소리가 들리고, 성준은 부리나케 상체를 일으켜 똑바로 앉았다. 왔다!

"대표님, 오셨어요? 오늘도 일찍 오셨네요?"

어제의 경험치가 쌓인 까닭에 출근하자마자 대표실 문을 열고 채원이 들어선다. 지적으로 보이고 싶으니 외국 경영인 잡지를 손에 들고, 섹시하게 보이고 싶으니 타이를 슬쩍 비틀며.

"어, 왔어?"

정채원에게 말할 틈을 줘선 안 된다. 바로 다음 콘셉트를 해결해야 하니까.

일에 몰두하지만 여유를 잃지 않는, 을 표현하고자 뜨거운 커피를 가볍게 삼키며 PC 키보드를 두드렸다. 이어 도시적인 세련미.

"에스프레소를 마실 때는 향을 먼저 음미하고 그다음엔 크레마를 느껴야 하지. 오늘의 에스프레소, 대단히 성공이야. 이탈리아를 그대로 담아온 것처럼."

동네 오빠 같은 편안함.

"정채원 씨. 오늘 점심은 김볶 어때? 아니면 치돈이나."

"대표님, 어디…… 편찮으세요?"

이런저런 콘셉트를 한꺼번에 해결하느라 바빴던 성준은 전혀 예상하지 못한 채원의 질문에 모든 행동을 멈추었다. 3, 4초가 흐른 뒤, 성준은 다시 반듯하게 자리에 앉았다. 넥타이를 고쳐 매고 경영인 잡지를 내렸다.

"아니, 뭐. 나를 보며 느낀 바가 없나?"

"네? 느낀 바요?"

"뭐, 분위기……라든가……."

"분위기요? 분위기는 잘 모르겠고 떠오르는 게 있긴 한데……."

말해봐. 내가 표현한 것들 중 하나라도 건져봐.

"정서 불안……."

"정채원 씨, 오전까지 끝내기로 한 자료는 준비 다 됐습니까?"

성준은 바로 화제를 전환하며 헛기침을 내뱉었다. 이것들이 짜고 치는 고스톱처럼 정서 불안을 운운하니 끌어올렸던 전투력이 차갑게 소멸하고 만다. 하지만 어쩌겠나. 보여주고 싶은 이미지가 너무나도 많은데. 하나하나 해결하자니 시간이 촉박할 것만 같은데.

"네. 준비 다 됐습니다. 업로드해놓을까요?"

"아니. 출력해서 가져와요."

"알겠습니다. 그럼 이만 나가볼게요."

채원이 돌아서서 나가려고 하자 성준은 의미 없이 시선을 들었다가, 멈췄다.

"잠깐!"

그녀가 뒤를 돌아선다. 성준은 벌떡 일어나 그녀에게 다가섰다.

저벅, 저벅, 큰 보폭으로 정신없이 채원에게 다가간 성준은 그녀의 왼손을 빠르게 들어 올렸다.

"왜 그러세요?"

"……아."

저도 모르게 탄식이 터졌다. 너무 놀라 자신의 입을 틀어막고 말았다.

"아, 이거요. 결혼반지요."

그녀가 결혼반지를 끼고 등장했다.

"끼고 오겠다고 했잖아요."

이건 뭐지? 어떻게 된 거지?

질문은 밑도 끝도 없이 이어졌고, 사건은 다시 원점으로 돌아갔다. 성준은 그녀의 손을 홱 놓고 뒷걸음질을 쳤다. 멘탈이 쩍쩍 갈리는 얼굴을 하며 뒤로 걷자 그녀가 자신의 왼손을 위로 올린다. 잘 보라는 듯. 의심하지 말라는 듯.

"대표님, 어때요?"

성준은 말을 잃은 채 그녀의 반지만 바라보았다. 그동안 헛다리를 짚었음에 눈앞은 캄캄해지고 말았다.

뭐야, 너 진짜.

"제 결혼반지, 예쁘죠?"

결혼한 거였어?

또다시 오전 업무가 시작되고, 채원은 하루치 업무량을 할당받았다. 별생각 없이 일을 하던 채원은 간간이 고개를 들어 주변을 살폈다. 성준이 어제는 철 지난 〈여고괴담〉을 따라 하며 주변을 배회하더니,

"오늘은 진짜 바쁘신 모양인데."

왜인지 오늘은 코빼기도 보이질 않는다. 채원은 꽉 닫힌 대표실 문이 열릴 생각을 하지 않자 고개를 갸우뚱했다.

"배고프다……."

이미 점심시간은 10분이나 지났는데. 채원은 어떻게 해야 할지 모르겠다는 눈빛으로 대표실 문을 바라보았다. 그러다가 버릇처럼 두 손을 비볐고, 낯선 촉감에 그녀는 자신의 왼손을 내려다보았다. 결혼반지. 너무 낯설다.

"이걸 다행이라고 해야 하는 건가 아니라고 해야 하는 건가."

흠. 채원은 턱을 괸 채 자신의 왼손만 뚫어지게 바라보았다. 덕분에 대표님께 알리바이를 완성할 수 있게 되었다만, 끼고 다녀도 신상에 아무 문제가 없는 걸까?

"빼면 문제가 될 거라니 무서워서 빼보지도 못하겠네."

곽씨는 채원에게 반지를 몸에서 빼면 신상에 이롭지 않은 일이 생길 거라고 말했다. 물론 그런 일은 벌어지지 않을 거고, 반지를 뺀다 한들 어떤 사건이 일어날 리도 없었지만.

"어쩐지 좀, 무섭다."

때로는 물리적인 제재보다 눈에 보이지 않는 추상적인 공포를 심어주는 것이 훨씬 더 효과적일 때가 있다. 곽씨는 인간 본연이 지닌 깊은 공포를 들여다볼 줄 알았고, 이용할 줄 알았다.

채원은 죽은 사내의 천도제가 끝나는 날, 즉 영혼결혼식의 효력이 사라지는 날까지는 끼고 있어야 한다는 반지를 바라보다가, 다시 고개를 돌렸다.

"배고픈데…… 들어가볼까?"

흠. 혼자 먹으러 가기도 뭐하고, 점심시간이라고 대표실 문을 두드려보기도 애매한 상황. 채원은 잠시 고민하다가 일어섰다. 그러곤 대표실 문 앞에 서서 노크했다. 들어오라는 말도 없고 인기척도 없다. 끼이익 문을 열자 의자를 창가로 돌려 앉아 있는 성준의 뒷모습이 보인다.

"저, 대표님. 식사 안 하세요?"

"……."

아무 말도 없이 고요한 시간. 채원은 눈만 감았다가 뜨기를 반복했다. 그러다가 조심스럽게 걸음을 옮겨 안으로 들어섰다.

"저, 대표님. 점심시간인……."

"먹고 와요."

응? 먹고 오라고?

채원은 눈을 동그랗게 뜨며 그를 바라보았다. 무릎에 담요만 놓아주면 대표실 의자가 휠체어로 보일 수 있을 만큼, 그는 파리한 기색을 하고 있었다. 아침에 인사 나눌 때만 해도 정신없이 움직여 사람 혼을 쏙 빼놓더니.

"대표님, 어디 아프세요?"

점심시간이 돼서야 만난 그는 금방이라도 세상 하직할 것만 같은 표정을 짓고 있었다. 뭐 이렇게까지 바이오리듬이 다채로워…….

"신경 쓰지 말고 먹고 와요. 난 괜찮으니까."

"식사는 하셔야죠, 대표님."

"됐다니까!"

얼씨구? 예의상 밥걱정을 해줬더니 으르렁거리는 표정으로 바라본다.

"그럼 저 진짜 혼자 먹으러 가요?"

"그러라니까. 혼자 먹으라니까!"

"또 혼자 먹으란다고 진짜로 혼자 먹었네 어쩌네, 인정이 있네 없네, 뭐, 그런 소리 하지 마시고요."

"……."

성준이 마음을 읽힌 것처럼 움찔, 한다. 채원은 그런 그를 바라보다가 의자를 홱 돌렸다.

창문에 떡을 붙여놨나, 그만 보고 나가자고요!

"치돈에 김볶 하시죠? 아침에 대표님이 말씀해주신 메뉴 무척 마음에 들었는데요."

치즈돈가스에 김치볶음밥이면 세상을 다 얻을 수 있을 것만 같은 점심시간. 채원은 이제 그만 나가자며 눈썹을 움직였다.

"알았어, 알았다고."

성준은 성화에 못 이겨 일어난다는 듯 오만 가지 제스처를 취하며 일어섰다. 채원은 성준의 등을 밀며 앞으로 나아갔다. 갑자기 왜 이렇게 비실비실하고 맥을 못 추는지 모르겠지만 끌고 가서라도 밥은 먹여야지.

"아, 먹기 싫다니까. 혼자 가서 먹고 오라니까 사람 귀찮게."

"네네. 귀찮게 하는 건 제 전문이니까요."

툭 치면 쓱 밀려 앞으로 나아간다. 뭔가 말과 행동이 영 어울리지 않아.

"거참 나, 안 먹고 싶다니까. 생각 없다니까 그러네. 왜 이렇게 질척거려, 사람이."

"그러게요. 제가 이렇게 질척거리네요, 사람이 경우 없이."

톡, 치니까 엘리베이터 앞까지 알아서 걸어간다. 채원은 어쩐지 그가 귀여워 슬쩍 웃음을 지었다.

엘리베이터 버튼을 누른 성준은 뭔가 떠올랐는지 홱 뒤로 돌아섰다. 가만히 서서 생각해보니 고분고분 끌려온 것이 수치스러운 모양이다.

"너 뭐야. 뭔데 사람 말 무시하고, 먹기 싫다는데 듣지도 않고."

"아닌데? 아까 치돈에 김볶 얘기하니까 대표님 목젖이 꿀꺽, 하고 움직이던데?"

또다시 움찔한다. 채원은 한 발자국 더 다가갔다.

"대체 왜 이렇게 꽁해 있어요? 아침엔 안 그러더니."

"꽁? 꼬옹? 꼬오오오옹?"

"나이가 몇인데 단식투쟁이나 하고. 어? 말이야, 세상에 누가 밥을 떠먹여주나? 본인이 찾아 먹는 거지."

허……. 성준은 입술을 멍하니 벌렸다.

"대체 너…… 언제부터 이렇게 만렙이었냐? 어?"

"엄마 배 속에 있을 때부터요. 왜요?"

채원이 무심하게 답하자 성준은 흰자 많은 눈길로 그녀를 내려다보았다. 한마디도 지질 않고 따박따박 얘길 해가며 종알거리니, 차오르는 분노는 어디에 쏟아야 하는지 모르겠다.

아오, 그나저나 얘랑 마주 보면서 밥을 어떻게 먹나. 결혼반지 거슬려서 어떻게 밥을 먹냐고!

"점심 메뉴 변경. 회전초밥 집으로 가."

마주 보는 곳 말고, 나란히 앉을 수 있는 곳으로.

"네. 그것도 좋네요. 그럼 대표님, 초밥은 한 접시에 두 개씩 나오니까 종류 여러 가지 시켜서 나눠 먹을래요?"

"싫어. 각자 먹어."

"쳇, 치사하게. 알겠어요."

채원은 딱 잘라 싫다고 말하는 성준을 바라보다가 입술을 삐죽거렸다. 딱 봐도 눈꼬리가 잔뜩 올라간 그를 바라보다가, 채원은 입꼬리에 웃음을 달았다.

"유부초밥 시켜 먹어야지. 저 유부초밥 정말 좋아하거든요."

"안 돼. 내 앞에서 유부초밥 먹지 마."

"왜요? 대표님 말고 저 혼자 먹으면 되잖아요."

채원이 별 그지 같은 걸로 트집을 잡는다는 표정을 짓자 성준은 결사반대한다는 눈빛을 보냈다.

"내가 세상에서 제일 싫어하는 게 유부야. 꼴도 보기 싫으니까 나중에 혼자 먹어."

"아, 유부 싫어하세요? 몰랐네요. 맛있는데."

"참고해. 난 유부는 그게 뭐든 다 싫으니까. 유부초밥, 유부우동, 유부덮밥. 유부볶음."

"……."

"유부란 유부는 죄다 싫어. 우유부단, 유부남."

성준은 말끝에 채원을 가리켰다. 미간 사이를 찌를 듯이 손가락을 콕콕 움직이며.

"유, 부, 녀."

"헐……."

채원은 기도 안 찬다는 듯 얼굴을 흉측하게 일그러뜨렸다. 이건 농담이야, 아니면 진담이야? 내가 싫다는 말을 꼭 그렇게 해야 해?

"다 싫어. 그러니 유부 같은 건 내 앞에서 언급하지 말아줬으면 좋겠어."

"대표님은 언제부터 이렇게 치사했어요? 엄청 치사한데요?"

"기원전 3세기부터."

"헐 대박……."

떵동, 얼음장 같은 공간으로 엘리베이터가 도착한다. 홍. 세상의 모든 유부가 싫은 성준은 엘리베이터에 올라탔다.

채원은 말을 잃은 표정으로 그를 바라보았다. 그러곤 잠깐 생각했다.

"뭐 해, 안 타고."

"네네. 타요. 탑니다 지금."

그냥, 지금이라도 늦지 않았으니 혼자 밥 먹으러 갈까, 하고.

기억을 짊어지는 일

같은 점심시간인데 어제와는 사뭇 분위기가 다른 식사를 끝내고, 채원은 성준과 함께 초밥 집을 나섰다. 채원은 힐끔 성준을 바라보았다. 나란히 앉아 초밥을 먹는데 정말 접시에 코를 박듯이 초밥만 먹더라.

다 먹었으면 일어날까. 그가 제게 했던 말이라곤 이게 다였다. 단순히 '말이 없다'는 느낌이 아니라 '말을 하지 않는다'는 느낌이 강해 이상하게 여겨졌다.

정말 어디가 안 좋은 건가? 채원은 근심을 담아 그를 응시했고, 표정이 영 좋질 않으니 어떻게든 그의 기분을 바꿔주고 싶어졌다.

"대표님, 제가 재미있는 이야기 하나 해드릴까요?"

언젠가 들어본 적 있는 묵은 개그 하나를 던져보기로 한다. 그를 웃길 수만 있다면 서울 한복판에서 서커스라도 할 수 있을 판이다.

"난센스인데요, 빌게이츠가 노래할 때 어떻게 하게요?"

"……."

"마이크로 소프트하게!"

"……."

"죄송합니다."

개그는 망하면 답도 없다. 채원은 빠른 사과를 하며 민망함에 크게 숨을 내쉬었다.

쳇, 나는 들었을 때 엄청 웃었는데. 안 웃네.

괜한 무리수를 뒀다는 생각에 채원은 입술만 한껏 오므렸다. 통하지 않는 개그 무리수까지 던지는 그녀의 노력이 가상하다는 듯 그는 무겁게 입을 열었다.

"오후 일정 정리하느라고 정신이 없었어."

"아, 네."

마치 하고 있는 생각을 읽었다는 것처럼 그가 말을 한다.

"김 실장이 교육 갔으니 대행해줄 사람이 없잖아."

"아아, 네네. 그러게요."

채원은 뜨끔한 마음에 시선을 내리며 대꾸했다.

……또다시 말이 끊긴다. 어색한 공기가 버거워 무슨 말이라도 붙여볼까 하다가, 그가 원하지 않을 것 같아 채원은 입술을 꽉 닫은 채 걸음을 옮겼다.

어느 날은 웃고, 어느 날은 따뜻하고, 또 어느 날은 이렇듯 차갑기만 하니 그의 마음을 종잡을 수가 없다. 그가 사력을 다해 숨기려고 하는 혼란 같은 건, 느낄 리 없었다.

"독심술을 익혀볼 걸 그랬어요."

그녀가 중얼거리자 성준이 멈칫, 한다. 채원은 진심으로 상상하는 표정을 지었다.

"얼마나 편할까요. 상대의 감정이나 생각을 알아챌 수 있다면. 그럼 불필요한 일들 대부분이 사라질 텐데."

많은 말이 생략되어도 상대방의 진심을 알아차릴 수 있다면 좋겠다. 느끼고 알아채서 무심히 위로할 수 있게. 스치듯 힘이 될 수 있게. 무슨 일이 있었냐고 묻기조차 힘든 나는 가끔 그런 생각을 한다. 사람의 생각을 읽을 수 있다면 얼마나 좋을까, 하고.

"그건 정채원 씨가 아니라 내가 하고 싶은 말이다."

그가 뱉은 말 앞에 이번엔 그녀가 멈칫했다. 끝장을 딛는 발끝이 무거워져, 다음 발을 내딛기가 쉽지 않았다.

그런 그녀를 두고, 그는 사사로운 표정을 지었다. 무심코 뱉은 말에 성준이 마음을 다한 동의를 하자 채원의 마음은 일순 어지러웠다.

"네 말대로 얼마나 편할까. 상대의 상황이나 생각을 알아낼 수 있다면."

느리게 이동한 시선은 채원에게 닿았다. 그녀는 마른침을 삼켰다. 이 순간, 제게 시선을 고정한 그의 이야기를 듣고 있자니.

독심술을 익힌 사람처럼 그의 생각이 보이는 것만 같았다.

"그럼 불필요한 고민이나 상념, 대부분이 사라질 텐데."

이 모든 이야기, 너를 두고 키워가는 바람이다. 네게 듣고 싶은 말이 많은 나는, 억지로라도 너의 현재를 알고 싶은 나는.

"정채원 씨."

독심술이라도 쓸 줄 안다면 얼마나 좋을까, 하고.

"네, 대표님."

……눈빛이 말을 하고 가슴이 전해 들은 것처럼 심장이 뛴다.

채원은 간신히 대꾸하며 성준을 바라보았다. 그는 회사 건물을 가리키며 입술을 열었다.

"먼저 들어가. 난 볼일이 좀 있어서."

"아…… 네. 알겠습니다, 대표님."

성준은 가깝게 다다른 회사 건물 앞에서 그녀를 먼저 들여보냈다. 내내 고개를 갸우뚱하며 멀어지는 채원의 뒷모습을 바라보던 성준은 휴, 짧은 한숨을 내쉬며 고개를 들어 올렸다.

"정신 차려라, 정신. 제발 좀."

어쩐지 독심술이라도 하고 싶은 오늘. 할 수만 있다면 무엇이건 내어줄 수 있을 것만 같은 오늘. 무얼 알고 싶은 건지, 더 이상 무얼 확인할 수 있는 건지, 사실은 그것도 잘 모르면서 그는 발길을 돌렸다. 어디를 향하건 간에 지금은 그녀에게서 멀어져야 할 때였다. 한시라도, 빨리.

"또 너냐?"

다음 진료 환자를 기다리던 준호는 문을 열고 등장하는 성준을 발견하고는 오만상을 찌푸렸다. 성준은 터덜터덜 걸어 들어왔다.

"일 안 하냐? 회사 안 바빠? 대표가 뭐 이렇게 농땡이를 잘 쳐. 회사 다 키웠다 이거냐?"

"의사가 환자 박대해도 돼? 이런 건 어디로 민원 접수를 해야 하나?"

간이 의자에 털썩 성준이 앉자 준호는 환자 차트를 바라보았다. 떡하니 녀석의 이름이 걸려 있다.

"왜 또. 또 뭐 때문에."

"형 때문에 괜히 헛다리 짚었잖아. 나의 정신적 충격, 이거 어쩔 건데."

"뭔 소리야."

준호는 헛다리라는 단어에 고개를 비스듬히 꺾었다. 휴, 성마른 한숨을 내쉬며 성준은 깍지 낀 손을 무릎으로 떨궜다.

"결혼한 게 맞더라고."

"아…… 그래? 그럼 이력서는 어떻게 된 거야."

"예전에 써둔 걸 그대로 가져왔겠지."

"추측인 거지? 결혼한 건 어떻게 알았어?"

"모든 정황이 그래. 모든 정황이. 오늘은 결혼반지도 끼고 왔더라고."

흠. 준호는 저도 모르게 고개를 끄덕였다. 내내 시름시름 앓는 것만 같은 친한 동생의 얼굴을 바라보다가 준호는 입술을 열었다.

"그래서 나한테 따지러 왔냐? 헛다리 짚었다고?"

"뭐, 자리를 박차고 나오긴 했는데 갈 곳이 마땅해야 말이지."

본인이 말하고도 헛헛한지, 성준은 흐리게 웃었다. 준호는 꽤나 긴 하루를 보내고 있음이 분명한 녀석의 얼굴을 말없이 바라보았다.

"형한테 욕 좀 얻어먹으려고 왔어. 상담을 해줄 거면 그런 쪽으로. 험한 입에 고운 욕 좀 섞어서. 부탁해."

"무슨 욕을 얼마나 먹고 싶은데 병원비까지 내가면서 욕을 해달래?"

"형 예전에 욕 잘하는 고문관 스타일이었잖아. 의사 됐다고 출신이 어디 가겠어? 그때 느낌 살려서 충만하게."

"얼씨구?"

성준은 자신의 상태를 정확하게 파악했다. 실제로 자신이 얼마나 위험한지, 혼자 판단하기엔 지금 자신의 정신 상태가 맑지 않다는 것을.

"뭐, 원점이잖아. 방법 없어. 일단 멀어지는 것부터. 김 실장 없다고 했지?"

"교육 갔고 회사로는 내일 와."

"그럼 김 실장한테 시켜서 단기 계약 종료해. 얼굴 보고 굳이 니가 할 필요 없어. 무엇이건 최대한 기억을 남기지 않는 쪽으로."

……무엇이건 기억을 남기지 않는다.

"니가 부탁한 대로 그분 일자리는 내가 와이프한테 얘기해서 다시 알아볼 테니까. 그 정도로 협의 보고 끝내."

이겨낼 수 있을 거라고 생각했는데, 과거 따위 박살 낼 수 있을 거라고 생각했는데.

기억은 너무 컸고,

"성준아. 야, 인마."

"말해. 듣고 있어."

다시 만난 너에게서 나를 지키는 일이란, 지나치게 버거웠다.

나는 나를 지키는 것에 혈안이 되어 너를 지나칠 겨를도 없었다.

"제자리로 돌아가려고 하지 마. 그냥 지나쳐. 처음으로 돌아가려고 할 필요 없어."

……그러니 도망쳐야겠지.

"그런 노력 자체가 너를 힘들게 하는 거야. 제자리라는 건 존재하지 않으니까, 사실은 우리 모두 돌아갈 곳이 없다고. 그냥 앞으로 나아가는 것뿐이야."

있잖아, 나는 이제야 좀 알 것 같다. 낫는다는 건, 아문다는 건 상처가 없던 때로 돌아가는 일이 아니라는 걸. 아무리 오랜 시간이 지나고 흘러도, 무슨 짓을 또 어떻게 해도 아무 일도 벌어지지 않았던 때로 돌아갈 수는 없다는 걸. 아주 낮고, 아주 깊게 가라앉아 흔적조차 찾을 수 없던 상처들마저 어느 순간 튀어 올라오는데.

"이거 하나만 좀 묻자. 보내기가 싫은 거야? 솔직하게 말해봐."

절망이란 그런 순간, 그런 때에 찾아오더라. 나았을 거라, 혹은 아물고 있다 믿었던 상처가 여전히 그 자리 그대로 머물러 있음을 알게 될 때.

인정할게. 나는 네게서, 단 한 발자국도 벗어나지 못했음을.

"성준아."

"아니, 그런 건 아니고. 뭐 보내기 싫고 말고 할 입장은 아니니까. 그런 건 아니고."

성준은 생각을 마친 듯 느리게 입술을 열었다. 주제에 뭐가 된다고 붙잡고 말고, 보내고 말고 할 처지겠나. 답은 이미 나와 있는데.

"그냥, 그동안 뭐 하고 살았나 싶어서. 사람 하나 못 잊고 뭐 하고 살았나, 그게 좀 허무해서."

네가 내게서 도망치는 동안 나는 대체 무얼 하고 산 걸까. 사실 그게 조금 우습기는 하다.

"나름 바쁘게 열심히 살면서 마인드 컨트롤도 잘하고 살았다고 생각했는데, 내가 너무 형편없잖데 이건."

"그 여자가 밉지도 않아? 억울하고 열 받고, 그런 감정은 없어? 차였다며. 이유도 모르고."

성준은 고개를 들었다. 이해가 가질 않는다는 듯 턱을 괴고 자신을 바라보는 준호에게 시선을 주었다가 피식, 입가로 새는 헛웃음을 토했다. 그러곤 고개를 절레절레 저었다.

"그럴 수 있다면 좋겠다. 나도 차라리 그런 쪽을 희망하거든."

너의 행복 뒤를 밟는 가해자보단, 네게 행복을 밟힌 피해자가 되는 게 마음 편할 거란 걸 나도 알지만. 나도, 잘 알지만.

"병원 문 닫으면 술 한잔, 할래?"

준호가 근심 어린 표정으로 묻자 성준은 손목시계를 들여다보았다. 그러곤 손을 작게 들어 보였다.

"들어가봐야 해. 회의 있어. 잠깐 들른 거야."

없었던 일로 만들 수는 없지만, 없었던 듯 살 수는 있다. 어른이니까. 어른이 되었으니까.

……누구 하나 선뜻 말을 잇지 못하고 공기만 무겁게 가라앉던

때, 성준에게 한 통의 전화가 걸려왔다. 회사의 전화임을 확인한 성준은 빠르게 전화를 받았다.

"말해. 지금 밖이야."

― 대표님, 손님이 찾아오셨습니다.

"손님? 누군데."

― 다미안 씨라고, 한국 분은 아니신데요.

"누구?"

성준은 두 눈을 크게 떴다. 다미안? 다미안 이 작자가 왜 회사로 왔지? 미팅 날짜는 아직 멀었는데?

자리를 박차고 일어섰다. 슈퍼 갑이 찾아왔는데 맞이할 사람이 없음이 아찔하다.

"바로 들어가. 30분 정도 걸려. 바로 대표실로 안내해드리고 응대 잘해."

― 네. 알겠습니다, 대표님.

성준은 준호에게 가보겠다며 손을 들어 보이는 정도의 인사를 건넸다.

쿵, 문이 닫히자 준호는 작은 한숨을 내쉬었다.

"곯았네. 마음이 곯았어."

에효. 준호는 의자를 뒤로 젖히며 한숨을 내쉬다가 다시 현실로 돌아와 인터폰을 눌렀다.

"다음 환자 들어오시라고 해요."

제법 오랜 기간 알아왔지만 길을 잃어버린 듯한 녀석의 모습.

"네, 선생님."

처음이었다.

[대표님이 지금 외출 중이시라. 죄송합니다. 곧 오신다고 해요.]
채원은 다미안과 마주 앉아 차를 권했다. 조금 전. 비서실 문이
열리기에 채원은 아무 생각 없이 고개를 들었다. 성준이 돌아왔다
는 생각에 심장은 미친 듯이 뛰어올랐다. 그런데 로비에 있던 직원
을 따라 다미안이 올라오더라. 느닷없이 들이닥친 그를 보고 허둥
지둥하며 채원은 일어섰다.
[괜찮아요. 연락도 없이 찾아온 쪽은 나니까.]
다미안은 별 상관없다는 듯 손을 들어 보였다. 그저 오신 손님을
대표실로 모시라 했으니 할 일을 끝마친 직원은 차를 내어주는 것
을 끝으로 사라졌다. 남은 시간, 그를 독대해야 하는 상황에 놓인
채원은 머릿속이 복잡했다. 정식 직원도 아니니 정신을 바짝 차리
고 피해가 되지 않을 말들로 시간을 끌어야 한다. 대표님이 힘겹게
성사시킨 계약에 작은 흠집도 만들고 싶지 않았다.
[잘 지냈어요?]
다미안이 물어온다. 채원은 빙긋 웃으며 고개를 끄덕였다.
[그럼요. 잘 지냈죠.]
[여기서 당신을 다시 만날 거라곤 생각 못 했어요.]
응. 나도 못 했어. 여기 터가 좀 그런가 봐. 심지어 나는 전 남친
도 여기서 만났거든.

[그러게요. 이런 우연이 다 있다니. 믿기질 않아요.]

채원은 마음의 소리를 접으며 상냥하게 말했다. 다미안은 대표실 안을 구경하듯 고개를 휘휘 돌렸다.

[이곳, 알고 있던 것보다 더 규모가 있는 회사군요.]

[맞아요. 게다가 에어밸런스는 하루가 다르게 성장하고 있죠.]

흠. 다미안은 짧은 한숨을 내쉬고 다시 시선을 내렸다. 시선이 마주치자 채원은 긴장했다. 이윽고 다미안의 입술이 열린다.

[나, 정말 기억해요?]

[음, 조금은요. 이사벨의 동생이었으니까.]

스페인에서 친구가 되었던 이사벨은 채원과 동갑이었고, 많이 아팠다. 파에야 집 근처 병원에 입원 중이던 이사벨은 무거운 병과 싸우는 와중에도 웃음이 많았고, 꿈이 있는 친구였다.

[그런데 다미안, 당신의 분위기는 예전과 많이 달라요.]

채원은 전과 다른 다미안의 얼굴을 바라보며 감회가 새롭다는 듯 중얼거렸다. 그때만 해도 소년의 느낌이 있었고, 자유분방한 기운이 있었으며, 머리도 길었다.

[아, 그랬겠군요. 그때의 난 머리가 길었으니까.]

다미안은 짧은 지금의 머리를 만지며 민망하다는 듯 중얼거렸다.

[그래서 처음엔 못 알아봤어요. 미안해요.]

[당신은 너무 그대로라 놀랐어요. 시간이 멈춘 줄 알고.]

다미안이 변한 게 없다고 말하자 채원은 머리를 쓸어 넘겼다. 그러곤 작게 웃었다.

[아뇨. 나도 많이 변했어요. 스페인에 있었던 나는 지금을 상상

할 수 없을 정도로.]

아, 맞다. 채원은 쥐고 있던 찻잔을 내리며 눈꼬리를 둥글게 휘었다.

[이사벨은 잘 지내나요?]

[누나는.]

……찻잔을 내리려던 채원은 숨도 행동도 멈추었다.

[죽었어요. 하늘나라로 갔죠.]

떨리는 눈동자를 들어 다미안을 바라보니, 그는 어쩔 수 없었다는 것처럼 어깨를 으쓱 올려 보였다. 순식간에 채원의 눈가로 눈물이 고이고 뚝뚝 흘렀다.

[아…… 미안해요. 마지막 연락 때 많이 호전됐다고 해서, 하고 싶었던 일을 시작해서 바빠졌다고, 연락이 뜸해도 이해해달라고 해서, 정말 그런 줄로만…….]

[누나는 자신의 상태를 알리고 싶지 않았을 거예요. 뭐, 어쩔 수가 없었어요. 의료진은 최선을 다했고 누나는 겸허했으니까.]

[다미안, 당신은 괜찮은가요?]

[노력 중이죠.]

순식간에 공기의 색이 바뀐다. 채원은 입가를 가린 채 한참이나 말을 잇지 못했다. 무슨 말을 어떻게, 또 무슨 위로를 얼마나 해야 하는지 감도 오질 않아 할 수 있는 건 이 무거운 침묵을 지켜주는 것밖에 없었다.

[누나의 죽음을 타인에게 처음으로 말해봐요. 당신 앞에선 솔직하고 싶으니까.]

[아…….]

갈라지는 공기 사이로 다미안의 음성이 들려온다. 그는 뜻밖의 말을 꺼내 그녀를 당황시켰다. 처음으로 타인에게 말을 해본다는, 그런 엄청난 의미의 말을 들으며 채원은 어째서 나에게 이런 말을 하는 건가, 곱씹었다. 그러나 이해되는 구간이 없다.

[실은 나, 오늘 여기에 당신을 보러 왔어요.]

어려운 말들은 그의 입술을 뚫고 자꾸만 쏟아졌다. 어쩐지 고개를 들기가 어려워, 채원은 무거운 시선을 그대로 찻잔에 고정했다. 그저 대표가 도착할 때까지 시간을 벌어보려 했건만. 최대한 계약에 피해되는 상황이 발생하지 않게, 웃음으로 시간을 때워보려 했건만. 나를 보러 왔다는 스페인의 건축가는 사실 기억이 많지 않은, 이사벨의 병실에서 몇 번을 스쳐 본 게 전부인,

[나는 당신이 보고 싶었거든요.]

그저 마음을 주고받았던 친구의 혈육. 기억이란 단지 그것뿐인 친구의 남동생.

뱉은 말의 무게를 아는지 모르는지 다미안은 평온하게 찻잔을 들어 홀짝 차를 삼켰다. 여전히 고개를 들어야 하나 말아야 하나, 고민하고 있을 때.

[이곳의 대표님이 오지 않았으면 좋겠네요.]

나눠 갖는 마음이란 이렇게 다르다는 것을 또다시 상기하며.

[당신과 둘이 대화를 나눌 수 있도록. 오랫동안.]

내가 모르는 기억의 페이지에 나를 담고 있었던, 이젠 남자가 되어버린 스페인의 건축가를 향해 채원은 고개를 들었다.

[미안해요. 난 지금 다미안, 당신이 하는 이야기를 하나도 알아 듣지 못하겠⋯⋯.]

[당신에겐 내 말이 이상하게 들리겠지만 모든 게 사실입니다.]

시선이 마주쳤다. 완연한 사내가 되어버린 벗의 남동생은 어지 러울 만큼 남자의 눈빛을 하고 있었다. 그의 입술 사이로 흘러나오 는 말들은 영화의 한 대사처럼, 귓가에 박혔다.

[당신을 찾아서 내가 얼마나 기쁜지, 당신은 모를 테니까. 아마 도.]

추억은 다르게 적혀, 나는 누군가의 기쁨이 되어 있었다. 웃을 수도 울 수도 없는 종류의 이야기에 채원은 표정을 잃었다. 친구의 죽음을 접한 충격에서 벗어나기도 전에 너무 많은 충격이 연달아 터지고 있다. 다미안은 그런 채원의 반응을 모두 이해하는지 크게 신경 쓰지 않는 표정을 지었다.

자세를 조금 바꿔 앉으며 다미안은 입술을 열었다.

[나의 이야기는 여기서 접고, 이제 당신의 이야기를 해봐요. 궁 금하니까. 어떻게 지냈는지.]

이젠 자신이 이야기를 들을 차례라는 것 같다.

[아⋯⋯ 내 이야기요?]

[맞아요. 당신의 이야기.]

내 이야기를 듣고 싶다니. 채원은 머뭇거렸다. 친분이 없던 낯선 사람에게 무슨 이야기를 끄집어내서 해야 하나 망설이고만 있던 때, 다미안은 검지를 들어 보였다.

그녀는 긴장했다. 첫 번째 질문이라는 건지,

[당신은 결혼을 했습니까?]

단 하나의 질문이라는 건지 알 수 없었다. 같은 시각, 성준은 로비를 지나 엘리베이터를 탔다.

"대체 그 노인네는 언제 들이닥친 거야."

강렬한 레드 색상의 스포츠카에서 무속인 곽씨가 내린다. 곽씨의 에스코트를 맡은 비서, 단희는 곁을 바투 따르며 입술을 열었다.

"30분쯤 되었습니다."

바짝 올려 묶은 머리의 단희는 곽씨의 밑에서 일한 지 벌써 수년째다. 일그러진 곽씨의 표정만 보아도 얼마나 짜증이 났는지 충분히 알았다.

"이 망할 노인네는 불쑥불쑥 찾아와 사람을 난처하게 해. 몇 번째야 도대체."

비서는 엘리베이터 버튼을 눌렀다. 이곳은 죽은 강형재 군의 천도제를 지내기 위해 만들어놓은 공간이며, 그의 모친인 주옥선 여사가 느닷없이 방문한 것이다. 한창 백화점 쇼핑 중이던 곽씨는 주옥선 여사가 방문했다는 비서의 전화에 자리를 박차고 달려왔다.

"하, 진짜 드러워서 못 해먹겠어. 주소를 괜히 알려줬나 봐. 방문 금지라고 말해둘걸."

곽씨는 걸리적거리는 천연 진주 귀걸이를 차례대로 뺐다. 비서는 두 손을 내밀어 귀걸이를 받았다.

"노인네는 뭐 하고 있어 지금? 혼자 있는 거야?"

"여사님은 혼자 계십니다. 둘러보시겠다고 물러가라 하셔서."

"노인네가 의심은 많아가지고 가지가지 하네. 뭐 둘러볼 게 있다고."

이번엔 다이아가 가득 박힌 손목시계를 끌렀다. 이 역시 비서 단희가 받아 챙겼다.

"그럼 난 어디서 오는 길이지?"

"기도 중에 필요한 부적을 쓰시려고 기를 받으러 가셨다 말씀드렸습니다."

"알았어."

다이아 목걸이를 끌러 비서의 손에 넘긴 곽씨는 새파란 색감의 화려한 재킷을 벗고 비서가 건네는 검은 재킷을 입었다. 엘리베이터가 도착하자 곽씨가 올라탔다. 와중에도 바쁜 곽씨는 업스타일로 화려하게 올렸던 머리를 풀고 손으로 급히 빗질하며 인상을 썼다. 모처럼 헤어스타일이 마음에 들었는데.

"머리한 지 세 시간도 안 됐는데 진짜 짜증 나네. 끈 좀 줘봐."

"여기 있습니다, 선생님."

비서에게 검은 고무줄을 받아 단정하게 아래로 묶었다. 클렌징 티슈를 받아 붉게 칠했던 립스틱을 벅벅 지웠다.

"됐어? 이만하면 되겠나?"

"가방도 주셔야 할 것 같습니다."

"아, 가방."

곽씨는 최고급 악어가죽으로 만든 가방을 비서에게 건넸다. 번쩍거리는 구두를 벗고 단화를 신었다.

엘리베이터 문이 열린다. 휴. 곽씨는 빠르게 걸음을 옮기며 닫힌 문 앞에 섰다. 한순간에 수척한 모습으로 탈바꿈한 곽씨는 심호흡을 크게 한 뒤 문을 열며 입 꼬리를 한껏 올렸다.

"어머, 여사님! 언제 오셨어요!"

아들의 영정 사진만 바라보고 있던 주옥선 여사는 천천히 뒤돌았다. 단정하다 못해 허름한 차림으로 들어서는 곽씨를 바라보다가, 주옥선 여사는 입을 열었다.

"선생은 어디를 다녀오는 길이신가?"

"정성을 좀 보태려고 부적을 쓰고 왔지 뭐예요. 이곳은 기가 꽉 막혀서 도통 써지질 않아요."

곽씨는 비서에게 미리 받은 부적 봉투를 테이블에 내렸다. 주옥선 여사의 시선이 부적을 향해 내려간다. 어쩌지 못한 곽씨의 향수 냄새는 주옥선 여사의 코끝에 진동했다.

"올 때마다 부적을 쓰러 가던데."

"그러게요. 이게 보통 일이 아니랍니다, 여사님. 아드님께서 아직도 편안하지 못하세요."

"편하지 못하다고? 우리 형재가?"

곽씨의 향수 냄새는 피워둔 향의 냄새와 만나 엉켜든다. 주옥선 여사는 아들의 안녕에 대한 이야기가 나오자 급히 표정을 바꿨다. 긴장한 감이 없지 않다.

"선생, 우리 형재가 대체 어떤 상황인지…….."

"일단 앉으세요. 앉아서 차 좀 드세요, 여사님."

곽씨는 빙긋 웃으며 적당히 따뜻한 차를 쪼르륵 따랐다. 그러곤 주옥선 여사에게 내밀고, 자신의 잔에도 따랐다. 차를 한 모금 홀짝 삼킨 곽씨는 꽤나 어려운 일을 하고 있다는 것처럼 으스대는 얼굴을 했다.

"아드님의 억울함이 쉽게 풀리겠어요? 뺑소니를 당했는데. 그 억울함은 그리 쉽게 풀리는 게 아니랍니다, 여사님."

"아직, 아직도 떠돈다는 말인가요?"

"어려워요. 아드님을 편안하게 해드린다는 건 너무 어려운 일이에요, 여사님."

"결혼식만 올리면 잘될 거라고 하지 않았나? 어째서? 아니, 대체 어째서?"

으음. 곽씨는 아직은 이르다며 손가락을 까딱까딱 움직였다. 애가 타들어가는 주옥선 여사와는 달리, 곽씨는 지극히 평화로워 보였다.

"여사님. 한을 다루는 것은 보통 일이 아니에요. 천도제는 아직 끝이 멀었고, 시간은 더욱 필요하죠."

"그 여자는, 우리 형재와 결혼식을 올린 여자는 지금 뭘 하고 있는 거죠?"

"저희가 알아서 잘 관리하고 있답니다. 걱정 더셔도 됩니다, 여사님."

"그 여자를 내가 좀 볼 수 있겠어요?"

곽씨는 또다시 빙긋 웃었다. 인자하게 고개를 끄덕였다.

"그럼요. 여사님께서 며느님을 보지 않으시면 누가 보겠어요?

안 그래도 요번 형재 군의 기일에 맞춘 위혼제에 초대했으니 올 겁니다."

주옥선 여사는 곽씨에게 시선을 고정했다. 관리를 하고 있다는 말에, 여자가 기일에 올 것이라는 말에 마음 한편이 놀랍도록 차분해진다.

"여사님의 며느님은 그때 보시죠. 형재 군의 위혼제 준비를 하자니 정성이 말도 못 하게 필요해요. 성대하게 하려다 보니 너무 많은 것이 필요해서."

"……."

"하지만 제가 온종일 형재 군을 최선을 다해 모시고 있으니 염려 마세요, 여사님. 위혼제도 성대하게 잘 치러드릴게요. 그럼 형재 군이 얼마간은 편안할 테니."

"이거, 위혼제에 써줘요."

주옥선 여사는 가방을 열어 봉투를 꺼냈다. 봉투를 발견한 곽씨의 눈썹이 미세하게 올라간다. 봉투를 테이블 위에 놓기가 무섭게 곽씨는 부적 봉투로 봉투를 덮었다. 그러곤 상냥하게 웃었다.

"괴로워 마세요. 괴로움은 다 절 주세요. 여사님은 편안하셔도 됩니다. 여사님의 괴로움은 제가 다, 제가 전부 다 가져갈게요."

곽씨는 주옥선 여사의 손등을 자신의 손으로 덮었다. 아차, 의식하지 못하고 빼지 않은 커다란 다이아 반지가 곽씨의 손가락에 위풍당당하다. 주옥선 여사가 반지를 보기 전에 자연스럽게 자신의 손을 거두며 테이블 아래로 내린 곽씨는 빠르게 반지를 뺐다.

"내 고통은 됐고, 난 우리 형재가, 오로지 우리 형재가 편안했으면 좋겠어요, 곽 선생."

"여부가 있겠습니까. 저만 믿으세요. 저만 믿으시면 됩니다. 거의 다 왔어요. 이제 끝이 보여요."

곽씨는 달콤하게 속삭였다. 어지러운 향수 냄새가 가득 찬 공간에서, 곽씨는 비릿한 웃음을 자상함으로 감췄다.

"내가 곽 선생을 믿지 않으면 누굴 믿겠어요."

"그럼요. 절 믿으셔야 합니다. 저를 믿으세요. 아드님을 편안하게 해드리겠습니다. 기필코."

곽씨 역시 실로 오랜만에 방문한 천도제 공간이지만 주옥선 여사는 알 길이 없었다.

위혼제가 다가오고 있었다.

당신은 결혼을 했습니까?

다미안은 물어왔다. 채원은 저도 모르게 슬며시 자신의 손을 매만졌다. 아직은 익숙하지 않은 반지가 서걱거리는 감촉으로 느껴진다.

사실, 그녀의 입장에서 길게 고민할 만한 질문은 아니었다.

[네. 결혼했어요.]

[……그렇군요.]

다미안의 시선 또한 채원의 결혼반지에 머문다. 곽씨의 취향을 닮아, 화려하고 반짝거리는 결혼반지. 무엇을 인지하고 싶은 건지 다미안은 자꾸만 고개를 끄덕였다. 채원은 미지근해진 찻잔을 내려다보았다.

누나의 죽음을 타인에게 처음으로 말해봐요.

다미안이 제게 했던 말이 떠올라, 두 눈을 질끈 감았다.

당신 앞에선 솔직하고 싶으니까.

[아뇨. 정정할게요. 나는 결혼하지 않았어요.]

옥죄어오는 답답함을 이기지 못했다. 누나의 죽음을 처음으로 입 밖에 꺼냈다는 벗의 동생 앞에서 거짓말은 수치스러울 만큼 죄악처럼 여겨져, 결국 채원은 진실을 입에 담았다.

[결혼한 게 아니라고? 그럼 그건 결혼반지가 아닌가요?]

다미안의 시선이 조금 내려와 그녀의 결혼반지에 닿는다. 채원은 반지를 만지작거리며 작게 웃었다.

[이 반지는 남의 거예요. 내 건 아니죠. 사정이 있어서 끼고 있을 뿐이에요.]

[아아, 사정.]

앞뒤가 맞지 않는 횡설수설로 여긴 다미안은 그저 고개만 끄덕였다. 채원은 반지로 내렸던 시선을 들며 그를 바라보았다.

[다미안, 부탁이 있어요.]

[말해요.]

대뜸 부탁이 있다고 하자 다미안은 다소 상기된 표정을 지었다. 그녀의 부탁이 뭐든 간에 즐겁게 다가온 모양이다.

[이곳에 머무는 동안, 아니, 에어밸런스와 일을 하는 동안 이곳 모든 이에게 내가 미혼이라는 걸 밝히지 않았으면 좋겠어요.]

채원은 다 말할 수는 없다는 듯 어깨를 으쓱 올려 보였다.

[실은 거짓말을 했거든요. 이곳 모든 사람들에게. 결혼했다고.]

[아아. 반드시 필요한 부분이었군요.]

[네. 어쩌다 보니. 하지만 친구의 동생에게까지 거짓을 말하고 싶진 않았어요. 내게 누나의 죽음을 처음으로 말해준 무게를 지키고 싶었으니까.]

더는 설명이 어렵다는 표정을 지으며 채원이 웃자 다미안은 눈썹을 추켜올렸다.

[어렵지 않아요. 그 정도의 일은 충분히 지켜줄 수 있으니까.]

[고맙습니다.]

[둘 사이에 비밀이 생겼으니, 우린 이제 친구인가요?]

아? 친구? 채원은 눈을 동그랗게 떴다. 다미안은 손을 뻗어 악수를 청해왔다.

[비밀을 공유하는 사람들은 친구가 되는 법이죠. 당신의 비밀을 끝까지 지켜주겠습니다.]

어쩐지 믿음직스러워, 다미안의 눈동자에 죽은 이사벨의 눈빛이 엿보이는 것만 같아, 채원은 손을 내밀어 그의 손을 잡았다.

[그래요. 이곳에 머무는 동안 다미안, 당신이 즐거웠으면 좋겠어요.]

[당신도 함께 즐겁기를 희망합니다.]

[…….]

[나로 인해.]

그저 악수를 하자고 잡은 손에 강한 기운이 느껴지는 것만 같아

서둘러 손을 빼려고 하던 그때.

"뭐 해, 나 없이 계약이라도 하고 있는 건가?"

채원은 놀란 눈빛을 돌리며 문 쪽을 바라보았다. 성준이 서 있다.

"아…… 대표님……."

"손 놔."

입술이 멍하니 벌어졌다.

"손 놓으라고. 악수를 그렇게 오래 하는 법이 어디 있어."

"아, 네네."

채원은 급히 손을 놓으려고 했다. 어쩐지 붙잡고 놓아주질 않는 다미안은 그녀의 뿌리침을 못 느낀 것처럼 평온한 표정을 짓고 성준을 바라보았다.

성준은 성큼성큼 들어와 그녀의 곁에 섰다.

"그만 그 손 놓고 악수는 나랑 하자고 전달해."

성준은 다짜고짜 다미안을 향해 손을 뻗었다. 그러자 다미안의 시선이 성준의 손끝에 꽂힌다. 채원은 가까스로 다미안의 손아귀를 벗어났다.

"늦게 도착해서 미안하다고 전해드려."

"네, 대표님."

채원이 통역하자 다미안은 일어서서 성준의 손을 잡았다.

[늦게 도착한 게 아니라 대표가 생각보다 너무 일찍 와서 섭섭한데요.]

"아, 하하하."

나한테 하는 말이니 이건 통역 패스. 채원은 웃음으로 때웠다.

성준의 눈썹은 미세하게 일그러졌다.

[난 당신과 얘기를 하고 싶어요. 대표가 없는 곳으로 갈 수 있을까요? 나가죠. 차나 한잔 마시면서 당신과 이야기를 더 하고 싶은데.]

다미안이 계속해서 채원을 향해 말하자 성준은 무표정으로 일관하다가 잡고 있는 손을 재차 흔들었다. 녀석의 손을 얼마나 세게 잡았는지 손등에 핏줄이 선다. 성준은 시선을 다미안에게 고정한 채 입술을 열었다.

"정채원 씨, 똑바로 전해. 계약 중인 파트너 회사에 예고 없이 찾아오는 건 실례라고."

"아…… 그렇게 전달해도 될까요……?"

"전달해."

채원은 영 말이 떨어지지 않는다는 표정을 짓다가 그대로 전달했다. 다미안은 어깨를 으쓱 올려 보였다.

[난 당신을 보러 왔다고 대표에게 전해줄래요?]

"대표님, 다미안 씨께서 어…… 사실은 저를 보러 오셨다고 해요."

"필요 없고."

필요 없고. 성준은 이유 따윈 중요하지 않다고 단칼에 잘랐다.

"이곳에 있는 동안은 내 직원, 내 직원의 근무시간이니 다음부터는 업무 시간에 문득 찾아오는 거 곤란하겠다고 전해. 절차는 밟으라고 있는 거니까 밟으면서 가자고."

……내 직원. 채원은 가슴에 쿵, 하고 내려앉는 무게를 모른 척

263

하며 통역했다.

다미안이 웃는다. 내게 이래봐야 곤란한 건 당신일 텐데? 하는
오만한 표정이 따른다.

[나 아직 계약서에 도장 안 찍었는데 이렇게 사납게 나와도 되
는 건가, 대표?]

"아직 도장 안 찍었다고, 대표님 이렇게 거칠게 나와도 되
는……."

"계약하기 싫으면 말라고 해."

성준은 다미안이 손을 빼려고 하자 우악스럽게 잡아끌며 다시
시선을 억지로 맞췄다. 그러곤 굳은 표정으로 입을 열었다.

"그딴 계약으로 내내 무례할 거면 관두라고."

"아…… 대표님……."

채원은 놀라 입을 멍하게 벌렸고 다미안은 그녀가 통역하기도
전에 표정을 굳혔다. 통역으로 이야기를 전달받지 않아도, 무슨 말
을 하고 있는 건지 대표의 표정에서 충분히 느껴졌다.

"뭐 하고 있어. 그대로 통역해. 토씨 하나 바꾸지 말고."

성준은 턱 끝을 들었다. 지금까지 이 슈퍼 갑에게 하염없이 끌려
다녔다면,

"통역해. 당신, 우리와 사업하기 싫으면 당장이라도 관둬. 짐 싸
서 스페인으로 돌아가."

[우리와 사업하기 싫으면 지금 이 순간 스페인으로 돌아가도 좋
습니다.]

이제는 슈퍼 갑을 밀어낼 때였다.

"더는 안 잡고 안 말릴 테니까."

[당신을 붙잡지 않겠습니다.]

사업은 일방적으로 끌려다닐 수만은 없다. 위험부담이 있더라도 도박처럼 선택의 기로에서 움직여야 할 때가 있다.

주사위는 던져졌고 선택은 다미안에게 넘어갔다. 침묵이 물들었다.

"어쩌려고 그렇게 막 나가요? 이렇게 질러놔도 괜찮은 거예요?"

다미안은 아무 말도 없이 돌아갔다. 지극히 태연한 표정으로 책상에 앉은 성준을 바라보며 채원은 아연실색한 표정을 지었다.

"아니, 김 실장님 없다고 너무 막 지르시고. 네? 이래도 되냐고요."

"내가 대표야. 걔가 비서고. 누가 누구 눈치를 봐."

"아니, 대표님께는 비서지만 저한테는 상사라고요. 저 공범 취급 받으면 어떡해요? 나 너무 무서운데?"

"공범 취급 받는 게 아니라 너도 공범이야. 난 그래서 덜 무서워."

"헐, 대박."

채원은 입가를 가렸다. 배신감에 물든 그녀의 표정을 흘긋 바라본 성준은 턱을 괴었다. 다미안과의 일들은 지극히 충동적이었지만, 기업 이미지 보존의 일환이었으므로 채원과는 관계가 없는 선택이었다. 후회 역시 없다.

"그나저나 아까 다미안한테 내가 전달하라는 대로 똑바로 전달했어?"

그런데 너 때문에 내가 사고를 쳤다고 생각하는 것도, 사실 나쁘진 않아.

"그럼요. 하긴 했죠. 제 일인데요."

"걔가 하는 말도 나한테 틀림없이 다 했겠지? 스페인어를 알아들을 수가 없으니 건축가가 뭐라고 지껄였는지 알 수가 있나."

"그럼요. 물론이죠. 정확하게 통역했어요. 믿으셔도 돼요."

"그럼 공범 맞네. 사람이 융통성이 없어. 적당히 언어 순화도 하고 했어야지, 대표가 열 받아서 지껄이는 말을 진짜 그대로 전달하는 법이 어디 있나?"

"헐. 대박 사건."

채원은 거품을 물 것 같은 표정을 지었다.

저, 저, 저, 말하는 것 좀 보소. 전달하라며? 이제 와서 내 탓을 하시겠다?

"우리 지금 일 저지른 거 맞죠? 사고 친 거, 맞는 거죠?"

"그런 것 같긴 해."

"대표님! 아, 진짜!"

채원이 이마를 짚으며 발을 동동 구르자 성준은 멀뚱멀뚱 그녀를 바라보았다.

"이러다가 다미안 씨가 진짜 스페인으로 가버리면 어쩌려고 이러세요? 다 된 밥에 재를 뿌려도 유분수지, 어떻게 다른 사람도 아니고 대표님이 재를 뿌려요!"

"다른 사람 손에 재를 묻힐 수야 있겠나."

"헛소리 좀 그만하시고요! 어쩌려고 이렇게 천하태평인 척하세요?"

"나한테 지금 그게 중요한 게 아니라서."

"그럼 뭐가 중요한데요! 뭐요! 대체 뭐!"

성준은 피식, 웃음이 새는 표정을 지었다. 채원은 극한 업무 스트레스에 대표님께서 약간 미친 건 아닐까 싶은 근심을 담아 성준을 바라보았다.

몹시 좋지 않은 표정으로 점심시간에 사라졌다가 다시 돌아온 대표의 표정은, 어딘가 모르게 또 달랐다. 근심하던 일이 풀렸나?

"그런데요, 대표님. 진짜 다미안 씨가 하는 말 하나도 모르겠어요? 안 들려요?"

"모르겠는데. 말도 빠르고."

성준은 모르쇠로 일관했다.

"한국에 돌아와선 쓸 일이 없으니까 아주 간단한 단어 문장 빼고는 들리지도 않아. 어차피 스페인에서도 영어로 일했으니 많이 배운 것도 아니었고."

"아…… 그랬죠. 네."

성준이 스페인에 있는 미국계 투자 기업에서 일했고, 실제 영어를 주로 사용했음이 기억났다.

"안 쓰는 언어는 쉽게 날아갑니다. 잘 알 텐데?"

"그렇죠. 저도 중국어 공부 열심히 했지만 인사하는 정도밖에 남은 게 없네요."

채원은 마지막 남은 약간의 의구심을 지워버렸다.

"그건 그렇고 정채원 씨. 오늘 퇴근하고 뭐 합니까?"

"저요? 할 일 없는데요?"

대체 뭐지? 아무 생각 없이 할 일 없다 고백한 채원은 성준의 기분 변화에 꽂혀 대화의 흐름에 집중하지 못했다.

그런 그녀의 속사정이야 관심 없을 그는 여전히 턱을 괸 채 입을 열었다.

"저녁 같이 먹을 사람이 없어서."

아뇨. 정정할게요. 나는 결혼하지 않았어요.

"같이 저녁이나 먹자고."

실은 거짓말을 했거든요. 이곳 모든 사람들에게. 결혼했다고.

성준은 여전히 딱딱하게 굳어 있는 채원을 바라보았다. 그러곤 비스듬히 고개를 꺾었다. 그러니까. 그러니까.

너는 기혼이 아니렷다?

"퇴근 후에 좀 만납시다, 오늘은."

그녀는 결혼하지 않았다.

책상 위에 서류를 내린 성준은 리모컨 버튼을 눌러 반투명 블라인드를 걷었다. 단절되었던 바깥의 풍경이 펼쳐지며 업무 중인 채원의 자리가 보인다. 성준은 손깍지 위로 턱을 괸 채 그녀를 바라보았다.

조금 전, 불시에 들이닥친 스페인의 건축가를 만나기 위해 걸음을 서둘렀다. 엘리베이터에 오른 그의 얼굴은 초조했다. 시계를 자꾸만 들여다보게 되었다. 교육은 무슨 교육이냐, 김 실장이라도 남겨뒀어야 하는데.

이런저런 아쉬움. 갑자기 찾아온 다미안을 향해 생기는 의문들. 사업을 진행하는 내내 건축가에게 이대로 계속 끌려다녀야 하는가, 아니면 한 번쯤 기를 꺾고 분위기를 환기해야 하는가. 시기가 이른 건가. 지금이 때인가. 머리는 복잡하고 딱히 어떤 처세를 해야 하는지 고민만 되던 그때. 엘리베이터에서 내린 그는 문이 완전히 닫히지 않은 대표실 앞에 섰다. 혼자 앉아 있을 줄 알았던 다미안의 앞에 채원이 앉아 있더라.

건축가가 홀로 있지 않음에 마음은 안도했다. 손님의 응대는 채원의 업무가 아니라서 부탁하지 않았는데, 저렇게 알아서 빈자리를 채워주고 있으니 고마움에 피식 웃음이 샜다. 급했던 마음은 사라지고 옷매무새를 다듬었다. 조금 틀어진 타이를 제대로 맞추고, 옷 주변을 살피며 완벽하게 들어갈 타이밍만 재고 있던 그때.

당신은 결혼을 했습니까?

……셔츠 깃을 매만지던 그의 손길이 멈췄다. 삽시간에 밧줄로 동여매듯 심장 부근이 조여왔다. 입안엔 뱉지 못한 공기가 가득 고이는 것만 같았다.

네. 결혼했어요.

잠시 후, 그녀의 답이 이어졌다. 고였던 숨이 그제야 터지고, 대체 무얼 기대한 건가, 제 안에서 잠시 동안 벌어졌던 모든 일들이 원망스럽고.

들어가자. 정신 차려라. 오늘만 버티면 된다. 다 잘될 거다. 입술을 피가 나도록 물다가 다시 문을 열려고 준비하던 그때. 바로, 그때.

아뇨. 정정할게요. 나는 결혼하지 않았어요.

하늘이 무너졌다. 땅이 갈라졌다. 막힘없이 돌고 도는 어지러움에 간신히 두 다리를 지탱했다. 폭우처럼 쏟아지는 그 감정들을 정리할 겨를도 없었다. 그토록 갈증 나게 하던 궁금증이 풀렸음에 반응할 겨를도 없었다.

스페인어로 대화하고 있는 두 사람의 이야기를 엿듣다가. 아니, 채원의 고백을 새기며 성준은 한참이나 시간을 죽였다. 그러곤 아무것도 듣지 못한 듯 자리에 등장했다.

"곱씹어 생각할수록 기가 막히네."

생각의 끝에 성준은 손끝으로 책상을 툭, 툭 쳤다. 시선엔 여전히 그녀가 걸려 있다.

이 반지는 남의 거예요. 내 건 아니죠.

"본인의 결혼반지도 아닌 반지를 끼고 왔다, 이건가."

나 하나 속이자고. 나 하나 속이자고 없던 결혼반지까지 만들어 끼고 왔다는 말인가.

실은 거짓말을 했거든요. 이곳 모든 사람들에게. 결혼했다고.

나 하나, 속여보겠다고.

성준은 가만히 그녀를 응시하다가 다시금 책상으로 시선을 내렸다. 이해되지 않는 구간을 침착하게 적어둔 종이를 바라보았다.

겨우 그녀의 가짜 기혼을 알았지만 석연치 않은 구간들은 차고 넘쳤다.

다시금 시선을 들어 물끄러미 그녀를 바라보았다. 일에 집중한 얼굴은 특유의 표정을 지니고 있어, 아무 때나 볼 수 없는 분위기를 자아냈다. 집중하면 볼펜 끝으로 입술을 툭툭 치는 버릇, 몇 번이고 같은 구간을 들여다보며 실수하지 않으려고 하는 그녀의 눈빛.

성준은 망연히 그 모습을 주시했다. 한참이나 자세를 고정하고 있자니 어깨가 결리는 듯 그녀가 고개를 들고 기지개를 켠다. 그러다가 버릇처럼 대표실을 향해 고개를 돌린다. 반투명 블라인드가 어느 틈에 투명 유리로 되어 있음에 놀랐는지 그녀가 눈을 동그랗게 뜬다.

성준은 기지개를 켜다가 그대로 멈춘 채원을 바라보았다. 시선을 피하는 일 같은 건, 이제 하지 않는다. 하늘을 향해 올렸던 팔이 어색한지 채원은 천천히 자세를 바르게 했다. 뚫어지게 자신을 바라보고 있으니 민망했을까, 무슨 일 있느냐는 표정으로 입술을 벙긋거린다.

성준은 시계를 힐끔 바라보고 수화기를 들었다. 내선을 누르자 그녀의 자리로 전화가 간다. 낯선 벨 소리에 화들짝 놀란 채원이 머뭇거리다가 전화를 받는다.

— 네. 대표실 정채원입니다.

"난데."

— 여보세요? 대표님이세요?

채원이 다시금 대표실을 향해 고개를 돌린다. 성준은 다음 말을 잇기 전에 긴 숨을 내쉬었다.

수화기 너머로 들려오는 상대의 목소리는 지나치게 오랜만이라, 그 어느 날 스페인의 밤을 떠올리게 했다. 연인의 목소리가 끊어질까 초조했던 진한 밤. 말과 말 사이의 묵음마저 사랑했던 깊은 밤. 하루 이틀로 정의하기엔 셀 수 없이 많았던, 그런 숱한 밤.

― 시키실 일 있으시면 제가 그리로 들어갈까요?

"아니, 그건 됐고."

고였던 음성이, 나눴던 밀어가,

"일이 많이 남았나?"

⋯⋯쏟아진다.

― 일이요? 아, 거의 마무리 단계긴 해요.

"그럼 정리해."

― 네? 정리요?

성준은 느리게 눈을 감았다가 떴다. 묻고 싶은 게 너무나도 많지만 어쩐지 너는 아무런 답도 해주지 않을 것만 같아, 이 순간 그녀가 어쩐지 너무나 멀게 느껴졌다.

"시간 다 됐다."

한없이 가까워 보이지만 정작 닿을 수 없는.

"퇴근하자."

투명한 유리창에 가로막힌 지금의 공간처럼.

"뭐 드실 거예요, 대표님?"

쭈뼛쭈뼛 곁을 따라 나오며 퇴근을 하니 그가 말없이 차에 올라탄다. 보조석에 올라타기가 무섭게 출발하더라. 숨 막히는 어색함을 어쩌지 못하고 채원은 입을 열었다. 조용히 가면 참 좋을 텐데 이런 조용함은 정말이지 못 참겠다.

"먹고 싶은 건 없고?"

질문을 하니 질문으로 돌아온다. 채원은 음, 잠시 생각했다.

"글쎄요. 대표님이 정하실 거라고 생각해서 아무 생각 없었어요."

"지금부터 생각해봐. 천천히."

주차장을 빠져나왔다.

"지금부터 생각해보라고요? 그럼 그때까진 어디로 운전하시게요?"

"핸들 꺾이는 대로. 신경 쓰지 말고 골라봐. 천천히. 다 살 테니까."

먹고 싶은 것을 고르라는 것이 본심인지, 되도록 천천히 생각을 해보라는 것이 본심인지. 그는 '천천히'라는 단어를 강조했다. 그러나 본심 따위 해석할 만큼 그녀가 귀 기울여 들었을 리 없다. 내키는 대로 핸들을 움직이던 성준은 정지신호를 받고 멈췄다.

"음…… 뭐 먹지……. 너무 어려운데……."

힐끔, 그녀의 왼손을 내려다보았다. 여자의 보석이니 액세서리니, 그런 것 하나도 모르는 그였지만.

"하…… 뭐 먹지……. 뭐 먹지……. 대표님이 사주시는 저녁은 흔치 않을 것 같은데 뭐 먹지이……."

한눈에 보아도 비싼 값일 것이라 예상이 되는 예물 반지였다.

"아, 고기 먹을까? 삼겹살 먹은 지 오래됐는데."

대체 저런 걸 누구한테 읍소하며 빌려왔을까, 성준은 황당함에 헛웃음이 나왔다. 뜬금없이 웃으니 그녀가 바라본다.

"왜요? 삼겹살이 웃겨요?"

"삼겹살 먹자고 했어? 먹자고, 그럼."

"그럼 왜 웃었는데요 갑자기?"

"잘 아는 삼겹살집 있나?"

"아뇨, 없어요. 왜 웃었는지 좀 알려줘요."

"그럼 내가 아는 곳으로 가. 여기서 20분."

신호가 바뀐다. 성준은 다시 출발했다.

"아니다, 40분. 막히니까 넉넉잡아 한 시간 정도."

여기서 멀지 않은 골목 안 어디쯤에 자리한 단골집을 떠올린 성준은 그곳과는 전혀 관계없는 도로로 질주했다. 채원은 깜짝 놀란 표정을 지었다.

"아니, 무슨 삼겹살집인데 한 시간씩이나 가요. 너무 먼데?"

"맛있어 그 집. 그리 가."

"아니 아무리 맛있어도 그렇죠. 한 시간씩이나……."

막히지 않으면 15분 안에 도착할 집을 빙글빙글 돌아 도착해볼 생각이다. 어쩐지 나란히 앉아 있는 지금의 공기를 벗어나고 싶지 않았으니까.

"대표님, 그럼 다른 거 먹을래요? 가까운 곳에 있는 거 아무거나?"

"싫어. 삼겹살 먹을 거야."

"왜요, 다른 거 먹어요."

"안 돼. 너 때문에 그 집이 가고 싶어졌어."

쳇. 배고픈데. 채원이 입술을 쭉 내밀고 꿍얼꿍얼한다. 성준은 말 그대로 핸들 꺾이는 대로 운전을 하다가 입술을 열었다.

"늦게 들어가면 남편이 싫어해서 그래?"

"아, 아, 아뇨. 아뇨, 그런 건 아니고요."

"그래? 부부가 쿨하네. 사생활 터치 안 하고."

"아…… 어…… 네, 뭐……."

실은 거짓말을 했거든요. 이곳 모든 사람들에게. 결혼했다고.

성준은 그녀의 말을 곱씹으며 운전에 열중했다. 자꾸만 실없는 황당한 웃음이 입가로 새어 나왔다.

그래. 어디까지 유부녀 코스프레를 이어가는지 봐야겠다. 언제까지 할 수 있을지, 내가 한번 구경해볼게.

"그래도 늦는다고 남편한테 전화 한 통 정도는 해줘야 하는 거 아닌가?"

"아, 아뇨! 아뇨! 괜찮아요! 문자! 문자 넣으면 돼요! 남편이 일이 늦게 끝나거든요! 괜찮아요!"

"그래? 그럼 나 마음 안 불편해도 되는 거지?"

"네네! 그럼요! 그럼요, 그럼요! 그냥 밥, 밥 먹는 건데요 뭐. 하하, 하하하하."

또 저렇게 어색하게 웃는다. 또.

성준은 웃음으로 거짓말을 때우려는 채원의 속을 훤히 들여다보고는 씩 웃었다.

"하하. 하하하하. 그런데요, 대표님. 그 삼겹살집엔 삼겹살만 팔아요? 다른 것도 있나요?"

그러곤 저렇게 다른 화제를 꺼내고 말을 돌리지. 순번처럼.

"직접 가서 봐. 뭐가 있는지."

"음, 네. 알겠습니다."

가면 갈수록 황당할 지경으로 그녀는 거짓말을 못했다. 성준은 시계를 힐끔 들여다보았다. 오랜만에 재미있는 일을 찾았다는 것처럼 눈가엔 장난기가 가득했다.

"밀린다. 더 걸리겠네. 한 시간 20분 정도."

"아…… 정말 대박적으로 멀고 험한 길이네요. 삼겹살 먹으러 가는 길."

허름한 거짓말 누더기를 입은 그녀를 태우고, 시간 여행을 떠나기로 한다. 핸들을 마음껏 꺾었다. 서울의 야경은 모처럼 아름다웠다.

"이 거리와 풍경이 소름 끼칠 정도로 낯익은데, 순전히 제 기분 탓인 거죠?"

결국 빙빙 돌아 회사 근처 삼겹살집에 도착했다. 어느 순간부터 길이 낯설지 않았지만 설마 했다. 그런데 가만히 보니 회사 근처에

와 있더라. 하. 채원은 황당하다는 듯 눈을 치켜떴다.

"맞잖아요. 저기 뒤로 가면 회사 건물 아니에요? 맞는 것 같은데?"

"운전하면서 생각해보니 그 집이 매주 오늘 문을 닫는데 잊어버렸지 뭐야. 급하게 돌아서 다시 온 거야."

봐라. 거짓말을 할 거면 나처럼 완벽하게.

성준은 물을 따라 한껏 삼켰다. 한 시간 넘게 운전했더니 제길, 조금 피곤하다.

"세상에 이 가까운 거리를…… 한 시간 10분씩이나…….."

"그러게. 너무 멀었다. 애초에 그 먼 곳으로 밥 먹으러 가겠다는 것 자체가 무리였어. 말이 돼?"

"그, 그건 제가 할 말이잖아요!"

"공깃밥 먹나?"

"당연하죠."

성준은 벨을 눌렀고 직원을 호출했다. 돼지고기 특유의 고소한 기름 냄새가 진동을 하는, 별다른 인테리어 없이 양은 테이블로 가득 찬 식당.

"주문할게요."

"네. 어떻게 드릴까요?"

채원은 주문하는 그를 풍경의 하나처럼 바라보았다. 대표가 풍기는 분위기와 이곳, 참 어울리지 않는다. 어느 틈에 그는 이렇게 근사한 어른이 되었을까. 새삼 시간의 무게가 느껴졌다.

"혹시 술, 하나?"

"네? 술이요?"

넋 놓고 보고 있는데 주문 중에 질문을 걸어온다. 채원은 본능처럼 침을 꼴깍 삼켰다. '너의 대답을 너무나 잘 알아들었어'라는 표정을 지으며 성준은 다시 직원에게 시선을 돌렸다.

"소주도 한 병 주세요."

"네, 알겠습니다. 빨리 가져다드릴게요."

직원이 사라지자 채원은 무안하다는 듯 머리를 쓸어 넘겼다.

"마시겠다고 안 했는데요."

"얼굴이 말해줬어."

휴. 아니라고 말을 했어야 하는데 타이밍을 놓쳤다. 하지만 잘 구운 고기 한 점에 술 한잔은 아흐, 포기가 안 되는 거지.

"안 마실 건데. 술은 별로 생각이 없네요."

마지막 객기를 부려보았다.

"뭐 그럼. 내가 마시게."

"대, 대표님이요?"

"문제 있어?"

"어, 아뇨. 문제는 아닌데. 원래 술 잘 안 드신다고 하셨잖아요."

"가끔 마셔. 속 터질 때. 멘탈 갈릴 때. 답 없을 때."

어지간히 목이 말랐는지 벌써 두 잔째 물을 마신다. 채원은 그런 성준을 뚱하니 바라보았다.

"일이 많이 힘드시죠?"

"일이 고된 건 팔자려니 하는데."

"……."

"일보단 부수적인 게 더 힘들게 하네."

채원은 더는 질문하지 않겠다는 표시로 눈을 내리깔았다. 어쩐지 마음 한구석이 뜨끔거리는 게, 그 부수적인 사안에 나는 해당 없는 거지?라는 질문은 양심상 튀어나오지 않았다.

적당한 시간 내에 불판이 달구어지고 고기가 올라온다. 술이 놓이고 밑반찬이 깔렸다. 성준은 입고 있던 재킷을 벗고 소매를 걷어 올렸다. 본인 잔을 채우고 고기를 뒤적뒤적하는데,

"뭐야."

그녀가 슬그머니 술잔을 내민다. 아주 공손하게.

"안 마시겠다더니?"

"……한 잔만요."

"버스 떠났어."

"그러지 말고 한 잔만 주세요. 아쉬울 것 같단 말이에요."

"마실 줄은 알고?"

고기에 시선을 주던 성준이 눈을 들어 그녀를 바라보자 황당하다는 표정을 짓고 있다.

"대표님. 저도 나이 먹을 만큼 먹었어요, 왜 이러세요."

"해서?"

"병을 드르륵, 까서 꼴꼴꼴, 따르고, 쫙, 들이켠 다음. 캬."

채원이 소주를 마시는 시늉을 하자 성준의 입술이 쩍 벌어진다. 한 치의 어색함도 없이 매끄럽게 이어간 원맨쇼에 할 말을 잃은 것이다.

"어때요. 이 정도면 한 잔 정도 받을 자격 있죠?"

"한 잔만 준다. 그럼 딱 한 잔만."

못 이겨 술병을 들자 채원이 빠르게 잔을 바꿔 든다. 얘 봐라? 음료수 잔으로 딸려 나온 큰 잔이다.

"뭐, 여기다가 따르라고?"

"한 잔만 준다면서요. 이곳에."

"까분다."

"도로록, 꼴꼴꼴, 쫙, 캬."

안 줄까 봐 혼신의 힘을 다해 소주 마시는 시늉을 한다. 그 모습에 잠시 넋을 놓은 성준은 웃음을 터트리고 말았다.

그래, 참 그랬지.

"까불지 말고 잔 바꿔. 음주는 알아서 적당하게."

"넵!"

이렇게 사랑스러웠지. 한순간도 빠짐없이.

말술을 마실 것처럼 덤비더니 예상 밖으로 한 잔 외엔 입에 대지 않는다. 그런 채원을 앞에 두고 한 잔 두 잔 조용히 술을 삼키던 성준은 어느덧 그녀의 젓가락질이 느려지자 고개를 들었다.

"다 먹었어?"

"네. 배불러요."

"그럼 이것만 먹고 일어나자."

"네, 대표님."

실은 아까부터 배불렀는지 금방 젓가락을 내려놓는다.

성준은 흘깃 술병을 바라보았다. 두 잔이나 나올까, 싶을 빈 병을 바라보다가 다시 쥐고 술을 따랐다. 그러다가 툭 하고 그는 말을 뱉었다.

"우리 참, 섞을 말이 없다."

하고 싶은 말은 쌓여가는데, 뱉을 수 있는 말은 줄어간다.

"뭔가가 입에서 맴맴 도는데 딱히 끄집어낼 말이 없네."

홀짝, 술잔을 비웠다. 이곳에 자리하고 술 한 잔을 따른 뒤로, 말이 사라졌다. 둘은 먹는 일에 열중했다. 고기를 구웠고, 술을 비웠다. 그뿐이었다.

"저 때문인 거, 잘 알아요."

탈탈 털어 비울 요량으로 술병을 붙잡던 그는 멈칫, 했다. 채원은 시선을 내리깐 채 입술을 열었다. 섞을 말이 남아 있지 않은 건, 사사로운 말 몇 마디가 이다지도 힘에 부친 건.

"사실 대표님이 저 미워하셔서도 어…… 할 말 없는데……."

나 때문이다.

"잘해주셔서, 신경 써주셔서, 감사하고 고맙습니다. 이 말은 언젠가 꼭 하고 싶었어요."

성준은 술병을 잡은 손에 지나치게 힘이 들어갔음을 느끼며 느슨하게 풀었다.

……술이 문제다. 위험하다.

"사실 저, 대표님한테 미움받을 각오하고 입사한 거였거든요."

그녀는 울 것 같은 표정도 아닌, 그렇다고 웃음을 터트릴 것 같은 표정도 아닌. 거짓이 아닌 진심을 말할 때 나오는, 모든 것이 고요한 표정을 짓고 있었다.

"그래서 절 어떻게 대하셔도 할 말 없어요. 대표님이 절 어떻게 대하시건 어쨌든 저는 석 달 동안 무조건 회사 나올 거고, 잘 다닐 거고, 그러니까 걱정하지 않으셔도 돼요."

"아……."

그의 입술 사이로 알 수 없는 탄식이 터졌다. 기한을 채우지 못하고 느닷없이 일을 관둘까 봐 염려를 하고 있다고, 그녀는 자신을 그렇게 생각하고 있는 듯했다. 그래서 드문드문 잘해주는 거라고.

"면접 때 말씀하셨던 대로 어…… 대표님께는 믿어달라는 말 자체가 신빙성 없는 저라는 것도 알지만……."

그래서 내가 너에게 이러는 거라고.

"괜찮아요. 저 안 떠나요."

떠나지 않겠다는 말이, 어쩌면 이렇게도 마음을 흔드는 걸까.

"걱정 마세요. 석 달은 무슨 일이 있어도 채울 거니까요. 염려하지 않으셔……."

"정채원 씨."

"네, 대표님."

"떠나도 돼. 그러면 안 된다고 말한 적, 없어."

채원은 두 눈을 꽉 감았다. 떠나도 된다는 그 말이, 어쩌면 이렇게도 마음을 울리는 건지.

"사람 하나 갑자기 사라지는, 나 그 정도의 일로 이젠 무너지지 않아. 흔들리지도 않고."

"……."

"그런 일을 염려하며 회사 운영할 만큼 마음이 한가하지도 않고."

"네……."

"나한테 미움받을 각오 돼 있다고 말했지."

"……네."

다 식어버린 불판을 앞에 두고, 전부 식어버린 눈빛을 연기하며, 그는 마지막 잔을 비웠다. 잔을 이리저리 돌리다가, 멈췄다.

"그럼 버텨봐."

버텨봐. 앞으로 내가 어떻게 변할지 나도 모르니까.

"뭐든 각오해."

나는 궁금한 게 많아졌거든.

"스페인에서 만났던 남자친구가 지금 회사 대표라고? 진짜? 내가 소개해준 곳?"

"그렇다니까."

저녁 식사가 끝난 뒤, 두 사람은 각자의 길로 헤어졌다. 좀처럼 집으로 떨어지지 않는 발길. 채원은 집 근처에 사는 친구 해경을 불러 편의점 테이블 앞에 앉았다. 지금의 일자리를 소개해준 친구 해경은 입을 크게 벌렸다. 오랜만에 만났으니 할 이야기가 많았다.

"대박 사건. 대박. 대박. 그럼 너 지금 전 남친이랑 같이 일하는 거야?"

"뭐, 그런 셈이지."

채원은 말끝에 웃음을 흘렸다. 해경은 어머머머, 어머머, 요란한 소리를 내며 다음 이야기를 채근했다.

"왜 여기서 끊어. 계속 말해봐. 뭐야. 어떻게 되고 있는 건데, 그래서?"

"뭘 어떻게 돼. 그냥 그렇다고. 그게 다야."

"너 결혼한 줄 안다며. 계속 유부녀인 척하고 회사 다니는 거야?"

"응. 그렇게 됐어. 말할 타이밍을 놓쳐서."

"헐……."

해경은 별일을 다 보겠다는 표정을 지었고,

"내가 요즘 이러고 산다, 해경아."

채원은 별일을 다 겪는다는 표정을 지었다.

"웨딩 알바 중이었다고 말하지 그랬어. 그럼 쉽게 끝났을 일 아냐?"

"그냥. 거기까진 생각도 못 했어. 그냥 막, 정신없이 흘렀어, 상황이."

해경에게도 저세상 분과 혼인을 치렀다는 말은 함구했다. 절대로 입 밖에 꺼내면 안 된다는, 주변과 신상에 큰 문제가 생길 거라는 곽씨의 엄포가 있었기 때문이다. 웨딩 알바를 근근이 했었단 걸 아는 벗이기에 대충 그 선에서 매듭을 지었다.

"웬일이야, 세상에. 세상에 수많은 코스프레를 들어봤지만 유부녀 코스프레는 처음 들어본다."

"별거 없어. 그냥 뭐, 남편 이야기 나오면 적당히 대답하는 정도. 그뿐이야."

"전 남친을 회사에서 만나면 기분이 어때? 게다가 대표라며."

"기분?"

채원은 기다란 맥주 캔을 들어 한 모금 가득 삼켰다. 글쎄 이걸 뭐라고 말을 해야 할까. 지금 나의 기분을.

"모르겠어. 내 기분이 어떤지."

"스페인에서 만났으면 너네 집 되게 잘살았을 때 만났겠다. 그치?"

"그랬지. 대표님은 내가 취미 생활로 일하러 나온 줄 알아. 그래서 처음엔 단순한 웨딩 알바다, 이런 말도 안 떨어졌어. 행여나 우리 집 상황을 의심할까 봐."

처음엔 자격지심이었다. 다음엔 하나를 설명하면 뒤따라야 할 남은 설명과 해명이, 미리 염려되었다.

해경은 두 손으로 턱을 괴고 흠, 한숨을 내쉬었다.

"그래. 그렇겠다. 집이 쫄딱 망해서 한국에 돌아왔다는 말을 어떻게 해. 나도 못 할 것 같긴 해."

"어우, 죽어도 못 하겠어. 죽어도."

"왜? 자존심 상해서?"

"아니."

아니. 채원은 옅은 미소를 지었다.

"내가 그런 이유로 헤어지자고 했단 걸, 이제 와서 대표님이 아는 게 싫어."

"⋯⋯."

"그런대로 잘 정리하고 잘 사는 사람의 마음에 어떤 것도 남기고 싶지가 않아."

사랑했던 여자의 집이 무너진 줄도 모르고 떠나보낸 남자로 만들고 싶진 않다. 흘려보내면 그만인 과거를 다시 끌어와 현재에 버무리며 미래를 바꾸고 싶은, 그런 마음은 추호도 없다. 나는 그냥 이대로 당신에게 뻔뻔한 사람이 되기를. 눈치도 없고 염치도 없는, 보통의 사랑에 빠진, 어떤 남자의 아내로 남게 되기를.

"그냥. 내가 대표님이라도 다 알고 나면 되게 착잡할 것 같아. 뭐, 오래가진 않겠지만."

"그래, 채원아. 숨길 수 있을 때 잘 숨겨, 그럼. 어차피 석 달만 일하면 되잖아."

"응. 그렇게 해보려고."

채원은 이야기의 갈무리를 하듯 다시 맥주를 들었다. 별생각 없이 짧은 한숨을 쉬며 마른안주를 뜯던 해경은 채원의 손을 바라보다 두 눈을 크게 떴다.

"야, 그건 뭐야? 무슨 반지가 그렇게 번쩍번쩍해?"

"아, 이거?"

채원은 왼손을 쫙 피며 크게 웃음을 터트렸다.

"누가 빌려줬어. 유부녀 행세 잘하라고."

"헐. 이런 비싼 반지를? 누가? 야, 줘봐. 나도 좀 껴보게."

"안 돼. 절대 빼면 안 돼. 쏘리."

해경이 한 번만 껴보자고 조르자 채원은 주먹을 말아 쥐며 고개를 절레절레 저었다.

"쳇, 치사한 계집애. 알았어. 이것만 마시고 들어가자. 나 피곤해."

"알았어. 나 다 마셔간다."

착잡한 가슴속으로 시원한 맥주가 들어간다. 채원은 무심히 맥주를 삼키다가 곁에 놓인 커다란 쇼핑백으로 시선을 옮겼다. 친구 해경은 때마다 새 옷이나 다름없는 자신의 옷을 입으라며 가져다주었다.

"그리고 해경아, 옷 잘 입을게. 매번 고마워. 너 아니었으면 나 회사 뭐 입고 출근했을까 몰라."

"야, 주고 싶어 주는 게 아니야. 살쪄서 안 맞아서 넘겨주는 거지."

"그럼 살 빼고 입으면 되잖아."

"가망 없어. 너나 입어."

거짓말인 걸 다 안다. 채원은 친구의 마음 씀씀이에 조용히 웃었다. 삶이 간혹 버겁고 위태로워도 버틸 수 있는 건 이런 벗, 소중한 가족이 있기 때문이다.

그래. 남은 시간만 잘 버텨보자. 무사한 시간이 흐른 뒤에, 아무 일 없었던 듯 돌아가자.

나한테 미움받을 각오 돼 있다고 말했지.

"해경아. 미움받을 땐 용기가 필요한 거지?"

"용기는 개뿔. 미움받을 땐 어쩌라고, 가 필요해. 그래서 어쩌라고."

그럼 버텨봐. 뭐든 각오해.

"아아, 그래서 어쩌라고."

"응. 아, 뭐 어쩌라고. 내가 미운데 뭐 어쩌라고? 요즘 세상엔 이런 마음이 필요하단다."

채원은 벗의 대꾸에 웃음을 터트렸다. 사실은 미움받을 용기도 뭐도 하나 없지만.

분명한 사실 하나. 나는 어떠한 방식으로도 그와 얽히고 싶지 않다는 것. 그를 헝클어트리고 싶지 않으니까.

"채원아, 그런데 있잖아, 아무리 생각해봐도 전 남친이랑 일하는 거 기분 되게 이상할 것 같아."

"엄청 이상해. 엄청. 호칭도 대표님이라고 해야 하고. 엄청 이상해 진짜."

모든 시간이 끝나면 먼지처럼 사라질, 그의 인생에서 점처럼 사라질,

그럼 버텨봐. 뭐든 각오해.

각오는 되어 있다. 충분히.

"채원 씨!"

"흐엉, 김 실장님!"

출근을 하니 반가운 얼굴이 있다. 채원은 교육으로 이틀 동안 자리를 비웠던 민권을 향해 급히 걸어갔다. 고작 이틀이었지만 체감엔 200일 정도 못 봤던 것 같다.

"채원 씨 잘 있었어요?"

"네. 왜 말씀도 없이 가셨어요, 김 실장님 안 계셔서 제가 얼마나 놀랐는데요."

민권은 씩 웃었다.

"그게 채원 씨 먼저 퇴근하고 결정된 일이라. 원래 저는 남을 예정이었거든요. 급하게 결정됐어요."

"아아, 그랬구나. 앞으로 또 뭐, 자리 비울 일 없으신 거죠?"

"상사께서 변덕만 부리지 않으신다면요."

아. 상사. 채원은 민권과 대화를 나누다가 천천히 고개를 돌렸다. 아뿔싸, 반투명 블라인드가 투명으로 바뀌어 있는 대표실 안. 멀리서 봐도 희번덕거리는 눈빛으로 성준이 바라보고 있다.

"김 실장님이 계시지 않은 동안 정말 많은 일이 있었답니다."

채원은 성준을 바라보며 중얼거렸다.

"이해합니다. 혼자 두고 가서 내내 마음에 걸렸어요."

"김 실장님이 얼마나 대단한 분이신지 이틀 동안 절절하게 느꼈어요."

"알아주는 이가 있어 고마울 따름이죠."

흐잉. 채원은 민권을 바라보았다. 아아, 애틋하여라. 같은 상사 아래 한배를 탄 동료들은 전우와도 같았다. 민권은 희번덕거리다 못해 두 눈에 불이 붙을 것만 같은 성준을 힐끔 바라보고는 웃음을 터트렸다.

"저는 이제 들어가볼게요. 대표님과 나눌 이야기가 남아서."

"네. 알겠습니다. 어서 들어가보세요."

성준의 곁에서 꼼꼼하게 그를 살펴줄 침착한 민권이 돌아왔음은 여러모로 기쁜 일이었다. 어쩐지 마음이 놓이는 느낌.

민권이 대표실로 들어가고 문을 닫는다. 채원은 여전히 자신을 바라보고 있는 성준을 향해 출근 인사를 건넸다. 인사를 받은 건지 만 건지 성준의 시선이 민권에게 옮겨간다. 이윽고 투명했던 유리는 반투명으로 변해, 내부의 모습이 가려졌다. 채원은 자리로 걸음을 옮기며 빙그레 미소 지었다.

"아, 실장님이 오시니까 뭔가 편안하네. 정말 존재감이 대단하신 분이야."

김 실장이 돌아왔으니 대표도 집중해서 업무를 볼 수 있으리라. 사실은 그 점이 제일 기뻤다.

"나는 대표님한테 도움이 안 돼서 마음이 좀 불편했는데. 아후, 이제 한시름 놓겠다."

채원은 의자에 앉았다. 민권의 복귀가 기쁜 건 순전히 성준 때문이었다.

"장기 출장 갔다가 돌아왔어? 무슨 인사가 이렇게 길어."

반투명 유리로 바꾸며 성준이 타박을 하자 민권은 어깨를 으쓱 올려 보였다.

"채원 씨를 얼마나 괴롭혔으면 저렇게 눈물이 그렁그렁해요?"

"걔는 원래 아무 때나 그렁그렁해."

"아아, 그런가요. 그건 몰랐네요."

흠. 민권은 다미안과 벌어졌던 소동을 전해 들었다. 설마하니 이틀 동안 무슨 일이 있겠냐 싶었는데. 민권은 아직 도장을 찍지 못한 계약서를 들며 중얼거렸다.

"그러니까, 다미안 씨한테 경고를 하셨다는 말씀이시죠?"

"난 경고를 했는데 그쪽은 협박으로 들었을 수도 있어."

"뭐, 어쨌든 잘하셨어요. 짚고 넘어갈 타이밍이 되긴 했죠. 우리가 언제까지 받아줄 수는 없는 거니까요."

민권은 계약서를 내렸다. 그러고 나서 곁에 두었던 태블릿 PC를 들고 곧장 성준에게 파일을 전송했다.

"대안 마련하겠습니다."

"차선으로?"

"차선은 말이 안 되죠, 지금 최선을 다해도 모자란데요. 더 괜찮은 건축가 물색해볼게요. 콘셉트는 최대한 유지할 수 있는 선에서."

"그렇게 해. 그리고 우리 조직 규모를 더 세분화해야겠어."

성준이 밀렸던 이야기를 시작하자 민준이 받아 적었다. 날이 갈수록 회사의 몸집이 커져가니 조직의 규모를 더욱 세분화해야 했다. 민권은 긍정의 뜻으로 고개를 끄덕였다.

"알겠습니다. 관련 팀 협조 요청해볼게요."

밀렸던 대화가 끝이 나고 하루 스케줄 정리를 마친 뒤 민권은 돌아서기 전 태블릿 PC 스케줄 달력을 다시 살폈다. 아. 전하지 못한 말이 있다.

"대표님, 내일 외부 스케줄이 추가되었습니다."

"외부? 어떤?"

"주옥선 여사님 뵈러 가셔야 해요. 죽은 아드님의 기일이거든요."

"아, 기일. 엊그제 다녀온 것 같은데 벌써 1년이 지났나?"

성준은 달력을 바라보았다. 사무실에 앉아 일만 한 것 같은데 어느덧 1년이 지났다니. 시간 참 빠르다.

"여사님 비서 통해 듣기로는 이번엔 위혼제를 좀 크게 하신다고. 대표님은 그냥 알고만 계세요. 나머지는 알아서 준비하겠습니다."

"그런데 보통 이렇게 위혼제, 이런 걸 크게 하나?"

"글쎄요. 어찌 되었든 우린 그저 참석만 하면 되는 거니까요."

"알았다. 참고할게. 그리고 김 실장이 알아서 잘 준비하겠지만 특별히 신경 좀 써줘. 부탁해."

"네. 알겠습니다, 대표님."

주옥선 여사는 회사에 영향력을 행사하는 사람은 아니었기에 딱히 아들의 위혼제라는 명분으로 성준을 초대하진 않았지만 죽은 강형재 군의 기일이 도래하면 성준은 긴장할 수밖에 없었고, 무슨 일이 있어도 찾아뵙게 되었다. 주옥선 여사는 에어밸런스의 대주주였다.

"어디 가나?"

비서진이 자리를 꽉 채우고 내내 비상 회의가 이어졌다. 통역과 번역을 맡은 채원은 온종일 자리를 지켰다. 일에 치이는 다른 사람들과 달리 오늘은 한가했다. 탕비실로 향하던 채원은 뒤에서 들리는 성준의 목소리에 돌아보았다.

"아, 커피 좀 내릴까 해서요. 다들 피곤하신 것 같아서."

"내 것도 만들어주나?"

"물론이죠."

채원은 그게 뭐 대수냐며 웃었다.

대표실, 투명 유리창 안으로 비치는 성준은 온종일 업무에 매달렸다. 한 손엔 서류를, 한 손엔 수화기를, 그러다가 PC로 시선을, 긴 회의를. 일과 씨름하는 그의 모습은 두고두고 보기 좋았다. 그러지 않으려고 해도, 넋을 놓고 보게 되었다.

"대표님 피곤하시죠?"

"머리가 안 돌아간다. 전 같지 않네."

자연스럽게 그의 발길도 탕비실로 향한다. 탕비실 문을 열고 들어선 채원은 자연스럽게 커피 메이커 앞에 섰다. 성준은 물통을 꺼내 정수기의 물을 받았다.

"제가 할게요. 두세요, 대표님."

"나도 손 있어."

"그냥 잠깐이라도 쉬시는 게."

"번역 잘했더라."

"⋯⋯네?"

그가 뱉은 뜻밖의 말에, 채원은 정지했다. 적당량의 물을 물통에 받은 성준은 멈춘 그녀를 대신해 커피 메이커 앞에 섰다. 원두를 찾았고, 커피를 내리기 시작했다.

"일 잘했다고."

"아…… 아, 네."

무슨 엄청난 말을 들은 것도 아닌데 얼굴이 붉어졌다. 따뜻하고 진한 커피 향이 코끝에 스며든다.

"덕분에 회의 잘했어. 별첨해준 부분이 센스 있던데."

"아…… 그거요. 이해가 조금 어려우실 것 같아서 자료를 좀 찾아봤는데…….."

"눈썰미가 좋네. 시간 단축했어."

"감사합니다."

"감사는 내 쪽에서."

성준은 여러 잔에 커피를 적당히 따르기 시작했다.

일터에서 일 잘했다는 칭찬이 이런 느낌이라고? 채원은 쿵쿵, 하고 발악하며 뛰는 심장에 당황스러울 지경이다. 성준은 힐끔 그녀를 바라보았다.

"뭐가 이렇게 수줍어. 일은 프로면서."

"그냥요. 오늘 다들 바쁘신데 혼자 멍하니 앉아 있어서 좀, 그랬거든요."

인원이 많은 관계로 두 번째 커피를 내리던 성준은 잠시 움직이던 손을 멈췄다. 채원은 머뭇머뭇하며 손끝만 내려다보았다.

"전화라도 오면 내가 받아야지, 했는데 오늘은 전화도 안 오더라고요. 다들 바빠서 뭐라도 도움이 되면 좋겠는데 뭘 해야 하는지도 사실 잘 모르겠고 해서."

"……."

"커피라도 내려드리려고 왔는데 대표님이 또 하고 계시잖아요. 그런데 일 잘했다고 칭찬해주시니 좀, 기분이 막."

"그만. 그만그만."

"네. 더 열심히 하겠습니다."

"어후, 무서워서 무슨 말을 못 하겠네. 감동 포인트를 좀 알려주라고. 당황스러우니까."

저러고 귀까지 빨개져선 손끝만 쭈뼛쭈뼛하니.

……귀, 귀엽다.

채원이 예고도 없이 귀여워 제 얼굴도 붉어지니 성준은 당혹스러움에 반대쪽으로 고개를 돌렸다. 저건 알고 저러는 건지 모르고 저러는 건지, 시도 때도 없이 그렁그렁하고 귀엽고, 혼자 다 하고 있다.

"시키실 일 있으면 막 시켜주세요. 굳이 통역이나 번역 아니어도 돼요. 잡무라도 주시면 시간 내에 열심히 하겠습니다."

"노동청이 무서운 사람이야 나는. 계약 내용만 잘 지켜주면 돼."

"제가 원해서 그래요."

"놀아 좀. 일이 없으면 농땡이도 치고. 나한테 잘 보여도 정채원 씨는 성과급 없어. 그러니까 놀아, 놀 수 있을 때."

성준은 커피를 마저 내렸다. 얼음 정수기에서 얼음을 내려 한 잔엔 얼음을 가득 담았다.

"있잖아요, 대표님."

"그래. 나 여기 있다."

채원은 가만히 있다가 다시 고개를 들었다. 생각해보니 걸리는 부분이 있다.

"혹시…… 다미안 씨가 이대로 계약을 하지 않겠다고 하면요."

"……."

"저는 더 이상 할 일이 없는 건 아닐까요?"

"할 일이 없을까 봐 걱정이야?"

"네. 스페인 통역 때문에 채용됐는데 그 일이 없으면 그냥 어…… 일이 없어지는 게 아닌가 해서요."

"그래?"

성준은 뒤로 돌았다. 무슨 생각이 스친 걸까.

"정 생각이 그렇다면 마다 안 할게. 커피 마시고 휴게 시간 충분히 가지고 대표실로 들어오세요."

"대표실로요?"

그녀에게 아이스커피를 한 잔 내밀었다. 얼떨결에 채원은 두 손으로 커피를 받았다. 얼음이 가득 담긴 커피를 받았는데, 어인 일인지 따뜻하게 느껴진다.

"일거리 필요하다며. 정채원 씨 자리엔 일이 없어도 내 자리엔 차고 넘치거든."

"아……."

"그건 너 마시고, 저건 나가서 비서들 나눠 주고."

비서들이 마실 따뜻한 커피는 트레이에 담아두었다. 자신의 커피를 한 잔 챙기고, 트레이는 채원에게 맡기기로 한다. 아무래도 본인이 타주는 것보다 채원이 탔다고 하는 게 여러모로 낫겠지 싶은 모양이다.

"김 실장이 바빠. 부서 미팅이 많아서 오후도 내내 자리 비울 거야. 내 지시받아, 어제처럼."

"아…… 네, 대표님."

근심이 조금 내려앉았던 얼굴에 다시 빛이 돈다. 요령도 모르고 일에 매달리려는 그녀 모습이, 변함없어 웃음이 난다.

"말 무르기 없어. 일은 언제 끝날지 몰라."

"괜찮아요! 닭의 홰치는 소리가 들려올 때쯤 끝나도 전혀 문제없어요!"

"좋네."

성준은 탕비실을 나가려고 몸을 비틀었다. 그녀를 지나치다가 손을 들어 그녀 어깨를 툭툭 쳤다.

"아무튼 번역 잘했어."

채원은 느닷없이 느껴지는 그의 손길에 숨을 내뱉는 것도 잊고 입술을 꽉 닫았다. 입술을 오므리지 않으면 심장이 입 밖으로 튀어나올 것만 같았다.

"든든하다."

……도대체 심장은 뭘 어쩌고 싶어서 이렇게 뛰는 걸까.

"진심으로."

터지고 싶은 모양이다.

그는 탕비실을 나섰고 채원은 그 자리 그대로 굳은 채 가만히 서 있었다. 쿵, 쿵, 쿵, 쿵, 뛰어오르는 심장의 소리가 자신의 귓가에 선명했다.

"칭찬……받았다……."

이게 뭐라고 이렇게 마음이 젖어드나. 잘했다는 한마디가, 뭐 얼마나 대단한 말이라고 이렇게까지 마음이 일렁이나. 채원은 그가 타준 커피를 내려다보았다.

든든하다.

"와…… 대표님한테 나 칭찬받았나 봐……."

진심으로.

내내 그래왔지만 실망하는 얼굴 같은 건 보고 싶지 않아졌다. 채원은 가만히 자신의 어깨에 손을 올렸다가 천천히 내렸다.

"……헷. 기분 진짜, 이상해."

전의를 상실했던 오전과는 달리 힘이 불끈불끈 솟는다. 기분은 수직으로 상승하여 못 할 일은 아무것도 없을 것만 같았다.

"아차차. 커피 식기 전에 가져다드려야겠다."

채원은 자신의 커피도 트레이에 내려놓고 손잡이를 잡았다.

그때였다. 띠링, 메시지가 도착했고 채원은 휴대폰을 꺼내 내려다보았다. 곽씨의 연락이었고, 날짜와 시간, 장소를 알려주었다. 강형재 군의 위혼제는 내일이었다.

혹시 너는 아닐까

어느덧 7시가 넘어간다. 일을 처리하기가 무섭게 다시금 쌓이는 업무의 홍수 속에 모두는 퇴근 시간을 맞이했다.

"으아, 난 도저히 안 되겠어. 오늘은 이만 퇴근. 아, 몰라. 내일의 내가 더 고생하겠지."

"나도. 정 대리, 나하고 같이 퇴근하자. 현실도피가 필요해."

'안 되면 된 척하라'는 직장인들의 대대적인 슬로건을 가슴에 품고 하나둘 자리에서 일어나기 시작했다. 모든 일을 전부 다 해치우면 좋겠지만 오늘이 지구 종말인 것처럼 살 수는 없었다. 왜냐. 지구 종말이 와도 출근은 해야 하고, 그러니 내일도 버틸 에너지 정도는 남겨둬야 했으니까.

"채원 씨는 퇴근 안 해요?"

어지간하면 가장 먼저 퇴근하던 채원이 일어날 생각을 하지 않으니 직원들은 재킷을 들고 일어서며 그녀를 바라보았다. 서류를 보던 채원은 고개를 들었다. 성준에게 받아 온 일거리를 산처럼 쌓아둔 그녀는 웃으며 손을 흔들었다.

"일이 좀 남아서요. 먼저들 가세요, 저는 나중에 갈게요."

"채원 씨 할 일 많이 남았어요? 내일 하지? 아까 보니까 대표님 사무실에서 뭘 잔뜩 들고 나오던데."

"어림없어요. 오늘 어느 정도 해치워야지, 안 그러면 내일은 진짜 헬일 것 같거든요."

탕비실에서 할 일 없다고 징징거리기가 무섭게 산처럼 쌓인 일거리를 나눠 주더라.

업무와 밀접하게 관련된 일은 아니었다. 다만 사람 손을 타야 하는 잡무였고, 그녀는 파일 순번대로 3년치 자료를 묶는 중이었다. 지금 3개월치를 끝냈으니 2년 9개월치가 남은 셈이다.

"원래 우리가 해야 하는 일인데 채원 씨가 고생하네."

"누구라도 하면 좋죠. 다들 바쁘신데요."

"그럼 고생해요, 채원 씨. 내일 봐요."

우르르르 자리를 빠져나간다. 부서별 회의가 한창인 대표실의 문은 굳게 닫혀 있고, 채원은 기지개를 켰다. 아직도 어마 무시하게 쌓인 파일을 바라보자니 끙, 앓는 소리가 절로 흘러나왔다.

"휴, 이거 다 하려면 닭의 홰치는 소리가 들려도 퇴근 못 하겠는데."

호기롭게 일거리를 구걸할 때만 해도 야근 따위 얼마든지 할 수 있을 거라 생각했는데. 사람 마음이란 이토록 간사하다. 저걸 언제다 하나, 바라만 봐도 막막했으니까.

순간 대표실 문이 열리며 타 부서 사람이 나온다. 문이 반쯤 열리고, 회의를 끝마친 성준은 파일을 옮기려 고개를 들다가 혼자 앉아 있는 채원을 발견했다.

전부 다 퇴근했는지 썰렁한 공간. 기지개를 쭉 펴고는 다시 파일로 시선을 돌린 채원을 바라보다가, 성준은 피식 웃었다. 할 수 있는 만큼만 하라고 주긴 줬지만 중도 포기는 하지 않을 성격임을 잘 알고 있다.

"저, 대표님."

그때였다. 문을 열고 나서던 직원이 다시 안으로 들어왔고 깜빡 잊어 하지 못한 안건을 재차 확인했다. 성준이 간략하게 설명을 하자 직원은 다시 나가보겠다며 허리를 굽혀 인사했다.

"저기, 윤 대리. 잠깐만."

"네?"

이번엔 성준이 직원을 불러 세웠다. 만년필로 책상을 툭툭 치던 성준은 잠시 뜸을 들이다가 입술을 열었다.

마주 선 직원은 자타가 공인하는, 기발한 아이디어의 소유자. 끝없는 상상력으로 반짝이는 발상을 곧잘 하는, 감각이 있는 직원이었다.

"일적인 문제는 아니고 내가 좀 궁금한 일이 있어서."

"네, 대표님. 뭔데요?"

"결혼을 하지 않았는데 결혼을 했다고 거짓말하는 이유는 뭘까?"

"난센스인가요?"

"아냐. 그런 건 아니고. 어디서 봤는데 그다음 이야기가 궁금한데 페이지를 찾을 수가 없네."

"아…… 음……."

직원은 잠시 생각하는 듯한 표정을 지었다.

"누구한테 결혼을 했다고 하던가요? 기억나세요?"

"뭐, 글쎄. 전 남친이었던가?"

"에이, 그럼 뻔하죠. 여자가 전 남친한테 철벽 치는 거죠. 결혼했으니까 얼씬도 하지 말라는."

"……나가봐."

성준은 급격한 내상을 움켜쥐며 나가보라 손을 팔랑팔랑 흔들었다. 그렇지. 역시 그거밖에 없는 거지.

별 질문을 다 듣겠다는 얼굴로 떨떠름하게 돌아선 직원은 몇 걸음 가지 않아 다시 멈췄다.

"아니면 이런 거?"

"나가봐. 됐어."

"당일에 파혼을 당한 건 아닐까요?"

툭툭, 힘없이 만년필로 책상만 두드리던 성준은 천천히 고개를 들었다. 직원은 그럴 수도 있지 않겠느냐는 표정을 짓고 있다.

"뭐, 인터넷엔 워낙 그런 이야기도 많으니까요. 당일에 파혼당하는 이야기 같은 거 많이 봤거든요."

"당일에…… 파혼…… 아……."

성준은 전혀 생각도 못 했다는 듯 당혹감을 감추지 못하며 주먹을 쥐고 입술을 가렸다.

"가보겠습니다. 내일 뵙겠습니다, 대표님."

직원이 인사를 하고 나가는지도 모른 채 성준은 모든 동작을 멈췄다.

당일에 파혼을 당한 건 아닐까요?

파혼. 파혼이라.

"그건 또 생각을 못 해봤다."

그래. 그럴 수도 있지 않겠나. 결혼을 하려 했던 그날은 사실이고. 파혼으로 결혼식을 못 올려 차마 나한테 말을 못 하는 상황일 수도?

"가능성이 아주 없진 않네……."

무엇을 떠올려도 앞뒤가 맞지 않아 착잡했던 전과는 달리, 채원의 모든 정황에 신빙성 있는 알리바이가 성립되는 것 같은 기분이 살갗에 내려앉는다.

파혼. 파혼…….

성준은 리모컨을 들어 반투명 블라인드를 투명으로 걷었다. 뿌옇던 세상 너머 채원이 선명하게 보인다.

언젠가 기회가 되면 물어보려고 했는데. 나에게 기혼이라 말한 이유가 대체 뭐냐고, 물어보려고 했는데. 만일 파혼 같은 일이라면 모른 척 넘어가주는 것이 상대에 대한 예의이지 않겠는가, 하는 생각이 밀려온다.

넌 알리고 싶지 않을 테니까. 다른 누구보다도 내게, 말하고 싶지 않을 테니까.

"언제까지 모른 척을 해야 하는 거야, 그럼."

성준은 중얼거리며 계속 채원을 응시했다. 같은 자세로 일하기가 벅찬지 중간중간 계속 목을 돌린다.

휴. 성준은 블라인드를 다시 반투명으로 바꾸며 의자에 깊게 기대어 앉았다.

"다미안을 한번 더 불러다가 물어보라고 해야 하나, 그래야 진실을 말해주려나."

듣고 싶지 않지만, 듣고 싶었다. 듣고 싶지만, 듣고 싶지 않았다. 정말로 네가 내게 철벽을 치는 거라면. 얼씬도 하지 말라는 게 정말 맞다면.

"아, 일단 일부터 좀 하고. 일. 일을 합시다."

그렇다면 들어버린 나는 어떻게 해야 하는 건지 알 수가 없었으므로.

벌써 시간이 이렇게 됐나. 무심결에 시계를 흘깃거린 성준은 12시가 다 되어가는 시간을 확인하고는 하던 일을 잠시 멈췄다.

새로 추진하는 신사업은 덩치가 컸다. 하늘이 뚫린, 개방형 청정 공기 순환 인공 숲 카페는 한국에서 시범적 완공이 되는 대로 중국, 베트남, 인도 등으로 뻗어나갈 계획이었다. 시간이 다소 박하여 실수란 용납되지 않을 테니 그저 몇십 번, 몇백 번 끊임없이 확인하는 수밖에 없었다. 보았던 서류를 또 보고, 넘겨놓았다가 다시 꺼내 또 한 번 확인하고.

"커피나 한 잔 타 올까."

잠시 정신을 차리니 뭉친 어깨가 뜨끈하고 머리가 무겁다. 퇴근은 물 건너간 일이니 커피나 한 잔 타 올까, 그런데 그마저도 귀찮다, 이런저런 생각을 하던 성준은 무엇이 떠올랐는지 블라인드를 투명으로 바꾸었다. 입술이 작게 벌어진다.

"뭐야, 아직도 있어?"

채원이 아직 자리에 있다. 성준은 시간을 다시 확인하고 서둘러 자리에서 일어섰다.

"아니, 뭘 저렇게까지 매달려서 해. 못 하면 못 하는 대로 두라니까."

당연히 갔겠거니 했는데. 이 시간이면 당연히. 당연히.

그는 문을 열고 바깥으로 나섰다.

"아직 안……."

홀로 남은 채원을 향해 입을 열던 성준은 하던 말을 멈추며 동시에 걸음도 멈췄다. 고개를 파묻고 있기에 열심히 서류를 내려다보나 했더니,

"아……."

잔다. 펜을 움켜쥐고, 미처 다음 장으로 넘기지 못한 서류의 끄트머리를 잡은 채.

휴. 성준은 짧은 한숨을 내쉬며 잠든 그녀를 내려다보았다. 3년 치를 한꺼번에 주는 게 아니었다. 매일매일 조금씩 나누어 줄걸.

다가가지도 못하고 걸음을 비틀어 대표실로 들어가지도 못하며, 성준은 머뭇거렸다. 자세가 불편한지 무의식중에 그녀가 움직인다.

"으음……."

잠꼬대 같은 낮은 소리를 내며 불편했던 자세를 바꾸더니 적당한 자세를 잡고 다시 잔다. 순간 채원이 눈이라도 뜰까 봐 고양이털 세우듯 잔뜩 긴장했던 성준은 움츠렸던 어깨를 다시 내리며 천천히 걸음을 옮겼다. 구두 소리가 날까 봐 발걸음 소리도 죽인 채, 한 발 한 발.

가까스로 채원의 자리까지 걸어간 성준은 주위를 두리번거리다가 옆자리 의자를 끌어당겨 앉았다. 버릇처럼 깍지 낀 손을 무릎으로 떨구고 숨소리마저 죽이며 그녀를 바라보자니, 때를 기다렸던 해묵은 기억들이 하나둘 쏟아져 내리기 시작했다.

내 어깨에 기대어 잠을 청하던 너. 볕 좋은 테라스, 마주 앉은 내 손을 잡은 채 잠을 청하던 너. 어느 공원의 벤치에선 무릎에 누워 잠을 청하기도 하던, 너.

"잘 자네."

영원 같길 바랐던 깊고 진한 밤을 지나 비로소 아침이 우릴 찾아왔을 때, 곁에서 잠을 청하는 너의 얼굴이 신의 선물처럼 여겨지던. 바라만 보고 있어도 가슴이 울려, 혼자 벅차고 혼자 감사하던. 그 밤, 그 아침, 잠든 너의 얼굴.

"안 불편한가. 불편할 텐데."

성준은 천천히 팔을 베개 삼아 책상에 얼굴을 기댔다. 채원이 취하고 있는 자세를 똑같이 취하며 그녀를 바라보았다.

나는 하염없이, 문득문득 네게 묻고 싶다. 그래서 너는, 이렇게 다시 만난 나를,

"······할 수 있겠어?"

지나갈 수 있겠어? 내가 내 마음을 멈춰 세우면. 이대로 아무것도 하지 않은 채 시간을 보내면. 그러니까, 내가 너를 붙잡지 않으면.

"할 수 있겠지, 너는."

지나갈 수 있지. 그런 거지.

나 혼자 앓고, 나 혼자 망설이는 지금의 모든 시간이 끝나면 너는 왔던 흔적 모두 안은 채 지나갈 수 있는 거지. 내가 붙잡지 않으면 바람처럼 불어왔듯 바람처럼 날아갈 수 있는 거지. 아무것도 남기지 않고 갈 수 있는 거지. 이게 네가 바라고 있는 일인 것도, 그래서 너에겐 아주 쉬운 일인 것도, 전부 다 맞는 거지.

······휴.

성준은 고인 숨을 천천히 내쉬었다. 길게 흘러내린 그녀의 머리칼이 얼굴을 간지럽힐 것만 같아 느리게 손을 뻗다가 머뭇거렸다. 그러다가 몹시 연약한 물건을 만지듯 조심스러운 기운으로 채원의 머리칼을 뒤로 넘겨주었다. 다시금 책상에 기댄 채 그녀를 하염없이 바라보았다.

시간은 그들을 버려둔 채 흘렀다. 잠시 과거에 머물도록, 그대로 두었다.

이튿날. 채원은 퀭한 눈빛으로, 서류에 파묻었던 고개를 마침내 들었다.

"으아, 으아 목 아파. 아우, 아우……."

저절로 앓는 소리가 진동을 한다.

어제, 새벽 2시가 되어서야 그녀는 퇴근을 했다. 평소 유지하던 밸런스가 무너져 유독 피곤하게 느껴지는 하루. 그런 하루에도 끝은 있고 정신없이 일하다 보니 어느덧 퇴근 시간이다. 채원은 평소보다 퇴근을 서두르며 똑똑, 대표실 문을 두드린 뒤 열었다.

"어, 대표님 어디 가세요?"

때마침 그도 일어선다.

"아아, 스케줄이 있어서."

"네. 저도 오늘은 좀 일찍 들어가보려고요."

오늘따라 더욱 진한 블랙 슈트를 입은 성준의 모습이 채원의 시선을 사로잡는다. 맞춰 입는 것이 분명한 그의 옷차림은 각과 곡선이 제각각 살아 있어 미학이 느껴질 정도였다.

"그래, 일찍 들어가. 어제 새벽에 들어가서 피곤하지?"

옷걸이에 걸린 재킷을 들며 그가 물어온다. 채원은 손사래를 쳤다.

"아, 아뇨. 일은 더 할 수 있는데 제가 약속이 좀 있어서요."

"약속이 꽤 많네. 바쁜 사람이야, 정채원 씨."

성준은 재킷을 입으며 힐끔 채원을 바라보았다. 블랙 투피스를 입고 서 있는 까닭일까, 그녀의 흰 피부가 더욱 희게 느껴졌다.

아, 또 이런다. 성준은 심장이 뛰려 하자 황당하다는 듯 채원에게서 시선을 뗐다. 대체 퇴근 보고하러 온 사람한테 뭘 어쨌다고 심장 새끼는 시동을 거나, 이쯤 되면 좀 억울한 거지.

"근처야, 약속?"

"아니에요. 거리가 좀 있어요."

"근처면 내려줄까 했지. 나도 보다시피 나가는 길이라."

손목시계를 내려다보며 중얼거린다. 채원은 서두르는 게 분명한 성준의 움직임을 보다가 허리를 굽혀 인사했다.

"그럼 다녀오세요. 저는 가보겠습니다. 내일 뵙겠습니다."

"그러자고. 퇴근 잘 하고."

때마침 김 실장이 들어선다. 민권도 온갖 곳이 전부 블랙인 슈트를 입고 그녀를 바라보았다.

"아, 채원 씨 퇴근해요?"

셋 다 블랙으로 맞춰 입은 듯한 오늘. 채원은 빙긋 웃었다.

"네. 저 퇴근이요. 내일 뵙겠습니다, 실장님."

"그래요. 수고 많았습니다. 대표님, 이제 출발하시죠."

민권은 채원에게 가볍게 인사를 건네고 성준에게 바로 시선을 옮겼다.

세 사람은 나란히 엘리베이터를 타고 내려왔다. 성준은 대기 중인 차에 올라탔고 민권은 운전대를 잡았다. 채원은 로비를 나섰다.

"김 실장, 늦진 않겠지?"

"촉박하긴 하지만 시간 내에 도착할 수는 있습니다. 걱정 마세요."

차가 미끄러지듯 달리는데 지하철역을 향해 걷는 채원이 보인다. 성준은 그녀를 따라 고개를 돌리며, 그녀가 지하철역으로 들어서는 순간까지 지켜보았다.

"대표님, 회사에 뭐 놓고 오셨어요?"

"아니. 아무것도."

그녀가 시야에서 사라지자 성준은 다시 자세를 바르게 하며 보다 만 서류를 들었다. 같은 곳 같은 약속일 거라고는 꿈에도 상상하지 못한 채, 성준과 채원은 서둘렀다.

강형재 군의 위혼제로 향하는 길이었다.

"오셨습니까?"

성준의 세단이 주차장에 도착하자 곽씨의 비서, 단희는 깍듯하게 인사를 건넸다. 민권이 열어주는 차 문으로 내린 성준은 재킷을 정리하며 입을 열었다.

"여사님은 안에 계십니까?"

"네. 그보다 먼저 만나보실 분이 계십니다. 이쪽으로 오십시오."

단희는 성준을 안내하며 앞장섰다. 성준은 그 뒤를 따라 엘리베이터에 올라탔다.

"잘 왔어요, 정채원 씨. 늦지 않게 왔네?"

채원은 지하철을 타고 설명대로 걸어 약속 장소에 도착했다. 대기 중이던 곽씨의 비서를 따라 이동하니 분위기가 제법 영험한 큰 공간이 나오고, 그곳엔 곽씨가 서 있었다.

"네, 안녕하세요."

좌우를 두리번거리며 채원은 안으로 들어섰다. 곽씨는 평소와는 다른, 누가 보아도 무속인이라는 느낌이 드는 무복巫服을 입고 있었다.

밝지 않은 공간의 분위기도 으스스한데 곽씨의 몸에서 뿜어져 나오는 기운이 말도 못 하게 스산해 채원은 쭈뼛거렸다. 이런 경험은 정말이지 처음이고, 실제로 이런 일들을 겪으며 사는 사람들이 있구나 생각하니 무섭기도 했다.

정말로 죽은 뒤에 넋이 남아 망령이 되는 걸까? 그런 망령을 벗 삼아 길흉을 점치고 과거와 미래를 오가는 사람이, 존재하는 걸까? 내게 보이지 않는 것이 다른 이의 눈에는 보이는 걸까?

"무섭군요, 지금."

채원은 곽씨의 조소 어린 음성에 놀라 눈을 크게 떴다. 하얗게 질린 얼굴을 하고 있으니 곽씨는 그럴 것 없다며 손사래를 쳤다.

"누구나 처음은 있는 거니까. 겁낼 것 없어요."

"정말로 혼이 보이나요?"

"아닐까 봐?"

위혼제를 준비하며 부적을 매만지던 곽씨는 대꾸도 우습다는 듯 피식 웃었다. 그런 곽씨의 행동이 채원을 더욱 위축시켰다.

"아버지가 누워 계시죠?"

"헐."

"어머니는 돌아가셨고."

"아…… 어떻게…….'

"난 다 보인다니까."

곽씨는 부적의 수를 다 세었다는 것처럼 다시 내리며 채원을 향해 빙긋 웃었다. 소름 끼치는 웃음이다.

"동생의 미래도 채원 씨 손에 달렸어. 흐트러지지 않게 하라는 대로 잘, 있어줘요."

채원은 입술을 멍하게 벌렸다. 한 번도 언급해본 적 없는 가족사를 줄줄 꿰고 앉아 얘길 하니, 전신에 돋아난 소름을 감당할 도리가 없었다.

그때였다. 똑똑, 노크 소리가 들리며 문이 열렸다. 단희였고,

"곽 선생님, 지금 막 오셨습니다."

"어어. 어서 안으로 모셔."

누군가 왔다는 말에 채원은 뒤로 돌아섰다.

……검은 구두가 문틈으로 모습을 드러냈다.

엘리베이터에서 내려 복도를 따라가던 성준은 곽씨의 비서 단희가 멈춘 어느 문 앞에 섰다. 문을 두드리기 전 단희는 돌아서 성준을 바라보았다.

"대표님을 만나 뵙기를 희망하는 분이 계십니다."

"누가?"

단희는 대답 대신 빠르게 휴대폰 꺼내 들었다. 지이이잉, 울리는

휴대폰을 바라보더니 황급히 문을 두드리고 열어주었다.

"모실 분이 더 계셔서 저는 내려가보겠습니다. 안으로 들어가십시오."

"그러죠."

성준은 문을 열어주고 급하게 사라지는 단희의 뒷모습을 바라보다가 문고리를 잡았다. 안쪽으로 밀며 한 걸음 내디딘 성준은 우뚝 멈춰 안을 바라보았다. 시선이 어느 한곳에 멈췄다. 자신을 기다리고 있던 사람은 전혀 이곳에 있을 사람이 아닌, 이곳에 있으면 안되는,

"선배 왔어?"

"뭐야, 니가 왜 여기 있어."

"나? 음, 난 아빠 심부름."

태리였다.

검은 구두가 문틈으로 모습을 드러냈다. 채원은 등장하는 사람을 빤히 바라보았다. 물론 초면이었고, 단 한마디도 섞지 않았지만 누구인지 채원은 너무나도 잘 알 것만 같았다.

곽씨는 빠르게 걸으며 다가갔다.

"여사님 오셨어요!"

죽은 강형재 군의 모친, 주옥선 여사이다.

"선생. 저분인가?"

곽씨가 살갑게 다가갔지만 주옥선 여사의 시선은 오로지 채원에게 닿아 있다. 다정한 손길로 주옥선 여사를 끌며 곽씨는 웃었다.

"네, 맞아요. 정채원 씨예요."

"아……. 어……. 안녕하세요."

채원은 자신을 뚫어져라 바라보는 주옥선 여사를 바라보다가 인사를 건넸다. 죽은 남자의 영혼을 다루는 곽씨를 대면할 때의 무게와, 죽은 남자의 실제 어머니를 마주하는 무게는 차이가 엄청났다.

"오느라 수고 많았어요. 내가 형재 에미 되는 사람입니다."

주옥선 여사는 곽씨보다 빠르게 걸으며 채원에게 다가갔다. 자신의 손을 덥석 잡으니 채원은 놀라 고개를 들었다.

"잘 왔어요. 아주 잘 왔어."

"아……. 어……. 네……."

지금까지 뜬구름을 잡는 것만 같았던, 약간은 어색한 연극의 세상에 놓여 있는 것만 같았던 기운이 전부 사라지며 비로소 현실에 놓인다. 채원은 삽시간에 밀려오는 현실감에 정신을 차리기가 힘들다. 자신의 손을 꽉 잡은 죽은 남자 모친의 손이, 미약하게 떨리고 있었다. 단순한 액세서리처럼 여겨지던, 약지에 낀 결혼반지가 이제야 실물처럼 여겨진다. 이거, 진짜 벌어지는 일이구나.

"고마워요. 무리한 요구를 들어주고. 아가씨 입장에서 쉽지 않았을 텐데."

"아…… 그게……."

받은 2억이 떠오른다. 그저 빚을 갚는 일에 급급하여 단숨에 승낙해버리고 말았던 순간의 선택도 떠올랐다. 돈 때문에 시작한 일이었는데, 그래서 마음 쓰는 일 없이 잊고 살고 싶었던 일인데. 누군가에겐 이토록 절실한 바람이었던 영혼결혼식.

그래, 맞다. 당연히 그랬을 텐데. 상대의 간절함 같은 건 안중에도 없었던, 이 얼마나 간사한 마음이었던가.

"고마워요. 아가씨 덕분에 우리 형재가 곧 좋은 곳으로 갈 수 있을 거예요. 고마워요. 고마워요, 아가씨."

"여사님, 천도제 기간 동안은 여사님의 며느님이세요. 아가씨라뇨. 아가, 새아가, 이렇게 부르셔야죠."

아…… 미치겠다…….

곽씨의 멘트 하나하나에 가시 박힌 것처럼 소름이 끼친다. 채원은 일면식도 없던 아주머니의 손에 자신의 손을 내맡긴 채 고개만 주억거렸다. 대체 무얼 할 수 있는 건지, 감도 오질 않았다. 그사이 다가선 곽씨는 상냥한 손길로 채원의 허리를 감싸 안았다.

앞엔 죽은 사내의 모친께서.

"여사님. 정채원 씨는 아주 심지가 곧고 바른, 요즘 찾아보기 힘든 그런 분이랍니다. 제가 이분을 찾기 위해 정성을 무척 들였어요."

"세상에나, 그랬군요. 얼굴도 선하니 눈빛도 곱고, 마음에 들어요."

뒤엔 무복을 입은 무속인이.

내가 거짓인지 이들이 거짓인지 이제는 구분도 할 수 없는 이상한 세계로 빨려 들어간다. 채원은 고개를 들 수 없어 자꾸만 발아래를 내려다보았다. 기분이 이상해서 견딜 수가 없었다.

"원하는 게 있다면 말해봐요. 내 뭐든지 다 들어줄 테니."

"어머나, 여사님. 며느님 사랑이 너무 크신 것 아닌가요. 세상에, 우리 여사님 마음도 따뜻하셔라."

"말해봐요, 뭐든지. 내가 다 해줄 수 있어. 우리 아들 좋은 곳으로 가는 일에 잘 협조만 해준다면."

"어, 아뇨, 아닙니다. 바라는 건 없고요. 정말 없어요. 네. 여, 여사님."

호칭이 애매해진다. 곽씨를 따라 여사님이라 부르긴 했다만 한소리 들을 것만 같다.

"채원 씨. 여사님께 어머님, 이렇게 불러야지. 마음을 다해 이 순간은 이 집 식구다, 생각하고 있어야 한다니까?"

"아…… 네……. 어…… 그게…… 어…….."

호칭 떼고 말할걸. 이럴 줄 알았다.

"됐어요. 호칭이 다 무에 소용이야. 그저 정성껏 기도만 해줘요. 좋은 곳으로 갈 수 있게. 우리 형제 떠돌거나 괴롭지 않게."

마음이 새카매지는 것만 같다. 돈에 눈이 멀어 애타는 어머니의 마음을 짓밟은 것만 같아 지난 시간이 부도덕하게 여겨졌다. 그 사람을 위한, 온 마음을 다한 기도를 한 적이 있었던가? 그저 밥 먹기 전에 잠깐. 일어나서 잠깐. 잠들기 전에 잠깐. 부디 좋은 곳으로 가세요, 빚을 갚게 해주셔서 감사합니다, 라고 빌었던 것이 전부였다.

"죄송합니다. 제가 주제도 모르고 너무 큰일을 벌인 것 같은데요…….."

……그마저도 가끔은 잊어버렸다.

채원은 처한 무게를 이기지 못하고 손끝을 떨었다. 주옥선 여사는 그녀의 손등을 토닥이며 부디 정성을 다해달라, 연거푸 청했다.

"지금부터라도 온 마음을 다해줘요. 그거면 돼. 그거 하나면 돼. 응?"

어머니는 간절했다. 세상의 모든 것을 등지고 섰다.

"내 말대로 해줄 수 있죠? 우리 아들의 천도를 위해 도와줄 수 있죠?"

"네……. 알겠습니다……."

뻣뻣하게 굳어버린 채원의 공포와, 그런 어머니의 마음을 즐기며 곽씨는 웃었다. 곽씨에겐 이런 감정들이 필요했다.

"자, 이제 그만 위혼제 자리로 갈까요? 시간이 얼추 된 것 같은데요. 여사님, 가시죠."

그래야 돈을 벌 수 있으니까.

"내가 그렇게 안 반가워? 표정 좀 풀어. 귀신이라도 본 사람처럼 왜 이래?"

태리는 여전히 경직된 성준의 표정을 보며 팔을 툭 쳤다.

"치, 박대도 어느 정도여야지. 김 실장한테 선배 부처 같다고 했던 말 취소해야겠다."

이래도 저래도 성준은 가타부타 말이 없다. 태리는 대화를 포기했다는 것처럼 어깨를 으쓱 올렸다. 뭐, 성준의 입장에서 지금 이 상황은 달갑지 않을 것이다. 에어밸런스 대주주인 자신의 아버지

와 주옥선 여사의 관계란 평행이어야 했으니까. 서로의 존재에 관심을 두지 않아야 하고, 가급적 엮이는 일 없어야 하고. 적어도 성준에게는 그런 관계가 필요했을 테니.

위혼제가 열린다는 공간까지 온 태리는 말없이 성준의 옷자락을 잡았다. 향을 사르는 냄새가 자욱한 공간에 미리 들어가봐야 뭐 하나 싶다.

"김 실장 오면 같이 들어가자, 선배."

"기다렸다가 들어와. 나 먼저 들어갈게."

성준은 옷자락을 잡은 태리의 손을 떼어내며 앞서 걸음을 옮겼다.

아마도 머리가 복잡할 테다. 홍진그룹이 어째서 주옥선 여사의 주변에 발을 딛는 건지, 알 수 없어 답답할 거다.

"나라도 뭘 알아야 언질을 주지. 우리 아빠 마음은 나도 모르는 걸 뭐."

태리는 안으로 들어가는 성준의 뒷모습을 바라보다가 중얼거렸다. 그저 아버지가 가라니 왔을 뿐. 순순히 오게 된 이유에 하나를 더 추가하자면, 민권이 올 거라는 기대 때문이었을 뿐.

"김 실장 얘는 뭐 하는데 안 와."

손목시계를 내려다보며 태리는 서성거렸다. 김 실장을 기다리며 서 있다 보니 저쪽에서 무복을 입은 여자가 걸어오고 있었다. 으으, 위혼제를 지내주는 사람인 모양이다.

"분위기 한번 엄청 쎄하네. 으으, 그냥 보기만 해도 기분이 이상해."

무당인가? 태리는 흔히 볼 수 없는 차림의 여성을 바라보다가 곁으로 시선을 옮겼다. 이내 두 눈을 동그랗게 떴다. 그 옆에서 천천히 걸어오는 여자. 초면이라 하기엔 낯이 익다.

"……누구지?"

지나치게 낯이 익지만 누군지 모르겠다. 태리는 관찰하듯 바라보았고, 도통 누군지 떠오르지 않아 미간을 좁혔다.

무복을 입은 무속인은 여자를 데리고 위혼제가 시작되는 공간으로 들어서는 게 아니라 그 옆문으로 들어선다.

"아…… 누구지? 누구지? 분명 아는 얼굴인데? 본 적 있는?"

"여기서 뭐 해. 누굴 봤는데?"

기억의 잔재를 끌어모으던 태리는 고개를 돌렸다. 김 실장이다.

"야, 넌 뭐 하는데 이렇게 늦게 와? 선배 혼자 저렇게 내버려두고 다녀도 돼?"

"회사에서 이쪽으로 보낸 물건 체크하느라고. 양이 좀 많아서."

"에어밸런스에서 위혼제 물건도 납품하니? 주옥선 아줌마한테 아주 납작 엎드리네? 을이 사는 세상?"

"됐고. 갑의 따님은 모르고 사는 풍경으로 남겨둬."

"말로만 갑의 딸이라고 하지 말고 나한테도 좀 납작 엎드려봐라. 맨날 무시하면서."

툴툴 부은 목소리로 불평을 해보지만 민권은 어서 들어가라며 문을 열어준다. 핸드백을 고쳐 메며 태리는 민권이 열어준 문으로 들어섰다. 그러다가 민권을 바라보며 멈췄다.

"나란히 들어가면 안 돼?"

"안 돼."

나누는 이 짧은 한마디가,

"난 네 뒤에 서야 해. 들어가."

"……갑은 갑이구나, 내가."

지금 우리의 관계를 너무나도 잘 보여주는 것만 같아, 그녀는 웃고 말았다.

있잖아, 그럼 따라오며 내 뒷모습을 잘 기억해줘.

"그래. 나 먼저 들어갈게. 뒤에서 따라와."

기억하고, 언제든지 그려줘.

"김 실장은 내 뒤를 부탁해."

무거운 분위기 속에 위혼제는 진행되었다. 친절한 설명이 따르지 않으니 무얼 하는지 알 수 없는 무속인의 움직임엔 두서가 없었다. 점점 격렬해지는 무속인과 자칫 눈이라도 마주치면 일신에 문제가 생길 것 같은 찝찝함이 모인 사람들의 두 눈을 감게 했다. 모두가 무속인의 움직임을 피해 눈을 감고 있을 때, 주옥선 여사와 성준만이 눈을 뜬 채 무속인의 움직임을 바라보았다.

성준은 문득 주옥선 여사를 처음 보았던 때를 떠올렸다. 지금과는 상당히 다른 이미지가 아니었던가. 아들이 죽기 전, 그때의 주옥선 여사는 아무것도 없던 에어밸런스의 가능성만을 믿고 투자를 결정한 진취적인 사람이었다. 신랄한 방울 소리를 따라 죽은 아들이 이곳에 올 거라 믿으리라곤, 아무도 생각하지 못했다.

무속인의 움직임이 산발적으로 뜨고 질 때마다 주옥선 여사는 허리를 구부렸고, 무릎을 꿇었고, 두 손을 모아 빌었다.

"부디…… 부디 좋은 곳으로 가거라……. 내 아가…… 내 새끼……."

뺑소니라 했던가. 하나뿐인 아들을 갑자기 떠나보낸 부모의 심정을 어떻게 헤아릴 수 있겠느냐마는, 지극히 현실주의인 성준이 이해하기엔 지금 벌어지는 이 모든 일이 하나의 극처럼 여겨지는 건 어쩔 도리가 없었다. 그저 각자가 위로하는 방식이겠거니. 실제 영혼이 떠돌아 찾아온다기보다, 그저 인간이 극한의 괴로움을 이기고자 선택한 하나의 수단이겠거니.

애당초 이런 상황을 믿지 않으니 무엇도 가슴에 와닿는 것은 없었지만 주옥선 여사의 상심만큼은 절실하게 느껴져, 마음이 좋지 않았다.

"기도하는 척이라도 좀 하세요."

멀뚱멀뚱 앞을 보고 있자니 김 실장이 입술을 꽉 닫은 채 복화술로 속삭인다. 성준은 그제야 주변을 살폈다. 자신만 빼고는 전부 고개를 숙이고 있음을 깨달은 성준이 아, 이제 눈을 좀 감아볼까, 혼자만 튀어봐야 좋을 게 없으니 그렇게 해야겠다, 하고 눈을 감으려던 때. 정렬되지 않은 움직임을 이어가던 곽씨가 고개를 뒤로 돌린다. 성준과 눈이 마주쳤다. 미친 듯이 방울을 흔들어대니 소리는 거북할 정도로 신랄하게 울려 퍼졌다.

곽씨는 자신의 시선을 피하지도, 눈을 감지도 않는 성준을 바라보다가 씨익 웃었다. 붉은 입술 끝이 위로 향한다. 눈빛은 뱀과 같았다. 얼굴을 마주하고도 별 미동 없는 성준에게서 천천히 시선을 뗀 곽씨는 비 오듯 쏟아지는 땀을 닦으며 연기에 충실했다. 처음부터 영혼이건 뭐건 볼 줄도 모르고 불러올 줄도 모르는 곽씨는 남의 감정을 갉아먹으며 사리사욕을 채우는 사기꾼에 불과했다.

광대의 춤사위에 속아 모인 사람들은 알 수 없었다. 저 벽 너머엔, 마치 제물祭物이 된 것처럼 앉아 있는 채원이 있었다.

[25일 입금 안내 1,369,000. 입금 시 총 89회 남음. 미입금 시 자택 및 회사 방문 예정이니……]

집에 돌아온 채원은 도착한 문자 메시지를 확인하다가 도로 휴대폰을 내렸다. 채무 독촉 문자는 매일매일 수신되었고, 때때마다 전화도 걸려왔다. 한두 곳의 이야기는 아니었다.

"휴. 잠도 없나, 지금 시간이 몇 신데."

빚을 갚는 것도 까마득하고, 먹고사는 일은 더욱 까마득했다. 처음엔 불법 채무라 신고도 해보고 여러 기관에 도움을 청해보기도 했지만 잠깐의 도피만 가능할 뿐, 법도 막을 수 없는 그들은 채권을 다른 사업자로 넘기고 사가는 수법을 통해 다시금 그녀를 압박했다. 사채란 법의 테두리 밖에 있다는 걸, 그래서 얼마나 위험한 돈인지, 그때의 아빠는 아마 몰랐을 것이다.

신발을 벗고 들어선 채원은 하나뿐인 방문을 열며 들어섰다. 그녀의 침실이자 옷 방, 동생 이든이 가끔 상 펴고 앉아 공부하는 공부방으로 사용되는 다용도 공간이었다.

"얘는 아직 안 왔네."

동생이 없다. 채원은 너무 피곤한 나머지 씻고 빨리 자야겠다는 생각에 몸을 움직였다. 때마침 현관문이 열렸다.

"누나 왔어?"

"응. 늦게 오네? 도서관에서 오는 길이야?"

"어, 좀 볼 게 많아서."

동생은 문 앞에 꽂혀 있던 채무 독촉 고지서를 잔뜩 가져왔다. 이젠 뜯어보는 것도 의미가 없으니 이렇게 들고 들어와, 폐기했다.

"이든아, 밥은?"

"먹었어. 누나, 나 이번 달은 돈 안 줘도 될 것 같아."

"아? 왜?"

채원은 뒤로 돌아섰다. 눈이 동그래진다. 이든은 점퍼를 벗으며 웃었다.

"같이 공부하는 형이 몇 달 치 수강료를 냈는데 고향으로 내려가야 한대. 나더러 수강하라고 양도해줬어."

"헐, 진짜?"

"응. 형이 내 사정 다 아니까. 잘됐지 뭐."

"맨입으로 받지 말고 뭐라도 사. 뭐든 빈손으로 받는 거 아냐. 알겠지?"

"알았어. 그리고 학원에서 강의 전 자리 정리 잠깐 해주면 얼마씩 준대. 어려운 일 아니라서 하기로 했어. 돈 들어오면 누나 줄게.

대신 들어오는 시간이 좀 늦을 거야."

"꼭 해야 해? 공부만 해도 벅찬데?"

"힘 안 들어. 시간도 안 들고. 걱정 마."

채원은 마음에 들지 않는다는 것처럼 살포시 미간을 구기며 동생을 바라보았다. 이든이 괜찮다는 얼굴로 웃으니 채원은 마지못한 눈빛을 하며 입술을 열었다.

"어지간하면 일찍일찍 들어와. 늦게 공부하지 말고 차라리 아침 일찍 일어나서 해."

"뭘 얼마나 더 일찍 일어나서 하냐? 내가 누나보다 일찍 일어나는데."

"아, 그렇지. 하여튼 너무 늦게까지 하지 마. 늦게까지 하면 몸이 힘들어. 낮밤 지켜 꼭."

"알았어. 내가 알아서 할게. 나 알람 맞춰놓고 두 시간만 잘 거니까 누나 귀마개 끼고 자."

이런 누나라, 이런 동생이라 서로는 얼마나 든든한지.

"누나."

"응?"

"나 진짜 열심히 해서 붙을게. 꼭 붙을게. 그때까지만 버텨줘."

"저기, 이든아."

채원은 동생의 어깨를 툭툭 쳤다. 숨이 턱턱 막히는 아버지의 빚도, 집으로 회사로 찾아오는 빚쟁이들도, 이 순간만큼은 생각나지 않는다.

누나니까. 나는 누렸던 20대가, 네겐 없으니까.

"시험 떨어져도 네 탓 아니야. 누나가 알아. 그니까 부담 갖지 말고 해. 또 하면 되지. 걱정하지 마."

동생의 미래는 화창했으면 좋겠다. 무슨 일이건 닥치는 대로 해야 하는 인생 말고, 돈이면 뭐라도 해야만 하는 이런 인생 말고, 진짜 네가 원하는 인생대로 살 수 있기를, 누나는 바라.

"두 시간만 잔다며. 빨리 자. 누나도 피곤해서 바로 잘 거야."

채원은 웃으며 방으로 들어섰다. 생각보다 위혼제는 길었고, 하여 야심한 시간이었다.

"하, 정신없어. 일단 좀 씻자 씻어."

간간이 마음을 흔드는 전 남친도, 저세상 분과 연을 맺은 이상한 일들도 집에서 마주하는 현실 앞에서는 아무것도 아닌 게 된다. 일도 사랑도 전부 남의 세상 이야기였다. 그녀의 세상엔 초대받지 못한.

오늘 있었던 일들이 마음을 심란하게 하니 채원은 생각처럼 쉽게 잠들지 못하고 몸을 뒤척였다. 몸이 고단해서 눕자마자 잠들 것 같았는데, 막상 잠을 청하니 오히려 정신이 더 말짱해지는 상황.

"좋은 곳으로 가세요……. 좋은 곳으로 가세요……."

채원은 중얼거리며 강형재 군을 떠올렸다. 사진 속 그는 시원하게 웃는 얼굴이 밝은, 너무나 젊은 청년이었다. 자연스럽게 그의 어머니 주옥선 여사를 함께 떠올렸다. 받은 2억은 통장 숫자로만 찍

혔을 뿐, 받자마자 아빠의 전 회사 직원들의 급여 정산을 끝냈으니 사실상 실감이 나지 않는 금액이었다. 하지만 강형재 군의 어머니를 만나고 나니 이제야 비로소 모든 일이 실제처럼 느껴진다.

그래, 열심히 기도해야겠다. 틈날 때마다 생각하며 마음을 다해서 빌어야겠다. 나도 정성을 다해야지.

"좋은 곳으로 가세요……. 덕분에 저는 빚을 갚을 수 있었어요. 감사합니다……. 감사합니다……."

채원은 한없이 중얼거리며 기도를 하다가 띠링, 울리는 휴대폰 알람 소리에 눈을 떴다. 이 시간에 뭐지?

"설마 독촉 문자는 아니겠지, 이 시간에."

채원은 설마 아니겠지, 아니겠지 하며 휴대폰을 들었다. 그게 아니면 사실상 수신될 문자가 없긴 한데.

"헐."

헐. 메시지를 확인한 채원의 입에서 낮은 탄식이 흐른다.

[자니.]

……새벽 2시.

"헐…… 대표님이다……."

전 남친의 연락이었다.

"없어?"

새벽 2시. 위혼제에 참석하느라 자리를 비웠던 성준은 밀린 업무를 처리하기 위해 다시 회사로 돌아왔다. 뭘 열심히 찾는 듯하던 김 실장, 민권은 허리를 바로 세우며 고개를 저었다.

"없어요. 아무리 찾아봐도."

"하, 큰일이네. 빨리 보내야 하는데."

파일이 가득 들어 있는 캐비닛의 열쇠가 사라졌다. 성준은 허리춤에 손을 올리고 서서 답답하다는 듯 미간을 좁혔다.

"대체 어디 갔어. 꼭 필요해서 찾으면 안 보여. 환장하겠네."

"다시 찾아볼까요? 직원들 자리에 있을 수도 있는데."

"벌써 몇 번을 찾아봤는데 또 찾아? 됐어."

"없어질 이유가 하나도 없는데. 이상하네요."

"누군가 손댔으니까 없어졌겠지. 발이 달리진 않았을 거 아냐."

이미 해외 업체로 보내줘야 할 시간을 놓치고, 상대 기업의 담당자는 무한 대기에 들어갔다. 하, 일이 꼬이려니 이렇게 꼬이나.

"그냥 부숴버릴까, 캐비닛?"

"진심인 건 아는데요, 별짓 다 해봐야 꿈쩍도 안 할 거 아시잖아요."

그렇지. 누군가 부숴서 안에 있는 걸 가져갈까 봐 튼튼하고 단단한 캐비닛을 구매했었으니까. 성준은 애가 탄다는 듯 캐비닛 손잡이만 쿵쿵 당겨보다가 중얼거렸다.

"그러게나 말이다. 누가 부수려고 하나 했더니 나였네. 과거의 내가 나 때문에 튼튼한 걸 샀구만."

에효, 별수 있나. 하는 수 없지. 성준은 뒤로 돌아서 민권을 바라보았다. 녀석의 뒤로 시계가 보이고.

"안 가냐? 2시야."

"언제부터 저의 퇴근 시간을 걱정하셨어요. 됐어요, 이미 늦은 거."

"그러든가 그럼."

머물겠다면 말리고 싶지 않다. 성준은 하, 짧은 한숨을 내쉬고 자리에 앉았다.

"마지막 열쇠 쓴 사람 누구야?"

열쇠 사용 일지를 들춰보던 민권은 몇 달 전 사용자를 확인했다.

"한참 전이에요. 그 후에 제가 열쇠 봤고요."

"아니, 일지도 안 쓰고 대체 누가 열쇠를 함부로 가져다가 쓰는 거야. 어? 개념이 있어 없어."

"죄송합니다. 직원들 교육 다시 하겠습니다."

"내일 당장 색출해. 기강이 해이해도 정도가 있지 말이야. 어떻게 일지 기록도 안 하고 멋대로 열쇠를 가져가느……."

성준은 말꼬리를 흐렸다.

'열쇠는 정채원 씨가 가지고 있고 일단 3년치 기록만 정리합시다.'

'네. 그럼 제가 가지고 있다가 정리 다 하면 돌려드리겠습니다.'

지저스. 성준은 이마를 쿵쿵 쳤다.

'열쇠 가져갔다고 일지 적어야 하지 않을까요? 제가 적을까요, 대표님?'

'됐어. 대표가 줬는데 일지는 무슨 일지. 잃어버리지나 말고 가급적 놓고 다니고.'

이 망할.

"아……."

성준의 입술 사이로 낮은 탄식이 흐른다. 개념이 없는, 기강이 해이해진 대표의 썩어 문드러지는 표정을 바라본 민권은 피식 웃음을 흘렸다.

"열쇠 누구 줬는데요."

"정채원 씨한테. 파일 정리 지시하면서. 하……."

"일지 좀 쓰세요, 대표님. 예외 없습니다."

"그럽시다. 주의하죠."

휴. 성준은 미간을 지그시 누르던 손을 떼며 자신의 휴대폰을 내려다보았다. 채원에게 있는 건 알겠는데 시간이 늦어서, 도저히 연락을 해볼 자신이 없다.

"제가 연락해볼까요?"

"아냐. 묶은 놈이 풀어야지."

성준은 입술을 꾹꾹 깨물다가 휴대폰을 들었다. 이것저것 따져가며 아침이 오기만을 기다리기엔 상황이 너무 급했다.

[자네.]

망설이던 메시지 함을 열어 채원에게 문자를 전송했다. 잠이 들었거나 못 보면 어쩔 수 없는 거다. 그렇다고 전화를 할 수는 없으니까. 퇴근 뒤, 그것도 새벽에 수신되는 직장 상사의 연락이란 얼마나 짜증 나는 일이겠나. 전송 버튼을 누르는 손끝이 긴장해서 저릿저릿할 지경이다.

"일단 문자 보냈어. 연락이 오면 좋은 거고 안 오면 어쩔 수 없고."

성준은 김 실장에게 말하며 휴대폰을 내렸다.

"자니? 이렇게 보내셨어요? 설마 그렇게 보내신 건 아니죠?"

"뭐야, 너 어떻게 알았어."

황당하다는 듯 성준이 바라보자 민권은 헛웃음을 토했다.

"새벽 2시 전 남친이 술 먹고 보내는 문자 같고, 좋네요. 단골 멘트인데."

"미리 말을 했어야지, 그럼!"

아으……. 아으…….

성준은 이래저래 되는 일이 없는 것만 같아 휴대폰만 노려보았다.

[캐비닛 열쇠가 필요해서. 혹시 정채원 씨가 가지고 있나 하고. 늦게 미안하다. 아침에라도 보면 연락 줘.]

새벽 2시 전 남친 포스를 풍길 수는 없으니 울며 겨자 먹기로 한 통의 메시지를 더 이어 보냈다. 아흐, 알람 소리에 깨면 어떡하나. 아니지. 열쇠를 찾아야 하는 거지, 지금. 이러지도 못하고 저러지도 못하는 마음이 갈팡질팡한다. 마른침이 절로 넘어가고, 재깍재깍 시간은 흘렀다.

띵동.

"여, 연락 왔다!"

성준은 휴대폰을 낚아채며 들어 올렸다. 빛의 속도로 휴대폰 속 내용을 확인하는 대표의 표정이 심상치 않다.

"뭐라는데요? 열쇠 있대요? 가지고 있대요?"

민권은 재킷을 들며 빠르게 움직였다.

"뭐라는데요. 있대요? 제가 정채원 씨 집 앞에 다녀올게요. 대표님이 양해 좀 구해주세……."

"어이, 김 실장."

네? 움직이던 민권은 멈췄다.

[대표님 퇴근하신 거 아니었어요? 열쇠는 제 책상 필통 아래 있어요! ㅠㅠ]

"정채원 씨 책상 필통 아래."

"아, 네! 알겠습니다!"

[제가 뭐 도와드릴 게 있을까요? 금방 갈 수 있는데!]

민권은 대표실을 나섰고, 성준은 가만히 휴대폰을 내려다보다가 꾹꾹 눌러 액정을 터치했다.

[아냐, 늦은 시간에 미안해. 답해줘서 고맙다. 나도 곧 퇴근할 거야.]

[아, 네. 일찍 들어가세요. 지금 들어가도 너무 늦긴 하지만요.]

"대표님, 열쇠 찾았어요."

"일단 열자고."

성준은 민권이 가지고 들어온 열쇠를 바라보다 다시 휴대폰으로 시선을 옮겼다. 뭐라도 말을 이어보고 싶은 손가락이 자꾸만 멈칫 멈칫, 액정 주변을 배회했다.

자다가 깼니. 미안해.

메시지를 쓰다가 툭툭 지웠다.

미안해. 내가 조금 더 꼼꼼하게 찾아볼 걸 그랬다. 지금부터라도 푹 자. 좋은 꿈 꾸고.

……전송 버튼을 누르지 못하고 갈 곳 잃은 손가락이 허공을 헤 맨다. 결국 다시금 적었던 메시지를 지웠다.

[내일 보자.]

그는 쏟아질 것 같은 말들을 갈무리하며 간단하게 메시지를 보 냈다. 너 역시 기다렸는지 금세 답이 온다.

[네. 내일 뵙겠습니다, 대표님. 혹시 진짜 일손 부족하시면 연락 주세요. 언제든지요.]

그는 실금 같은 미소를 지었다.

[말만이라도 고맙네. 마음만 받을게. 푹 자.]

열쇠를 찾고 싶었던 대표가 연락을 하고 있는 건지, 갈라놓은 밤 이 아쉬운 전 남친이 연락을 하고 있는 건지 스스로 구분도 되질 않는다. 성준은 이윽고 휴대폰을 내렸다. 새벽 2시, 어렵게 성사된 그녀와의 문자 몇 통에 캐비닛 문이 열린다.

"열었어요, 대표님."

"맨 아래 칸에 있을 거야. 봐봐."

마음의 문도 따라 열리는, 새벽 2시는 위험한 시간이었다.

"스페인에서 소식 온 거 없어?"

이튿날. 에어밸런스는 아무 일 없었다는 듯 업무가 시작되었다.

성준은 후보군에 올려놓았던 건축가들의 프로필을 확인하다가 넌지시 물었다. 그 뒤로 말이 없는 다미안의 행보가 내심 신경이

쓰였던 것이다.

"없어요. 협박으로 들렸나 봐요."

"하……."

민권의 말에 성준은 장탄을 뱉었다. 골치가 아프다는 듯 관자놀이를 문질렀다.

"대표님, 보여드린 후보군은 다 별로예요? 실력들 출중한데."

"그게 아니라 콘셉트하고 미묘하게 안 어울려. 너무 유니크해."

"다미안 측에 연락 넣어볼까요? 혹시 기다리고 있을지도 모르잖아요."

성준은 멈칫, 했다. 마른침이 꿀꺽 넘어간다.

"……아냐. 꼴이 우습잖아. 연락하지 마. 질러놓고 수습 못 하는 거 질색이야."

"그럼 미련도 버리셔야죠. 미련 남는 것보단 낫지 않아요? 연락해볼까요?"

"건축가랑 나랑 지금 썸 타냐? 서로 연락 기다리면서 밀당해?"

"썸 탈 때 그렇게 하긴 하시고요?"

"……."

성준은 괜한 서류를 뒤적거리며 딴청을 피웠다. 솔직하게 말하면 아쉬운 마음이 쉽게 사라지지 않는다. 어쩔 수 없다. 다미안의 디자인은 처음부터 꽉 차게, 온전히 마음에 들었으니까.

"콘셉트가 완벽하게 맞아떨어졌는데. 그런 실력 갖추고 성격이 왜 그 모양이야, 대체."

"어쩔 수 없잖아요. 다미안에게 끌려다니면 추진하는 동안 내부

이슈가 많았을 거예요. 저는 차라리 잘됐다고 생각합니다."

민권의 이야기에 성준은 고개를 들었다. 맺고 끊는 것이 확실한, 뒤를 돌아보지 않는, 그런 민권의 성격은 흔들릴 때마다 도움이 되었다.

"끌려다닐 수 없어요, 대표님. 이제 우리 회사의 덩치가 그럴 만한 덩치는 아니에요."

그렇지. 언제까지 휘둘리며 운영을 할 수는 없는 거니까.

성준은 위로가 되었다는 듯 씩 웃었고, 민권은 후보군을 조금 더 넓혀보겠다는 것을 끝으로 회의를 마쳤다. 일이란 변수가 항시 따랐고 그때마다 위기를 헤쳐가는 기지를 발휘해야 했다.

다미안과 공식 계약일은 모레이니, 내일이 지나면 다른 건축가 섭외를 위해 발 빠르게 움직여야 했다.

"아, 그리고 나 오늘 저녁에 준호 형 만나기로 했어. 일찍 퇴근할 거야."

"오늘요? 네, 알겠습니다. 안부 전해주세요."

유리창 너머로 채원이 종종거리며 돌아다닌다. 그러더니 잠시 멈춰 서 휴대폰을 바라보고는 두 눈을 동그랗게 뜬다. 새벽 2시 전 남친 연락만큼 놀랄 소식을 접했는지 입이 쩍하고 벌어진다.

……귀여워.

성준은 남은 파일을 정리하다가 그 모습을 발견하고는 저도 모르게 피식 웃음을 지었다. 민권은 뜬금없다는 듯 눈을 동그랗게 떴다.

"대표님, 지금 준호 형 생각하면서 웃으신 거예요?"

"미쳤어?"

성준이 정색하며 이내 웃음을 지우자 민권은 눈을 가느다랗게 떴다. 방금 그 웃음은 뭔가 기류가 이상했는데. 뭐랄까, 핑크빛?

그때였다. 똑똑, 누군가 대표실 문을 노크하는 소리에 민권이 돌아섰다.

"김 실장님, 저 들어가도 돼요?"

"그럼요, 채원 씨. 그런데 무슨 일 있어요?"

등장한 사람은 다름 아닌 채원이다. 성준은 그녀 이름에 반사적으로 고개를 들었다.

사실 같은 사무실에서 일을 하고 있지만 머무는 공간 자체가 분리되어 있다 보니 좀처럼 섞일 수가 없는 현실. 말 한마디 붙여보기도 얼마나 힘든지.

"저, 대표님께 드릴 말씀이 있어서요."

이렇게 불쑥 네가 찾아와주면, 나는 또 얼마나 고마운지.

"뭔데?"

성준은 민권을 따라 안으로 들어서는 채원에게 무심결에 던지듯 물었다. 자세를 바로잡고 다정한 눈매를 하며, 집중하는 얼굴로 그녀의 말을 들어주고 싶지만,

"저, 그게요."

행여 눈치 빠른 민권이 변화를 알아챌까 봐. 느닷없는 다정함이, 그녀를 불편하게 만들까 봐.

그는 바쁜 듯 쉴 새 없이 자료를 넘기며 PC로 시선을 옮겼다. 머뭇거리던 채원은 다짜고짜 자신의 휴대폰을 불쑥, 그의 앞으로 내

밀었다.

"어우, 깜짝이야. 뭔데!"

그녀에게 촉각을 세우고 있던 성준은 채원의 돌발 행동에 어깨를 움츠리며 놀랐다. 채원은 머뭇거리는 표정으로 입술을 뗐다.

"어, 그게, 다미안 씨가 저한테 직접 연락을 주셔서요."

"누구? 다미안?"

허. 뒤에 서 있던 민권은 두 눈을 크게 떴고, 성준은 천천히 그녀의 휴대폰으로 시선을 내렸다.

"내일…… 어…… 한국으로 들어오겠다고……. 계약서 준비해달라고……."

그녀에게 수신된 한 통의 메일.

"제가 잘 몰라서 그러는데요, 이거 지금 잘된 일인 거…… 맞는 거죠……?"

기절초풍할 노릇이었다.

"정채원 씨가 계약하는 일에 그 정도로 도움이 됐으면 퇴사 권고가 아니라 성과급 지급해줘야 하는 거 아니냐?"

"내 말이 그 말이야. 아까 내가 얼마나 놀랐던지."

성준은 약속된 시간에 준호를 만났다.

상담실을 벗어나 의사 가운을 벗은 준호는 술을 홀짝 마시며 웃음을 터트렸다. 헤매던 계약이 정채원으로 인해 물꼬를 텄다고 한다. 이 무슨 조화인가.

"아무튼 한성준, 축하한다. 그렇게 골머리 썩더니."

"어안이 벙벙해. 사실 포기 상태였거든. 그쪽에서 순순히 입국을 해준다는 건 우리 쪽에 상당히 유리한 거라 안 될 일이라 생각했어. 다미안이 모를 리 없으니까."

"정채원 씨가 복덩이네. 회사로 연락을 주지 않고 정채원 씨한테 직접 메일을 보냈다는 자체가 암시하는 바가 많을 텐데."

"뭐, 말로는 번역이 필요하니 그랬다고 하지만 암시하는 바가 있지."

다미안은 명확하게 암시했다. 그녀가 없으면, 계약은 없다.

"이제 어떡하냐? 퇴사 권고도 못 하게 됐네. 정채원 씨 없으면 일이 복잡해질 거 아냐."

"……굳이 계약이 아니더라도 그럴 필요 없을 것 같아."

"그게 무슨 말이야, 며칠 사이 일이 많았구만?"

성준은 먹을 생각이 없는 안주를 뒤적거리다가, 술을 한 잔 마셨다. 근래 들어 이렇게 술 생각이 간절하다. 한동안은 입도 대기 싫었는데.

"뭐, 많은 일은 아니고, 그러니까."

성준은 그녀와 있었던 일들을 차근히 털어놓았다. 그녀가 미혼임을 확실하게 알게 된 사건, 정황. 후의 생각, 궁금증, 어지러운 마음까지.

퇴근 후의 여가를 즐기는 타인들의 음성과 뒤섞여, 성준의 목소리는 그 어떤 보통의 말처럼 흩어졌다.

준호는 간간이 술잔을 비웠고, 성준은 이따금 숨을 토했다.

"술 꽤 마셨네. 어이 한 대표, 괜찮냐?"

"뭐, 아직까진."

남자 둘이 앉아 밥을 먹는다는 게 대부분 그러하듯 비워지는 건 술병뿐이었다. 성준은 비운 술병을 힐끔 바라보고는 버릇처럼 마른 숨을 내쉬었다.

"같은 회사에 있는데 할 수 있는 게 별로 없어. 부딪칠 일도 별로 없고."

"대표가 용역으로 머무는 사람하고 부딪칠 일이 뭐가 있겠어. 언뜻 생각해도 없지."

"시간은 자꾸 가는데. 이러다가 석 달 금방 지나갈 것 같은데."

성준은 홀짝 술을 삼켰다.

마음은 어느 순간부터 조급해지기 시작했다. 일을 하다 보면 어느새 훌쩍 지나가는 하루. 그런 하루가 모여 날개 돋친 듯 지나가는 일주일. 주말은 월요일이 꿀꺽 삼킨 듯 흐르고.

……그렇게 열흘.

"뭘 어떻게 해야 하는지 정리도 안 되는데 어느 순간 석 달이 지나가 있을 것 같아서, 조금 초조해."

그렇게, 한 달.

"불러다가 말을 좀 해봐. 깊게 고민을 하지 말고, 차라리."

"어휴, 무슨 말을 어떻게. 내가."

성준은 가능하지 않다는 것처럼 손을 내저었다. 빈 잔에 술을 채웠다.

"나한테 보여주려고 악착같이 결혼반지도 끼고 다니는 사람을 불러다가 무슨 얘기를 어떻게 해."

"아…… 그런가."

"내가 그 결혼반지를 볼 때마다 무슨 생각을 하는지 알아?"

준호도 빈 잔에 술을 따랐다. 둘은 각자 잔을 비웠다.

"고슴도치 같다고 해야 하나. 가시를 잔뜩 세우고 나한테 다가오지 마라, 다가오지 마라, 그렇게 말하는 것처럼 보여."

"알고도 마음이 안 접혀?"

"모르겠어. 간신히 잡고는 있는데 틈만 나면 착잡해져. 생각이 너무 많아서 뭐가 진짜 생각인지도 헷갈릴 만큼."

대체 그 시절 내가 뭘 그렇게 네게 잘못했던가, 어느 날은 화가 났다. 짓밟고 간 내 마음 같은 건 하나도 모르는 것 같아, 어느 날은 억울했다.

넌 이렇게 아무렇지 않게 나를 대하는데, 나만 이렇게 불에 덴 것처럼 뜨겁고 아픈가, 서러웠다.

"모르겠다. 형, 나 진짜 잘 모르겠어."

그러다가 네가 웃으면 지나온 모든 날이 괜찮아졌다. 생각만큼 네가 날 멀리 두는 것 같지 않아, 세상이 너그러워졌다.

기대를 심었다. 바람을 품었다. 매일매일 꿈은 피어나고, 될 것 같은 희망은 매일 자라나고.

"그거 알아? 내가 너무 싫어. 한심해도 이렇게 한심할 수가 없어. 그런 지경이야."

안 될 것 같은 절망은 수시로 희망의 줄기를 잘라댄다. 매일이 같은 시작이다.

"이렇게 나약했나. 내가 이렇게 나약한 사람이었나. 쓸쓸하네."

……한심하다. 홀연히 떠난 여자 생각에 잠이나 설쳐대는, 지금의 자신이.

성준은 고개를 들며 하소연하듯 쓴웃음을 지었다.

"이유나 좀 속 시원히 알고 싶다. 다른 건 둘째 치고 그때 왜 그렇게 날 떠났는지 이유라도 좀 제대로 알고 싶어."

"별 기대는 마. 생각만큼 대단한 이유는 아닐 테니. 예상되는 몇 가지 있잖아, 남녀가 헤어지는 분명한 이유."

"독설가 같으니라고."

"팩트지. 외면 말고."

휴. 성준은 이제 그만 술자리를 접어야겠다며 시계를 들여다보았다. 준호도 같은 생각인지 마지막 잔을 비웠다.

식당을 나섰다. 흥에 취한 사람들이 오고 가는 길 한복판에 서서, 준호는 다음에 또 보자며 어깨를 툭툭 쳤다.

"또 봐. 나 먼저 갈게. 대리 기사님 불렀지?"

"불렀어. 들어가. 연락할게."

"그래. 조심히 들어가고."

준호가 발걸음을 돌리고 난 뒤 성준은 휴대폰만 만지작거렸다. 술은 오르는데. 너는 커지는데.

"여보세요."

차라리 만나지 않았으면 어땠을까, 하는 벌어지지 않을 일에 마음을 내맡기는 시간. 성준은 대리 기사에게 걸려온 전화를 받았다.

"아아, 네. 그 앞에 있습니다. 네네. 네."

거의 다 왔다는 소리에 성준은 좌우를 살폈다. 거리의 음악은 시끄럽고, 술과 네가 가득 찬 머리는 무겁고.

"아, 네. 간판 옆에 서 있습니다. 빨간 후드티요. 네네, 아, 보입니다. 여기……."

아…….

저쯤, 달려오는 빨간 후드 티셔츠의 사내를 향해 손을 들었다가 천천히 멈추면서 내렸다. 휴대폰을 든 채 취객을 맞이하러 달려오는 저 모습, 저 사내.

성준은 당황한 듯 휴대폰을 내렸고, 잘못 봤나 싶어 고개를 흔들고 다시 앞을 바라보았다. 달려온 바람에 지척에서 멈춘 상대는 더욱 당황한 듯 자리에 우뚝 섰다.

"아……."

빨간 후드 티셔츠의 대리 기사.

"어……, 아, 안녕……하세요…… 대, 대리 부르셨죠."

이든이었다.

긴긴밤을 내달리면

거리의 소란이 짙어질수록 두 사내의 눈빛은 흔들렸다. 술이 오르던 성준은 마신 양과는 상관없이 술이 깨는 경험을 했고.

고객이 기다릴까 숨이 턱 끝에 차오를 때까지 달려온 이든은, 뛰는 심장과는 관계없이 숨이 잠시 멎는 경험을 했다.

불청객은 너인지 나인지 구분도 할 수 없고, 다만 마주 선 상대가 자신으로 인해 불편한 마음일 것이 너무나도 뻔해 괜한 미안함만이 생각의 선두에 서서 온몸을 지배했다.

"저…… 맞으시죠……? 에어밸런스…… 대표님…….."

"아아. 예, 맞습니다. 안녕하세요."

꼼짝도 할 수가 없었다.

"그…… 정채원 씨…….."

"네, 맞아요. 제가 누나, 아니, 정채원 씨 동생이에요."

"아…… 네."

성준은 몇 번이고 마른침을 삼키며 그녀의 동생에게서 시선을 뗐다.

온몸에 금이 가는 것만 같다. 그토록 궁금했던 사내의 정체를 알게 된 기쁨 같은 게, 그를 찾아왔을 리 없다.

"저…… 대표님 차가 어디 있는지 알려주시면……."

"아아, 네. 차는 건물 뒤 유료 주차장에 있습니다."

그녀 동생의 질문에 성준은 정신을 차리듯 대꾸하며 황급히 시선을 들었다. 얼빠진 표정을 짓고 있어봐야, 마주 서 있는 그녀 동생에게 하등 도움 될 것이 없을 테니까.

성준은 다가오라는 듯 두어 걸음 뒤로 걸으며 자신의 곁에 자리를 만들었다. 나란히 걷고 싶었다.

"가시죠."

그녀의 동생이었다.

"내가 세 시간 동안 그 난리를 치면서 땀을 뻘뻘 흘리고 위혼제를 치러줬는데 3천만 원이 뭐야, 3천만 원이."

곽씨는 수표가 담긴 봉투를 내던지듯 책상에 집어던졌다. 주옥선 여사가 위혼제 끝에 수고비로 주고 간 금액이 마음에 들지 않는다는 듯 미간을 구겼다.

"노인네 돈 떨어졌대? 이걸 지금 나한테 수고비라고 주고 간 거야?"

불만이 많은 곽씨의 음성 앞에 공손하게 서서 단희는 입술을 열었다.

"여사님께서 얼마 전에 위혼제 사용비로 주고 가신 금액이 컸던지라 그러신 것 같습니다."

"어머머, 단희야. 그건 사용비잖아. 위혼제를 준비하면서 써야 하는 합당한 금액. 이건 내 개인적 수고비고. 기분 나쁘게 어디다 뭐를 갖다 붙이는 거야, 붙이기를. 엄연히 용도가 다른데."

"죄송합니다, 선생님."

"쟤는 다 좋은데 가끔 사람 기분 못 맞추는 게 문제야."

단희가 즉각 고개를 숙이자 곽씨는 한심하다는 얼굴로 단희를 바라보다가 혀를 찼다. 변죽 끓는 자신의 성격은 안중에도 없이 그저 목석같은 단희의 태도만 거슬린다.

"하여튼 노인네 약발 떨어져가는 느낌인데 이렇게 천도제 기간까지 버틸 수 있을까 몰라. 새 공사 시작해야 하는 건지. 내가 생각이 많네, 요즘."

대한민국엔 돈 많고 시간 많고 근심 많은 사람이 너무나도 많았다. 곽씨는 슬슬 단물이 빠져가는 것만 같은 주옥선 여사를 떠나 다른 배로 갈아타야 하는 건 아닌가, 중얼거렸다.

"단희야, 넌 어떻게 생각하니. 이쯤에서 우리 슬슬 정리하고 발뺄까? 어때?"

"천도제 기간이 남아서, 선생님 신상에 문제가 되진 않을지 걱정이 됩니다."

"단희야, 너는 간이 어쩜 그렇게 작니? 좋은 곳으로 갔다고 하면 그만이야. 누가 알아? 증거 있어? 천도제 기간 다 지킬 필요도 없는 거야. 내 말이 법이니까."

곽씨는 거울로 시선을 옮기며 흥얼거렸다. 잔머리를 정리하듯 손으로 머리를 쓱쓱 매만지던 곽씨는 에효, 한숨을 터트렸다.

"하기야, 생각보다 세상 좁더라. 조금만 삐딱해도 소문은 금방 나겠지. 뭐, 신중해야 하는 건 나도 잘 아는 부분이니까."

소문이 나면 신상에 이로울 것이 없으니, 모든 것을 비밀에 부치며 주옥선 여사를 대했다.

다음 공사를 시작했을 때 소문이 나는 것을 방지하기 위함이었다. 주옥선 여사와 채원에게 입단속을 시킨 이유도, 그런 것에 있었다.

"하여튼 간에 그 노인네, 가진 재산이 얼만데 왜 이렇게 돈을 안 쓰는지 답답해 죽겠네. 죽을 때 싸 들고 갈 것도 아니면서."

뜯어낸 수억, 수십억은 푼돈에 불과할 주옥선 여사의 자산을 떠올리던 곽씨는 다시 고개를 들며 단희를 바라보았다.

"참, 그 여자애 말이야. 채원인지 채경인지."

"정채원입니다."

"걔 조심 좀 시켜야겠어. 애가 좀 맹한 구석이 있는 게, 그런 애들이 똥오줌 못 가리고 엉뚱한 짓을 해."

주옥선 여사 앞에서 벌벌 떨며 하얗게 질리던 채원의 얼굴을 떠올렸다. 위로랍시고 주옥선 여사를 찾아가 아무 말이나 내뱉다가, 영혼결혼식 비용으로 2억을 받았다고 하면 문제가 커지는 거다.

영혼결혼식에 쓰라고 받은 비용은 그것보다 훨씬 큰 금액이었으니까. 절대 둘이 따로 만나는 일은 없어야겠다. 그러니 주의를 줘야겠지.

"뭐 좀 좋은 구실 없을까? 말로 겁주는 것도 하루 이틀이고, 뭐가 좀 신상에 일이 벌어져야 할 것 같은데."

"찾아보겠습니다."

"그래. 좋잖아, 그 집 아버지는 병원에 누워 있다며. 동생은 백수고. 신상에 일내기 딱 좋은 스타일들이니까 겁 좀 줄 만한 일 찾아봐."

내 말을 안 들으면 어떻게 되는지 현실적으로 보여줄 필요가 있다고, 곽씨는 생각했다.

"공사까진 필요 없고, 작은 판 하나 짜봐."

"네, 선생님."

"이번엔 차나 한 대 바꿔볼까 했더니 어림도 없네. 마음에 안 들어, 정말."

곽씨는 다시 흥얼거리며 거울을 바라보았다. 돈을 버는 일은 세상에서 제일 쉬웠다. 더 많이 버는 일이 다소 어려웠을 뿐.

검은 어둠이 펼쳐졌다.

자신이 항시 앉았던 운전석을 그녀의 동생에게 넘겨준 성준은 보조석에 올라탔다. 운전 시작 전, 이것저것 살피는 이든의 손은 육

안으로 보일 만큼 떨렸다.

"아, 어, 이게 작동법이……."

"안쪽에 버튼이 있습니다."

"아아, 여기 있네요. 감사합니다. 제가 사실 대리 시작한 지가 얼마 안 돼서요."

"뭐든 차근차근 살피셔도 됩니다. 괜찮습니다."

"네. 이렇게 좋은 차는 또 처음 몰아보는 거라 긴장이 좀, 긴장이 좀 되네요. 죄송합니다."

"어차피 회사 차량이고, 보기보다 잔고장이 많아 별 애정 없으니 편안하게 운행하셔도 됩니다."

서로는 머릿속이 뒤엉켰다. 그녀의 동생은 누나의 회사 생활에 누를 끼쳤을까 눈앞이 캄캄했고, 그녀의 대표는 아무 생각이 들지 않을 만큼, 지금 상황이 캄캄했다.

"어, 그럼 댁으로……."

"네. 부탁합니다."

"출발, 출발하겠습니다, 대표님."

"네, 감사합니다."

미리 받은 주소대로 출발하며, 이든은 두 손으로 핸들을 꽉 잡았다.

시원한 차량 안에서 운전대를 잡았는데 벌써부터 땀이 흥건하다. 불어드는 바람조차 무서울 지경으로 비싼 차량의 운전대를 잡아서라기보다, 눈앞이 캄캄해서 제대로 운전을 할 수 있을까 하는 염려라기보다.

"천천히 운전하겠습니다, 대표님."

"네, 좋습니다."

죽을 때까지 비밀에 부치고 싶었던 커다란 비밀을 누군가에게 들킨 것만 같아서. 그게 또 사랑하는 누나의 아킬레스건이 될까 봐.

세상 밖 누나가 어떤 이미지로 어떻게 살아가고 있는지 알 수 없었기에 불안함을 지울 수가 없었다.

불법을 저지르는 것도 아니요 열심히 살아가는 건강한 수단일 뿐인데, 하필이면 누나의 아는 사람을 만나서. 그것도 회사의 대표님을. 하필이면. 하필이면.

"여기서 대표님을 뵙다니, 세상 참 좁네요."

골목길을 빠져나와 달리다 보니 운전을 하기가 조금씩 수월해진다. 전방을 주시하며 이든은 허탈하다는 듯 웃었다. 성준은 꽉 닫고 있던 입술을 무겁게 열었다.

"많이 놀랐겠군요."

"처음엔요. 지금은 괜찮아요. 대리운전 아르바이트 시작하면서 아는 사람 마주치는 상상을 몇 번 한 적이 있거든요."

"……."

"아, 물론 대표님은 좀 특별한 케이스이긴 하지만요. 제가 아는 분은 아니니까요."

"실례지만 오전에 하는 일이 있으신 것 같던데."

"네. 국가직 시험 준비해요. 다니는 도서관이 누나 회사, 아니, 대표님 회사하고 가깝고요."

"아…… 그럼 정채원 씨와 같이 사시는……."

"네. 지금은 누나랑 둘이 살아요."

언제까지고 알아낼 수 없을 것만 같던, 꽉꽉 막혀 있던 많은 것이 쉽게 해결된다. 이런 상황은 예측 비스름하게 해본 적도 없어, 성준은 천천히 눈을 감았다가 떴다. 마치 인간의 간절함을 알아챈 신의 배려처럼 여겨지기도 하는, 지금.

"실례가 안 된다면 어떤 시험 준비 중이신지 물어도 되겠습니까?"

"행정고시 준비 중이에요. 1차는 붙었고 이제 곧 2차를 봐야 해요."

"아…… 행시……. 대단하네요."

"대단은요. 한 번에 붙었어야 하는데 미끄러져서. 누나를 봐서라도 올해는 기필코 붙어야 할 텐데 걱정이 많습니다."

"그럼 2차 준비하는 것만으로도 시간이 부족할 텐데."

상식선의 질문이 따르자 이든은 웃었다. 누구라도 궁금하리라. 이해되지 않을 테니.

"뭐, 대표님께 사연을 전부 말씀드리자면 좀 길어서요. 그냥 짧게 설명드리자면……."

"전부 말씀해주셔도 됩니다. 길어도 잘 듣겠습니다."

신호에 멈춰 선 이든은 고개를 돌려 성준을 바라보았다. 성준은 오해 말라는 것처럼 손을 짧게 들어 보였다.

"호사가의 취미 생활은 아니고 단지."

단지.

"제가 정채원 씨를 눈여겨보고 있는지라. 실력이 출중해서 눈길이 가는 중이어서……."

"아, 진짜요? 우리 누나가 일을 잘하긴 하죠?"

누나를 칭찬하니 동생이 제 일처럼 웃는다. 차마 따라 웃지 못하는 성준은 긴장한 주먹을 말아 쥐었다.

기억 속 스페인의 그녀는 돈과 시간에 여유로운, 집에 대해 많은 말을 하지는 않았지만 유복하게 자란 기운이 짙은, 경제적 고민을 단 한순간도 하지 않던 사람이었다. 그런데. 어째서?

"총정리부터 하자면 아버지 사업이 망했어요. 그때부터 누나가 실질적인 가장이 됐고요."

"……."

"아버지 때문에 집에 빚이 좀 많아요. 생계에 떠밀리고 빚 갚느라 누나가 안 해본 일이 없을 정도니까요."

고막에 굉음이 고이는 것만 같아, 성준은 두 눈을 질끈 감았다.

"원래 좀 부유했는데 한순간에 집이 뒤집어지더라고요. 저는 그때 학생이었는데 집에 빨간딱지 붙는 거 보고 진짜 깜짝 놀랐어요."

"아……."

"뭐, 어쩔 수 없죠. 아버지도 그럴 줄 알고 사업하신 건 아니었으니까요. 끝까지 어떻게든 막아보려고 하시다가 일이 더 커졌던 것 같아요."

신호가 바뀌고 이든은 출발했다.

"그래서 그렇게 될 때까지 식구들은 아무것도 몰랐어요. 저는 학생이니까 발만 동동 구르고 있고, 그 당시 누나는 스페인에 있었던지라."

"아, 스페인……."

저도 모르게 성준의 입에서 탄식이 터진다.

"네, 스페인요. 누나가 스페인에서 공부 중이었거든요. 집이 이렇게 됐다, 압류 딱지가 붙고 아버지 쓰러지셨다고 전화를 했는데 바로 귀국하더라고요."

심장은 통증을 호소하며 뛰어댄다. 시린 것이 눈 속 깊이 파고들어 가는 것만 같아, 성준은 차마 감은 눈을 뜨지 못했다.

억장이, 무너진다.

"……그랬군요."

간신히 입을 열어 대꾸했다. 가슴에 엉킨 것들이 풀어지기는 할까, 살다 보면 그런 날이 올까 싶을 만큼 딱딱하게 굳어 응어리지는 것 같았다.

"네. 얼마나 누나가 급하게 귀국을 했던지, 짐을 하나도 못 가져온 거예요. 챙기지도 못하고 그냥 몸만 들어왔더라고요."

헤어졌으면 좋겠어요.

……시간은 스페인으로 돌아간다. 빠져나오려는 뜨거움을 누르고, 또 눌렀다. 덤덤하게 과거를 읊는 그녀의 동생과는 달리, 지독하게 쏟아지는 현재의 것들과 싸우느라 그의 머리는 뜨거웠다.

"고생 같은 건 하나도 모르고 자랐는데. 우리 누나, 한 번도 울지 않고 무너지지도 않고, 지금까지 빚 갚고 동생 뒷바라지하고 아버지 보살피면서."

헤어졌으면 좋겠어요.

"그러다가 누나가 대표님 회사에 입사했어요. 빚 독촉이 좀 요즘

따라 심해서, 제가 도움은 못 줘도 피해는 주고 싶지 않아서 누나
몰래 아르바이트하는 중이고요."

이유를 말하지 않은 게 아니라, 말할 수가 없었던 거겠구나,
너는.

"물론 알바를 길게는 안 해요. 자는 시간 쪼개서 하루에 서너 시
간 정도 하고 있어요."

작은 어깨에 전부 짊어졌겠구나. 누구에게 무엇도 나눠주지 않으
려 했겠구나. 그런 이유에 내가 포함되어, 가장 으뜸의 곳에 있어.

헤어졌으면 좋겠어요.

너는 나를 버린 게 아니라, 너를 버렸던 거였겠구나.

그랬겠다…….

……그렇지.

"저, 대표님."

어지러움을 이길 재간이 없어 성준은 창문을 조금 열었다. 그
녀의 동생이 부르는 소리에도 고개를 돌리지 못하고, 애먼 시선을
차창 밖에 주었다. 빨갛게 핏줄이 서버린 눈동자를 들키고 싶지
않았다.

"우리 누나 진짜 대단하고 불쌍한 사람이에요. 그런 누나가 요즘
대표님 회사에서 일하면서 잘 웃어요. 일이 재미있대요."

하염없이 무너진 표정이 차창에 비칠까, 성준은 주먹으로 입가
를 가리며 울컥 밀려오는 뜨거움을 자꾸만 밀어 삼켰다.

"제가 빨리 성공해서 우리 누나 편하게 해줘야 하는데. 우리 누
나 결혼도 시켜야 하고, 평범하게 살 수 있도록 해야 하는데, 할 수

있겠죠?"

그는 사력을 다해 밀려오는 뜨거움과 싸우다가.

"잘할 겁니다."

숨이 차 길게 말을 이을 주제도 되지 못해, 짧은 말로 마음을 전했다. 그런 단답이라도 마음의 위로가 된다는 것처럼 이든은 고개를 끄덕였다.

"누나가 언젠가 대표님 자수성가하신 분이라고, 엄청 존경스러운 분이라고 얘기했었거든요. 저도 대표님처럼 되고 싶어요. 뭐, 잘될진 모르겠지만요."

"……어려웠을 텐데 사정 이야기해줘서, 고맙습니다."

"뭐, 누나 잘못도 아니고 제 잘못도 아니니까요. 창피한 일도 아니고, 제가 알바 하다가 걸렸는데 거짓말을 할 수 있는 상황도 아니고요."

동생은 그녀처럼 밝은 성격이었다. 그것이 감사해서, 벅찰 지경이었다.

"저희 누나에게 뭐 피해가 간다거나, 집이 망해서 뭐, 일이 잘못된다거나 그런 건 아니잖아요. 그렇죠?"

"무슨 그런 염려를."

"그럼 됐어요. 어쩐지 오늘은 저도 기분이 좀 싱숭생숭한 게, 어디다 털어놓고 싶었나 봐요. 우리 누나 너무 대단한 사람이라고."

"대단합니다. 진짜로, 진짜로 대단한……."

차마 매듭을 짓지 못하고 말꼬리를 흐렸지만 다행스럽게도 동생은 별생각이 없는 것 같다.

검은 어둠 속을 시원하게 달렸다. 너에게 가는 길이면 얼마나 좋을까, 그런 마음이 들었다.

"대표님 여기 차 키 있습니다."

어느덧 그의 집 앞에 도착한 이든은 주차를 마치고 운전석에서 내렸다. 보조석에서 내린 성준은 그녀의 동생이 건네는 차 키를 건네받았다. 다시 봐도 그녀와 꼭 닮았다.

"집엔 어떻게 가는지······."

"저요? 저는 뭐, 요 앞에서 버스 타면 돼요. 걱정 마세요. 가는 방법은 많아요."

대리 비용은 자동적으로 카드 결제가 될 예정이니 이든은 허리를 굽혀 인사를 했다. 성준은 반듯하게 서서 이든이 굽힌 만큼 허리를 굽혔다.

"오늘 실례가 많았습니다, 대표님. 저희 누나 이야기 들어주셔서 감사해요."

"제가 더 감사합니다. 진심으로."

진심. 그녀의 동생은 어쩌면 알아듣지 못할, 진심. 한참이나 헤맬 뻔했던 길을 단시간에 좁혀준 진심을 어떻게 전해야 하는지 잘은 모르겠지만.

"그럼 저는 이만 가볼게요. 아, 그리고 한 가지 부탁드릴 게 있는데."

"말씀하세요."

"어…… 제가 대리운전 알바 하는 거…… 누나 진짜 알면 안 되거든요. 누나가 엄청, 어…… 엄청 슬퍼할 것 같은데……."

이든은 머리를 긁적거리며 중얼거렸다. 성준은 설핏 웃었다.

"모르는 척해드리겠습니다."

"아, 진짜요? 감사합니다. 그럼 오늘 대표님하고 저하고는 만난 적 없는 걸로 해도 될까요?"

"네. 그게 더 좋겠네요. 오늘 했던 이야기도 없었던 걸로. 저도 동생분이 하신 이야기의 대부분은 잊겠습니다."

"아, 이제 마음이 정말 홀가분해지네요. 그럼 누나한테 일절 말 안 할게요."

그녀의 동생은 대답이 마음에 들었다는 것처럼 웃었고, 그런 웃음이 그녀와 꼭 닮아 성준은 잠시 미소를 지었다.

가슴속에 일렁이던 뜨거움은 잠시 사라지고, 덕분에 찾은 평안함이 눈물 나게 감사하고 또 감사해서.

"그리고 이거."

"네? 아, 이게 다 뭐예요?"

성준은 지갑을 꺼내 있는 모든 지폐를 꺼냈다. 이든은 두 손을 내밀기 전에 뒷걸음을 쳤다.

"어우, 어우, 대표님, 이러시면 안 돼요. 어우, 아녜요, 이러지 마세요."

놀란 이든이 뒷걸음을 걷자 성준은 멀어지는 만큼 성큼성큼 다가서며 어서 받으라, 종용했다. 갑자기 세상 밖을 탈출한 지폐도 놀랐는지 얼굴 하얀 애들이 대부분이다.

"수, 수표를 이렇게 많이 주시면 제가 어떻게……."

"다른 뜻은 아니고 알바는 오늘까지만 하고 공부했으면 해서."

"아…… 아뇨, 그래도 못 받아요. 누나 알면 큰일 나요."

"누나가 어떻게 알겠습니까? 우리는 오늘 만난 적이 없는데."

"아……."

좀 전까지만 해도 멀쩡하던 이든이 다시 식은땀을 흘린다. 성준은 이든의 한쪽 손을 잡고 억지로 쥐여주었다. 그러곤 후드 티셔츠 어깨에 묻은 먼지를 툭툭 털어주다가, 꽉 잡았다.

"공부해서 합격해요. 지금은 경제력보단 실력부터 키워야 할 때니까. 실력 키우고 나면 경제력은 자연히 따라올 테고."

"아……."

"동생분은 누나한테 신세 지고 있는 김에 조금만 더 신세 져봅시다. 끝은 있을 테니까."

액수의 크기대로 잘 정리된 현금 뭉텅이. 만 원권과 5만 원권 지폐를 지나, 십만 원권, 백만 원권 수표가, 당장은 세어지지도 않는 그 숫자가.

"이건 사회에 먼저 나온 인생 선배가 주는 격려금이니까 누나와 관계 짓지 말고."

"아…… 하지만……. 아…… 이게……. 아…… 이래도 되는 건지……."

"뭐, 오늘 내 마음이 좀 그러네. 오는 동안 즐거웠습니다. 다음엔 다른 자리에서 보죠."

“아…….”

너무 놀라 표정이 딱딱하게 굳은 이든의 어깨를 성준이 다시 툭 툭 쳤다.

“어…… 그럼 감사히……. 아…… 이게 감사히 받아도 되는…….”

“감사는 내 쪽에서.”

아마 알아듣지 못하겠지만.

“명함 같이 줬으니까 혹시 무슨 일 생기면 연락줘요.”

“아…… 명함요…….”

“형이다 생각하고. 편안하게 해요.”

“이런 형이…… 어딨어요…….”

“내가 사실 누나한테 갚을 빚이 좀 있어서.”

받은 돈을 쥐지도 못하고 떨구지도 못하고 엉성하게 붙잡고 있던 이든은 고개를 들었다.

‘빚’은 단어만 들어도 아찔한지 눈빛이 흔들린다.

“뭐, 다른 건 아니고 이번에 추진하는 큰 사업이 누나 때문에 체결이 되어서. 내가 신세를 꼭 갚아야 하는 상황이라.”

“아…… 네…….”

“누나 걱정은 말고. 내가 알아서 잘 챙길 테니까. 공부 열심히 해요.”

성준은 이든의 어깨를 붙잡고 있던 손을 놓았다.

“그럼 또 봅시다.”

깊은 밤의 별 소리가 들려온다. 사무치게 네가 보고 싶어 견딜 수가 없는 날들이 시작되는 소리였다.

온다.

회사 앞 지하철 입구 근처에서 서성이던 성준은 계단을 올라오
는 채원을 발견했다. 여타의 직장인들이 그러하듯 출근길 무료한
표정을 하고 있는 그녀는 고단해 보였다. 성준은 재빠르게 채원에
게 주었던 시선을 거두며 다른 곳을 응시했다.

자, 어서 날 알아봐라. 30분째 여기 서서 널 기다렸지만 굉장한
우연인 것처럼 대해줄 테니 어서 알아보라고. 어서.

⋯⋯하지만 바람과는 달리 그녀가 쌩하니 지나간다.

"어어? 정채원!"

눈길 한번 주지 않고 걷는 것에 열중하며 그녀가 멀어지니 성준
은 급한 마음에 그녀를 불렀다. 이어폰을 끼고 있는 까닭에 불러도
못 듣고, 사람들 틈에 섞여 종종종종 걸어간다.

하. 성준은 짧은 한숨을 내쉬다가 터벅터벅 걸어가 그녀의 옷자
락을 붙잡았다. 적당한 악력으로 잡아끌자 그녀가 자연스럽게 원
을 그리며 돌아선다.

"어?"

예상한 반응.

"대표님, 여기서 뭐 하세요?"

예상한 질문.

이어폰을 빼며 가방에 집어넣는다. 성준은 잡았던 그녀의 옷자
락을 놓으며 입술을 열었다.

"이제 출근하나?"

질문을 질문으로 받아치며 여기서 뭐 하고 있었느냐는 공격을 막아낸다.

"네. 지금 출근해요. 대표님은 여기서 뭐 하세요?"

끙. 얼버무릴 수 있으리라 생각했던 예상과는 달리 또 한 번 물어온다. 지하철을 타고 출근했을 리 없는 대표를 지하철역 앞에서 만났으니 이상할 만도 하겠지.

나, 여기서 너 기다렸어.

"오전에 잠깐 볼일이 있어서 나왔다가."

"헐, 이 아침에 벌써 볼일을 보고 오셨다고요? 그럼 대체 몇 시에 출근하신 거예요?"

"나 좀 배고픈데."

"……네?"

네? 채원은 묻는 말에 대답은 하지 않고 애먼 말을 해대는 성준을 향해 눈을 동그랗게 떴다. 성준은 지나치는 회사 직원들의 인사를 받다가 다시 채원에게 고개를 돌렸다.

"아침 일찍부터 일했으니 지금부터 땡땡이 좀 치려고. 공범이 좀 필요해서."

"공범……이요?"

"혼자 땡땡이치기엔 김 실장이 너무 무섭거든."

"저는 안 무서운 줄 아세요? 저 아침까지 끝내야 할 일 되게 많은데."

"……."

쿵. 이렇게 만렙으로 나오면 할 말이 없어진다. 처리해야 할 일
이 있다는 채원의 말에 성준은 움찔움찔했다.

그래. 일이 있으면 일을 해야지. 당연히 일이 먼저지. 아니, 조금
늦게 처리한다고 세상이 무너져? 그럴 리가 있겠어?

그의 마음속에서 노사가 강렬하게 다투기 시작한다. 이대로 보
내? 말아? 보내? 말아?

"공범 말고 인질 시켜주시면 동참해보든가 뭐, 생각해볼게요."

말아. 확정.

채원이 포지션 변경을 희망하며 딜을 해오자 성준은 피식 웃음
을 터트렸다.

"인질까지 챙겼으니 김 실장한테 욕 두 배로 먹게 생겼네."

"대표님은 대표님이시지만 저는 일개 용역이라고요. 저는 얼마
나 무섭겠어요?"

"우선 걷자고. 여긴 회사 직원들이 너무 많이 지나간다."

성준은 따라오라며 까딱, 고개를 흔들었다. 느닷없이 대표를 만
난 출근길 회사 직원들은 얼떨결에 인사를 하며 지나친다.

채원은 두어 걸음 떨어져 그를 따랐다. 회사를 등지고 걷고 있는
지금의 상황이 황당한지, 그녀는 웃음을 터트렸다.

"아침부터 지하철역 앞에서 대표님을 우연히 만나기도 하네요."

……우연 아닌데.

"대표님, 그런데 어디로 가시는 거예요? 목적지는 있으신 거죠?"

하지만 우연이라 생각해도 좋아. 자꾸자꾸 반복되는 너와 나의
우연이 운명처럼 여겨질 때까지.

"있지. 마음의 양식도 쌓고 스트레스도 풀고, 겸사겸사 배도 채우는 곳."

"아? 그런 곳이 있어요? 어딘데요?"

내가 너의 곁을 맴돌아볼 테니까.

"있어 그런 곳. 따라와."

"결제는 나갈 때 하시면 되고요. 신발은 저기에 보관하시고 슬리퍼 신으시면 됩니다."

아…….

채원은 주변을 두리번거리며 낮게 탄식을 터트렸다. 익숙한 곳인지 자연스럽게 들어서는 성준과는 달리 채원은 전혀 예상도 못 했다는 듯 공간을 살폈다.

카드를 받은 성준은 로커에 신발을 넣고 슬리퍼를 신으며 채원을 바라보았다. 마음의 양식도 쌓고 스트레스도 풀고, 겸사겸사 배도 채우는 곳.

"뭐 해?"

만화방일 줄이야.

"만화방 처음 와봐?"

"아, 아뇨. 그건 아니고요."

채원은 성준을 따라 슬쩍 신발을 벗고 슬리퍼로 갈아 신었다. 기다리던 성준은 채원의 신발을 들어 로커에 넣고 문을 닫았다.

이른 아침 커다란 만화방은 손님이 한둘이나 있을까, 무척이나 한가했다. 채원은 혹시나 누가 들을세라 목소리를 낮춰 성준의 곁에 바투 섰다.

"만화방 다니세요?"

"이 나이 먹고 아직도 만화방 다니냐는 소리로 들리는데, 내 해석이 옳은 거지?"

"아뇨. 그게 아니라 좀 당황스러워서요."

"아무리 시간 없어도 책 좀 읽어. 사람이 책도 안 읽고 그러면 쓰나."

쳇. 채원은 괜스레 트집을 잡아대는 성준의 잔소리에 입술을 삐죽거렸다.

"가끔 머리 복잡하면 식히러 와. 한두 시간 혼자 있기 딱 좋아서."

"네네. 뭐, 어쨌든 대표님 때문에 만화방 구경도 다 해보네요."

"괜찮겠어?"

"뭐가요?"

"출근 시간 지났잖아. 농땡이 쳐도 괜찮겠냐고."

"헐…… 대박……. 나 인질로 데려와주기로 해놓고…….."

"다시 생각해보니까 김 실장한테 등가교환을 요구할 수가 없어. 인질 부적격."

배, 배신자! 채원은 성준을 향해 흰자 많은 눈빛을 했다.

"이제 보니 대표님, 기원전 3세기부터 완성된 성격 맞네요. 사람이 이렇게까지 치사하긴 힘들거든요. 인정."

"오해 마. 인질은 풀어줘야 해서 넌 부적격이란 뜻이니까."

채원은 희번덕거리던 눈을 감았다가 떴다. 뭐지? 오늘따라 대표님이 좀…… 분위기가 다른 것처럼 느껴지는데……?

허어. 그나저나 요즘 만화방은 다 이런 건가? 인테리어 엄청나다. 채원은 경험상 알고 있던 만화방의 모습이 아닌 최신식 만화방의 구조를 바라보다 굴처럼 생긴 공간이 즐비한 입구를 가리켰다.

"저긴 뭐예요?"

"만화 보는 곳."

"헐. 저기 누, 누워서요? 저기 들어가 누워서 만화를 본다고요?"

"꼭 안 누워도 되는데 눕고 싶은 모양이네. 그러든지."

"그 말이 아니잖아요, 무슨 너구리 굴처럼 생겼으니까 하는 말이죠!"

"뭐 먹을래? 나 배고파."

"메뉴 뭐 있는데요?"

화제 전환하는 급이 선수다. 채원은 금세 식사 메뉴에 집중하는 표정을 지었다. 흠. 성준은 적당한 너구리 굴 앞에 멈춰 서서 가만히 있다가 그녀를 바라보았다.

"메뉴가 여러 가지 있긴 한데 원 픽은 짜장면이거든."

"아…… 대박 사건……. 모닝 짜장면 최곤데요?"

가타부타 다른 말 없이 짜장면에 전투력을 상승시키는 그녀의 얼굴을 바라보다, 그는 웃음을 터트렸다.

"먼저 들어가. 주문하고 들어갈게."

"네. 참, 대표님."

자칫 긴장감이 맴돌 뻔한 너구리 굴로 자연스러운 입장이 성사된다. 성준은 멈춰 그녀를 향해 뒤를 돌았다. 채원은 부스스하게 웃으며 눈을 찡긋거렸다.

"단무지랑 양파 많이. 꼭이요."

"예예. 그러죠."

……아침 햇살이 싱그럽다고 너만 할까. 그녀 뒤로 비치는 유리창 밖의 햇살이 무색하게 느껴지는, 하루의 시작이었다.

너구리 굴에 들어가자마자 어색할 틈도 없이 광속으로 배달된 짜장면 두 그릇을 해치우고, 읽을 만한 책을 몇 권 가져와 채원이 자리로 돌아오니 그가 이미 자리를 잡고 비스듬하게 누워 있다.

그 모습을 바라보자니 어쩐지 안으로 들어서기가 망설여져 채원은 머뭇거렸다. 그러자 책장을 넘기던 성준이 힐끔, 바라본다.

"뭐 해? 너구리 잡으려고 연기 피워?"

"아, 아뇨. 그런 건 아니고요."

"나 유부녀 취미 없어. 취향은 윤리와 도덕을 중시하는 쪽이니까 확실하게 해두자고."

"어우, 무슨 그런 말씀을 하세요. 누가 뭐라고 했나?"

괜히 뜨끔한 채원은 서둘러 안으로 들어섰다. 넓다 말하기도 뭐하고, 좁다 말하기도 뭐한 공간. 가까스로 성준과 간격을 두고 앉은 채원은 바닥에 책을 내렸다.

"옛날에 보고 싶었던 만화책이 완결되었더라고요. 보고 가야지."

"좋겠네. 내가 보는 건 아직도 완결이 안 났어."

"완결 안 난 건 기다리기 힘들지 않아요? 저는 안 기다리는 편이라. 포기가 빠르거든요."

"난 기다려. 끝이 날 때까지. 포기하는 건 별로 없어."

"아…… 네."

채원은 자세가 불편해지는 느낌에 이리저리 뒤척거렸다.

"대표님, 카운터에 혹시 담요 있을까요? 가서 물어봐야겠……."

담요를 찾기가 무섭게 성준이 곁에 벗어둔 자신의 재킷을 툭, 하고 무릎에 떨군다.

"뭘 또 귀찮게 나가. 그거 덮어."

"아, 아뇨. 담요 그냥 가져오면 되는데. 구겨져요."

"뭘 얼마나 부스럭대려고 구겨져. 얌전히 덮고 책이나 보시죠. 이제 말 걸지 마, 나 집중해야 하니까."

"네."

사락사락, 그가 책장을 넘기는 소리가 들려온다. 채원은 다소 가까운 그와의 간격이 자꾸만 인식되어 애써 모르는 척 만화책에 시선을 주었다. 다리를 덮은 대표의 재킷에선 자꾸만 익숙한 향이 올라오고.

……이 향은 정말 위험한데. 대책 없이 당신이 가깝게 느껴지는, 마법의 향기인데.

"결혼반지, 불편하다더니 잘 끼고 다니네."

책장을 넘기던 소리를 뚫고 그의 낮은 목소리가 귓가를 울린다.

잠시 긴장의 끈을 놓았던 채원은 눈을 크게 떴다.

"아, 아, 네. 어, 끼고 다니다 보니까 또 금방 익숙해져서요!"

휴. 거짓말을 할 때면 커지는 목소리는 언제쯤이면 나아지려나.

"그래? 난 또, 나 보여주려고 열심히 끼고 다니는 줄 알았지. 예전에 내가 했던 말 때문에."

"아뇨오? 그럴 리가요? 이젠 살같이 느껴진다고나 할까요, 하하. 빼고 싶지 않아서요."

"그래?"

그가 책장을 넘긴다.

"나 때문이면 빼고 다녀도 된다고. 그 말 해주고 싶어서."

"아……."

"정채원 씨의 의사는 내가 충분히 알겠으니까. 편안하게 회사 다니라고."

"……뺄 수가 없어요, 이제."

그의 표정이 미세하게 변하지만 채원이 알 리 없다.

"그냥 액세서리가 아니라 내 살이다, 하면서 끼고 다니는 거라서요. 괜찮아요. 불편하지 않아요."

"그래, 그럼."

그녀가 하는 말의 뜻을, 그가 알고 있을 리도 없다.

"편한 대로 해. 오지랖이니까 신경은 쓰지 말고."

"네."

"혹시 말야."

또 무슨 질문이 이어지는 걸까, 채원은 마른침을 삼켰다. 그의 질문을 안전하고 자연스럽게 받아칠 자신이 없었다.

"나랑 이렇게 둘이 있는 거, 불편해?"

"아, 아뇨."

"혹시 유부녀인데 내가 너무 경우 없이 구는 건 아닌가, 그런 생각이 들어서."

대표야…… 너구리 굴에 나란히 앉아서 할 질문은…… 아니지 않냐……?

"불편하지 않아요. 대표님이 경우 없다고 생각해본 적은 없고요."

성준은 그녀 모르게 안도의 숨을 내쉬었다.

"오히려 제가 좀 경우 없이 구는 건 아닐까 생각하긴 해요."

"경우 좀 없으면 어때. 너하고 내가."

……무슨 뜻인가.

"생각해보니 편한 구석이 좀 많더라. 너만큼 나를 잘 알던 사람이 없더라고."

채원은 눈만 감았다가 떴다.

"이런저런 사람들 속에 치이다 보니까, 그래도 정채원 씨는 일과 관계없을 때부터 알던 사람이라고 대하기가 좀 낫다."

"네…… 다행이네요. 조금이라도 나은 사람이라고 생각해주셔서."

"조금 아니고 많이."

향에 감긴 코끝이 금세 시큰거린다.

"내 진짜 모습을 아니까 가리고 빼고 더할 필요가 없어서, 마음이 꽤 편안하네. 정채원 씨 앞에선 신경 쓸 일이 별로 없다고 해야 하나.”

“…….”

“주변은 온통 에어밸런스 대표 한성준을 대하는 사람들밖에 없으니까. 정채원 씨하고 있으면 내가 인간 한성준으로 돌아가는 기분이 들어서.”

인간 한성준. 만화를 즐겨 보고, 짜장면을 즐겨 먹고, 아무렇게나 구겨진 듯 누워 타이를 비틀어놓아도 신경 쓸 것 하나 없는, 보통의 남자 한성준.

“방해된다고 말 걸지 말라 해놓고 내가 방해했다. 책 읽어.”

사락사락, 다시금 책장 넘기는 소리가 들려온다. 성준을 향해 고개를 돌리자니 지나치게 가까운 지금의 간격이 아찔하게 느껴질까 봐, 채원은 쥐고 있는 만화책에 온통 시선을 고정한 채 침묵했다.

향기에 취하고 그의 말에 치여, 만화책의 그림과 활자가 사라졌다. 뛰는 가슴을 막기엔 별도리가 없었다.

그의 재킷을 이불 삼아 단잠을 청하던 날들이 떠오른다.

자주 가던 스페인의 그 공원 그 벤치, 대체 이 사람과 사랑하면 무슨 불행한 일이 있을까 궁금할 정도로 행복했던 어느 날의 점심 무렵.

맞아, 그곳에서도 그는 책을 읽었어. 책만 펼치면 잠이 들던 나는 그의 무릎에 누워 지금처럼 단잠을 잤지.

"안 일어나냐?"

응. 지금처럼.

"어이, 어이. 이봐."

응? 지금처럼?

꿈인지 기억을 되돌리는 중인지 구분도 되지 않던 시간. 채원은 점점 현실로 돌아오는 기분을 느끼며 번쩍 눈을 떴다.

"헐……. 저, 저 지금 잔 거예요?"

"그걸 왜 나한테 물어."

"헐, 제가 잤다고요? 여기서 지금? 지금 제가요?"

"잠 덜 깼어? 이럴 거면 휴가를 쓰든가."

"말도 안 돼! 왜 안 깨우셨어요! 지금 몇 신데요! 아, 미쳤나 봐. 미쳤어."

채원은 벌떡 상체를 일으켰다. 그러곤 뭔가 이상한 느낌에 곁을 돌아보았다.

헐…….

"저…… 상당히 혼란스럽고 믿기지 않아서 그러는데요."

성준이 저리다는 듯 어깨를 돌린다.

"제가 지금 대표님 어깨에서 일어났어요? 아니죠?"

"보고도 몰라? 머리에 뭐가 들어서 이렇게 무거워."

"헐……."

헐……. 채원은 두 손으로 입을 가리며 눈을 크게 떴다. 엉망진창이 된 생각은 정리가 되지 않았다.

"내가 왜 거기서 일어나요?"

"니가 여기서 일어났으니까."

"그러니까요. 내가 왜 거기서 일어났죠?"

"내가 묻고 싶은 말이다. 아, 무거워. 어우 저려."

망했다. 채원은 눈만 감았다가 뜨며 멍한 표정을 지었다. 성준은 시간을 확인하더니 대수롭지 않다는 표정을 지었다.

"남의 어깨 멋대로 빌려가고 피해자인 척하는 그 얼굴은 뭐야."

"……죄송합니다……. 제가 머리가 어떻게 됐나 봐요……."

"이럴 거면 유부녀 딱지 떼고 오든가. 아, 이거 뭐. 조심 좀 하죠, 정채원 씨."

"흐엉, 죄송합니다……. 고의는 아니었어요……."

"고의여야 발전이 있지. 사람하고는."

정신이 없으니 성준이 뭐라고 말하는지도 모르겠다. 채원은 홍당무가 되어버린 얼굴을 반대편으로 휙, 돌리며 손가락으로 벽에 뭔가를 쓱쓱 쓰기 시작했다. 편안하게 끌러놓았던 타이를 매만지며 성준은 그녀를 바라보았다.

"뭐 하냐?"

"신경 쓰지 마세요. 다잉 메시지 쓰는 중이에요."

"일어나. 시간 없어."

"네……."

흑……. 채원은 어디로 시선을 둬야 할지 모르겠다는 표정을 지으며 울먹거렸다.

이게 웬 망신살인가. 유부녀가. 어? 유부녀가. 책엔 대체 뭐가 묻어 있어서 펼치기만 하면 잠이 온단 말이냐! 어흑……. 어흐윽…….

"저기 미안한데, 몸이 편찮은 거 아니면 재킷 좀."

"아, 네! 여, 여기요! 빌려주셔서 감…… 으아아……."

재킷이 구겨졌다. 채원은 도대체 무슨 짓을 어떻게 하며 잤는지 도저히 알 수 없다는 표정을 지으며 구겨진 재킷을 바라보았다. 성준이 홱, 하고 낚아채 간다.

"이불처럼 돌돌 말아 다리 사이에 껴놓고 자더라. 편했으면 됐어."

"다잉 메시지…… 쓰던 거 이어서 마저 써도 돼요……?"

"시간 없다니까? 빨리 안 일어나!"

"저 진짜 고의로 그런 거 아니에요. 어디 가서 막 이러지도 않고요. 진짜, 진짜, 이거 의도한 거 아니에요. 대표님 오해하시면 안 돼요."

"너구리 굴에 들어오자고 한 건 나야. 졸리면 잘 수도 있고 고개가 삐딱하니 어딘가에 기댈 수도 있지. 그게 하필 또 내 어깨였을 뿐. 오해 안 해."

그러라고 데려온 건데.

성준은 구겨진 재킷을 입을까 말까 고민하다가 들고 일어섰다. 이제 진짜 시간이 없다.

"빨리 안 나와? 둘러메고 뛰랴?"

"늦었죠? 김 실장님한테 우리 죽은 거죠?"

채원은 가방을 챙기며 일어섰다. 너구리 굴을 먼저 빠져나온 성준은 결제를 마치고 터덜터덜 비실비실 걸어오는 채원을 바라보았다. 성준은 어서 나가자고, 까딱 고개를 움직였다.

"우리 오늘 회사 복귀 안 해."

"네? 그럼요?"

너구리 굴. 종종 와야겠다.

"잊었어? 오늘 건축가 귀국하는 날이야."

아주 마음에 들어.

"가자, 공항으로."

"여보세요?"

공항으로 가는 차 안. 채원은 낯선 번호로 걸려온 한 통의 전화를 받았다. 성준은 조용히 라디오의 볼륨을 줄였다.

"네? 아아, 네. 맞아요. 네네."

채원은 잠시 의아해하다가 격하게 반기는 음성을 했다. 운전대를 잡은 성준은 힐끔, 그녀를 바라보았다. 누군데 저렇게 반겨.

"다음 주요? 다음 주 가능해요. 네네. 네네네."

뭔데 가능해?

"아, 정말요? 감사합니다. 네네. 네네."

뭐가 감사해?

"그럼 다시 연락 주세요. 네네."

무슨 연락을 다시 달래? 뭔데 대체.

1분도 채 걸리지 않고 끊는 그녀의 전화에 궁금증이 산처럼 커진다. 성준은 휴대폰을 내려다보는 그녀를 바라보았다.

"무슨 전화인데 네네, 이 소리만 하다가 끊어?"

"번역 일거리가 생겨서요. 주말에 해줄 수 있겠느냐고 연락이 와서."

"주말? 번역을 또 해?"

"……아."

아. 성준의 질문에 채원은 당황하는 표정을 지었다.

"일거리가 부족해서 주말도 찾아다니나? 우리 회사에서 정채원 씨의 직업적 성취감을 해갈 못 해주는 모양이야?"

"어, 그런 건 아닌데요."

돈 벌어야 해서 하는 거다, 인간아!

"대표님 회사에서 일하다 보니까 번역 일이 너무 재미있어서요. 할 수 있을 때 좀 더 해보려고……."

"그 정도면 일 중독이지. 사람이 쉬엄쉬엄할 줄도 알아야지 뭐 이렇게 바쁘게 살아."

성준은 아무것도 모른다는 듯 상식선에서 할 수 있는 말들을 꺼내 덤덤하게 했다.

회사 급여만으로는 생활하기가 쉽지 않았구나, 그래서 너는 이리저리 뛰며 생계 수단을 알아봤겠구나, 하는 생각에 가슴이 먹먹해지기 시작했다. 내내 드는 생각이라곤 내가 대체 너를 어떻게 도와줄 수 있을까, 하는 질문만.

"그런데 그 번역 알바 못 하지 싶은데."

"네? 왜요?"

"우리도 이제 엄청 바빠질 예정이라, 주말도 평일도 구분이 없어질 예정이거든."

"아? 진짜요? 몰랐어요. 모르고 덥석 일거리 잡았으면 큰일 날 뻔했네요."

"당분간은 회사에 내내 나와야 해. 출장도 이어지고. 괜찮겠어?"

"그럼요. 저 끄떡없어요. 좋아요."

"그럼 일이 바빠져도 부탁해. 보수로 보답할게."

"어우, 기대하고 있겠습니다."

"그래, 기대해."

보수로 보답하겠다고 하자 그녀가 별생각 없이 활짝 웃는다. 따라 웃어보지만 그의 얼굴이 쉽게 밝아지지 않는다. 넉넉하게 보수를 챙겨주자니 누구나 수긍할 수밖에 없도록 일거리를 늘려주는 수밖에 없지 않겠나. 성준의 머릿속은 바빠지기 시작했다.

계획에 없던 주말 일거리를 물어와야 해서. 예정에 없던 출장을 만들어야 해서.

"공항에 오면 뭔가 좀 설레지 않아요?"

어느덧 공항에 도착한 채원은 공항 특유의 냄새와 분위기에 한껏 들뜬 표정을 지었다. 성준은 시간을 확인하며 채원을 끌었다.

"탐지견이야? 무슨 냄새를 그렇게 맡아."

"공항 냄새가 있어요. 오랜만에 맡으니까 좋아서요."

"그렇게 좋으면 조금 더 적극적으로 쿵쿵거려봐. 내가 조금 멀리 떨어져서 모르는 사람인 척해줄 테니까."

"됐어요. 그런데 김 실장님은 안 오세요?"

"바빠. 나 대신 처리할 일이 많아서."

"아, 네."

성준은 그녀를 내려다보았다.

목소리가 가라앉는 건 기분 탓인가? 내가 김 실장을 떼어놓고 오려고 어제부터 얼마나 머리를 굴렸는지 알고 이래?

"왜, 섭섭해? 김 실장 없어서?"

"아뇨. 매번 곁에 계시다가 안 계시니까요."

"건축가는 혼자인데 우리만 우르르 나가기 뭐하니까. 너만 있으면 돼."

너만 있으면 돼.

채원은 훅 치고 들어오는 그의 말에 뜨끔하는 표정을 지었다. 통역해줄 사람만 있으면 된다는 말이란 걸 잘 알지만 어쩐지, 어쩐지 가슴을 쿵쿵 때린다. 처음 면접 보러 들어갔을 땐 상상도 하지 못했던 지금의 분위기.

······웃음이 난다.

"왜 웃어. 일당백이라고 생각하니까 기분이 막 좋아져? 이제 일할 맛이 좀 나나?"

"네네. 그러게요. 일할 맛이 좀 나네요, 이제."

입사했을 당시, 욕이나 먹지 않으면 다행이라고 생각했는데. 드문드문 묵은 감정들을 쏟아내며 괴롭혀도 할 말 없는 거라고 생각했는데.

"심각한 일 중독이네. 일을 줘야 웃어? 얼마나 더 주면 박장대소를 하려나?"

예상은 완전히 부서졌다.

가끔은 당신과 내가 헤어졌다는 걸 잊어버릴 만큼. 헤어진 날들의 가까운 기억은 날아가고, 사랑했던 날들의 먼 기억이 들러붙을 만큼.

당신은 다정하고 따뜻해서, 먼지처럼 사라질 수 있겠다던 내 다짐이 벌써부터 무서워질 만큼 현실을 잊고 만다. 기다리지 않아도, 있는 힘껏 밀어내도 다가올 저 끝 어딘가쯤에 서면.

"슬슬 건축가 나올 시간 다 됐다. 환영 홀로 가자."

"네, 대표님."

슬퍼지지 않았으면 좋겠다. 눈물 나지 않았으면 좋겠다. 걸음을 나란히 하는 이 길이 끝나는 날, 쓸어 담아온 기억만으로 버티며 살 수 있게.

오늘의 당신을 떠올리는 것만으로 인생은 살 만하다고.

"내 걸음이 너무 빨랐나? 말을 하지."

"아뇨. 제가 느린 거예요. 이제 맞춰 갈게요."

녹슨 삶을 어루만지며 웃을 수 있게.

다미안이 모습을 드러낼 예정인 환영 홀 앞에 서서 잠시 기다리자니 문이 열린다. 하나둘 입국하는 사람들 속에서 다미안을 찾기 위해 채원은 두리번거렸다.

막상 시간이 다가오니 성준의 표정은 영 그지 같다. 채원은 성준을 팔꿈치로 툭, 쳤다.

"표정 좀 풀어요. 누가 보면 집안의 원수 암살하러 나온 줄 알겠어요."

"그렇게 뚜렷한 목적이라도 있으면 좋겠다."

에효. 성준은 억지로 입가에 웃음을 매달았다.

"어때. 봐줄 만해? 반기는 것 같아?"

"……처음 표정이 더 나은 것 같기도 해요."

"그러니까 자꾸 주문하지 마. 난 표정 같은 거 잘 못 숨겨."

"어? 저기 나온다!"

"어디 어디."

성준이 금세 표정을 바꾸며 덥석 반기는 얼굴을 한다. 채원은 다미안이 나타났다 하니 영혼을 끌어모아 웃는 얼굴을 하는 성준을 향해 눈을 가늘게 떴다.

"뻥인데."

"……."

"자본주의 미소, 잘 봤어요."

"봤지? 내가 이렇게 회사 키워온 사람이야. 얼마나 불쌍한 사람인 줄 알아?"

"좀 불쌍하긴 하다. 그러네요."

"불쌍하지. 니가 버리고 가서 더 불쌍해졌……."

"어, 진짜 나왔다! 다미안! 다미안!"

마, 말을 끝까지 좀 들으라고! 나 지금 되게 중요한 얘기 하고 있었는데!

하. 성준은 어딘가를 향해 세차게 팔을 흔드는 채원을 따라 시선을 옮겼다. 저, 저, 저, 검은 선글라스.

[다미안! 이쪽이에요!]

꼴도 보기 싫은 저, 저, 저 선글라스.

가만히 있다가 중요한 말 좀 해보려니 갑자기 툭 튀어나와 방해를 하는, 뼛속까지 상극인 저 건축가 놈팡이.

안 맞아……. 안 맞아도 너무 안 맞아…….

성준은 채원을 발견하고 손을 흔드는 다미안을 바라보고는 오만상을 찌푸렸다. 아, 이러면 안 되지.

"표정 왜 그래요? 자본주의 미소. 빨리요."

"……알았어. 알았다고."

성준은 다시금 미소를 장착했다. 회사 키우면서 영업을 얼마나 뛰고 다녔는데, 이 정도야 기본이지.

하지만 그런 성준의 웃음 따위 시선에 걸리지 않는 다미안의 눈길은 오로지 채원에게 머물러 있다. 검은 선글라스로 아무리 시선을 가려놓아도, 너무나 선명하게 채원을 바라보는 기운을 지울 수가 없다.

너…… 나 만나러 온 거야……. 잊지 마…….

성준은 저 꼴 보기 싫은 놈팡이와 당분간 일을 해야 한다는 생각에 목덜미가 뜨끈해졌다. 채원은 그런 성준을 대신해 있는 힘껏 웃으며 다미안을 반겼다. 서로 손 흔들고 달려가고, 가관이다.

"뭐야."

성준은 위험을 감지했다. 다미안이 두 팔을 옆으로 쭉 뻗으며 채원을 향해 걷는 게 아닌가? 어어어, 안아? 안으려고?

채원의 걸음에도 망설임이 없고, 슬슬 채원의 두 팔도 옆으로 벌어지려 하는 것이.

"이것들이 진짜."

성준은 기린의 조깅처럼 긴 다리로 두두두두 걸었다. 금세 채원을 지나치고 다미안을 향해 다가갔다. 벌린 건축가 놈팽이의 두 팔 사이로 자신의 두 팔을 포개며, 다미안을 안았다.

"잘 왔습니다."

느닷없이 성준이 튀어나와 자신을 안으니 다미안은 우뚝 멈춰 섰다. 벌어진 두 팔이 닫히지 않는 걸 보아 꽤나 당황한 것 같다.

성준은 다미안의 팔을 자신의 등에 척, 척, 붙이며 허그를 이어 갔다. 내친김에 다미안의 등도 두드렸다.

"잘 왔어요. 저 여자 좀 건드리지 마. 제발 좀. 당신을 환영합니다."

한국말을 알아듣지 못할 다미안에게 중간중간 하고 싶은 말을 섞어가며 성준은 웃었다. 긴 인사 정도로 알아들은 다미안은 고개를 삐거덕거렸다.

[아, 뭐. 이제 그만 놓아주면 좋겠는데.]

"다시 돌아와서 기쁩니다. 좋은 말로 할 때 저 여자한테 흑심 품지 말고 가만히 좀 있어. 우리는 당신을 기다렸습니다."

[이봐요. 나는 한국말을 잘 모른다고요.]

됐어. 그걸 원해 나는.

흥. 성준은 웃으며 다미안과의 허그를 마쳤고 그의 곁에 척, 붙었다. 웃는 낯이 이렇게 상냥할 수가 없다. 다미안은 어쩐지 기분 나쁜 성준의 웃음을 바라보았다.

"자자, 정채원 씨. 어서 모시고 가자고."

"네, 대표님."

"정채원 씨가 다미안 씨의 캐리어 좀 끌어줘."

"네! 알겠습니다, 대표님!"

성준의 말에 채원이 후다닥 달려와 캐리어를 받아 들자 다미안이 정색한다.

[이리 줘요. 당신이 끌 바엔 내가 끌죠.]

맞아. 난 또 그걸 원해.

성준은 못 알아듣는 척 채원의 곁으로 이동했다. 채원은 웃으며 눈을 찡긋했다.

[제가 할게요, 다미안. 당신은 우리의 소중한 파트너니까요.]

[괜찮아요. 힘센 사내가 대신 끌어주면 모를까.]

말끝에 다미안이 힐끔 바라보는 것이 느껴지지만 성준은 할 수 있는 힘을 다해 해맑은 표정을 지었다.

[제가 도와드리고 싶은데.]

[아니. 그냥 같이 걷죠. 내 짐이니까 내가 챙겨요.]

채원이 한사코 달라고 하지만 다미안은 손잡이를 잡았다. 자연스럽게 다미안의 캐리어가 성준을 거치고 채원을 거쳐 주인에게 돌아간다. 예상대로 흘러간 아름다운 순환 과정에 성준은 쾌재를 불렀다.

우적우적 캐리어를 끄는 스페인의 이방인까지 세 사람은 공항을 빠져나왔다. 어느덧 어둠이 찾아온다. 하루가 긴 걸까.

"일단 밥부터 먹여야겠다. 비행 오래하느라 피곤할 텐데."

"네, 대표님. 다미안 씨께 좋아하는 메뉴가 있는지 물어볼게요."

"넌 뭐가 먹고 싶은데? 먹고 싶은 거 없어?"

"저요? 다미안 씨가 먹고 싶은 걸 먹어야죠. 전 아무거나 괜찮아요."

아니, 하루가 조금만 더 길었으면 좋겠다.

"아니, 지금 말고 내일이라도 먹게. 생각 좀 해봐. 따라다니면서 고생하는데 먹고 싶은 걸로 먹자고 내일 점심은."

어쩌면 영원해도 좋겠다.

다미안이 머물 호텔 식당 중 적당한 곳을 잡기로 한 세 사람은 그나마 현재 예약이 가능하다는 스시 전문점을 찾았다. 자리에 착석한 성준은 메뉴판을 들었다.

"괜찮으면 주문은 내 쪽에서 하겠다고 전해줘."

"네, 대표님."

채원이 다미안에게 통역하자 다미안은 편한 대로 하라며 고개를 끄덕였다.

성준은 메뉴판을 덮으며 적당한 식사를 주문했다. 오래 고민하지 않고 호텔 안에서 식사를 해결할 수 있으니 다행이다. 게다가 다미안이 평소에 스시를 즐겨 먹는다고 하니 그 또한 여간 다행이 아닐 수 없다.

좌우지간 스페인에서 날아온 이 이방인이 한국에 머무는 동안 최선의 복지를 약속해야 함은 거스를 수 없는 일이니까.

"대표님은 여기 자주 오셨어요?"

"뭐, 일 때문에 외부 미팅이 많아서 종종 왔지."

"요즘 덕분에 스시 자주 먹는데요? 호강을 누립니다."

"이 정도로 호강이라 말하면 돼? 진짜 입 떡 벌어지는 호강 한번 시켜줘?"

"말씀 좀 리치리치 하게 하지 마세요. 기죽어서 어디 밥 먹겠어요?"

"기죽지 말고 귀담아들어. 내가 상당히 리치리치 해. 너 하나 호강시켜줄 정도는 뭐, 더는 말하지 않겠어."

Rich? Rich, Rich?

휴대폰을 꺼내 들던 다미안은 눈썹을 씰룩거리며 두 사람의 얼굴을 번갈아 바라보았다. 어느 틈에 채원의 얼굴이 붉어져 있다.

[난 잠시 전화 좀 하고 올게요.]

[네, 그래요 다미안.]

다미안은 스페인에 전화 한 통 걸고 오겠다며 사라졌다. 거지같이 어색한 순간.

너 하나 호강시켜줄 정도는 뭐, 더는 말하지 않겠어.

채원은 입술을 쭉 내밀다가 말했다.

"대표님. 대표님의 조금 전 발언, 되게 위험한 건 알고 계세요?"

"모르겠는데? 리치리치 한 대표가 직원 복지 좀 잘해보겠다는데 문제 있나?"

"복지라고 하세요, 그럼. 호강이니 뭐니 하면 제가 오해하잖아요."

"해 그럼. 어디까지 오해할 건데? 내가 알아야 동참을 하지."

"헐."

헐. 채원은 미심쩍어도 여간 미심쩍은 게 아닌 성준의 말에 점점 더 홍당무가 되어갔다.

지금 이거 나만 달달하게 들려? 내가 이상한 거야? 심장 왜 뛰어? 왜?

어쩐지 성준을 바라보기가 망설여진다.

……아냐. 이건 느낌 탓이야. 원래부터 말장난 좋아하고 아재개그 즐겨 하는 대표님의 농간에 휘말린 거야. 정신 차리자. 정신 차리자.

이윽고 코스로 주문한 음식이 차례차례 나온다.

"천천히 많이 먹어. 뒤로 몇 개가 더 나올지 예상 안 되니까 급하게 먹고 배부르다고 하지 말고."

"아아, 네. 다미안 씨 돌아오면 식사 시작해요."

"그러든가. 필요한 거 있으면 말하고."

"네."

성준이 자잘한 것들을 챙겨 그녀 앞에 놓아주자 채원은 볼바람을 불어넣었다.

……아냐. 이건 느낌 탓이야. 오늘따라 지나치게 다정한 것 같지

만 자본주의 매너를 실행하고 있는 것뿐이야.

정신 차리자. 정신 차리자. 설레면 인간도 아니야. 인간도 아니야. 정채원, 인간도 아니야.

채원은 고개를 살짝 휘휘 저으며 젓가락을 들었다. 통화가 길어지는지 다미안은 돌아올 기색이 없고.

성준은 플레이팅이 마음에 드는 것처럼 음식을 내려다보다가 안타깝다는 듯 미간을 슬며시 구겼다.

"아, 하나 아쉽네. 이 집은 유부초밥이 없어."

"유부초밥 싫어하시잖아요. 그것도 엄청. 없으면 다행 아닌가요?"

"아닌데. 나 유부초밥 좋아하는데."

"에? 저번엔 유부는 다 싫다고 하시더니?"

"좋아졌어. 그날 이후로."

오늘따라 대체 나한테 왜 그래…….

채원은 입술을 꽉 깨물었다. 얼굴이 불에 달군 철판처럼 뜨겁게 느껴져 기절초풍할 노릇이다.

왜 이래, 이게 뭐라고. 설레면 인간도 아니야. 인간도 아니야. 정채원, 설레면 인간 아니야. 인간 아니야.

"유부는 전부 좋아지더라고. 뭐, 우유부단한 성격도 호감으로 바뀌고."

인간 아니야. 정신 차려. 설레면 인간 아니야. 그럴 타이밍 아니야. 심장 멈춰, 안 돼. 미친 듯이 뛰지 마. 안 돼.

"유부남도 뭐, 쿨하고 너른 인류애로 받아줄 수 있겠고."

채원은 마른침을 꿀꺽 삼켰다.

"음, 유부녀는 조금 깊게 생각해봐야겠다. 유부가 아무리 좋아졌대도 유부녀 좋아한다는 발언은 위험하지?"

"아, 뭐, 아, 네, 뭐. 하하."

"그런데 나 위험한 거 좋아하거든. 아슬아슬한 거. 한 치 앞도 안 보이는 거, 이런 것들."

성준은 고개를 약간 비틀어 그녀를 바라보았다. 그녀는 젓가락을 든 채 멈췄다. 그러곤 생각했다.

"해서 좋아해보려고. 유부는 뭐든지, 전부 다."

"……."

"하나도 빠짐없이. 싹 다."

아. 난 오늘부터 인간 아닌 걸로.

그 맛있고 정갈한 초밥이 어떤 맛, 어떤 식감이었는지도 모른 채 식사가 끝났다. 다미안에게 숙소를 안내해줄 때까지 친절하고 다정한 웃음을 잃지 않았던 채원은 호텔 밖을 빠져나오자마자 홱, 뒤를 돌아 성준을 바라보았다.

"대표님, 도대체 왜……."

"걷자. 소화 좀 시킬 겸."

"아, 네."

성준이 걷자며 앞으로 나아가니 급격하게 끌어올렸던 전투력이 차게 식는다. 채원은 성준의 곁에 다가섰다.

공들여 만든 호텔의 정원은 낭만이 있었다. 높은 곳에서 바라볼 때와 직접 공간 안에 들어와 걸음을 섞는 건 다른 느낌이 들게 했다.

"좋네요. 근사하고."

"좋지. 근사하고."

"대표님, 여기도 자주 오셨어요?"

"종종. 비즈니스 하려면 클라이언트 숙소를 잡아야 하는 일이 많으니까."

"전부 다 사업하고 관련 있는 일들뿐이네요."

"일이 아니면 호텔에 올 일이 뭐가 있겠어, 그 흔한 애인도 없는 남자가."

"……."

"뭐, 그래도 오늘은 애인은 없지만 전 여친은 있네. 닭 대신 꿩인가."

채원은 잠시 걷던 걸음을 느리게 하며 그를 올려보았다. 모르는 척해보려고 해도 자꾸, 자꾸 심장은 이상한 기운을 감지한다.

"대표님."

"말해, 이제."

무슨 말을 기다린 걸까. 그는 마치 네가 부르기만을 기다렸다는 것처럼 대꾸했다. 채원은 조금 더 걸음을 느리게 했다.

"대표님 오늘 조금 이상한데, 이거 저만 그렇게 느끼는 거예요?"

만화방의 너구리 굴에서부터, 공항으로 오는 차 안을 지나, 식사를 하고, 함께 걷는 지금 이 시간까지. 순간순간 마음이 울렁거려 지울 수 없었던 생각. 그래서 드문드문 묻고 싶었던 말.

그럴 리는 없겠지만.

"뭐가 어떻게 이상한데?"

그럴 일은 없겠지만.

"아뇨, 그러니까, 이게 말로 설명하기는 좀 힘든데요. 그냥 오늘 대표님이, 그러니까, 그러니까요."

말을 해도 되나. 될까. 물어봐도 될까. 되려나.

"편안하게 물어. 신속, 정확하게 답해줄 테니까."

어떤 질문을 받아도 답할 준비가 되었다며 그가 질문을 종용한다. 채원은 마음속 갈등을 모두 정리하지 못한 채 입술을 열었다. 아니, 묻고 싶은 말은 많은데 끝끝내 정리가 되지 않을 것만 같다.

"대표님, 오늘 저한테 왜 이렇게 잘해주세요?"

"직원이니까. 함께 외근을 나와주었고. 감사함에 겸사겸사."

그는 앞서 말한 대로 신속한 대답을 내어놓았다.

"난 원래 같이 외근 나온 사람들한테 친절해. 문제 될 게 있나?"

"그것뿐이에요? 진짜?"

"그래. 그것뿐. 진짜로."

"……거짓말."

"맞아. 거짓말이야."

그는 다시 한번 빠르게 대답을 정정했다. 질문하고 있는 쪽은 채원인데, 질의응답이 쌓여갈수록 당황하는 쪽은 오히려 그녀였다. 채원은 긴장한 까닭에 마른 주먹을 쥐었다.

"맞다고, 거짓말인 거."

"……."

숨을 쉬기가, 조금은 버거웠다.

"거짓말이라고 답했으니까 다음 질문이 이어져야지. 이어서 해
봐."

술을 한 잔도 마시지 않았으니 술김이라 할 수도, 눈빛에 장난기
가 하나도 없으니 장난치지 말라 웃으며 넘길 수도 없는.

"해봐, 그다음 질문."

"아……."

도대체 무엇을 기다리는 건지 알 수가 없다. 아니, 알 것만 같아
서 마음은 급히 어지러웠다. 채원은 마른침을 삼키며 꼭 쥔 주먹에
다시 힘을 싣다가.

"대표님."

"그래."

묻고 난 다음엔 어떻게 해야 하나, 아직 정하지도 못했으면서.
이 말이 뭐라고 이렇게 입 밖으로 튀어나오기가 힘이 드는가, 안간
힘을 쓰다가.

"대표님 아직 저한테 미련 같은 거."

뒤로 돌아가지 못할 시간 속에 발을 담갔다.

"아, 아뇨. 그러니까 제 말은요. 아닌 줄 알지만 그냥 갑자기 혹
시나, 혹시나 만에 하나 대표님이 눈곱만큼이라도 미련이 남……."

"맞아. 남았어, 미련."

"……."

"남았더라, 미련이."

"아……."

기쁨도 아니요 슬픔도 아닌 것이, 태어나 처음으로 느껴보는 얼떨떨함에 입술이 멍하니 벌어졌다.

심장을 차고 때리는 것처럼 요란한 통증이 전신으로 뻗어 두 다리가 후들거리기 시작했다. 순식간에 시야가 좁아졌고, 목덜미가 뜨거워왔다.

"이건 좀 믿기는 모양이야. 거짓말이라고 안 하는 걸 보니."

"아…… 그럼 혹시 이것도 거짓말……."

"아니. 이건 진짜."

이 모든 감정을 넘겨주고는 남의 일인 것처럼 태평한 표정을 한 채 그가 서 있다. 더는 한마디도 떨어지지 않아 채원은 멍하니 벌어졌던 입술을 굳게 닫았다.

……엷게 밀려오는 바람에 지난날이 실려 온다. 어둠 위로 수놓이는 별들이, 사실은 너의 마음도 반짝인다 말하는 것만 같았다.

"그래. 이왕 말이 나온 김에 속 시원히 좀 말할게."

반짝인다.

"나, 너 못 잊었어."

당신이 뱉어낸 말들에 물들어.

"그래서 기다렸어. 니가 물어봐줄 때까지."

나 홀로 견뎌온 어두운 이별 속에.

"뭐야? 선배는 어디 가고 처량하게 혼자 있어?"

대표실로 찾아온 태리는 주인 없는 태가 확연히 나는 성준의 빈 자리를 보고 김 실장, 민권을 바라보았다. 로비를 통해 태리가 올라온다는 사실을 알고 있었던 민권은 힐끔, 고개를 들어 그녀를 바라보았다.

"대표님 미팅 가셨어. 넌 어쩐 일?"

"미팅 가는데 왜 널 두고 가? 미팅이 내가 생각한 그 미팅이 아닌가 봐? 사교?"

"사교 미팅이면 날 데려갔겠지, 대표님이 치사하게 혼자 갔겠어?"

"어이구? 그러다가 큰코다친다 너. 미팅 나가서 날 만나는 수가 있어."

"끔찍한 소리 마라. 그나저나 왜 왔는데."

한가한 사무실. 민권은 자신의 맞은편에 자리를 잡고 앉는 태리에게 시선을 주었다. 태리는 사무실 여기저기를 둘러보듯 시선을 옮겼다.

"그냥 뭐, 지나가다가. 아, 그리고 이거."

그녀는 쇼핑백을 테이블 위에 올렸다.

"뭔데?"

"우리 오늘 자선 경매 했거든. 좋은 일에 동참해주신다고 나 아는 디자이너 선생님이 아동복을 잔뜩 가져오셔서."

더 듣지 않아도 알겠다. 민권은 조용히 쇼핑백을 바라보았다.

"다은이 생각나서 몇 개 챙겨 왔어. 다은이 가져다줘. 조금 클 수도 있는데 어차피 애들은 금방금방 자라니까."

"……"

"야, 동기끼리 이 정도도 못 하냐? 표정 좀 어떻게 못 바꿔?"

"내가 뭐라고 했냐?"

"얼굴이 말하잖아, 얼굴이. '이런 건 왜 가져와서 사람 불편하게 해. 너 이거 오지랖이야.' 이렇게 말했잖아 방금."

"넘겨짚기는."

민권은 쓱 쇼핑백을 끌어다가 안을 바라보았다.

"몇 개 챙겼다며. 이게 몇 개냐?"

"잔말 말고 받아. 욕심 같아선 이런 쇼핑백 다섯 개 정도는 챙겨 오고 싶었으니까."

민권은 쓱 태리의 얼굴을 바라보다가 쇼핑백을 내렸다. '동기'의 선심 정도로 그녀가 멈춰준다면 마다할 이유도, 생각도 없었으므로.

"고맙다. 안 그래도 작년에 산 옷이 좀 작아 보여서 주말엔 다은이 데리고 옷 좀 보러 가려고 했는데."

"그래? 잘됐네. 잘 맞았으면 좋겠다. 인증 숏 찍어 보내주면 더 좋겠고."

그럴 일은 없어, 라는 표정을 지으며 민권은 다시 서류로 시선을 옮겼다. 고운 그녀 손끝이 책상 위를 의미 없이 배회한다. 민권의 시선은 더욱 서류에 고정되었다.

"맞다. 아빠가 며칠 전에 이상한 이야기를 하더라."

"무슨?"

"아빠 얘기 하니까 반응 좀 보소. 인간이 진짜."

"왜. 무슨 이야기를 하셨는데?"

그녀 부친은 회사와 밀접한 관계가 있으니 촉각을 세우지 않을 수가 없다. 태리는 어깨를 으쓱 올려 보였다.

"에어밸런스 매각 계획 없잖아. 그렇지?"

"없지."

"뭐, 아무튼 일 좀 열심히 해. 아빠가 주옥선 아줌마 쪽이랑 접촉도 잦고, 수상하니까."

민권은 가만히 생각에 잠긴 눈빛을 하다가 다시 서류로 시선을 돌렸다. 그러곤 가급적 편안한 음성으로 대꾸했다.

"대주주 입장에선 여러 가지 상황을 고려할 수밖에 없어. 기업 가치를 대표님께만 맡겨둘 수가 없으니까. 그게 어느 회사나 대주주들의 입장이고."

"맞아. 그럴 수도 있어. 아빠는 이익을 최우선시하는 성격이니까."

"우리도 항상 염두에 두는 부분이야. 그런데 너는 왜 이런 이야기를 굳이 전달해주는 건데?"

"몰라서 물어? 난 첩자잖아. 에어밸런스의 숨은 첩보원이랄까?"

태리는 장난을 치듯 손가락으로 브이 자를 그리며 웃었다.

당연한 거다. 네가 몸담은 회사니까. 너의 대표가 안전해야, 너도 안전할 테니까.

"김 실장, 나 같은 고급 첩보원이 어딨냐? 잘해라, 좀. 나한테."

그녀의 말이 끝나기가 무섭게 민권은 자리에서 일어섰다. 내가 또 너의 마음을 불편하게 한 건가, 태리의 근심 담긴 시선이 따라 올라온다.

"가방 들어. 나가자."

"어딜?"

"나 퇴근이야, 이제."

그는 재킷을 잡았고, 태리의 얼굴로 약간의 실망이 스쳐 지난다. 빠르게 가방과 쇼핑백을 챙긴 민권은 마지막으로 사무실 정리를 하며 태리를 바라보았다.

"뭐 먹을래?"

"……나? 저요?"

"너지 누구야. 고급 정보원 그냥 보내면 대표님께 박살 날 것 같아서."

"헐, 김 실장이 나 밥 사주는 거야? 진짜?"

태리가 뒤로 자빠질 듯 놀란 표정을 짓자 민권은 지갑을 꺼냈다. 카드 한 장을 뒤이어 꺼내고는 가볍게 흔들었다.

"물론 내가 사는 건 아니고."

태리의 입술은 뾰로통해졌다. 저 카드, 내가 언젠간 잘라버리고 말리라.

"밥은 대표님이."

징글징글한 저놈의 법카.

맞아. 남았어, 미련.

3년 전. 그에게 처음 고백을 받았던 날은 어떠했던가. 스스로 무척이나 운이 좋은 사람인 것 같았다. 세상이 내 편인 것만 같았다.

남았더라, 미련이.

닿은 곳 하나 없는 간격을 두고 섰음에도 그대의 온기가 느껴져, 그토록 드물고 신기한 현상 앞에 가슴이 벅찼다. 이국의 땅에서 이루 다 할 수 없는 행복을, 단숨에 알게 되었다.

나, 너 못 잊었어.

오늘의 고백은 어떠한가. 우리는 무척이나 불행하다는 생각이 들었다. 세상은 어쩌면 이다지도 매서운가, 서글퍼졌다.

그래서 기다렸어. 니가 물어봐줄 때까지.

닿은 곳 하나 없는 간격을 두고 섰음에도 그대에게 내 시린 찬기가 전해질 것만 같아, 이토록 질기고 질긴 감정 앞에 가슴이 저렸다. 이국의 땅에서부터 가져와 묻어둔 슬픔이, 가슴을 습격했다.

흘려보낼 수 있을 만큼의 시간을 흘려보내고. 놀라 풀떡거리던 가슴을 잠재울 수 있을 만큼의 침묵을 이어가다가.

다짜고짜 그에게 다가갔다. 손을 올려 그의 이마를 짚었다.

"이상하다. 열은 없는데."

"뭐 하냐, 지금?"

"혹시 열이 있나 확인했어요. 사람이 원래 열이 심하게 나면 헛소리도 할 수 있고, 그렇거든요."

"현재 체온 36.5도. 이상 없네."

"다행이네요, 열은 없어서."

이마를 짚더니 손을 거두는 채원을 바라보다가 성준은 눈썹을 꿈틀거렸다.

"사람이 진지하게 말을 하면 진지하게 좀 듣죠, 정채원 씨."

"얼마나 더 진지하게 들어요, 대표님 말을?"

"미련이 남았다는 사람한테 열 있냐는 질문이 답인가?"

"대표님. 잊지 마세요, 저 유부녀예요."

"알아."

어머머? 채원은 눈을 동그랗게 떴다.

"안다는 분이 어떻게 그런 말을 해요. 모르는 거나 진배없는 것 같은데?"

"미련이 남는 걸 어쩌라고. 어쩌라고!"

"헐."

헐. 어쩌라고 나왔다.

며칠 전 요즘 세상을 살아갈 땐 '어쩌라고'가 필요하다던 친구 해경의 조언이 떠오른다. 실제 그런 마인드를 장착하고 사는 사람이, 눈앞에 있다. 채원은 뭐가 크게 잘못됐다는 듯 손사래를 쳤다.

"아뇨. 아뇨, 대표님. 정신 차려요. 큰일 나요. 무슨 소리 하시는 거예요, 지금."

"너한테 미련 남았다고. 몇 번 말해?"

"허어어어……."

채원은 사람을 다시 봤다는 눈빛을 하며 성준을 바라보았다. 지나가는 사람들이 혹여 이야기를 들을세라 주변을 살피다가, 채원은 다시금 한 발 성준에게 다가갔다.

"저 유부녀라니까요, 대표님. 저 결혼했어요. 아시잖아요."

"알아. 너 유부녀인 거. 결혼한 거."

"쉿! 쉬이이잇! 누가 들으면 어쩌려고……!

채원은 황급히 주변을 살피며 성준의 입을 막았다. 주변에 한 명도 없음을 다시 한번 확인하고 채원은 막았던 성준의 입을 풀어주었다. 아무 반항도 없이 가만히 서 있다.

"왜 이래요, 갑자기? 아니, 갑자기 저한테 왜 이러시는 건데요."

"넌 갑자기지만 난 갑자기 아닌데."

"아니, 저 결혼했다고요. 결, 혼."

"알아. 너 결혼한 거. 결, 혼."

"그러니까요. 그게 뭔지 모르세요? 무슨 뜻인지 몰라요, 대표님?"

"알아. 그래서?"

그, 그래서라니? 어떻게 그런 질문이 이어지지?

"혹시 저 뭐 큰 잘못 했어요? 회사 제 발로 나가야 하는 그런 상황이에요? 고도의 퇴사 권고, 뭐, 그런 전략?"

"이런 말을 듣고 니가 흔들려주길 바라는 지략?"

"허어어어, 대표님, 지, 지금 저 흐, 흐, 흐."

"웃는 거야, 말하는 거야. 하나만 해."

"흐, 흔들리라고 이러시는 거예요, 지금? 결혼 생활 파탄 나라고요?"

"예정에 있긴 해?"

채원은 더는 벌어지지 않을 정도로 입을 쩍 벌렸다. 그러곤 성준의 얼굴에 손을 휘휘 저어 보았다. 눈 한 번을 깜짝하지 않는다.

"미쳤어요? 과도한 업무량에 시달리다가 기어이?"

"지극히 정상이야. 이제 좀 정상인이 되었지."

"철컹철컹해요. 얼마나 위험한, 이게, 네? 이게, 네? 이게 얼마나!"

"그래. 니가 나 신고 좀 해줘라. 우리 경찰서에서 대면 좀 하자. 남편분하고 셋이."

"허어어어어……."

미쳤어. 미쳤어, 미쳤어. 미쳤다고!

"뭐, 뭐, 뭘 믿고 이러는 거예요, 도대체? 유부녀한테 미련 남은 게 자랑이에요, 지금?"

미쳤다 진짜, 정채원! 심장은 왜 뛰는데!

"흠이 될지, 자랑이 될지는 가봐야 아는 거 아닌가?"

"헐……. 지저스……."

"너도 생각 있으면 지금이라도 갈라서고 오든가, 나한테."

"헐……. 미쳤다……."

채원은 도무지 믿기지 않는 상황 앞에 손으로 입술을 가렸다. 저도 모르게 슬금슬금 뒷걸음을 걸었다. 심장이 입 밖으로 튀어나와 그의 발 앞에 툭, 하고 떨어질까 봐.

"미련 남았다는 말이, 이게 그렇게 놀랄 일이야?"

얼굴이 빨개졌다가 파래지다가 하얘지고, 다채로운 색으로 물들었다가 말았다 하니 가관이다.

성준은 도무지 영문을 모르겠다는 표정을 짓고 그녀를 바라보았다. 얼마나 놀랐을까. 귀여워 죽겠다.

"대표님 이상해요……. 나 대표님 무서워……."

"몰라. 좋은 걸 어쩌라고. 못 참겠는데."

간다. 너한테.

"어떻게 그런 말이 이렇게 쉬워요. 듣는 나는 어떡하라고."

"너한테 뭐 어쩌라고 하는 이야기 아닌데. 그저 내가 그렇다고. 너의 상황과는 상관없이."

"그러면 아, 그렇구나 하고 말라는 거예요? 그, 그게 말이 된다고 생각해요?"

"아니면 너도 흔들려보든가."

흔들려보라니 동공에 지진이 인다. 성준은 피식, 웃음을 흘렸다.

간다. 너 잡으러.

"무슨 일이 있어도 석 달 동안 회사 안 떠나겠다고 한 건 너니까, 뱉은 말엔 꼭 책임져라."

"이 와중에도 일 걱정을……."

"아니. 너 없어질까 봐 걱정하는 건데."

하……. 채원은 고개를 들어 하늘을 올려보았다. 몇 개 없는 별이나마 바라볼 게 있어 그나마 다행이다.

놀란 건 둘째 치고 이 벌렁거리는 심장 좀 어떻게 하고 싶다! 으아아아!

"별 보고 점치나? 동방박사? 그럼 연애운을 추천."

"점칠 만큼 별이나 많이 있으면 좋겠네요."

"그럼 쓸데없이 고개 꺾고 있지 말고 나 좀 봐."

채원은 천천히 시선을 내렸다. 도대체 이 남자, 하루 사이에 무슨 일이 있었기에 이렇게 뻔뻔해졌는지는 잘 모르겠지만.

"갑자기 왜 웃어요, 더 무섭게?"

"말하고 나니까 내 속이 다 시원해서."

마주친 시선에 웃음이 흘러, 그대가 하는 말이 조금도 이상하게 들리지 않는, 어느 시간에 머물게 되었다.

"너, 정채원. 내가 이런 말 했다고 평소보다 나를 멀리 대하면 가만 안 둔다, 진짜로."

이곳. 해야 할 말도, 내야 할 화도 쓱쓱 지워지는 마법의 세계이다.

"분명히 말하는데 멋대로 선 긋지 마."

나를 사랑해도 괜찮아요.

"나 넘어간다."

말하고만 싶은 세계가 선 너머에 보이기 시작했다.

자꾸 이렇게 다가오면

분명히 말하는데 멋대로 선 긋지 마. 나 넘어간다.

정신없이 버스에 올라탄 채원은 튀어나올 듯이 커진 눈을 하고 연거푸 숨만 내쉬었다. 못 견디는 공포 영화라도 보고 나온 사람처럼 손을 덜덜 떨었다.

분명히 말하는데 멋대로 선 긋지 마. 나 넘어간다.

귀에서 자꾸만 도돌이표처럼 윙윙거리는 음성에 미칠 것만 같다. 채원은 허으, 허으, 굵은 숨을 내쉬며 눈을 힘껏 감았다가 떴다.

'분명히 말하는데 멋대로 선 긋지 마. 나 넘어간다.'

'……와악!'

조금 전, 호텔 정원에서.

'와악! 와아아아악!'

결국 괴성을 터트리고 말았다. 뒤통수에 눈이 달려 있지 않아도 인간은 충분히 달릴 수 있다는 것을 몸소 보여주듯, 빠르게 뒤로 걸었다.

뒤로 걸으며 그에게서 멀어지다가 본격적으로 돌아서 내달리기 시작했다. 따라올까 봐 진심으로 전력 질주를 했는데 다행이지, 예상과는 달리 순순히 보내주더라.

"어흐, 미치겠다. 미치겠다. 어흐……."

채원은 앞자리 의자에 머리를 쿵, 찧듯 내리며 중얼거렸다. 이 작은 몸뚱이 안에서 이런 다채로운 기분이 펼쳐질 수도 있구나,

자신의 안에서 벌어지는 별의별 감정에 채원은 두 눈을 질끈 감았다. 시간을 뒤로 돌리고 싶은데, 만일 돌릴 수 있다면 어디로 돌아가고 싶은 건지도 잘 모르겠다.

"그런 말을 어떻게……. 어떻게 해……. 대표님…… 대체 어떻게……."

미련이 남았다는 그의 고백은 머리가 아닌 가슴이 반겼다. 앞뒤 사정을 헤아리느라 터지기 일보 직전인 머리와는 달리, 가슴은 쿵쿵 뛰며 당장 그에게 되돌아가자고 발버둥을 치기 시작했다.

"안 돼……. 안 된다고……. 안 된다고……. 아으……."

머리는 자꾸만 화를 내는데, 가슴은 자꾸만 사실은 원했던 일이 아니냐며 기뻐했다.

드문드문 버스 안의 승객들이 힐끔거리며 그녀를 바라본다. 그런 시선 따위 느끼지 못한 채, 한참이나 제 안에서 벌어지는 많은 일과 싸우던 채원은 천천히 고개를 들었다.

차창에 머리를 기대고 밖을 바라보니 바깥의 어둠과 버스 안의

빛이 섞여 자신의 얼굴이 비쳤다. 그 까만 차창에 비치는 자신의 얼굴을 향해 말하듯 채원은 조용히 입술을 열었다.

"거기서 소리는 왜 질렀어……."

버스는 전혀 모르는 동네를 향해 달려간다.

"소리 지를 거면 좀 예쁘게나 지르지. 꺄아, 꺄아아, 이런 것도 있는데."

예쁘게 소리 지를걸. 멍청하게 달리지 말고 모양새 신경 좀 쓰면서 달릴걸. 이 와중에 마음에 남는 건 그에게 비쳤을 뒷모습 같은 하나 쓸데없는 것들.

"저기요, 아저씨. 죄송한데 이거 몇 번 버스예요?"

"이거요? 83번이요. 모르고 탔어요?"

"아…… 네. 정신없이 타느라고요. 감사합니다, 잘못 탔네요."

채원은 머쓱하게 웃으며 정차 스위치를 누르고 문 앞에 섰다. 낯설고 낯선 동네에 무작정 내린 채원은 집으로 가는 버스를 검색하며 한숨을 길게 내쉬었다.

유부녀여도 상관없다는 그는, 모르는 게 있다.

"아아, 여기서 타면 되겠다. 다행이다. 버스 있네."

유부녀가 아니어도 나는, 안 된다는 걸.

채원은 다음 버스를 기다리며 도로를 향해 시선을 돌렸다. 많은 것이 뒤섞인 밤이 흘렀다.

"어머, 채원 씨. 얼굴이 왜 그래? 잠 못 잤어?"

이튿날. 잠을 자는 둥 마는 둥 퀭한 얼굴로 출근을 마친 채원은 놀라는 비서실 직원을 향해 손을 들어 보였다.

말할 기운도 없다는 것처럼 자리에 털썩 앉았다. 대표실 문을 열어놓은 성준은 채원이 왔다는 소리에 고개를 들었다.

"뭐야, 채원 씨 어디 아파?"

채원은 힐끔, 열린 대표실 문을 바라보았다. 성준과 눈이 마주친다.

"아뇨. 아픈 건 아니고 잠을 좀 설쳐서요."

"왜, 무슨 일 있었어?"

"가위에 눌렸어요, 가위에. 한번 눌리지도 않던 가위에 눌려서."

채원이 들으라는 듯 밖에서 말하자 성준은 피식 웃음을 흘렸다. 보던 서류로 시선을 내리며 만년필을 돌렸다.

어쩌다가 가위에 눌렸냐, 어떻게 풀렸냐, 가위에 눌리는 동안 이상한 일 벌어지진 않았어? 직원의 질문이 이어지고 채원은 영혼 없이 답을 이어갔다. 대표실 안에 있던 민권은 뒤돌아 힐끔 채원을 바라보고는 다시 성준에게 시선을 돌렸다.

"대체 어제 채원 씨를 얼마나 쥐 잡듯이 잡았으면 가위에 눌려요?"

"뭐, 압박을 조금 하긴 했지. 다미안한테 점심쯤 전화 넣고 일정 안내해줘. 우리도 오늘은 오전 회의만 하는 걸로."

"네, 대표님."

성준은 어제 보지 못한 서류를 모두 확인하고 서명을 마쳤다. 파일을 넘겨주며 성준은 고개를 들었다.

"태리하고 어제 저녁 잘 먹었어? 잘해줘라, 태리한테. 이런저런 정보 가져다주는 회사 은인인데."

"회장님이 태리를 시켜서 압박하는 걸 수도 있죠. 태리, 너무 믿지 마세요."

"니가 있는 동안은 믿어도 되지 싶다. 일단 그건 내일 저녁쯤에 다시 얘기해. 오늘은 바쁘니까."

"네, 알겠습니다."

민권은 성준에게 파일을 넘겨받으며 얼굴을 빤히 바라보았다.

"대표님 기분이 좋아 보이시네요."

"그러게. 가위에 안 눌려서 그러나, 컨디션이 좋네."

성준은 혼잣말처럼 중얼거리다가 나갈 준비를 하는 민권을 다시 바라보았다. 채원이 미혼임을 알고도 단 한 번 언급하지 않는 녀석은 태리와 자신의 관계를 염두에 두고 있기 때문이 분명하다.

묻지 않아도 알 수 있었다. 녀석은 속내가 훤히 들여다보였으니까.

"어이, 김 실장."

"네, 대표님."

김 실장이 자신을 잘 아는 만큼.

"수고하라고, 오늘도."

"아, 네, 뭐. 대표님도요."

그도 김 실장을 잘 알고 있었다. 그런 사이였다.

"가위눌렸다며. 괜찮은 건가?"

화장실을 다녀오던 채원은 화들짝 놀란 얼굴로 앞을 바라보았다. 누가 봐도 화장실 앞에서 사람을 기다리는 자세로 성준이 서 있다.

"여, 여자 화장실 앞에서 뭐 하세요, 지금?"

"여기가 왜 여자 화장실 앞이야, 남자 화장실 앞이지."

끙. 두 개의 화장실 입구가 붙어 있으니 딱히 변명의 여지가 없다. 채원은 혹시 누가 있나 싶어 주위를 두리번거리다가 다시 성준에게 시선을 옮겼다.

눈이 마주치자 그가 웃는다. 그 얼굴에 당황한 듯 채원은 움찔움찔하다가 두 주먹을 꽉 말아 쥐었다.

말리면 안 돼. 채원은 준비한 말을 속사포로 뱉어내기 시작했다.

"언제는 미움받을 용기 장착하고 뭐든 버틸 각오 하라더니, 이게 그 미움받는 과정인가요? 네?"

"무슨 소리야, 이건 관심받는 과정이지."

"저!"

채원은 엉겁결에 목소리가 커지는 것을 느끼며 다시 어깨를 움츠렸다. 그러곤 입만 벙긋거리는 얼굴로 조용히 속삭였다.

"결혼했다고요, 결혼. 그리고 저 행복해요. 왜 제 행복을 방해하시는 거죠?"

"나 방해한 적 없는데. 넌 너대로 행복하게 살아. 누가 뭐라고
했어?"

"아……."

아…… 틀려먹었어……. 안 돼……. 무슨 소리를 해도 안 통
해…….

채원은 절망한 듯 움츠렸던 어깨를 축 늘어트렸다. 겨우겨우 밤
새 마음을 다잡고 정리하며 어떻게든 그를 회유해보려고 했는데.

"뭐, 좋아요."

그녀는 한참 만에야 입을 떼었다.

"말씀하신 대로 개인의 고유 감정? 뭐, 네. 존중할게요."

팔짱을 끼고 비스듬히 벽에 기대서 있던 성준은 눈썹을 꿈틀거
렸다. 채원은 제 발끝만 내려다보다가 조금씩 시선을 들었다.

"하지만 대표님이 어떤 마음이건 어떤 말을 하건 저, 안 넘어가
요."

그러곤 기어이 그의 눈빛에 닿았다.

"제가 애써 만들어놓은 제 세상에 발 들이지 마세요. 전 위험해
지고 싶지 않으니까요."

밤새 연구했던 말. 밤새 되뇌며 연습했던 말.

"서로의 삶과 감정을 존중하는 정도로 매듭지어요. 뭐, 그 정도면
아름다운 관계의 마지노선 정도는 지킬 수 있을 것 같으니까요."

"할 말 다 했어?"

"네? 아뇨, 두 개 정도 더 남았…….."

그는 벽에 기대고 섰던 상체를 일으키며 바로 섰다.

"다 얘기했으면 가자, 건축가한테. 이제 출발해야 하니까."

"제가 한 이야기…… 다 듣긴 들으셨어요? 뭐, 느낀 바는 없으시고요?"

"느낀 바라. 뽀시래기 말 잘하네, 정도?"

"대표니이임……."

"어제 내가 뭐라고 했지? 선 긋고 그러면 어떻게 한다?"

선 긋지 마. 나 넘어간다.

"지금 나한테 선 긋는 건가? 나는 내내 그렇게 들려서 말이야."

"그, 긋긴 무슨 선을 언제 어떻게 그었다고 또……."

"그렇지? 그런 거 아니지?"

성준은 잠을 못 잔 태가 확연한 채원의 얼굴 위로 당황함이 스쳐 지나자 한 걸음 성큼 걸어 그녀에게 다가갔다.

"이렇게 넘어갈 거야. 자꾸 선 긋고 그러면."

"아으어……."

가깝다. 성준이 다가오자 그녀의 허리는 바깥으로 휘었다.

"다음엔 그 정도 도망치는 걸로는 나 못 피할 수도 있어. 그러니까 가만히 있는데 자꾸 도발하지 말고."

"나 유부녀어…… 대표님 나 결혼온……."

"그러니까. 너 유부녀니까. 나 여기서 멈췄잖아. 그렇지?"

채원은 입술을 꽉 닫은 채 성준을 원망 섞인 눈빛으로 바라보았다. 그렁그렁한 게, 여차하면 울게 생겼다.

"미련 남았다고 했지 들이댄다고 안 했어. 지레 겁먹지 맙시다. 예?"

"아…… 네……."

"굿. 알아들었으면 들어가서 가방 가지고 나와. 출발하게."

"네……."

채원은 슬금슬금 움직이며 사무실 안으로 사라졌다. 성준은 다소 굽혔던 허리를 펴며 주먹으로 입가를 가리고 웃었다.

"커밍아웃까지 오래 안 걸리겠는데."

자꾸자꾸 놀리고 싶어진다. 자꾸자꾸 당황하는 그 표정을 보고 싶어진다. 그러다 보면 끝끝내 못 견딘 네가 진실을 말해주지 않을까 싶어서.

"스페인에서 건축가 섭외를 한 모양이에요. 한 대표가 공을 얼마나 들인 사업인지 잘 아시죠?"

태리는 부친 윤필목 회장과 식사를 이어가며 말을 이었다. 무뚝뚝하기로는 타의 추종을 불허하는 부친과의 식사는 딸인 태리에게도 어려운 일이었다.

윤 회장은 별 대꾸 없이 식사를 이어갔다.

"물."

"네, 회장님."

식사를 돕던 직원이 물을 챙기자 윤 회장은 받아 들고 시원하게 비운 다음 컵을 내렸다.

"그래서, 니들은 어떻게 한다고?"

조용히 식사를 이어가던 태리는 멈칫, 했다. 젓가락을 내리며 고개를 들었다.

"뭘 어떻게 해요?"

"애비가 이만큼 밀어주고 이만큼 키워줬으면 뭔 소식이라도 전해야 하는 거 아니냐?"

"그러니까 무슨 소식을요."

"사람 하나 보고 그만한 돈 투자해서 번듯한 사업 일구게 했으면 보답을 해야지. 한 대표는 언제까지 너 이렇게 혼자 두겠다는 거냐고 묻는 거다."

"허, 아빠. 그게 무슨 말이에요. 한 대표가 나를 왜 혼자 두는 건데? 우리 그런 사이 아니거든요?"

"그런 사이고 아니고는 모르겠고. 에어밸런스 더 크기 전에 합의들 봐. 젊은 사람들 이야기에 애비까지 끼고 싶지 않으니까."

"지금 저더러 한 대표하고 결혼이라도 하라는 말씀이세요?"

"그러려고 시작한 일 아니었냐?"

"아니라니까요?"

"그럼 뭐 때문에. 넌 그때 뭐 때문에 애비한테 그런 투자를 부탁했는데?"

태리는 말문이 막혔다는 듯 머뭇거렸다. 순간적으로 김 실장의 얼굴이 떠올랐지만 입에 담을 수 없었다.

"뭐, 아시잖아요. 가능성이 있는 사업이었어요. 투자하셔도 좋은."

"내가 너를 모르냐? 왜, 한 대표가 너 싫다 하디?"

"아니라니까요. 제가 마음이 없다고요."

"너무 가진 놈들은 가졌다고 뻣뻣할 게 뻔하고, 너무 없는 놈들은 사회적으로도 구색이 맞지 않아 데려다 키울 수가 없으니 한 대표 정도가 네 짝으로는 적당하지."

윤 회장은 일어나려는 듯 몸을 움직였고, 뒤에 서 있던 직원은 의자를 천천히 빼주었다.

"그거 하나 보고 여기까지 키워놓은 거니까 슬슬 합의 봐라."

"아빠, 선배하고 나는 둘 다 그럴 생각이 전혀 없……."

"너는 몰랐다고 해도 한 대표는 모르고 시작하지 않았을 거다."

"……."

"어차피 해야 할 결혼, 아주 모르는 놈보다야 어느 정도 검증된 놈이 낫겠지. 안 그러냐?"

애정 어린 자식에게 하는 말이라기엔 지나치게 득과 실만 남아버린 음성. 윤 회장은 몸을 틀어 앉아 있는 딸아이의 곁을 지나쳤다.

"내 돈 받았으면 내 사람인 거지. 슬슬 매듭지어. 결과에 따라 나도 움직여야 하니까."

"……."

"그놈 실력이 좋아서 여기까지 컸다고 생각하면 큰 오산이다. 계속 착각 속에 살게 해주고 싶으면 너도 선택 잘 하고. 아니면 지금이라도 버리고."

사실은 한 대표가 아니라 한 대표의 비서가 좋아요. 태리는 죽어도 하지 못할 말만 가슴에 사무치도록 곱씹으며 고개를 내렸다.

에어밸런스, 3년. 윤 회장은 투자의 보답을 받고자 했다.

본격적인 비즈니스가 시작되었다. 다미안의 숙소에서 계약서 도장을 찍고 나면 대대적인 사업이 시작될 예정이었다.

계약서를 들고 다미안에게로 향하는 길. 운전대를 잡은 성준은 보조석에 앉아 있는 채원을 향해 입술을 열었다.

"오늘은 다미안하고 사업 부지 둘러보고 와야 하고, 역시 바빠."

"네, 대표님."

"옆에 꼭 붙어 있어. 없어지면 곤란하니까."

"……."

옆에 꼭 붙어 있으라니까 말이 없다. 성준은 틈새로 흘러나오는 웃음을 애써 지우며 다시 말을 이었다.

"들었지? 내일부턴 출장이야. 지방 쪽 사업 부지도 둘러봐야 해서."

"네, 대표님."

"좋네. 아침부터 밤까지 하루 종일……."

"대표님! 좀!"

"아침부터 밤까지 하루 종일 본격적으로 일할 생각에 기분이 좋다는데 소리는 왜 지르는 건지?"

"신호 잘 보시라고요. 혹시 못 보셨을까 봐요."

"얼굴은 왜 빨개? 더워?"

"혈압이 좀 있어요. 열 받으면 얼굴이 좀 붉어지더라고요."

"저런. 그 나이에 어쩌다가."

"그러게요. 이 나이에 누구 때문에 없던 고혈압이."

번쩍번쩍 눈에서 레이저를 쏘며 툴툴대니 성준은 고개를 반대로 돌리고 피식 웃음을 흘렸다.

말이 끊기기가 무섭게 적막이 찾아든다. 가위눌려서 잠을 설쳤다더니, 금세 그녀의 얼굴로 피곤이 내려앉는다.

"졸리면 좀 자."

"안 졸려요."

"그래 그럼. 알아서 해."

성준은 다시 운전에 집중했다. 그녀가 잔뜩 세운 가시가 전혀 날카롭게 느껴지지 않는 건, 이미 그것과는 상관없이 출발해버리고만 자신의 마음 때문일 수도 있겠다.

멈추지 않기로 했으니까. '끝'이라는 단어가 눈앞에 보일 때까지는, 너밖에 안 보일 게 뻔했으니까.

"……안 졸린다더니."

한참 동안 말없이 운전을 했다. 그러다가 신호에 걸려 잠시 멈추고 곁을 돌아보자 채원이 꾸벅꾸벅 졸고 있다. 그 모습에 웃음이 크게 터질 뻔한 성준은 입술을 꾹 닫았다.

예전에도 지금도 언제 어디서든 머리만 대면 잠드는, 그녀는 참편한 스타일이다. 성준은 제 곁에서 잠들어준 그녀의 피곤이 감사하게 느껴져 잠이 든 그녀의 얼굴을 가만히 들여다보았다. 딱히 얼굴을 기댈 곳 없는 의자가 불편한지 그녀의 얼굴이 옆으로 조금씩 내려간다.

"부러지겠다, 부러지겠어."

목이 부러질 것처럼 옆으로 꺾인 것도 모르고 참 잘 잔다.

신호가 바뀌고 성준은 다시 출발하며 손바닥을 들어 그녀의 얼굴을 받쳤다. 손바닥에 작은 얼굴이 완벽하게 밀착되자 이제 몸의 중심이 맞는 듯 편안한 숨소리가 이어졌다. 성준은 평소보다 천천히 운전을 하며 그녀 얼굴이 아래로 떨어지지 않도록 중심을 잘 잡아 받쳐주었다.

한 손에 잡힐 것 같은 작은 얼굴이 손안에 느껴졌다. 아, 이대로 지구 끝까지 달려볼까. 이대로 아무것도 남지 않는 세상까지 달려볼까.

너를 데리고 도망칠까. 끝끝내 우리만 남는 외딴곳이 나올 때까지 달리고 또 달려볼까.

"으으음……."

그녀가 몸을 뒤척이더니 반대편으로 얼굴을 꺾고는 자세를 잡는다. 허공에 남아버린 손을 천천히 내리며 성준은 마른 주먹을 말아 쥐었다.

손바닥 안에 남은 너의 온기를 함부로 날려버리고 싶지 않아서. 할 수 있다면 내 안에 너의 온기를 남겨놓고 싶어서.

……너하고 나밖에 허락되지 않은, 지금 이곳은 작은 외딴섬과 같은 공간이었다.

[조금 늦은 감이 있지만 잘 왔어요, 다미안.]

계약서에 사인을 마친 다미안과 둘이 남은 채원은 빙긋 웃었다.

이젠 뒤로 무를 수 없는, 몇 달간은 에어밸런스와 한배를 타게 되어버린 다미안은 고개를 들었다.

[당신이 다시 돌아와서 정말 기뻐요.]

채원이 진심을 다해 반기자 다미안은 그런 그녀의 얼굴을 길게 바라보았다. 기교 없는 그녀 눈빛은 바라만 보아도 마음을 따뜻하게 만드는 기운이 있었다.

[돌아오겠다고 했잖아요.]

닿고 싶게 만들었다.

[나로 인해 기뻤으면 좋겠다고 했던 말, 진심이었으니까.]

진심. 자꾸만 꺼내 보여주고 싶은 진심. 저 눈빛에 향응하는 묵직하고 커다란 진심을 보여주고 싶은, 마음.

말끝에 다미안이 부드럽게 웃자 채원은 따라 웃었다. 어느 날 스페인에서 날아온 벗의 동생은 솜씨 좋은 건축가가 되었고, 잘 자라 준 남자가 되어 있었다.

당신의 지금 모습을 본다면 죽은 이사벨이 정말 좋아했을 거라고, 우리가 다시 마주친 지금의 우연을 이사벨이 전해 듣는다면, 묵은 버릇처럼 손뼉을 치며 깔깔 웃었을 거라고.

채원은 혀끝에 맴맴 도는 말을 꾹 삼키며 다미안의 손등을 툭툭 쳤다. 그녀가 손등을 톡톡 건드리자 다미안은 자신의 손등으로 시선을 내렸다.

[다미안, 날 누나처럼 대해도 좋아요. 난 남동생 예뻐하기 전문이거든요.]

[에? 우린 친구 하기로 하지 않았어요?]

[아, 친구. 맞다.]

채원이 잊어버리고 있었다는 것처럼 웃음을 터트리자 다미안은 곤란하다는 표정을 지었다.

[이봐요, 그렇게 쉽게 잊어버리면 안 되는 거라고요.]

[미안해요. 깜빡 잊어버렸지 뭐예요. 그래요, 우리 친구 해요.]

친구 하자는 사인을 보내듯 다시금 손등을 톡톡 건드리자 다미안은 손을 뒤집어 그녀의 손을 꽉 잡았다. 뜨겁다기보다, 다정했다.

[에어밸런스 회사 대표에게 꼭 말해주고 싶은 게 있는데, 내가 한국에 다시 돌아온 건 순전히 당신 때문이란 거.]

[음, 그건 말하지 않는 게 좋겠어요.]

[당신 뒤에 서 있는데 대표의 표정이 좋지 않아요. 나 때문인 것 같은데 이것도 모른 척할까요?]

······아. 채원은 방실방실 웃던 웃음을 뚝 멈췄다. 그러곤 슬쩍 고개를 뒤로 돌렸다. 전화 통화 좀 하고 오겠다더니 또 언제 등장한 건지.

"나만 없으면 분위기가 좋네?"

"오셨어요, 대표님."

"그냥 내가 취향이 아니라고 말을 해. 모르고 만난 연상이라 질색이라고."

"뭔 소리예요."

"알고 보니 연하인 남자 손은 잘도 잡고 있어서 하는 얘기야."

터덜터덜 걸어와 곁에 털썩 앉는다. 채원은 여전히 자신의 손을 꼭 붙잡고 있는 다미안의 손을 흘긋 바라보고 입술을 열었다.

"오해 마요. 이건 그냥 친구 동생이라 예뻐서."

"쟤는 니가 그냥 예뻐서 잡고 있는 거 같은데."

"질투해요, 지금?"

"안 하게 생겼냐?"

……끙. 채원은 다미안의 손등을 토닥거리고는 놓았다. 슬그머니 성준이 테이블 위로 손을 올리지만 모르는 척했다. 나도 토닥토닥해달라고 신호를 보내는 것 같았지만, 그 역시 모르는 척했다.

[내일 도착하기로 한 나의 파트너 프로필을 넘겨드리죠.]

[네. 그래요, 다미안.]

다미안은 자신의 일을 도와줄 파트너를 스페인에서 초대했고 파트너는 내일 도착할 예정이었다.

태블릿을 켜며 다미안은 스태프의 정보를 찾기 시작했다. 성준은 잠시 기다려주다가 다미안이 메일을 보내는 것을 끝으로 손목시계를 내려다보았다.

"슬슬 일어나자고 해. 부지 쪽으로 가려면 이제 출발해야 하니까."

"네. 전 그럼 화장실 좀 다녀올게요."

채원은 다미안에게 출발해야 한다 설명하고 일어나 화장실로 향했다.

둘만 남은 자리. 성준과 다미안은 노골적으로 서로에게서 시선을 뗀 채 다른 곳을 바라보았다.

[그녀의 비밀은 당신 때문에 생긴 것 같은데. 당신은 모르겠지만.]

다미안은 자신의 말을 알아듣지 못할 성준에게 중얼거리며 차를 마셨다. 성준은 재킷을 들고 일어나 의자를 정리하더니 다미안이 앉아 있는 기다란 의자 옆에 털썩 앉았다.

대표 놈이 갑자기 다가와 곁에 앉으니 다미안은 더욱 반대편으로 고개를 돌렸다.

[한국에 돌아온 건 순전히 그 여자 때문이라는 사실, 잘 기억해 두지.]

[호우.]

호우. 다미안은 깜짝 놀란 표정을 지으며 고개를 휙, 성준에게 돌렸다. 딴청을 피우듯 다른 곳을 바라보고 있는 성준의 시선은 평온했다.

[뭐야, 당신. 스페인어를 할 줄 아는 건가?]

[보다시피.]

허어. 다미안은 눈알이 튀어나올 것처럼 크게 치떴다. 이게 무슨 일인가. 대표가 스페인어를 완벽하게 구사하는 게 아닌가?

너무 놀라 입이 쩍 벌어진 다미안을 두고 성준은 손목시계를 만지작거렸다. 흥. 충격의 도가니에 빠진 건축가 놈을 절대로 쉽게 구해주고 싶지 않다. 잠시 허우적거리게 내버려두다가.

[그녀에게서 일자리를 뺏고 싶으면 내가 스페인어를 할 줄 안다고 말해도 돼.]

[허…….]

[그녀가 이 사실을 알게 되면 당신은 그때부턴 나와 둘이 일해야 할 겁니다. 통역을 할 수 없다면 그녀는 해고될 테니.]

[이, 이게 무슨…….]

성준은 뜸을 들이다가 다미안에게 시선을 옮겼다. 가뭄에 논밭 갈라지듯 동공이 흔들리다 못해 쩍쩍 갈라지는 눈빛이다. 그런 다미안을 향해 성준이 씩 웃었다.

[그리고 당신이 아는 그녀의 비밀, 내가 모를 거라고 생각은 하지 않았으면 좋겠군요.]

저 멀리 그녀가 등장한다.

[나도 당신처럼 그녀의 비밀을 지켜주고 있는 중인 것뿐이니까.]

그의 입에서 방언처럼 터져 나오던 스페인어는 그렇게 종료되었다. 다미안의 벌어진 입은 다소 늦게 수습되었다.

다미안이 머물던 숙소를 빠져나와 부지 쪽에 도착을 하니 평평하게 대지를 다듬고 있는 공사 현장이 나왔다.

생각했던 것보다 광활한 부지를 바라보며 채원은 입술을 멍하니 벌렸다.

"와, 엄청 넓어요. 이렇게 넓을 거라곤 상상도 못 했어요."

한번 벌어진 입은 쉽게 다물어지지 않았다. 채원이 잠시 넋을 놓고 이곳저곳을 바라보고 있는 사이 다미안은 미리 작업해 온 것들을 태블릿 위에 띄웠다.

[공간은 여러 가지 콘셉트로 나눠 만들어질 겁니다. 연인을 위한 공간, 가족을 위한 공간 등의 테마 형식으로.]

태블릿을 건네받고 집중하며 바라보는 성준의 모습을 흘깃 본 채원은 조용히 미소 지었다. 언제나 느끼는 거지만 일하는 대표의 모습은 정말 근사하다.

[테마 형식에 따라 재회의 공간도 만들 예정입니다.]

……재회. 예상한 부지 어디쯤에 멈춘 다미안의 설명에 먼저 정지한 건 성준이었다. 채원은 한발 늦게 멈춰 뒤를 돌아 다미안을 바라보았다.

재회.

[사연을 나눠 가진 사람들이 기회를 빌릴 수 있는 공간 정도로.]

천천히 다미안이 하는 말을 통역하며, 채원은 느리게 시선을 이동했다. 채원의 시선이 닿은 그의 눈빛은 예상대로 자신을 향해 있었다.

이렇듯 아무 관계 없는, 타인의 입술 밖으로 나온 단어 하나에도 움찔거리면서.

[모든 사람의 감정이 녹아 있으면 좋겠다던 에어밸런스의 기획 의도를 우선에 두었습니다.]

이렇듯 아무것도 모르는, 타인의 별 뜻 없을 설명 한 조각에도 멈칫거리면서.

[에어밸런스의 입장에서 초기 기획은 마음에 드는지 모르겠군요.]

내가 언제까지 당신을 피해 숨을 수 있을까. 하고 싶지 않은 거짓말을 언제까지 늘어놓아야, 나는 당신이 사는 세상을 지킬 수 있을까.

그래도 나, 당신 하나쯤은 지키고 돌아왔다 생각했는데. 그거 하나는 내 뜻대로 되었다고 믿으며 살아왔는데.

"좋네. 재회의 공간."

……못 지켰나 봐.

도대체 나는 그동안 무슨 착각 속에 빠져 살아왔던 걸까. 당신 하나 지키지 못하고, 나 하나 멀쩡하게 살지도 못하면서.

"다미안 씨께 사연을 나눠 가진 사람들이 기회를 빌릴 수 있는 공간, 이라는 점이 가장 마음에 든다고 전해줘, 정채원 씨."

"네, 대표님."

채원은 천천히 성준에게서 시선을 뗀 뒤 다미안을 바라보며 성준의 말을 통역했다. 문득 곽씨의 음성이 귓가에 고이는 것만 같아 그녀는 저도 모르게 마른 주먹을 쥐었다.

신부는 깊게 새겨들으세요.

천 일 동안 그 누구의 것도 될 수 없습니다.

사연을 지닌, 그래서 사실은 다른 누구보다 기회를 빌리고 싶은, 그녀는 오늘도 괴짜 같은 계약에 발목을 잡혀 그의 마음을 외면했다.

신부는 깊게 새겨들으세요.

천 일 동안 그 누구의 것도 될 수 없습니다.

천 일이 까마득해서 비명이 흐를 것만 같았다.

“오랜만이에요, 한 대표.”

“잘 지내셨습니까. 인사가 늦었습니다.”

이튿날. 성준은 출장길에 오르기 전 주옥선 여사를 찾았다. 아들의 위혼제에 참석해준 데에 감사를 표하고 싶다는 주옥선 여사 측의 제안에 예정에 없던 시간을 뺀 것이다.

점심을 먹기엔 다소 이른 시간이었지만 두 사람은 식당을 찾았다. 평소 주옥선 여사가 즐겨 찾는다는 한정식 집이다.

주옥선 여사는 씩 웃으며 인사를 하는 성준의 얼굴을 애정 어린 시선으로 바라보았다. 언제 보아도 듬직하게 생긴 그 얼굴을, 주 여사는 참 좋아했다.

“저번에 봤을 때보다 한 대표 얼굴이 더 좋아졌어. 좋은 일이 있나요?”

“좋아졌습니까? 회사 일이 생각보다 순조롭게 풀려서.”

“아아, 정말 좋은 소식이군요.”

“덕분입니다. 항상 감사하고 있습니다.”

“나야 뭘 아나. 에어밸런스의 일이란 그저 한 대표가 어련히 알아서 잘하니까. 난 그냥 믿고 있는 거지.”

“여사님도 저번에 봤을 때보다 안색이 좋아지셨습니다.”

성준이 보기 좋다 말하자 주 여사는 흐리게 웃었다. 꼿꼿하게 앉아 소녀처럼 웃는 주옥선 여사는, 얼굴에 적힌 그대로 현숙한 사람이었다. 잔소리를 하는 일이 없었고 참견을 하는 일이 없었다.

"글쎄, 내 안색이 좋아졌나? 하기야 하루 종일 난이나 치고 시나
읊는 인생이라 요즈음. 사람은 망중한을 즐길 줄 알아야 하는데, 한
대표처럼."

"여사님께서 풍류를 잘 아시는 겁니다. 저는 멀었습니다."

"바쁜 게 좋은 겁니다. 바빠야 삶이 소중해지거든. 느리면 덧없
어지니까."

"네, 여사님."

주옥선 여사는 빙긋 웃으며 미지근한 식전 차를 마셨다. 성준은
조용히 주옥선 여사의 잔을 채웠다.

아들을 잃은 깊은 슬픔에 빠져 무릎을 꿇고, 정신없이 아들의 혼
을 부르던 위혼제 때의 주옥선 여사는 마치 다른 사람 같았다. 핏
발 선 눈매를 하고 헝클어진 머리를 하고 아들의 이름을 울부짖던
그날의 여사님은, 망상처럼 여겨지기도 했다.

잠시 말이 끊긴 사이 식사가 차려졌다. 성준은 소매를 걷으며 주
옥선 여사의 밥그릇 뚜껑을 정중하게 열었다.

"식사 먼저 하시죠. 좋아하시는 성게미역국입니다."

"안 그래도 주중에 한번 먹을까 했는데. 한 대표가 이렇게 또 나
를 감동시켜."

"이런 걸로 감동하시면 곤란합니다. 큰 감동 안겨드려야 하는데
요."

"말이라도 고맙네. 들죠. 식기 전에."

"네, 여사님."

성준은 주 여사가 한술 뜨기를 기다리다가 수저를 들었다. 평온

한 공기 속 식사가 진행되었다. 지나가는 사람들이 보기엔 다정한 모자지간 같기도 했다.

"요즘 홍진그룹 윤필목 회장님과 자주 만나신다는 소식을 접했습니다."

식사가 어느 정도 진행된 후 성준은 본격적인 이야기를 꺼냈다. 주옥선 여사는 냅킨을 들어 입가를 닦았고, 물을 조금 마셨다. 어느 정도 예상했는지 크게 놀라는 일은 없다.

"그러고 보니 요즘따라 종종 기별이 오기는 합니다."

"별 뜻은 없으십니까? 외람되지만 여쭙겠습니다."

"윤 회장님이야 큰 사업을 하시는 분인데, 내가 그 속을 어찌 알겠소? 그 양반, 걸음이 잦은 건 사실이지만."

두 사람은 에어밸런스의 지분을 가장 많이 가진 사람이었다. 각각의 지분을 합치면 못 이룰 것이 없는, 회사에 막대한 영향력을 끼치는 존재.

성준은 물끄러미 물잔을 바라보다가 마른 입술을 열었다.

"여사님, 저는 이 사업에 욕심이 많습니다."

"압니다. 내가 그걸 왜 모르겠어."

"여사님도 윤 회장님도, 저희 회사엔 다시없을 큰 분들이십니다."

"그렇게 생각해주면 고맙고."

"아무래도 윤 회장님께서 전시용 압박을 선택하신 것 같습니다.

그래서 요즘 여사님을 자주 찾아뵙는 것 같고."

에둘러 말하지 않는 것이 주 여사에게는 효과적이다. 성준은 거침없이 속내를 꺼냈다.

"윤 회장이 한 대표를 압박해야 하는 이유를 물어도 되겠습니까? 에어밸런스는 경영상 문제가 없어 보이는데."

"혼사……를 심중에 두신 것 같지만 이건 어디까지나 추측입니다."

"아아, 혼사. 그 댁에 딸이 있다고 했던가?"

"네. 제 후배이기도 하고 윤 회장님과 연을 닿게 해준 친구이기도 합니다."

흐음. 주 여사는 뜻을 알 수 없는 탄식을 흘렸다. 조용히 입가를 닦은 뒤 주옥선 여사는 헛웃음을 토했다.

"자식 욕심날 때지. 윤 회장님이 보기에 한 대표가 얼마나 믿음직하겠어. 자기 식구 만들고 싶겠지. 내가 봐도 이렇게 잘났는데 그 댁이라고 탐이 안 날까."

"저도 그 친구도 생각 없는 일입니다. 혼사는 안 될 말이고요."

"자식은 뜻대로 안 되는 건데 말입니다. 윤 회장님이 욕심을 크게 부리는군요."

성준은 천천히 시선을 내렸고, 주옥선 여사는 헛헛한 눈매를 했다.

"살아만 있어줘도, 곁에만 있어줘도 자식이 얼마나 고마운 존재인지 안다면 그렇게 못할 텐데 말이에요. 모르는 게지. 그러니 자식 인생 쥐고 흔들고 싶은 거고."

"……."

"나도 몰랐지. 나도 우리 형재 살아 있을 땐 제일 좋은 집안, 제일 좋은 배필 찾아 맺어주고 싶었으니까."

부재중에 알게 된 인생이란 모래성이었다. 그땐 왜 몰랐을까. 어제까지 이름 석 자 알지도 못하던 아가씨를 찾아 아들과 짝을 이어 주게 될 거라는 걸.

주옥선 여사는 잠시 채원을 떠올리다가 피식 웃었다. 시선을 들어보니 성준이 착잡한 표정으로 바라보고 있다.

수많은 경우의 수를 내다보고 왔으리라. 주옥선 여사는 그런 성준의 복잡함이 느껴지는 듯 입술을 열었다.

"한 대표는 참, 빈틈이 없는 사람이야. 일하는 걸 보면 혀를 내두를 지경이니."

"감사합니다."

"돌담이 말이에요, 얼기설기 쌓인 것처럼 보여도 어지간한 바람엔 끄떡도 하지 않아. 그 이유를 혹시 압니까?"

"잘 모르겠습니다."

"돌과 돌 사이의 작은 틈이, 사실은 담을 지탱하는 겁니다."

"……."

"빈틈이 없다는 말은 칭찬이 아니에요, 한 대표."

성준은 깊게 눈을 감았다가 떴다.

"태풍 한 번을 이겨내지 못할 거라는 절망적인 신호거든. 적당한 틈도 있어야 그 사이로 시름도 고통도 빠져나가는 거니까."

주 여사는 손을 뻗어 성준의 손등을 덮었다. 위로하듯 토닥이며 빙그레 미소 지었다.

"에어밸런스 잘 지키고, 잘 경영하고. 그것만 신경 써요. 윤 회장님이 무슨 생각을 하건 나는 동조해주고 싶은 생각, 일절 없으니까."

"……하, 저 숨 좀 길게 쉬어도 되겠습니까, 여사님?"

"물론. 물론이지."

이제야 긴장이 풀린다는 듯 성준이 후…… 길게 숨을 내쉬자 주옥선 여사는 잘했다며 손등을 어루만졌다.

"그런 결혼을 왜 해. 하지 마. 한 대표 본인이 행복해야지, 성공이 무슨 소용이야? 안 그래요?"

"감사합니다, 여사님. 감사합니다."

"사람, 이제야 웃네. 내내 꽝꽝 얼어 있더니."

"긴장이 돼서요. 사실 얼마나 긴장을 했는지."

주 여사는 괜찮다며 고개를 끄덕였다. 마치 내 아들이 살아 있다면 꼭 너 같았을까, 그러한 마음이 묻어 있는 눈빛이었다.

"결혼에 뜻이 있긴 해? 한 대표, 만나는 사람은 없어?"

"아…… 그게, 아직은 없습니다."

"아직은 없다? 그럼 생길 수도 있다는 건가?"

"생겼으면 좋겠습니다."

성준이 장난스럽게 눈썹을 추켜올리며 웃자 주옥선 여사는 의외라는 듯 눈을 동그랗게 떴다.

"어어? 뭐가 있는데? 정말 있어?"

"잘되면 소개해드리겠습니다. 여사님한테 제일 먼저."

"약속 지켜요, 한 대표. 내가 정말 기대하고 있을 테니까."

"네. 여사님."

"우리 나가서 차나 한잔 더 마실까? 한 대표 시간 될까?"

"안 그래도 예약해뒀습니다. 가시죠. 모시겠습니다."

식사와 이야기는 순조로웠다. 빈틈없이. 매끄럽게.

"큰일 났다…….."

출장을 떠나기 전 짐을 챙기던 채원은 문득 손을 멈추며 툭, 하고 말을 뱉었다.

큰일 났다. 자꾸만 심장이 불안함을 감지하는 게. 쿵덕쿵덕, 오늘따라 유난히 맥이 빠른 게.

"왜 이렇게 진정이 안 되냐……. 빨리 짐 챙겨서 나가야 하는데……."

채원은 좀처럼 평안해지지 않는 제 심장이 야속하다는 듯이 가슴에 가만히 손을 올렸다. 일하러 가는 길인데, 그와 낯선 공간 속으로 들어가는 것만 같은 착각은 사라지지 않았다.

인정하고 싶지 않지만.

"큰일 났다. 진짜 큰일이네. 출발하기 전부터 이러면 어떡하자는 거야, 대체."

설렌다. 지금 몹시.

……휴. 채원은 눈을 감았다가 뜨며 시선을 내려 끼고 있는 반지를 보았다. 뺄 수도 없고 반길 수도 없는 반지만 하릴없이 매만

지다가.

"제가 이런 마음 가지고 있으면…… 안 되죠, 그렇죠?"

누구에게 하는 말인지도 알 수 없게, 툭 하고 말을 뱉었다.

그렇죠? 안 되는 거죠? 이 반지를 제게 주신 분께서 절대 안 되는 일이라고 신신당부를 하셨거든요. 그러면 안 된다고. 절대로 절대로 안 되는 거라고.

천도제 기간 동안 다른 사내의 손을 타면 해로운 일이 많을 거예요.

곽씨에게 그런 말을 들을 땐 천 일이 이토록 길 줄 몰랐다. 하루를 버티는 것만도 버거운 인생에 사랑은 무슨 사랑이냐, 그런 걸 눈여겨볼 틈도 없을 거라 장담했다.

생각보다 쉬운 조건이라고. 이렇게 쉽고 간단한 일이 또 어디 있겠냐고.

"제가 다른 마음을 품으면 무슨 일이 벌어질까요. 해로운 일이 벌어질 거라던데, 많이 해로울까요? 얼마나……."

무형의 공포는 잡을 수도 없고 볼 수도 없어 그것이 더 두려웠다. 생각이 말이 되고, 말은 씨가 될까 봐.

홀로 하는 생각조차 겁이 날 만큼 감을 잡을 수도 없었다. 정말 큰일이 벌어질까 봐. 이러다가 진짜 무슨 일이 벌어질까 봐.

"아뇨. 아뇨, 제가 지금 하는 말은요. 정말 제가 그럴 거란 건 아니고요. 단지 좀, 궁금해서요. 다른 건 아니고요."

그 사람에게, 피해가 갈까 봐.

채원은 생각만으로 혼의 노여움을 살까 봐 고개를 황급히 저으며 중얼거렸다.

……문지방을 밟고 다니지 말라는, 자른 손톱을 아무 곳에나 버리지 말라는, 빨간색으로 이름을 쓰면 절대 안 된다는, 그녀는 전래된 금기의 선을 넘으려 하지 않는 보통의 사람이었다.

벌어진 모든 일을 부정하기엔 그녀는 지나치게 평범했다. 그에게 달려가 사실을 고하기엔, 가득 쌓인 두려움이 간절함보다 더 컸다.

"일단 가자. 늦겠다, 늦겠어."

그래. 머리론 이해했다. 마음이 잘 따라줄지 몰라 그것이 막막할 뿐.

다미안을 도와줄 관계자가 스페인에서 날아왔다. 다미안이 그에 대해 설명하기를 오랜 파트너라 했고, 이번에도 함께 일할 것이라 했다.

다미안과 스태프가 서서 대화를 나누는 시간. 조금 멀리 떨어져 민권과 성준은 두 사람을 바라보았다.

"대표님, 그럼 저쪽은 다미안 씨의 스태프예요?"

"그렇겠지. 자잘한 업무를 또 깔끔하게 처리해주는 사람이라던데."

"아, 저기 채원 씨 오네요."

어디!

성준은 민권의 말에 바로 고개를 돌렸다. 저쯤, 채원이 등장하며 손을 흔든다.

"손 내리세요. 대표님한테 흔드는 거 아니잖아요."

채원이 다미안에게 인사를 하며 그쪽으로 걸어간다. 저도 모르게 손을 들고 화답하던 성준은 민권의 일침에 슬그머니 손을 내렸다.

"왔으면 회사 대표한테 먼저 인사를 해야지, 저건 누가 고용주인지 구분도 못 해."

"클라이언트를 원래 먼저 대우해줘야죠. 대표께서 그것도 모르면 어떡합니까?"

마음에 안 들어……. 안 들어…….

성준은 다미안에게 다가가 인사를 하는 채원을 째진 눈으로 바라보았다. 내리쬐는 해가 유난히 저 투 숏을 집중적으로 비추는 것 같은데, 느낌 탓인가?

"채원 씨랑 다미안 씨, 저렇게 서 있으니까 그림 같네요. 다미안 씨도 진짜 잘생겼어요. 그렇죠?"

"……."

"저렇게 잘생긴 채로 사는 인생이란 어떤 느낌일까요. 궁금하네."

"잘생겨봐야 피곤하지 뭐. 피곤해, 인생사."

"마치 살아본 사람처럼 말씀하시네요, 대표님."

"……."

성준이 입술을 꽉 닫자 민권은 조용히 웃었다. 시선은 채원에게 못 박아놓은 듯 고정해두고는 눈썹만 꿈틀꿈틀거리고 있다.

아. 이쯤 기분을 좀 풀어줘야 출장길이 수월해지겠지.

"다시 보니 다미안 씨 생김새가 영……."

"내 말이."

"분위기가 말예요, 좀 뭐랄까. 제비족 같지 않아요?"

"제비족은 무슨. 제비는 무슨 죄야. 그냥 족……."

"네?"

"아냐. 그리고 김 실장, 제비족은 어느 시절 제비족 타령이야. 세기말에 살지 말고 문화 업데이트 좀 해. 요즘 누가 그런 말을 써."

애늙은이. 쯧쯧.

성준은 혀를 끌끌 차며 민권을 한심하다는 듯 바라보았다. 어드메 훈장님처럼 뒷짐 지고 혀를 차는 대표님을 바라보다가 민권은 웃음을 터트렸다. 그러는 지는 기원전 3세기 정도에 태어난 사람처럼 살면서 문화 업데이트를 운운한다.

"출발하시죠. 저쪽도 인사 다 끝난 것 같은데요."

민권은 성준을 끌었다. 성준은 터덜터덜 걸으며 다미안과 담소 중인 채원에게 가까이 다가섰다.

어라? 요거 봐라? 채원이 의도적으로 자신을 못 본 척하며 다미안에게 시선을 고정하고 있는 게 아닌가?

성준은 그 곁에 바짝 서서 그녀를 내려다보았다. 인기척이 느껴질 만한 거리임에도 못 본 척하는 걸 보니 그림자 취급하기로 했나 보다.

요것 좀 보게…….

"나 왔어. 알은척 좀 하지?"

열 받으니 칭얼거려보기로 한다.

"네네. 알아요. 안녕하세요, 대표님."

"인공지능이야? 영혼 좀 실어. 인사에 반가움이 없어, 사람이."

"제가 요즘 세상에서 제일 무서운 게 몸에 영혼 싣는 거예요. 억양은 감정 대비 적당했고요."

"감정 대비 과도하게 해봐, 그럼. 적당하게 말고."

"대표니이임, 안녕하세요오오, 시절이 차아암 좋아요오오, 그렇죠오오?"

"……고만해라. 건조한 게 낫다."

성준은 기계처럼 목소리만 높여 과도한 인사를 하는 채원을 바라보다가 고개를 절레절레 저었다.

그녀는 오늘부터 노선을 변경한 게 틀림없다. 뭐, 들이대는 대표를 냉정하게 밀어내보겠다는 심사로 추측되지만 어림없는 소리.

다미안은 민권과 스태프와 함께 차량으로 이동했다. 성준은 급히 뒤따라가려는 채원의 옷자락을 쥐고 뒤로 끌었다. 종종종, 채원이 뒤로 걸어온다.

"너."

인사라도 상냥하게 해주면 곱게 출발해보려고 했는데 말이지.

"선 긋고 그러면 넘어간다고 했다. 그 말 그렇게 쉽게 잊고 그러면 안 돼."

"차암나, 1일 1협박 하시는 거예요, 지금?"

"협박이라니? 고백인데. 성공한 전 남친의 화려한 고백 정도?"

"유부녀한테 고백하는 부도덕한 대표님이겠죠."

"내 부도덕을 왜 니가 판단해. 나 깨끗한 사람이야. 뒤집어 털어도 먼지 한 톨 없어. 돈이 우수수 쏟아지면 모를까."

허. 채원은 틈만 나면 리치리치 함을 자랑하는 성준을 향해 눈을 가늘게 떴다. 언제인가부터 저렇게 돈 자랑을 해댄다.

"돈 많아서 아주 좋으시겠어요."

"영 앤 핸섬, 빅 앤 리치, 톨 앤 머슬. 다 갖췄지. 이런 스펙 흔치 않아. 알고 있겠지만."

하. 말도 섞고 싶지 않다. 채원은 더 이상 상대해봐야 골치 아프다는 표정을 지으며 손을 팔랑거렸다.

"가요. 실장님 기다리시잖아요."

"인사 다정하게 해, 다정하게. 상냥하게. 나 섭섭하게 하면 오래 간다. 알지?"

"알죠. 기원전 3세기부터 형성된 그릇된 성격인 거, 제가 잘 알죠."

어휴. 채원은 먼저 출발하겠다는 듯 캐리어를 끌었다. 그러자 성준이 툭, 캐리어를 치더니 손잡이를 빼앗아간다. 자연스럽게 그의 손으로 채원의 캐리어가 넘어간다.

"남편한테는 인사 잘하고 왔어? 출장 간다고."

덜덜덜 가방을 끌며 그가 묻자 채원은 움찔, 하다 고개를 들었다.

"물론이죠! 엄청 인사 잘하고 왔죠! 다정하고 상냥하게, 눈물 없인 볼 수 없는 절절한 인사를 끝내고 왔죠."

"아하. 절절한 인사."

"아주 애틋하기가 이루 말할 수 없는, 서로가 없이 견뎌야 하는 긴긴밤을 또 어찌 보내나 싶은 안타까움에 아직도 마음이 이렇게 아파요."

"아하, 아픈 마음."

"네. 우린 정말 조금의 틈도 없죠. 우리 사이를 갈라놓을 수 있는
건 세상에 없어요."

"없겠지. 있을 리가."

없겠지. 남편도 없는데 갈라놓을 사이가 어디 있겠나.

"왜 웃어요, 그런데? 이상하네? 웃겨요?"

"아니. 안타까워서. 파고들 틈이 없다고 하니까."

성준은 피식피식 웃으며 걸음을 걸었다. 기분이 영 이상한지 채
원은 힐끔힐끔 성준을 바라보았다.

거짓말한 거 티 나나? 내가 너무 오바 했나?

말을 해도 찝찝하고 말을 하지 않아도 착잡한, 세상에 없는 남편
의 이야기. 채원은 이래도 시큰둥 저래도 시큰둥한 성준을 바라보
며 미간을 좁혔다. 남을 속이는 거짓말은 정말이지 피곤한 일이다.

기 빨린다.

"이제 출발하겠습니다!"

"네, 실장님."

아아, 기 빨린다!

한참을 달려 목적지에 도착하자마자 예정 부지를 둘러보았다.

일을 시작한 다미안의 눈빛이 달라졌다. 아무것도 없는 광활한
부지를 바라보며 상상 속에서 건물을 올리고 주변 환경을 그렸다.

보통의 재주는 아니었다.

"아고고고, 아고고고, 죽겠다아 아이고 삭신이야……."

부지를 둘러보고 호텔로 돌아온 채원은 힐을 벗으며 발을 주물렀다. 아무리 익숙한 높이라 해도 힐을 신고 장시간 걷는 일은 쉽지 않다.

채원은 구두를 들고 굽을 바라보았다. 근래 들어 주야장천 신었으니 닳기도 많이 닳았다.

"몸무게 지탱하느라 수고했어. 너도 곧 명을 다하겠구나."

여분의 신발을 챙겨올 걸 그랬다. 채원은 굽이 조금 흔들리는 것 같아 근심 어린 표정으로 구두를 보다가 내렸다. 있는 동안 조심히 걷는 수밖에.

"아이고오……. 그나저나 죽겠다……. 여긴 온천 없나……."

아으으으……. 앓는 소리가 절로 난다.

채원은 몸을 이리저리 뒤집으며 끙끙거렸다. 허리도 종아리도 안 아픈 곳이 없다.

다미안은 어느 순간 말이 빨라졌고, 그런 그의 말을 토씨 하나 놓치지 않으려 집중한 채 통역하다 보니 일이 끝나자 두통까지 오더라.

성준이 알아듣는다는 것을 깨달은 다미안은 본능적으로 말이 빨라졌다. 통역을 거치지 않아도 그가 알아들을 테니 말끝에 성준을 바라보는 일도 잦아졌다. 그런저런 기류를 알 리 없는 채원은 금방이라도 눈꺼풀이 내려앉을 것만 같아 휴대폰을 들었다.

"몇 시냐……. 아오…… 시간이 벌써 이렇게 됐네."

무슨 말을 뱉을지 가늠도 할 수 없는 상대의 말을 빠르게 이해하고 해석한 뒤, 가장 정확한 표현으로 되풀이하며 통역하는 것은 상당한 집중력을 필요로 했다.

오역이란 있을 수 없다. 천문학적인 숫자가 걸린 일이었고, 디자인이라는 주관적 예술의 감성이 더해진 일이었기에 더욱 그러했다.

아아. 머리가 아프다. 두통약을 먹어야 할까? 로비에 말하면 가져다주려나? 내려가서 사 와야 하나?

그때였다. 디이이이잉, 성준에게서 전화가 걸려온다.

"여보세요. 네, 대표님."

— 쉬고 있었나? 잤어?

채원은 몸을 돌리며 바르게 누웠다. 높은 천장의 샹들리에는 불을 켜지 않아도 반짝거렸다.

"잔 건 아니고요. 저 지금 내려가야 하죠?"

— 아니. 아직 여유 있어. 목소리가 별로네?

"실은 머리가 좀 아파요."

채원은 관자놀이를 지그시 눌렀다. 목까지 뻣뻣해지는 두통에 눈을 깊게 감았다가 떴다.

— 두통? 언제부터?

그가 움직이는 소란한 소리가 들려온다. 채원은 끙, 소리를 내며 다시 몸을 뒤척였다.

"조금 전부터요. 약 좀 챙겨 먹고 내려갈게요. 몇 시까지 어디로 가면 돼요?"

— 편두통? 신경성인가?

"통역하느라 집중했더니 그런 것 같아요. 다미안 씨가 말이 좀 빨랐거든요."

― 방이 몇 호지?

"네? 제 방이요?"

채원은 침대에서 몸을 일으켰다. 아뿔싸, 약을 사다 주려는 모양이다.

"대표님, 저 약 있어요. 가져왔어요."

― 웃기시네. 그럼 벌써 약을 먹었겠지 버티고 있었겠어?

아. 이런 똑똑한 사람.

채원은 금세 들통나고 말았다는 것처럼 웃었다. 밝게 웃어주고 싶은데, 두통이란 녀석은 상당히 골치였다.

― 몇 호냐고, 객실.

"703호요."

띠릭. 전화가 끊긴다.

여보세요? 여보세요? 하던 채원은 휴대폰을 바라보았다. 가만히 숨을 내쉬던 채원은 벌떡 일어나 화장대로 두다다다 달려갔다.

거울을 보며 흐트러진 머리를 정리하고, 입술을 다시 발랐다. 화장이 번지지는 않았나 이리저리 얼굴을 확인하다가.

"……대체 왜 이래, 정채원."

잠시 놓았던 정신줄이 돌아오듯 자신을 책망했다. 쥐고 있던 립스틱을 내리며 천천히 거울을 바라보았다.

똑똑. 어느새 도착한 그가 문을 두드리고.

거울 속엔 그에게 사랑을 받고 싶은, 여자 정채원이 앉아 있었다.

"네, 잠시만요."

부정할 수가 없어 가슴이 울렁거리기 시작했다.

'약 먹고 좀 쉬어. 두통엔 장사 없어.'

'아뇨. 괜찮은데.'

'먹고 쉬어. 내가 전화하기 전까지 나한테 연락하지 마. 김 실장한테도 하지 마.'

조금 전 상황을 떠올리며 채원은 몸을 뒤척였다. 문을 열자 객실 앞엔 그가 서 있었다. 약이 든 봉투를 넘겨주며 쉬라고. 눈 좀 붙이라고.

객실 안으로 성큼 들어와 자리를 잡을 줄 알았더니 의외로 한 발 들이질 않더라. 무슨 말을 덧붙이기도 전에 문을 먼저 닫으며 그가 사라졌다.

⋯⋯사람 마음이란 참 교악한 것이, 머무르고자 할 땐 그것이 불편하더니 홀연히 돌아서면 또 그것이 마음을 모자라게 한다.

아아. 그나저나 한숨 잤더니 두통이 좀 가신 것 같다. 조금씩 잠을 밀어낸 채원은 눈을 뜨기 전 사라진 두통을 생각하며 피식 웃었다.

"약이 효과가 좋네. 두통이 없으니까 이제야 살겠다. 아깐 살짝 돌아가신 할머니 만나러 가는 줄 알았네."

한 30분이나 잤을까, 채원은 뒤척거리며 휴대폰만 만지작거렸다. 전화를 주겠다더니 언제쯤 전화가 오려나 싶어 눈길은 휴대폰에서 쉽게 떨어지지 않았다.

"잠 안 오는데……. 연락하면 혼나려나……."

채원은 흠, 한숨을 내쉬고는 툭툭 액정을 눌러 메시지를 보냈다.

[대표님 어디세요?]

메시지를 보내기가 무섭게 전화가 걸려온다.

"네. 저예요."

— 자라니까 왜 말을 안 듣는 건지?

"잠이 와야 잠을 자죠. 그나저나 약 효과가 좋네요?"

— 다행이네.

연인의 전화를 받듯, 사사로운 그의 음성. 채원은 몸을 일으켰다.

"대표님 지금 어디 계세요? 설마, 일하고 계세요?"

거울을 보고 대충 머리 정리를 했다.

— 라운지에서 커피 마시고 있었어. 혼자 일하는 억울한 타입 아니야. 오해는 넣어둬.

"아아, 네."

— 앞엔 합류한 다미안의 동료가 앉아 있는데 다행히 영어를 할 줄 알아서 둘이서 글로벌하게 대화하고 있었지. 낚시 좋아하나 봐. 말이 안 끊기네.

"좋네요. 글로벌. 낚시."

채원은 웃었다.

— 나와서 커피 한잔하든지. 좋을 대로. 앞에 있는 스태프는 이제 올라갈 것 같거든.

"네. 바로 갑니다. 카페인 간절하거든요. 바로 갈게요."

전화를 끊은 채원은 겉옷을 챙기고 신발을 신었다. 어쩐지 설레는 기분이 들어 채원은 부산을 떨었다.

엘리베이터에서 내린 채원은 라운지에 혼자 앉아 있는 성준의 뒷모습을 찾았다. 급하게 다가오는 굽 소리를 들은 성준은 천천히 고개를 돌렸다.

"대표님, 거기 계셨……."

라운지로 올라가는 계단 네 개. 채원은 성준에게 시선을 고정한 채 계단을 올랐다. 그 순간.

"아!"

아. 굽 나간다. 채원은 계단을 밟고 오르며 다음 발을 내디디다가 깨달았다.

아아. 굽 나간다. 나갔다. 나가고 있다!

바닥을 지지해야 할 오른쪽 하이힐이 휘청하는 느낌에 채원은 비틀거렸다. 오래 신은 하이힐은 결국 그녀의 마음도 몰라주고 더이상 너의 무게를 지탱할 수 없겠다며 세상 하직을 선언했다. 낮은 높이의 계단이었지만 그녀에겐 낭떠러지처럼 느껴지는 순간이었다.

"으아아!"

아주 느린 템포로 구두 굽이 부러진 것이 느껴지더니 어느새 빠르게 현실로 돌아온다. 중심을 잃고 허우적거리는 시선 사이로 성준이 보인다.

뒤로 넘어져야 할까, 조금 더 허우적거리다가 앞으로 넘어져야 할까, 본능대로 고민하며 몸을 가누지 못하던 그때.

갈피 없는 손을 잡고 당겨, 허리를 끌어안고 등을 받치며, 맥없이 끌려간 곳은 그의 가슴팍,

"조심해야지."

……그의 품.

시야가 캄캄해졌다. 그의 가슴에 폭 안겨 숨을 내쉬니 언제까지고 이렇게, 안겨 있고만 싶어졌다. 이 기가 막힌 충동에 스스로가 놀라 커진 눈동자를 어쩌지 못하고 연거푸 굵은 숨만 내쉬었다.

"병가니 산재니, 다치면 곤란하다 너."

조금 더 중심을 잡으라는 듯 그가 앞으로 더욱 끌어당긴다. 이 품에 안겨 있기를 좋아했던 내가 떠올라, 가슴은 미친 듯이 뛰어올랐다.

"두통은 좀 어때."

"괜찮아요."

이 사랑, 붙잡고 싶다. 이 남자, 놓치고 싶지 않다.

"컨디션은 좀 나아졌나?"

"……네. 최고예요."

내내 그런 생각만 맴돌았다.

2권에 계속

퇴근 후에 만나요 1

초판 1쇄 인쇄 2021년 6월 25일
초판 1쇄 발행 2021년 7월 7일

지은이 로즈빈
펴낸이 김문식 최민석
총괄 임승규
기획편집 이수민 박예나 김소정
　　　　　윤예솔 박소호
디자인 배현정
제작 제이오

펴낸곳 (주)해피북스투유
출판등록 2016년 12월 12일 제2016-000343호
주소 서울시 성북구 종암로 63, 5층 501호(종암동)
전화 02)336-1203
팩스 02)336-1209

© 로즈빈, 2021

ISBN 979-11-6479-330-3 (04810)
ISBN 979-11-6479-329-7 (세트)